# *L'insoumise et le chevalier*

*Glynnis Campbell*

# *L'insoumise et le chevalier*

*Traduit de l'américain*
*par Myra Bories*

J'AI LU

*Titre original :*
MY WARRIOR
Jove Booksm published by The Berkley Publishing Group,
a division of Penguin Putnam Inc., New York

# Prologue

*Mars 1333*

Holden de Ware étendit ses jambes vers le feu et leva tristement les yeux vers le ciel constellé d'étoiles.

— Alors, nous l'avons perdu pour de bon ?

Son demi-frère Garth, assis sur une souche de pin, acquiesça en silence, le nez dans sa chope de bière.

— Pauvre Duncan ! poursuivit Holden. Tomber si jeune sur un tel adversaire, avant de…

— Oh, assez ! maugréa sir Guy en crachant sur les braises. Ton frère n'est pas mort. Il n'est que marié !

Guy, agacé, se leva et alla se coucher dans une des cabanes du camp, laissant les deux frères seuls.

— Cela ne le touche guère, évidemment ! confia Holden. Ce n'est pas un de Ware.

Il prit un long bâton et tisonna distraitement le feu.

— Un de Ware se doit de passer sa vie l'épée à la main, chevauchant un fier coursier !

Garth n'était pas de cet avis mais il s'abstint de répondre et but une gorgée de bière.

— Juste une femme… soupira Holden.

Les deux frères se turent. Une chouette hulula dans les bois et un homme endormi toussa.

— Mais toi, tu me comprends, n'est-ce pas ? insista Holden en se tournant vers son cadet. L'Église catholique, dans sa grande sagesse, t'a préservé des confusions du cœur en te préparant au sacerdoce. Tu es resté chaste et pur, et regarde où tu en es.

Garth resta interdit, la chope en l'air, comme s'il se posait la même question. Son frère lui donna une bourrade amicale, et la bière gicla.

—Allons, mon frère, c'est toi le plus lettré de la famille. Crois-tu que tu serais aussi savant si ton cœur était l'esclave d'une femme ?

Garth baissa les yeux.

—Alors, que me manque-t-il ?

Holden fut surpris. Garth n'était pas très disert et ne parlait pas sans raison.

—Qu'est-ce qui te manque ?

—J'aspire à quelque chose qui me comble, insista Garth en fronçant les sourcils.

—Comment cela ? demanda Holden en caressant son menton mal rasé.

Garth posa sa chope et joignit ses mains comme pour prier, geste qui lui devenait familier.

—J'ai remarqué, lors du banquet de mariage de Duncan, une lueur de joie, d'apaisement dans ses yeux quand sa femme était assise à côté de lui. Il était métamorphosé. J'ai su à cet instant que je pourrais prononcer les sermons les plus touchants, copier les psaumes les plus splendides, absoudre les âmes les plus enténébrées, jamais je n'obtiendrai cette espèce de plénitude.

Holden siffla de surprise. Garth avait toujours été absorbé par l'étude et réticent à se joindre aux jeux turbulents de ses aînés, à croire que le sang des Ware ne coulait pas dans ses veines. Il regarda Garth du coin de l'œil. Il avait perdu Duncan, mais peut-être n'était-il pas trop tard pour récupérer le benjamin. Peut-être pouvait-il l'arracher à son destin et l'initier aux plaisirs de la vie.

—Garth, s'écria-t-il, viens avec moi !

—Comment ?

—Joins-toi à ma suite. Le roi a besoin d'hommes vaillants.

Holden se frottait les mains. Plus il y pensait, plus l'idée lui plaisait.

—Fais campagne avec moi. Mords dans la vie à belles dents. Vois du pays, s'écria-t-il en riant. Trousse les filles !

—Mais, et mes études...

—Bah ! As-tu peur qu'ils n'ajoutent un nouveau livre à la Bible durant ton absence ?

Garth avait le front plissé, mais dans son regard brillait une étincelle.

—C'est ta dernière chance, mon gars, insista Holden. Et si cette campagne ne te fouette pas le sang, tu pourras retourner moisir sur tes grimoires. Alors, demanda-t-il en se levant, c'est décidé, Garth ?

Le jeune homme se leva.

—D'accord !

—Bien, je t'apprendrai tout ce que je sais, promit Holden en passant le bras autour des épaules de Garth, comment vaincre la peur, comment s'attacher ses hommes avec un cœur juste et une main de fer, comment séduire les femmes, comment assiéger une place forte...

Garth semblait dubitatif.

—Oui, même ça ! promit-il. Ce n'est pas aussi difficile que tu le crois. Les plus faibles se rendent bien volontiers. Au moindre choc contre leur barbacane, le pont-levis se baisse. Elles changent de maître en un clin d'œil, et on n'en fait qu'une bouchée. D'autres sont intouchables. Jamais elles n'appartiendront à un homme. Il faut se contenter d'admirer ce genre de perfection à distance.

Il ponctua sa phrase d'un coup de poing en pleine poitrine.

—Non, la conquête la plus grisante, la plus méritoire, c'est celle que l'on fait à la pointe de l'épée. Mais le goût de la victoire est d'autant plus doux que... quoi donc ?

Garth le regardait comme s'il ne le comprenait pas.

— Ce sera ma première campagne. Je ne pense pas mettre le siège devant beaucoup de places fortes.

— Des places fortes ? s'esclaffa Holden. Quelles places fortes ? C'est de femmes dont je te parle !

# 1

Il faisait froid et sec. Le soleil matinal dissipait la rosée nocturne. Un lapin tacheté se redressa brusquement. Il avait senti une odeur qui ne lui était pas familière.

Soudain, un sifflement brisa le silence. Une flèche perça la brume et alla se planter dans la terre. Le lapin détala en faisant voler quelques feuilles et se réfugia dans un fourré, plus effrayé par le juron retentissant de la jeune femme que par la flèche perdue.

— Bon sang de bon sang ! Maudit soit cet arc !

Il y avait de la colère dans ses yeux d'azur lorsqu'elle vit qu'elle avait raté son coup.

De rage, elle jeta par terre son arc qui rebondit souplement et sa réserve de flèches qui s'étala sur ses bottes de cuir usées. Sa cape brune virevolta et son capuchon tomba sur ses épaules, découvrant sa magnifique chevelure châtaine aux reflets dorés.

Le laird Angus Gavin se moqua d'elle gentiment.

— Tout doux, tout doux ! conseilla-t-il.

Cambria décocha à son père un regard indigné. C'était bien à lui de conseiller le calme ! Ce n'était pas de sa douce mère – paix à son âme – qu'elle avait hérité son tempérament difficile.

— J'ai dit à cet empoté d'équilibrer les flèches avant de me les donner, fulmina-t-elle en écartant les mèches qui lui tombaient sur le visage. C'est un incapable !

Son père acquiesça en posant un bras consolateur sur son épaule.

— Je lui en toucherai un mot.
— Moi, je l'embrocherais ! menaça-t-elle.
Elle savait qu'elle avait raison. Même Malcolm, le régisseur, qui se plaignait souvent de son penchant immodéré pour la chasse, la fauconnerie et l'équitation, avait admis qu'elle était très experte au tir à l'arc. Jusqu'à présent en tout cas.
Elle ramassa la flèche et remit le carquois sur son épaule. Si elle avait tiré à côté, ce n'était pas seulement à cause d'une fichue flèche, mais aussi en raison de son humeur. Depuis quelques jours, elle n'arrivait plus à se concentrer.
Laird Gavin lui prit les mains.
— C'est le clan qui te donne du souci, supposa-t-il, et cette guerre inévitable.
Son père devinait toujours ce qui la tourmentait, comme s'il lisait dans son cœur à livre ouvert.
Ses ennuis avaient débuté il y a deux semaines, avec son cousin Robbie. Il avait des yeux brillants de malice et des cheveux roux. Elle avait joué avec lui toute son enfance, avait pataugé dans les mares, s'était battue à l'épée de bois, avait ri en disputant des parties d'échecs acharnées, avait trouvé du réconfort sur son épaule quand elle avait perdu sa mère douze ans plus tôt. Elle aurait juré que c'était hier, mais à présent tout avait changé.
— Ne me dis pas que ton parvenu de cousin te manque ? grommela le laird.
De la pointe de sa botte, elle fourrageait distraitement dans les feuilles mortes.
— Robbie avait raison, tu sais. Nous devons cela à la mémoire de Robert Bruce. C'est à nous qu'il revient de continuer la lutte pour la cause des Écossais.
— Pouah ! protesta laird Gavin. Ce que Robbie connaît de la cause des Écossais tiendrait dans une timbale. Il va se faire massacrer avec la moitié du clan. Et pour quel résultat ? Il n'a plus de maison à présent, plus de terres ni de clan !

Cambria en était malade. Quel fou ! Si elle pouvait, elle lui pardonnerait et le reprendrait dans le clan. Mais son père était trop fier pour s'abaisser à cela. Robbie était pour lui coupable d'une faute impardonnable ; il avait tenté de convaincre Cambria de se joindre à lui, oubliant que la place d'une fille est aux côtés de son père, et que celui-ci faisait passer le clan avant le pays.

— Nos ennemis sont les Anglais, bougonna-t-elle.

— Oui, parfois, convint-il en se penchant avec raideur pour ramasser l'arc de Cambria. Et parfois aussi les Highlanders.

C'était vrai. Les Highlanders, habitants des hautes terres du centre de l'Écosse, se méfiaient des clans de la frontière anglaise à juste titre. Le loyalisme des frontaliers, comme le clan des Gavin, changeait au gré du vent et ils se rangeaient en général du côté du plus fort.

Pour Cambria, peu importait la force militaire. Elle avait été élevée avec les valeureux chevaliers de Gavin et pas un Anglais ne pouvait rivaliser par la force, le courage et la loyauté avec ces magnifiques guerriers du clan, elle en était convaincue. L'Écosse finirait par triompher et hisserait un roi sur le trône.

— Il n'y a pas d'unité parmi les clans, expliqua laird Angus, et il n'y en aura jamais.

— Mais Robert Bruce...

— Il a essayé, mais en vain.

— Allez-vous prendre parti contre eux ? Contre Robbie, Graham, Jamie et tous les autres ? Si la guerre éclate, vous battrez-vous contre un Gavin ?

— Robbie et les autres ont trahi le clan, répondit le laird. Ce ne sont plus des Gavin. Ils ont abandonné leurs maisons, leurs familles... Et ils t'ont abandonnée, Cambria.

Son père avait raison, et Cambria en était encore bouleversée. La douleur de cette trahison l'obsédait et pesait sur son cœur.

Elle rentra en silence avec son père, suivant le sentier sinueux qu'ils avaient si souvent emprunté ensemble. Dans d'autres circonstances, elle aurait écouté avec délices le chant des grives et des moineaux et respiré à pleins poumons l'odeur de résine des pins. Mais un poids lui écrasait la poitrine. Elle serra les poings. Elle ne voulait pas que son père la voie pleurer, qu'il doute un seul instant qu'elle avait la force d'hériter de son titre de laird.

Laird Gavin toussota plusieurs fois, mais elle ne l'encouragea pas à parler, car elle avait le pressentiment qu'il n'avait rien de réjouissant à lui dire.

Enfin, il s'arrêta, déboucha distraitement la gourde en peau et but une grande gorgée de vin. Il lui tendit l'outre mais elle refusa d'un geste.

— Cambria, dit-il, je suis trop vieux pour livrer des batailles que j'ai peu de chances de gagner. Ne hoche pas la tête. Tu sais comme moi que c'est vrai.

Elle détestait ce genre de propos. Non, il ne vieillissait pas. Il ne pouvait pas vieillir. Elle n'avait personne d'autre.

Laird Gavin, appuyant le pouce contre la paume de sa main, tenta d'atténuer par un léger massage la raideur qui le paralysait depuis plusieurs années.

— Je n'ai pas l'intention de passer mes dernières années à la guerre.

Elle fronça les sourcils. N'était-ce pas le désir de tout guerrier ? En tout cas, ce n'étaient pas les mots de l'homme qui lui avait enseigné à se battre à l'épée, à la dague et à poings nus jusqu'au dernier souffle, s'il le faut, pour la terre des Gavin.

Il continua d'un ton plus véhément, sans croiser le regard de sa fille.

— Je voudrais des petits-enfants. Je voudrais des descendants et je leur souhaite de vivre en paix.

Elle ne le quittait pas des yeux, stupéfaite. Est-ce que le laird s'amollissait avec l'âge ? Non seulement il était prêt à trahir sa mère patrie, mais il l'invitait une nouvelle fois à fonder une famille. Ils avaient déjà eu à ce propos des disputes interminables.

Elle n'était pas faite pour se marier. Tout le monde le savait. Fille unique du laird, elle avait été élevée par son père et par Malcolm pour commander et assumer ses responsabilités lorsqu'elle hériterait du clan. Elle n'avait pas le temps de marivauder, même si elle en avait envie, ce qui n'était pas le cas, et même si un prétendant s'était manifesté, ce qui n'était pas le cas non plus.

Pourtant, elle n'était pas vilaine. Mais les hommes qu'elle connaissait ne voyaient en elle que le futur laird de Gavin, à la tête de leurs terres et de leur peuple. Une femme de pouvoir, fière et rebelle ; qualités hautement indésirables dans le mariage !

Jusqu'à présent, c'est Robbie qui l'avait le mieux comprise. Il respectait sa force et son intelligence et partageait sa passion pour la politique. Mais l'affection qu'il lui portait était toute fraternelle. À vrai dire, Cambria elle-même regardait rarement un homme à deux fois, si ce n'est pour admirer ses prouesses sur le champ de bataille ou évaluer son loyalisme vis-à-vis du clan.

Son père avait abordé dans le passé la question de son mariage, mais chaque tentative avait immédiatement tourné à l'altercation, avant d'être écartée très vite. Mais là, elle lisait dans les yeux du laird une lassitude et éprouvait une étrange appréhension.

— Qu'est-ce que cela signifie, père ?

Il marmonna un juron, puis releva la tête.

— Demain, une compagnie de chevaliers anglais viendra nous trouver pour nous demander de jurer allégeance à Balliol, en qualité de roi d'Écosse.

Cambria n'aurait pas été plus surprise si son père lui avait confessé qu'il avait deux têtes. Il n'était plus question de mariage, c'était pire.

— Balliol ? souffla-t-elle. Le fantoche du roi Edward ?

Angus crispa les poings.

— Naturellement, vous allez refuser ! affirma-t-elle en essayant de se convaincre que le laird n'avait pas perdu l'esprit.

Le père esquivait son regard.

— Père, insista-t-elle en tentant de garder son calme, vous êtes fatigué. La nuit porte conseil, peut-être que demain…

— Cambria ! coupa-t-il d'un ton de réprimande.

— Mais Balliol n'est même pas écossais ! répondit-elle, perdant patience.

— Il est né en Écosse.

— Un cochon a beau naître dans un nid, rétorqua-t-elle en crachant par terre, il ne devient pas un oiseau.

— Cambria ! menaça le laird.

— Edward croit plaire aux Écossais en mettant ce…

— Cambria !

— … Cet avorton servile de…

— Cambria !

— Quoi ?

— Écoute-moi, insista-t-il avec une patience peu habituelle. Notre seul espoir de garder nos terres est que Balliol soit roi. J'ai accepté de lui prêter allégeance à condition que l'Anglais garantisse que les terres des Gavin resteront à notre nom, au mien et au tien, précisa-t-il. Tu sais ce qui arrivera à ceux qui s'opposeront aux Anglais et perdront la bataille…

— Les Gavin vaincront !

— Les Gavin ne peuvent rien, grommela le laird de Gavin. Nos forces ont été amputées par les désertions.

— Ils n'ont pas… dé… déserté, rétorqua-t-elle en achoppant sur le mot qu'elle avait elle-même prononcé après le départ de Robbie. Ils se battent pour l'Écosse. C'est vous, le déserteur !

— Mais ne comprends-tu pas ? demanda le laird qui devenait écarlate et se tordait les mains comme s'il avait envie de la secouer. S'il y a bataille, nous perdrons. Et nous perdrons tout, notre terre et nos gens.

Elle secoua la tête, incrédule. Les Gavin sont invincibles. Malcolm le lui avait répété des centaines de fois.

— Nous ne serons pas battus, père, insista-t-elle. L'armée écossaise nous aidera.

— Bah ! ricana-t-il en l'écartant. Ils sont incapables de se mettre d'accord pour éteindre un simple feu. Non, ils ne nous tireront pas des griffes des Anglais.

La colère de Cambria rejaillit sous l'injure.

— C'est parce qu'ils n'ont jamais été soutenus par les gens comme nous. C'est la seule raison pour laquelle ils ont l'air...

— ... stupides ? suggéra le père avec un humour caustique.

— Père, protesta-t-elle, vous me demandez de remettre l'épée au fourreau en plein combat. Non, j'en suis incapable.

— Cambria, insista le laird de Gavin, je sais que tu es attachée à tes principes, mais tu es bien placée pour connaître le prix de la témérité. N'as-tu pas appris cela d'innombrables fois à la pointe de ton épée ?

Le poids de la main paternelle sur son épaule lui fut soudain insupportable.

— Tôt ou tard, poursuivit-il, l'Angleterre conquerra l'Écosse et couronnera la personne de son choix. Or je veux garder aussi intacts que possible le clan et la terre des Gavin. Ce n'est pas le moment de se battre. Nous avons déjà l'épée ennemie sur la gorge et le moment est venu de rassembler nos forces pour laisser passer la bourrasque.

Il serra fort l'épaule de sa fille puis continua :

— J'ai accepté de rencontrer un chevalier du roi Edward, lord Holden de Ware. On dit que c'est un homme juste qui mérite notre confiance.

— Notre confiance ? s'écria-t-elle en tournant le dos au laird pour qu'il ne voie pas son désespoir. Nul Anglais ne mérite notre confiance. Père, nous sommes écossais. Comment avez-vous pu donner votre accord ?

— Je ne peux revenir là-dessus, ma fille, répondit-il durement. Les hommes de lord Holden seront ici demain matin. Je compte sur toi pour que nos invités soient bien accueillis.

Nos invités ? Ce n'était plus un pincement qu'elle avait au cœur, mais l'impression qu'on la terrassait. Atterrée, elle suivit son père. Les envahisseurs approchaient. Si les Anglais étaient déjà en route vers le nord, il était trop tard. L'heure des choix était passée.

Comment cela était-il arrivé ? En une matinée, la vie entière de Cambria avait basculé : elle ne serait plus jamais comme avant.

Au fond d'elle-même, Cambria savait qu'elle ne pouvait rien refuser à son père. Le laird est maître chez lui. On lui avait inculqué cette vérité depuis sa naissance. Et pour le laird, le clan passe avant tout. Il n'y a pas de question à se poser. Il fait de son mieux pour défendre les intérêts du clan.

Oui, elle le soutiendrait dans sa décision : il avait dû avoir autant de mal à la prendre qu'elle à l'accepter. Mais, décida-t-elle en décochant un coup de pied à un galet sur le chemin, elle ne se rendrait pas sans combattre.

— J'espère qu'ils ne s'éterniseront pas, hasarda-t-elle.

— Plusieurs chevaliers resteront certainement pour assurer la protection du château.

— Nos provisions d'hiver ne prévoient pas de bouches supplémentaires.

— Dans ce cas, rétorqua-t-il, heureusement que les déserteurs ont laissé leur part.

— Vous savez, annonça-t-elle, je ne mettrai pas le genou à terre devant ce... Warren. Peu m'importe qu'il soit lord.

— De Ware, rectifia-t-il. Lord Holden de Ware. Il est réputé pour son habileté à manier l'épée et pour sa férocité. On l'appelle le Loup. On dit qu'il n'a jamais connu la défaite.

Ce genre de racontars hérissait Cambria. Il ne s'était certainement jamais mesuré à un Écossais.

Ils arrivèrent sur un tertre en vue du château de Blackhaugh, siège ancestral du clan des Gavin et s'arrêtèrent un moment pour contempler les vieilles pierres gris-bleu.

— Je soumettrai l'affaire au clan ce soir même, annonça le laird. Cela faciliterait les choses d'avoir ton appui.

Elle se raidit.

— Je sais que c'est beaucoup te demander, mais je t'en supplie au nom des Gavin, au nom de ta chère et défunte mère, et au nom de mes rêves de vieil homme, ne cherche pas de mal à ce lord anglais. Il sera notre seul défenseur et j'ai confiance, il nous défendra bien.

Cambria se demanda qui les défendrait contre ce lord.

— Il faut que je prenne mes dispositions pour loger nos... invités, dit-elle.

Le laird de Gavin l'embrassa sur le front, puis elle courut vers le portail de Blackhaugh.

Katie, la femme du régisseur, entra dans la cuisine et fut stupéfaite du chaos qui y régnait.

Tout était recouvert de fleur de froment : le sol dallé, la marmite en fer solidement accrochée à la crémaillère au-dessus du feu et jusqu'à la barbe noire du cuisinier furieux. Des débris de vaisselle jonchaient les tables et une substance brune et collante coulait sur le mur.

Cambria Gavin allait et venait en soulevant de fins nuages de farine. Elle aboyait des ordres au jeune marmiton terrorisé, ses yeux lançant des éclairs. Puis elle l'accula dans un coin et l'apostropha. Quand la poigne du cuisinier se serra sur le manche de son énorme couteau, Katie jugea le moment venu d'intervenir. Elle prit Cambria par le coude et la mit hors de portée de cette arme tranchante.

— Viens, suggéra-t-elle d'un ton apaisant. Ici, il n'y a pas de place pour se battre. En plus, il fait chaud comme en enfer.

Elle releva le coin de son jupon et tamponna le froment qui enfarinait le nez de Cambria.

Plus que quiconque, Katie tenait lieu de mère à Cambria.

Elle connaissait les humeurs tumultueuses de la petite, ce caractère soupe au lait qui faisait la terreur de plus d'un domestique. Mais elle l'avait aussi surprise en train de pleurer quand elle croyait n'être vue de personne, sanglotant sans bruit comme si son cœur allait se rompre.

— Qu'est-ce que ça veut dire, qu'il ne peut pas faire de fromage pour demain ? demanda Cambria, en faisant la grimace.

— Le fromage, il faut le faire vieillir, expliqua avec douceur Katie.

— Alors, il sera prêt après-demain ?

— Non.

— Combien de temps lui faut-il, alors ?

— Il ne sera pas prêt avant l'hiver, milady, pouffa Katie.

Elle se demandait parfois ce que Cambria deviendrait sans elle. La petite savait lire, écrire, tirer l'épée et tirer à l'arc, mais en ce qui concernait les activités ménagères, c'était le néant absolu. Cambria lui avait avoué une fois que le fait de préparer la maison pour des invités lui coûtait plus qu'un coup de lance en plein ventre.

À voir l'état du château, Katie la croyait aisément. Il avait fallu se débarrasser d'une bonne douzaine de paillasses infestées de rats et de puces ; les chambres inutilisées depuis des semaines étaient tapissées de toiles d'araignée. Par erreur, on avait étalé dans la grande salle des joncs frais sur la vieille jonchée et il ne restait qu'à tout jeter. Cambria s'était mise en devoir de réparer le plus beau tabard de son père et avait complètement massacré les armoiries brodées. Furieuse, elle avait achevé l'ouvrage à coups de dague. Depuis, l'épervier blanc des Gavin semblait blessé à mort. Et le matin même, le cuisinier aurait volontiers embroché et rôti sa jeune maîtresse.

Katie soupira. Elle avait mis la moitié de la nuit à réparer les conséquences du travail de Cambria. À présent, la jeune fille semblait la blâmer comme si elle était responsable de la durée de vieillissement du fromage.

Mais pour Katie, l'humeur de Cambria ne changeait rien. Les colères de la demoiselle étaient toujours pardonnées.

Entraînant Cambria dans un coin moins agité de la cuisine, elle se mit à bavarder, après avoir congédié quelques marmitons soulagés.

— Milady, commença-t-elle en plongeant dans un épais bouillon une gigantesque louche en bois, nous avons des bonnes choses en abondance : du gibier à plumes, du lièvre et même des truites fraîches.

— Je ne vois pas l'utilité d'entamer nos réserves de viande pour des invités qui pourraient se contenter de potage et de fromages, rétorqua Cambria, inflexible.

Katie rit sous cape et souffla avec précaution sur sa louche de bouillon.

— Mais enfin, ma jolie, quelle rancune nourris-tu vis-à-vis de ces gens ? Ton père tient à faire des frais pour eux. Je t'en donnerais moi, du potage et du fromage !

Sans relever la grimace de Cambria, elle but une gorgée du breuvage.

— Hum, Hamish, tu t'es surpassé ! roucoula-t-elle.

Le chef grogna de satisfaction, calmé pour le moment.

Katie se demandait pourquoi Cambria était si nerveuse ; elle ne l'avait jamais vue si égarée. Elle tripotait son surcot au point d'en faire des franges.

Soudain, cela lui parut limpide.

— Tu sais, ton père a fait bien des mystères à propos de ces invités, confia-t-elle. Crois-tu qu'il t'a trouvé un mari ?

Cambria blêmit, horrifiée.

— Non ! supplia-t-elle d'une voix étranglée. Pas ça !

Et, plantant là le cuisinier et quelques gâte-sauces ahuris, elle détala sans regarder la vieille femme au mot malheureux.

Cambria tira sur le col de son surcot. L'épais tissu de laine l'étouffait dans la grande salle encombrée. L'odeur écœurante du ragoût de mouton lui retournait l'estomac ; elle avait vaguement goûté sa nourriture, laissant le plus gros à Malcolm qui ne demandait pas mieux que de finir la portion qu'ils étaient censés partager. Les odeurs et les sons familiers du dîner avaient pris une nuance particulière : Cambria était à l'affût de tout comme si c'était leur dernier repas ensemble.

Son père parlait tranquillement avec Malcolm de la taille de la truite pêchée dans le ruisseau. Plus loin, à la même table, deux dames échangeaient des recettes contre le mal de tête. Au bout de la table, les conversations allaient bon train dans un tapage inaudible. Des chiens de meute grondaient de temps en temps aux pieds de son père quand il leur jetait un os. Les odeurs de vin, oignons, mouton poivré et moutarde étaient fortes, mais Cambria sentait néanmoins les reines des prés de la jonchée. Tel convive la faisait sursauter en reposant brusquement sa dague sur la table de bois. Considérant un à un les convives, elle se demandait combien d'ennemis son père allait se faire ce soir.

Enfin, le laird se leva ; heurtant sa coupe d'étain avec le manche de son couteau, il demanda l'attention de tous.

Le silence se fit dans la grande salle. Le cœur battant, la jeune fille avait l'impression que tous les écus suspendus aux murs la regardaient. Elle se recueillit un instant pour implorer à Dieu la force de soutenir son père de façon convaincante.

— Nous sommes tous des Gavin, commença-t-il d'une voix forte et réconfortante. Il y a ceux qui se sont éparpillés loin du clan et ceux qui ont choisi de rester sous sa protection. Mais il n'y a rien, poursuivit-il d'une voix forte en donnant du poing sur la table, rien de plus important que la survie du clan et la propriété de ses terres.

Il y eut quelques cris d'encouragement, mais la plupart attendaient en retenant leur souffle qu'il en vienne au vif du sujet.

— Je me soucie peu de politique. Je reconnais que je me moque de savoir qui est le roi légitime : celui qui gouverne doit seulement être juste.

— Et loin ! cria quelqu'un.

Il y eut quelques rires. Le laird sourit, puis leva la main pour redemander le silence.

— La guerre entre l'Écosse et l'Angleterre est imminente. Nous qui sommes à la frontière, devons choisir notre camp.

Il se racla la gorge et caressa son menton grisonnant.

— Il y a deux semaines, nos jeunes ont péri pour un cri de bataille auquel ils ont eu la folie de ne pas résister. Ils ont choisi leur sort, je ne leur en veux pas.

Cambria savait que c'était faux mais se tut.

— Moi aussi, j'ai choisi, poursuivit-il. Je n'ai pas suivi les inclinations de mon cœur, mais celles de la raison.

Il s'interrompit longuement, dévisageant les membres du clan.

— J'ai décidé de m'allier avec les Anglais et Balliol.

Un murmure de stupeur courut dans la salle, suivi d'un brouhaha discret ; Cambria crut entendre gronder le tonnerre. C'était le moment : le laird avait besoin d'elle. Jetant un regard nerveux autour d'elle, elle se leva malgré ses jambes chancelantes et lança à son père un regard d'intelligence.

— Bonnes gens, commença-t-elle vaillamment.

Personne ne l'entendit.

— Bonnes gens ! cria-t-elle à pleins poumons.

Sa voix emplit la pièce et les murmures cessèrent d'un coup. Cambria croisa les mains et tenta de les garder tranquilles.

— Comme beaucoup ici, je n'ai pas envie de voir Balliol sur le trône.

Plusieurs personnes acquiescèrent et elle continua d'un ton plus sûr.

— Mais je n'ai pas non plus envie de voir notre clan détruit et notre terre morcelée. L'Anglais... vaincra, articula-t-elle avec effort. Ils ont le nombre pour eux, articula-t-elle avec effort. Ils ont le nombre pour eux et l'unité, contrairement aux Écossais. À cause des... déserteurs, nos propres forces sont amputées. Nous n'avons pas les moyens de résister. Ils sont déjà arrivés et aucune armée écossaise ne viendra lever un siège éventuel.

Des voix s'élevèrent de nouveau, perplexes ou indignées. Le laird regarda fièrement Cambria.

— Notre seul espoir, ajouta-t-il, est de nous allier à l'Anglais, mais en imposant nos conditions. J'ai accepté l'alliance, à la condition que notre fief reste au nom des Gavin.

Il fit une pause et adressa un clin d'œil complice à Cambria.

— Et ils ont accédé à ma demande. Ils veulent simplement se servir de notre place forte et de nos chevaliers. Quand ils auront écrasé la rébellion, ils rentreront chez eux. Il le faudra bien car leur peau d'Anglais, blanche comme le lis, ne supporterait pas l'hiver écossais.

Toute l'assemblée s'esclaffa à ce bon mot. Cambria qui se détendait ne put s'empêcher de sourire. Quel homme ! se dit-elle. Avec sa grosse voix et ses yeux malicieux, il a choisi de porter sur ses épaules tout le poids et les dangers de son clan. Elle était fière de son père et une lueur dans ses yeux trahissait une même fierté à l'égard de sa fille. Le regard de Cambria se brouilla, la joie lui réchauffant le cœur. Prise d'une soudaine inspiration, elle leva sa timbale.

— Aux Gavin !

Et tous levèrent d'un seul geste leur coupe.

— Que notre clan dure toujours et reste à jamais une épine dans le pied de l'Anglais !

Un joyeux tapage régna dans la grande salle tard dans la nuit. Soulagée et pleine d'espoir, Cambria finit par aller se coucher, montant par l'escalier en colimaçon qui conduisait à sa chambre. Katie lui avait préparé un bon feu dans sa cheminée. Cambria se pelotonna sous ses fourrures sans se douter de la tragédie qui, à la faveur de son paisible sommeil, allait se dérouler à son insu.

# 2

Sir Roger Fitzroi observait le château endormi qu'il distinguait entre les pins dans le lointain. À la différence des autres chevaliers qui ronflaient tranquillement autour de lui, il avait mal dormi. La rancœur que le chevalier ressentait vis-à-vis de son nouveau suzerain, Holden de Ware, le travaillait.

Le roi Edward d'Angleterre, le neveu de Roger, avait décidé au mépris des liens du sang d'accorder sa confiance au Loup. Une fois de plus, il avait écarté le fils naturel de son grand-père et confié le commandement des forces du Nord à Holden de Ware. Puis il l'avait incité à assiéger le plus formidable château de la région et lui en avait accordé la seigneurie. Le siège du château de Bowden n'avait pas duré trois jours, et Holden de Ware, récemment nommé lord, s'était tranquillement installé dans ses nouveaux quartiers grandioses. Roger s'était jeté sur l'occasion qu'il avait à présent d'emporter une victoire analogue sur le château de Blackhaugh.

Mais il avait appris que ce château-là jouissait d'une clause particulière. On disait que le laird du pays frontalier avait accepté de son plein gré de mettre sa forteresse au service de l'Anglais et promis de donner son appui à Balliol à la condition que le château et son fief demeurent au nom du présent seigneur. Et ce maudit Holden de Ware avait approuvé ces termes…

Roger cracha furieusement par terre, écœuré par cette mansuétude ridicule pour l'ennemi. Il était capable de supporter beaucoup de choses, mais pas voir un Écossais fieffé alors que lui restait sans terre. Maudit soit le Loup ! Edward avait promis une récompense aux vainqueurs. Pas question pour Roger de le voir passer sous son nez sans prendre sa part !

Malgré l'heure matinale, il avait hâte d'en découdre et réveilla ses demi-frères de la pointe de sa botte.

— Hugh ! Owen ! Debout ! cria-t-il sans se soucier de leurs protestations. Allons prendre ce château.

De mémoire d'homme, il n'avait pas vu pareilles parures de chevaliers que celles la grande salle de Blackhaugh, songea Roger avec admiration en retirant lentement ses gants, pas loin de deux douzaines, un véritable arc-en-ciel de couleurs et de fières armoiries anglaises. Ses propres armes, barrées d'une bande à gauche, signe de sa bâtardise, portaient mieux que les guenilles élimées des chevaliers de la frontière.

Les domestiques réveillés en sursaut faisaient leur apparition, allumant les torches au mur, chauffant le porridge et tentant tant bien que mal de garder pleines les chopes de bière des chevaliers. Roger les dominait tous, mais cela l'amusait de jouer l'humilité. Il accepta avec grâce le calice d'argent plein de bière que son hôte, le laird Angus Gavin, lui offrit.

Repoussant sa coiffe d'acier, Roger inclina son breuvage et prit poliment une petite gorgée, refrénant son envie de le boire d'une traite. Il savait qu'il jouait à la perfection le rôle de modeste médiateur de Holden de Ware. Toutefois, un léger contretemps dans son projet le tourmentait.

On l'avait mal renseigné quant au nombre de chevaliers résidant à Blackhaugh. Il avait fait parler trois servantes, elles avaient affirmé que tous les hommes étaient présents, mais le manque de défenseurs l'inquiétait. Son projet reposait sur sa capacité à faire croire que les Écossais s'étaient défendus par les armes et l'absence d'hommes armés ôterait de la crédibilité à son mensonge.

Comme d'habitude, Hugh et Owen lui causaient des difficultés. Roger aurait préféré ne pas avoir à traîner partout ses crétins de frères. Mais leur mère était intraitable sur ce point : il lui fallait obéir ou renoncer à la pension royale. Roger fit la grimace, souhaitant qu'ils se taisent et lui laissent le soin de mener l'affaire à sa façon.

Impatient, Roger plaça sa coupe vide dans les mains d'Owen.

— Laird Gavin, annonça-t-il, mes frères et moi-même...

Le laird les observa tous trois d'un regard dubitatif. Roger était habitué à ce genre de perplexité car les trois frères ne se ressemblaient pas plus que des étrangers : Owen, qui ressemblait à leur mère, était un petit brun, tandis que Hugh, grand et mince, avait des cheveux blonds et raides. Seul Roger, avec sa silhouette élégante et ses cheveux d'or, avait la prestance de son noble père.

— Mes frères et moi-même préférerions discuter en particulier les termes de votre reddition, déclara-t-il avec une déférence exagérée.

Pour ce qu'ils avaient à se dire, mieux valait ne pas avoir de témoins.

Laird Angus sentit ses poils se hérisser. Il n'aimait pas la façon dont cet Anglais utilisait le terme « reddition ». Il toisa un long moment Roger Fitzroi d'un regard noir jusqu'à ce que le sourire de l'Anglais s'efface. Il soupira. Une petite égratignure à son amour-propre était un faible prix à payer au regard de la survie du clan.

Il fit signe à Malcolm de garder l'œil sur le reste de l'assemblée, puis aux trois frères de se diriger vers la chambre contiguë. La porte se referma sur eux avec un bruit sourd.

Il invita les Anglais à s'asseoir sur les bancs autour de la table placée au milieu de la pièce, mais ils restèrent debout. Fitzroi s'appuya à la porte avec insolence.

Cela ne fait rien, s'obstina Angus. Plus vite, nous en aurons fini, mieux ça vaudra. Il tendit la main.

— Vous avez le document ?

Fitzroi se tapota la poitrine et sortit un parchemin en feignant la stupeur.

— Ça ?

Ses frères ricanèrent, et lui eut un sourire mauvais. Quelque chose démangeait Angus de lui ôter quelques dents, mais il songea à son clan et se frotta les mains.

— Je vais demander une plume et...

Posément, Fitzroi déchira le parchemin et laissa tomber les morceaux sur le sol sans se départir de son odieux sourire.

Angus sentit le doute l'envahir.

— Pas besoin de ce torchon, expliqua Fitzroi en haussant les épaules.

Il fit signe à Owen. Il y eut un éclair d'acier, un seul coup suffit.

Avant qu'Angus n'ait le temps de sonner l'alarme, l'épée lui transperçait la poitrine de part en part. D'un bond, Fitzroi fut sur lui et l'empoigna par le manteau, si près que le laird voyait son menton mal rasé et de la bave à la commissure de ses lèvres.

— De Ware croira que vous avez refusé notre alliance, jappa Fitzroi, que votre clan nous a accueillis à l'épée.

Angus était incapable de bouger, mais son esprit était déchiré entre l'impuissance et l'incrédulité. L'Anglais avait trahi, et lui plongeait le clan dans le malheur. Des images terribles lui venaient à l'esprit : les Gavin mourant de faim, les braves chevaliers exécutés pour trahison, Cambria...

— Cambria... souffla-t-il d'une voix rauque.

— Blackhaugh est à moi, ricana l'Anglais, et votre clan immonde cessera d'exister.

Roger vit que ses sarcasmes ne portaient plus. Déjà, la vie le quittait. Il le lâcha et le laird glissa sur le sol. Roger s'épousseta les mains.

— Bien joué, Owen. Hugh ?

Hugh se pencha vivement sur le cadavre et, de son bras décharné, sortit l'épée du laird de son fourreau. Puis il se tourna vers Owen et, sans sommation, lui passa l'arme à travers le corps.

Owen suffoqua de douleur sans comprendre, se prit la poitrine à deux mains. Le sang de la mince blessure gicla entre ses doigts.

— Je crois que tu es tombé sur une provocation, mon cher frère, expliqua Roger sans une once de pitié.

Hugh haussa les épaules et jeta l'épée sur le sol, aspergeant la jonchée du sang d'Owen.

Hilare, Roger assistait à la scène avec intérêt. Owen fixait Hugh à travers les mèches brunes, comme un chien prêt à se retourner contre son maître. Hugh commit alors l'erreur de lui rire au nez, gloussant sottement. C'en fut trop pour Owen.

Roger comprit que les choses allaient se gâter. Il aurait pu s'interposer, mais il était fascinant de regarder Owen s'en prendre à leur frère comme un enragé. Owen était plus petit, mais noueux et plus fort qu'il n'y paraissait. Même blessé, il lui était facile de renverser son frère.

Si Roger avait remarqué la dague dans la main d'Owen, il aurait peut-être interrompu le combat. Mais quand il vit le reflet des bougies sur la lame d'acier, il était trop tard.

Hugh fut frappé en plein cœur et ses talons martelèrent le dallage d'un rythme frénétique. Il marmonna faiblement ses derniers mots et Owen retira brutalement sa dague, la laissant choir par terre. Puis, relevant les yeux, il s'essuya la bouche d'un revers de manche.

Roger sourit à son petit frère, sans savoir si c'était un signe d'approbation ou d'incrédulité. Mais ils n'avaient pas de temps à perdre. Avec un signe de connivence, ils poussèrent de l'épaule la lourde table en chêne et la renversèrent dans un grondement retentissant, puis Roger ouvrit la porte et appela aux armes ses chevaliers stupéfaits.

Cambria était en train de rêver que son père venait à elle en souriant, traversant la clairière ensoleillée les bras grands ouverts. Elle lui souriait aussi. Soudain, un loup gris avec des pattes énormes et un regard perçant surgit entre eux. Le fauve lança un long hurlement funèbre et une ombre sinistre s'étendit sur le laird.

Elle se réveilla en sursaut, en étouffant un cri. Son cœur battait la chamade. Elle prit sa tête moite dans ses mains tremblantes. Cela faisait longtemps qu'elle n'avait pas eu de rêve prémonitoire; mais c'en était un, elle en était sûre. Ce loup était une menace pour son père.

Affolée, elle se leva, jambes tremblantes, traînant avec elle une fourrure et regarda par la fenêtre. Le soleil était levé. Katie, par gentillesse, lui avait laissé faire la grasse matinée; il faut dire qu'elle avait astiqué l'armure de son père jusqu'à minuit passé. Mais aujourd'hui, pas question d'être en retard. Elle proféra quelques jurons et jeta la fourrure sur son lit.

Un fracas assourdissant résonna dans les couloirs et ébranla le plancher de chêne. Le clan! songea-t-elle sur-le-champ.

Des cris d'inconnus retentissaient en bas et les chiens de meute aboyaient avec fureur. Son cœur se mit à cogner. Elle se jeta sur son lit pour prendre au mur son épée à deux tranchants. Avec une hâte fébrile, elle enfila sa chemise en maudissant ses cheveux qui se prenaient dans une manche. Quand Cambria jaillit de sa chambre, elle entendit des bruits de vaisselle, des cris de femmes terrifiées.

Elle courait dans le couloir quand elle entendit le tintement de lames d'acier. Elle redoubla de vitesse et descendit à la hâte l'escalier qui débouchait sur la galerie dominant la grande salle.

Sur le palier, elle s'immobilisa. La scène était atroce, digne d'un champ de bataille : des armures éclaboussées de sang, les domestiques terrorisés blottis dans les angles de la pièce, les chiens de chasse jappant et tremblant, les corps sans vie des chevaliers de Gavin, gisant dans des flaques de sang, Malcolm et ses hommes enchaînés comme du bétail. Cambria fut pétrifiée par un terrible pressentiment de trahison !

Le laird. Où est le laird ?

La panique la saisit. Si elle retrouvait son père, tout s'expliquerait. Le laird prenait toujours soin de son clan. Elle passa sur sa bouche des doigts tremblants. Bon Dieu, où est-il ?

Comme elle formulait cette question, deux jeunes gens sortirent de la pièce adjacente, peinant sous le fardeau qu'ils transportaient.

Cambria poussa un cri intérieur en reconnaissant le manteau de son père. Non, pas le laird !

Elle osait encore espérer qu'il était vivant, mais inanimé tant il était ruisselant de sang. Trop de sang, beaucoup trop, et cette tête inerte balancée à chaque pas. Et ses yeux vitreux au regard aveugle tournés vers le ciel. Son esprit l'avait quitté... Un cri perçant jaillit de ses lèvres.

— Non ! vociféra-t-elle en dévalant les marches.

Sa jupe volait comme le suaire d'un spectre.

— Non !

Nul ne tenta de l'arrêter, ni ami ni ennemi, et les jeunes qui transportaient son père le posèrent doucement sur les dalles et s'écartèrent.

Cambria lâcha son arme et secoua le corps livide, refusant d'admettre le silence du laird. Il fallait qu'elle le réveille, le clan avait besoin de lui.

Elle lui caressa le front, en vain. Elle prit la main droite du laird, lourde et molle. Cambria se mit à couvrir de baisers la dépouille silencieuse, souillant de sang vermeil sa robe de lin.

— Non, souffla-t-elle, non !

C'était impossible qu'il fût mort ! Jamais il ne l'aurait laissée seule. Elle avait déjà perdu sa mère, elle ne pouvait subir de nouveau cet arrachement sans nom.

Pourtant, il gisait là, muet comme la pierre. Un sanglot désespéré lui monta à la gorge, mais ne sortit pas. Elle avait l'impression d'avoir un poignard en travers de la poitrine.

Le laird était perdu à jamais.

Des larmes brûlantes ruisselèrent sur les joues de la jeune fille et se mêlèrent au sang de ce Gavin qui n'était plus. Le silence s'était fait autour d'elle, les envahisseurs essuyant calmement leurs armes, nettoyant le sang de ces braves qui ne se battraient plus pour les Gavin. À travers les mèches de sa chevelure en désordre, elle vit le monstrueux ennemi qui avait massacré son peuple. Qui était-ce ? Qui étaient ces infâmes qui, en quelques instants, avaient détruit les Gavin ?

La douleur qui l'accablait se transformait en haine amère. Et tout de suite, elle se rebella et refusa la destruction. Ces étrangers ne pouvaient pas avoir anéanti les Gavin, qui vivaient depuis des siècles, impunément. Ils ne mourraient jamais. Ils vivraient par elle, elle représenterait le sang du clan à présent.

Essuyant ses larmes du dos d'une main, elle tendit l'autre vers le pommeau de son épée tombée à terre. D'un coup de talon, elle écarta la jupe qui lui entravait les chevilles, et mit sa chevelure derrière ses épaules. Puis elle pivota, l'épée en main, et fit face à l'ennemi. Plusieurs servantes se signèrent en faisant le signe de croix quand elles la virent défier les chevaliers comme une furie.

— Infâmes ! hurla-t-elle. Vous avez tué mon père.

Malcolm n'y tint plus, craignant que Cambria ne se fasse tuer.

— Arrête, ma petite ! cria-t-il du coin de la pièce.

Son cri lui valut une manchette du chevalier qui le tenait mais cela ne l'empêcha pas de tirer sur la chaîne qui lui entravait les poignets. Il était au désespoir de voir la fille de son plus cher ami se lancer dans un combat perdu d'avance. Sa gorge se serrait. Mon Dieu ! Il avait déjà perdu son laird. Il ne supporterait pas de voir Cambria mourir à son tour.

Mais elle était sourde à tout, cela était évident. La soif de vengeance l'aveuglait. Tel un ange exterminateur, elle leva bien haut son épée à deux mains et, avec un cri de bataille, chargea l'ennemi, faisant tournoyer son arme à bout de bras, comme un moissonneur fauchant en plein champ.

Les chevaliers s'égaillèrent, restant à l'écart de la lame sifflante ; Cambria affrontait à elle seule toute la troupe ennemie. À la satisfaction de Malcolm, les Anglais furent pris au dépourvu de voir une jeune fille gracile les défier avec pareil aplomb, surveillant leurs assauts et frappant d'un bras sûr. Le menton de Cambria frémissait d'orgueil. Malcolm et son père l'avaient bien formée, la diablesse.

Elle frappait en tenant son arme à deux mains pour affermir ses coups. Deux hommes qui sous-estimaient sa fureur reçurent des blessures graves, et Malcolm craignit qu'elle n'en paie chèrement le prix.

Mais la surprise ne resta pas du côté de la jeune fille. Faisant appel à toute dextérité, elle les tint en respect un moment, mais le nombre jouait contre elle de façon accablante. Deux chevaliers finirent par la ceinturer par-derrière et lui tordirent les poignets ; elle lâcha son épée qui tomba sur les dalles avec un tintement retentissant.

Enfin, au soulagement de Malcolm, les Anglais ne l'égorgèrent pas sur place, car c'était une femme.

Folle de rage, Cambria se débattait sauvagement, jurant, tirant, donnant de violents coups de tête.

Malcolm étouffa un juron. Que n'était-elle restée couchée ?

Un chevalier à barbe noire empoigna sa chevelure et lui renversa la tête en arrière. Elle montrait les dents, avec le regard d'une bête aux abois.

Soudain, les doubles portes de la grande salle s'ouvrirent toutes grandes. Un magnifique destrier noir, monté par un chevalier en grande armure, entra au galop. Il n'était pas seul ; les chevaux s'arrêtèrent en glissant sur le dallage. Les joncs volaient partout et les chevaliers reprirent la maîtrise de leurs montures effrayées par l'exiguïté des lieux.

Cambria fut mise à genoux de force par l'homme qui la maîtrisait.

— Messire ! bégaya le chevalier, surpris, en s'inclinant bien bas devant le nouvel arrivant.

La réponse se faisait attendre. Le silence était lourd, et l'on n'entendait que les chevaux qui s'ébrouaient, la sellerie de cuir qui grinçait et les servantes qui reniflaient.

Cambria inspira profondément et tenta de recouvrer ses esprits. Elle était au bord de l'évanouissement. Elle aurait voulu se réfugier en un lieu où rien ne puisse l'atteindre, mais elle luttait pour rester consciente pour ne pas perdre de vue cette réalité qui lui rappelait de façon obsédante que les Gavin, c'était elle. Elle se planta les ongles dans la paume pour chasser le vertige et fixa le cavalier entré le premier qui approchait avec sa monture.

Cambria observa qu'il lui suffisait d'une légère pression de ses genouillères pour faire avancer l'énorme bête. Celle-ci encensa et fit quelques pas vers elle. Assurément cet homme et sa monture devaient être redoutables sur le champ de bataille, une équipe imbattable.

Avec une arrogance brutale, le cavalier s'approcha à quelques centimètres du chevalier blond.

Cambria défia du regard le cavalier casqué. Ainsi, c'était lui le monstre responsable du meurtre du laird. Elle fut prise d'une nausée violente en revoyant le manteau sanglant de son père et son regard vide. Elle ravala son haut-le-cœur, et implora Dieu de lui donner la force de tenir jusqu'à l'arrivée des renforts des chevaliers de Ware, qui la rétabliraient dans son bon droit. Le seigneur anglais avait donné sa parole de protéger Blackhaugh contre des ennemis comme eux. Il était tenu de les châtier. Elle espérait que le Loup leur arracherait les membres un par un.

Incapable de faire un geste, muette d'émotion, elle regarda le chevalier ôter son casque et passer la main dans ses boucles brunes.

À présent, Cambria sentit son cœur se calmer. Mais un poids énorme pesait sur sa poitrine et l'empêchait presque de respirer quand elle regarda le visage de cet homme. Ce n'était pas l'ignoble individu qu'elle s'attendait à découvrir. Il s'agissait même de l'homme le plus beau qu'elle ait jamais vu. Son visage avait des traits réguliers, d'une perfection qui l'aurait fait passer pour charmant sans les épais sourcils et les cicatrices attestant de nombreuses saisons de combat. Sa chevelure, humide de sueur et ses boucles tombaient en désordre sur un cou musclé. Sa mâchoire était ferme et résolue, mais la courbure généreuse de ses lèvres témoignait d'une véritable sensibilité.

Le plus étonnant était ses yeux. Ils avaient une couleur profonde et presque triste, car ils avaient vu la violence et la souffrance, et les avaient endurées. Ces yeux firent tout de suite battre le cœur de Cambria mais pas de peur.

Il fit tourner sur place sa monture d'une nouvelle pression de sa genouillère et toisa le chevalier blond.

—Alors, Roger, c'est fini ? demanda-t-il d'une voix grave, puissante et lourde d'ironie.

Le chevalier défia son regard sans cacher son hostilité.

—Oui, messire. Ils ont résisté, comme vous voyez, mais...

Il n'acheva pas et haussa les épaules.

L'homme à cheval sur sa selle lança son casque à son écuyer et soupira longuement.

Pareil carnage était inexcusable. Comme il l'avait craint quand il s'était mis en selle le matin même afin de rattraper Roger, quelque chose n'allait pas dans ce récit. Il n'aurait jamais dû lui faire confiance, car il était incapable de gérer l'usage de la violence. À voir l'âge des écus conquis alignés dans la grande salle et les nippes dont les chevaliers de Gavin étaient vêtus, ce clan était trop pauvre pour causer le moindre danger. D'ailleurs, ils n'étaient qu'une poignée, conclut-il en comptant d'un regard las les cadavres jonchant la pièce.

Puis il la vit, à genoux aux pieds de son chevalier, au milieu du carnage. La gorge du valeureux chevalier se serra. Un instant, il oublia où il se trouvait. Elle, c'était un ange, ou presque, corrigea-t-il en l'observant mieux: son regard était féroce, sa mâchoire décidée, sa chevelure foncée. Pas un ange, mais quelque chose d'aussi immatériel, un lutin. Habitué à la langueur des femmes de la cour, la beauté exotique de cette jeune fille était vivifiante pour lui.

Il n'arrivait pas à détacher son regard de cette beauté. Elle ressemblait à tant de femmes qui s'étaient succédé dans son lit, avec ses cheveux en désordre, ses lèvres frémissantes, ses joues empourprées. Brusquement il eut envie de caresser ces joues à la fine ossature, de passer ses doigts dans ces cheveux si emmêlés, d'embrasser dans son cou ce petit creux qui palpitait.

Elle le fixait de ses yeux de cristal, et lui s'émerveillait de cette lueur de défi qui vacillait dans son regard, qui faisait trembler les genoux de ses ennemis.

Elle lui rappelait un chat sauvage comme il en avait aperçu une fois en traversant les landes d'Écosse, pris à un collet abandonné. Avant de libérer l'animal, il avait lu dans son regard l'effroi, la haine et la méfiance. Soudain lui vint le désir absurde d'ôter toute peine du cœur de cette femme, comme il avait libéré d'un coup le chat sauvage, il aurait voulu supprimer les flaques de sang qui souillaient cette demeure.

Arielle, son destrier, hennit doucement et, frappant le dallage d'un sabot impatient, ramena son maître à la réalité. Je m'oublie, songea-t-il, en écartant ses rêves d'un hochement de tête. Je m'amollis dans la vie facile d'un grand seigneur.

Il revint en fronçant les sourcils au visage de la jeune fille, puis son regard s'attarda plus bas. Elle était tout entière tendue sous la fine étoffe de lin de sa robe, une zébrure sanglante souillait sa jolie poitrine.

Le désir du chevalier s'envola, il blêmit.

— Vous vous êtes abaissés à frapper des innocents ? demanda-t-il.

— Ce n'est pas son sang à elle, messire, rétorqua Roger d'un ton agressif. C'est son traître de père, le laird Gavin. Mais ne croyez pas qu'elle soit innocente ? Elle a blessé deux de mes hommes.

Le cavalier eut un hoquet incrédule. Une simple jeune fille, capable de combattre les formidables chevaliers de Ware ? Il l'observa de nouveau, comme si quelque chose lui avait échappé. Il était navré que le père de ce petit lutin soit mort mais, si le laird avait trahi, il aurait de toute façon été exécuté. Peut-être valait-il mieux qu'il soit mort en noble, l'épée à la main.

— Qui est le successeur de votre père, demoiselle ? demanda-t-il sans courroux.

La jeune fille leva un fier menton et répondit :

— C'est moi !

Il aurait dû s'en douter.

— Et où est votre mari ?

— Je n'ai pas de mari.

— Votre fiancé ?

— Je n'ai pas de fiancé. C'est moi qui porte... les couleurs des Gavin.

Ce disant, sa voix se brisa. Le cavalier vit qu'elle refoulait ses larmes.

Plusieurs de ses compatriotes eurent un sourire narquois à l'idée d'une jeune femme revendiquant un château, mais il savait que cela n'avait rien d'inhabituel chez les Écossais. Il regarda cette jeune fille avec une pitié mêlée de dégoût devant l'inconscience de ce laird qui laissait sa fille pucelle et, par conséquent, sans protection. Il jura qu'il ne comprendrait jamais les us des Écossais.

— J'épargnerai vos vies si vous me jurez fidélité.

À sa grande stupeur, la jeune fille osa soutenir son regard et hocha fermement la tête.

— Le château est cerné par l'armée du roi, annonça-t-elle. Vous ne vous en sortirez pas vivant.

— Petite ! lança le vieux serviteur des Gavin de l'angle où on le retenait.

Mais l'homme qui le gardait tira sur sa chaîne et l'obligea à se taire.

Le cavalier se pencha vers la jeune fille et leva la main pour faire taire ses hommes qui ricanaient.

— Le roi ? L'armée d'Edward ?

— Parfaitement, siffla-t-elle avec fureur. Lord Holden de Ware vous massacrera tous pour les meurtres que vous venez de commettre. C'est un puissant guerrier que tous connaissent sous le nom du Loup. Et il a juré de protéger ce château.

Ahuri, le cavalier la regarda. Elle avait bel et bien la victoire dans le regard, et levait la tête avec confiance et fierté. Il était presque déçu de devoir faire voler ses espoirs en éclats.

Mais il le fallait.

Il soutint le regard de la jeune fille et lui expliqua avec douceur :

— Le Loup, c'est moi. Je suis lord Holden de Ware.

# 3

La jeune fille reconnut alors l'emblème du loup brodé sur l'habit du chevalier et devint livide. Malheur, s'inquiéta-t-il, cette gosse va s'évanouir.

Les yeux de la demoiselle se révulsèrent. Il tendit la main vers elle pour la retenir dans sa chute, mais il était trop tard. Elle s'effondra sur la jonchée.

Holden se tourna vers Roger sans aménité.

— Tu dis que Gavin a refusé l'alliance ?

— Il ne faut jamais faire confiance à un Écossais, ricana-t-il en crachant par terre. Ce félon a occis mon frère sous mes yeux.

— Mes condoléances, assura Holden, bien que les deux frères n'aient pas l'air chagrin. Mais, il est difficile de croire qu'ils aient opté pour le combat avec des forces si dérisoires.

— Vous connaissez les Écossais et leur loyalisme obstiné. Même cette enfant a tiré l'épée, ironisa Roger en désignant le corps inanimé de Cambria.

De nouveau, Holden s'intéressa à l'héritière du laird. À l'évidence, elle ne présentait pas un grand danger. Elle n'était après tout qu'une jeune femme.

Dans la grande salle, les domestiques étaient toujours tapis contre les murs, les chiens de chasse gémissaient et les hommes des Gavin étaient enchaînés dans un coin. Que s'était-il vraiment passé ? Peut-être la fille du laird le savait-elle.

Il aurait aimé l'interroger, leur poser des questions à chacun mais hélas, des devoirs urgents l'attendaient.

Il était lord à présent et cela comportait beaucoup d'obligations.

De surcroît, il ne pouvait pas ressusciter le laird, ce qui était fait était fait. Blackhaugh pacifié, le sang ne coulerait plus. Sa tâche en ces murs était achevée.

— Laissez-la libre, ordonna-t-il en tournant bride, plus dépité qu'il ne l'aurait admis de planter là la belle jouvencelle.

Cela faisait longtemps qu'il n'avait pas tenu une fille dans ses bras. Peut-être mettrait-il dans son lit une servante en rentrant dans son château.

— Roger et Owen, venez avec moi à Bowden.

Puis il s'adressa à son frère Garth. Le garçon avait beaucoup appris depuis quelques semaines avec lui, et Holden jugea qu'il était temps de mettre ce savoir à l'épreuve :

— Garth, tu tiendras Blackhaugh en qualité de régisseur. Obtiens leur allégeance, précisa-t-il en désignant les Gavin survivants, et remets-les en liberté.

Garth pâlit. La responsabilité était lourde, mais il l'endossa fièrement et accepta le commandement.

Holden ne tint pas compte du regard outragé de Fitzroi, pour lequel la nomination de Garth était une véritable claque. Il s'attendait évidemment à ce qu'on lui offre le château. Après tout, il était le demi-frère du père du roi. Mais Garth était l'homme de la situation. En dépit de l'accueil reçu au château de Ware, Roger n'avait jamais assimilé correctement les principes de la chevalerie, et Holden ne lui faisait pas plus confiance qu'à ses maîtresses. Garth en revanche n'avait que dix-neuf ans, mais un sens inné des convenances, de la justice et du loyalisme, qualités qui siéent à un régisseur.

À l'ordre de Holden, Garth mit tout de suite pied à terre et s'avança. Holden savait que son cadet parviendrait à inspirer confiance aux survivants du château, alors que Roger s'était probablement enterré avec ses façons sauvages.

— Quant à nous autres, partons, ordonna Holden. Nous sommes venus emprunter des provisions à Blackhaugh.

S'il en reste, compléta-t-il en lui-même, remarquant dans la grande salle les tapisseries miteuses et les surcots élimés. Il se demanda si tous les comtés des frontières étaient aussi miteux.

— Le sellier de Bowden est presque vide. C'est certainement la raison pour laquelle le château s'est rendu si vite.

Tandis qu'il parlait, il y eut un froissement de joncs. La demoiselle revenait à elle et se redressait sur ses bras tremblants, clignant des yeux.

Elle faisait pitié. La pauvrette avait d'un coup perdu son père et son titre. Mais Holden ne s'apitoya nullement quand leurs regards se croisèrent : la petite serra les mâchoires, son regard de saphir devint provocant. À travers ses yeux passait une impressionnante puissance, une énergie qu'il n'avait jamais décelée chez une femme jusque-là. En retour monta en lui une vague de désir, ardent, urgent et lancinant. Chaque fibre de son être le tirait vers elle, comme aimanté.

Il déglutit avec effort. C'était absurde. Il était en service commandé et elle représentait l'ennemi. Il allait la laisser et ne se retournait pas sur les victimes de la guerre. Tels étaient les sacrifices imposés par son métier. Il devait une fortune considérable à son épée et à sa vassalité et ne pouvait se laisser distraire par un frais minois dans l'exécution de ses devoirs.

Vivement, avant que sa résolution ne soit ébranlée, il éperonna son étalon et sortit de la grande salle au galop.

Cambria regarda lord Holden de Ware détaler avec une haine brûlante au cœur. Elle jura de tuer l'Anglais, de détruire l'infâme qui avait trahi son père.

Tandis qu'elle proférait ce serment intérieur, un petit individu aux cheveux filandreux s'approcha d'elle en boitillant. Il ramassa l'épée à deux tranchants du laird et l'observa sous tous les angles.

—Belle lame, grinça-t-il en la lorgnant de ses yeux méchants. Quel dommage que ton père n'ait pas su s'en servir! Quand je serai seigneur de Blackhaugh, je ne commettrai pas cette erreur.

Avant qu'elle ne lui crache au visage, il lui posa la pointe de l'épée sous la gorge, riant de la faire taire. Puis il rangea l'arme dans son propre fourreau et sortit de la grande salle à la suite des autres.

Les écuyers poussèrent les chevaux dehors mais, quand les dernières bêtes qui avaient souillé la jonchée de Blackhaugh furent sorties, il restait encore une vingtaine de chevaliers anglais. Dans le silence revenu, ils échangèrent quelques phrases à voix basse, intimidés.

Enfin, le nouveau régisseur s'avança prudemment. C'était un grand jeune homme brun au teint clair, à la mâchoire large et aux yeux verts. Sa ressemblance avec son frère, lord Holden, sautait aux yeux, sans sa dureté impitoyable.

—Milady, commença-t-il avec douceur, je suis clerc et me prépare au sacerdoce de notre sainte mère l'Église. Si vous n'avez pas de chapelain, je suis prêt à bénir les défunts et...

—N'y touchez pas! Je n'ai que faire de vos jérémiades, porc d'Anglais, ou ce seront vos derniers mots!

Le jeune homme fut blessé par cette cinglante rebuffade, mais le deuil de Cambria était trop récent pour laisser place aux remords. Elle ne voulait pas que les Anglais s'occupent de Blackhaugh, même pour ensevelir ses morts.

Le vent fraîchissait, annonçant une giboulée; la chemise de Cambria claquait sur les chevilles et sa chevelure s'emmêlait. Elle reprit son souffle un instant, plantant sa bêche dans le sol pour s'appuyer dessus. Des nuages gris s'accumulaient au-dessus des collines; l'orage éclaterait avant le coucher du soleil, mais elle en aurait fini avant la nuit. Elle préférait creuser la tombe elle-même que laisser ces Anglais profaner la cérémonie sacrée d'inhumation.

C'était une triste parodie de sépulture. Le laird méritait une tombe dans la chapelle, avec sa statue gisant et le faucon des Gavin sculpté à ses pieds. Il méritait un mois de deuil et les visites de condoléances des lairds des clans voisins. Il était mort en guerrier et le minimum était de l'ensevelir avec son épée.

Comme si le désespoir de Cambria s'entendait des cieux, il y eut un éclair et un coup de tonnerre retentissant. La bourrasque fit voler les cheveux de Cambria et le plaid en laine couvrant la dépouille du laird. Puis d'énormes gouttes de pluie commencèrent à tomber, tachant le sol comme des larmes.

Cambria s'essuya le front d'une manche salie de terre et se remit à creuser. Elle ne se souciait ni des ampoules aux mains, ni du vent qui lui fouettait les jambes, ni de la pluie qui trempait sa chemise. L'orage se déchaînait, mais elle continua à creuser, à creuser encore jusqu'à ce que la tombe soit assez profonde pour qu'aucun animal ne puisse venir fouiller. Puis elle tira avec douceur le corps de son père qui bascula dans le trou.

Elle lui adressa toutes les bénédictions qu'elle connaissait, à genoux, et fit appel à toute la litanie des saints et aux dieux antiques d'Écosse, suppliant le ciel de prendre et de garder le laird de Gavin en paix. Quand elle se leva, la tempête soufflait avec violence, les éclairs déchiraient le ciel et le tonnerre faisait trembler le sol. Alors, Cambria Gavin leva les bras dans un geste d'imploration.

— Père, clama-t-elle avec ferveur face aux éléments déchaînés, je jure sur le clan des Gavin que je vengerai votre mort !

Le vent rugissait dans les arbres, emportant son serment loin de cette terre qui n'appartenait désormais plus aux Gavin.

Vinrent avril et ses giboulées ; la nature printanière n'était pas au deuil. Les fleurs éclosaient gaiement, répandant leurs parfums entêtants. La terre était neuve et verte une fois de plus, les vieilles blessures se refermaient, la vie renaissait.

Garth de Ware avait soumis à son autorité débonnaire les habitants de Blackhaugh, apprivoisant les hommes à force de patience et de persistance. Les regards des servantes n'étaient que bontés pour le grand et beau chevalier ; le vieux Malcolm lui-même semblait s'attacher au jeune Anglais et le consultait pour la défense et l'approvisionnement du château.

Seule Cambria demeurait inflexible dans sa haine de l'envahisseur, haine qui la consumait sans trêve. Elle avait l'impression d'être la seule à se remémorer la trahison qui avait conduit l'ennemi dans leurs murs. Ses blessures étaient mal cicatrisées et, tant que sa vengeance ne serait pas accomplie, elle garderait en elle cette haine prête à jaillir.

L'Anglais qui commandait Blackhaugh n'avait pas l'ombre d'un soupçon des noirs desseins qu'elle nourrissait. Il pensait qu'elle ressemblait à la plupart des femmes de sa connaissance, petits êtres doux et dociles insignifiants ; il l'avait donc autorisée à circuler à sa guise dans le château et sur ses terres. Il pensait qu'elle ramassait des plantes et bavardait avec les gens.

En réalité, elle consacrait la totalité de son énergique activité à organiser sa vengeance.

Le soleil s'enfonça entre les collines et, comme d'habitude, Cambria suivit sa course de sa chambre à coucher. C'était son refuge. Exaspérée, elle frappa du poing l'embrasure de sa fenêtre. Encore une journée passée et toujours pas de champion pour affronter lord Holden de Ware. Le Loup avait la réputation d'être redoutable à toutes les armes.

La jeune fille baissa la tête. Elle avait tout tenté pour convaincre quelqu'un : supplications, cajoleries, indignation... Mais pour le moment, aucun chevalier apte au combat de son château ou de ses voisins n'avait relevé le gant. Tous pensaient que le laird s'était permis une réaction téméraire de vanité, comme il en avait souvent et s'était retourné contre l'ennemi au dernier moment, sous-estimant grossièrement la force ennemie. Mais Cambria refusait d'admettre cette version. Elle avait vu un rêve de paix dans les yeux de son père et savait qu'il n'envisageait pas la violence.

Que lui restait-il à faire ? Elle avait promis à son père de le venger, elle l'avait juré. Mais la tâche lui semblait impossible. Sainte Vierge, personne ne prendra donc ma défense ? Ne trouverai-je nul champion pour porter mes couleurs ? N'existe-t-il plus dans toute la chevalerie écossaise un homme de courage et d'honneur ?

Lord Holden de Ware but distraitement une gorgée d'hydromel ; les rayons de soleil filtrés par les branches d'orme passaient entre les merlons du chemin de ronde du château de Bowden. Le chevalier soupira profondément et remarqua avec indifférence deux moineaux qui se donnaient la chasse. La journée aurait pu être merveilleuse, songea-t-il en prenant une profonde inspiration. Les forces militaires frontalières étaient désarmées depuis plusieurs semaines. Après le carnage, il s'était reposé et avait tout loisir, en qualité de seigneur du château, de profiter des plaisirs de la vie. Mais en vérité, il n'était pas habitué à la paix. Son esprit ne restait pas en repos.

Il reposa sa coupe sur un créneau du rempart, bâilla et étira ses muscles endoloris. Peut-être le moment était-il venu de laisser Bowden aux mains d'un régisseur et d'aller voir son autre prise, Blackhaugh. Il avait envie de s'assurer que son frère avait la situation en main.

Toutefois, quand il repensait au château de Blackhaugh, ce n'est pas le visage de Garth qui lui venait à l'esprit. Il était hanté par le souvenir de cette fascinante Écossaise, cette fée ravissante qui le rendait incapable de badiner. Pourtant, les nombreuses jouvencelles de Bowden se bousculaient pour lui accorder leurs faveurs. Cambria lui avait jeté un charme, c'était la seule explication et, en attendant, il était en train de ruiner sa réputation de trousseur de jupons.

Peut-être le mieux à faire était-il de coucher avec cette pucelle pendant son séjour à Blackhaugh et de se débarrasser du problème. Il ferma les yeux, évoqua une fois de plus sa bouche tentante, son opulente chevelure châtaine, sa gorge de lait. Tandis qu'il imaginait ce qu'il avait envie de faire avec elle, son œil fut attiré par un reflet métallique de l'autre côté du champ, au pied des remparts.

Un cavalier solitaire arrivait au galop à travers la prairie. Holden l'observa un moment en silence, incapable de dire s'il s'agissait d'un ami ou d'un ennemi et attendit qu'il approche.

— Oh, chevalier ! lança-t-il quand il fut à portée de voix. Quel bon vent vous amène ce matin ?

Pas de réponse. Holden s'étonna de ce manque de courtoisie et observa avec plus d'attention l'arrivant. Il était venu seul, il s'agissait donc de quelqu'un de la région. Il fallait être inconscient pour voyager sans escorte dans les régions frontalières. Mais ce chevalier ne portait des armoiries ni sur son manteau uni de couleur bleue, ni sur son casque.

De nouveau, Holden le héla :

— Holà, messire chevalier, par quel nom vous faites-vous connaître ?

Toujours pas de réponse. Holden fronça les sourcils. Le jeu commençait à l'agacer, sauf... sauf si c'était une farce d'un de ses hommes pour le distraire de son ennui. Oui, c'est de cela qu'il devait s'agir.

— Vous êtes en tenue de combat, observa-t-il en faisant tourner l'hydromel dans sa coupe. Avez-vous l'intention d'ouvrir une joute contre un de mes chevaliers ?

Le cavalier leva sans préavis sa longue lance de frêne ; Holden ne s'attendait pas à ce geste. Ah, c'est sans doute mon cousin Myles, se dit-il. Myles avait été récemment adoubé chevalier, un des oncles de Holden lui avait sans doute suggéré ce défi.

— Qui voulez-vous affronter, messire ?

Lentement, le chevalier baissa sa lance et la pointa droit sur Holden.

Ravi à la perspective d'administrer à ce garçon ce qu'il méritait, Holden sourit.

— Moi ? Quelle surprise !

Il eut un signe d'acquiescement.

— Je vais m'armer et je descends, messire, afin de découvrir votre identité !

Quelques instants plus tard, l'écuyer de Holden achevait de l'armer, et le lord montait en selle à la rencontre de celui qui le défiait. Ses soupçons quant à l'identité du chevalier furent confirmés quand il vit la silhouette frêle et la pose juvénile. Tant pis, il allait faire plaisir à cet audacieux.

— Vous n'avez pas d'armoiries sur votre manteau, messire. Me ferez-vous l'honneur de me dire contre qui je joute, avant que je vous rosse ?

Naturellement, pas de réponse. Holden aurait reconnu la voix. Perplexe, il eut un petit rire, tandis que cheval et cavalier s'éloignaient à l'autre bout du champ.

À peine s'était-il casqué que le jeune chevalier se rua sur lui, lance pointée. Irrité par la hâte malséante du jeune homme, il baissa sa lance et se disposa à désarçonner le gamin.

Arielle se rua à l'assaut, soulevant des mottes des quatre sabots. Le choc fut retentissant, le jeune cavalier fut arraché de sa selle et retomba par terre durement.

Holden lui laissa le temps de se remettre debout, un peu hébété. Ils tirèrent l'épée et le lord administra à son jeune adversaire quelques coups bien sentis sur le casque.

Le jeune homme était leste mais inconsistant. Il tournoyait et virevoltait avec une témérité que Holden avait déjà remarquée chez Myles. C'était un adversaire agile, reconnut Holden, mais pas un danger pour un guerrier en pleine force. Holden se retenait pour que le combat ne soit pas trop inégal.

Il remarqua que le jeune homme se fatiguait et se mit à lui donner des conseils.

— Tiens ton écu plus haut, mon garçon ! Tu baisses ta garde.

L'autre se rua à l'assaut avec une fougue renouvelée. Au bout d'un quart d'heure, ennuyé par ce combat dont le rythme faiblissait, Holden décida d'en finir. D'un coup puissant, il frappa son adversaire en pleine poitrine du plat de son épée. Le jeune homme culbuta dans l'herbe, lâchant épée et écu.

Holden secoua la tête avec commisération, puis retira tranquillement son propre casque et le posa par terre, son écu et son épée et tendit la main à l'imprudent.

Mais le chevalier qui avait mordu la poussière sortit lestement une dague et frappa. Holden para le coup de justesse avec le bras. Il fit la grimace quand la pointe lui frappa l'épaule, mais la cotte de mailles empêcha le coup d'estoc de pénétrer.

Le bras endolori, il ramassa furieusement son épée et, d'un coup bien placé, arracha la dague de son ennemi encore à genoux.

Cet impudent ne pouvait être son cousin. Aucun de Ware n'aurait eu un geste si peu chevaleresque. Il empoigna le casque du chevalier, l'arracha et le jeta par terre. Aveuglé de rage, il empoigna la sombre chevelure, bascula en arrière la tête de son ennemi, dégageant une gorge vulnérable et leva son épée pour en finir avec ce traître.

Il eut alors le souffle coupé. Non, songea-t-il, ce n'est pas possible.

— Vous ! hoqueta-t-il.

Cambria en perdit le souffle malgré sa farouche résolution. Ce dernier coup était indigne d'elle, elle le savait. Lord Holden avait tout à fait le droit de lui couper la gorge.

Le Loup, tenant les cheveux de la jeune femme à pleines mains, hésitait devant la blancheur de ce cou nu. Son regard d'acier se figea et sa lame prête à frapper s'arrêta. Cambria se força à croiser le regard de son ennemi, le souffle coupé. Elle préférait rôtir en enfer que baisser les yeux. On lisait sur son visage colère, incrédulité et une sorte de peur, mais surtout la fureur la plus aveugle.

Avec un cri de rage, le lord ficha brutalement son épée en terre. Cambria poussa un hurlement au moment où il enfonça la pointe dans le sol à côté d'elle.

Le cœur de Cambria lui faisait mal dans la poitrine, même si elle était hors de danger pour le moment. Hors d'haleine, elle tentait en vain de reprendre sa respiration. Ils haletèrent un long moment en silence, Cambria avec un soulagement, Holden avec une sauvagerie difficilement maîtrisée.

Enfin, il fut capable de parler.

— Espèce de petite sotte ! grogna-t-il d'un ton cinglant. Êtes-vous folle ?

Il se passa brutalement la main gantée de mailles d'acier dans les cheveux et se mit à faire les cent pas comme un lion en cage.

— À quel jeu jouez-vous ? Comment diable me suis-je laissé… Seigneur, j'ai bien failli vous tuer !

Encore un peu et il s'en serait voulu, mais il comprit soudain les intentions de la jeune fille. Incrédule, il s'approcha. Ses mots cinglaient comme des gifles et elle tressaillit sous la violence de ses paroles.

— Dieu du ciel, vous avez voulu venger votre père en m'assassinant !

Il proféra un juron et pulvérisa d'un coup de pied une motte de terre. Il arracha son épée du sol et la remit au fourreau avec une telle violence que la garde sonna contre le fourreau de bronze. Puis il se planta devant elle, le souffle court, la mâchoire serrée. Il n'avait plus d'arme, mais son regard d'acier suffisait à clouer Cambria au sol.

Elle faillit se rompre sous ce silence insupportable. Enfin, il s'accroupit à côté d'elle, si près qu'elle sentit son haleine contre sa joue. Dans cette intimité chargée de violence, ses mots proférés à mi-voix étaient plus terrifiants que des cris.

— Je ne vous décapite pas, gronda-t-il, car la providence a voulu que vous soyez une femme. Mais, sacrebleu, vous serez châtiée.

Elle étouffa un piaillement effrayé quand il la remit debout d'une bourrade et la poussa sans ménagement vers le château, en lui tenant le bras dans le dos. Par le ciel, il avait la force de lui casser les os comme des brindilles avec ses grandes mains. Il la fit entrer par la grande porte, sous les regards surpris des gardes et donna ordre à un palefrenier d'aller récupérer les chevaux qui broutaient, puis il la jeta sur son épaule et lui fit traverser la cour avec aussi peu de façon que si elle avait été un sac.

Elle fit mine de résister quand il ouvrit les portes de la grande salle, mais il la poussa à l'intérieur d'un coup sec de jambière. Rouge de honte, elle fut obligée de traverser la pièce pleine de monde. Elle avait beau baisser les yeux, elle voyait hommes et femmes s'écarter du chemin du Loup, choqués par le spectacle.

Ils arrivèrent à l'escalier à l'autre bout de la pièce et, mi-portant mi-poussant la jeune fille, il l'obligea à monter les marches de pierre en colimaçon. Le cœur de Cambria battait la chamade. Effrayée, elle se demandait quelle terrible punition il lui réservait et regretta soudain la foule de la grande salle. Elle se débattit en dépit de la douleur déchirante à son épaule, mais il se contenta de proférer un nouveau juron et de lui tordre l'autre bras dans le dos avec le premier.

Arrivé au palier, il ouvrit d'un coup de pied une lourde porte de chêne qui donnait sur une petite pièce sinistre, avec des barreaux aux fenêtres et une simple paillasse au sol. Là, il la poussa et entra derrière elle pour claquer la porte. Sans lui laisser le temps de se retourner, il la colla le dos contre le mur avec son corps immense. Cambria était suffoquée. Il la coinçait contre les pierres mal dégrossies comme un lapin à dépouiller et lui bloquait les poignets de chaque côté de la tête.

La jeune fille frémit. Depuis des jours elle imaginait cet affrontement avec lui ; elle avait réfléchi à son attaque, elle s'était entraînée à porter les coups, elle avait bâti sa défense, mais rien ne l'avait préparée à ce qui se passait à présent. Avec cette intimité physique, les gouttes de sueur sur le visage du lord étaient on ne peut plus vraies, son corps présent, sa colère palpable. Elle se sentait comme un papillon de nuit, qu'il pouvait écraser d'un instant à l'autre. Les yeux de Holden de Ware la transperçaient, tandis que sa voix demeurait dangereusement calme.

— Qu'avez-vous fait à mon frère ?

Cambria fut un instant désarmée. Que signifiait cette question ?

La poigne qui lui écrasait les bras se durcit imperceptiblement. Elle déglutit avec effort. Dieu, qu'il était fort !

— Garth ? hoqueta-t-elle.

— Bien sûr, Garth ! confirma-t-il, les dents serrées.

Elle comprit tout de suite. La question était logique. Lord Holden, la voyant échappée de Blackhaugh, craignait qu'il ne soit arrivé malheur à Garth. Voilà bien un Anglais pour croire son propre frère invulnérable aux ruses innocentes d'une Écossaise !

— Qu'avez-vous fait ? siffla le Loup, dont le regard de braise brûlait davantage que la poigne de fer sur les poignets de Cambria.

Un instant, elle crut que sa voix refuserait de sortir. Enfin, elle parvint à articuler.

— Il va bien.

— En êtes-vous sûre ? demanda-t-il en venant si près qu'elle aurait pu compter ses cils.

Elle ferma les yeux et acquiesça.

— Regardez-moi ! commanda-t-il. Où est votre suite ?

— Je suis venue seule.

— Vous mentez ! gronda-t-il d'un ton si menaçant qu'elle tressaillit.

— Non ! insista-t-elle. Seule et de mon propre chef, personne n'est au courant.

Ce dernier détail n'était pas rigoureusement vrai. Elle ne voulait pas que Malcolm s'inquiète. L'écuyer qui l'avait armée avait un message à transmettre à Malcolm après son départ. Il s'agissait simplement de faire savoir au régisseur qu'elle allait bien et qu'elle rentrerait sans tarder ; il n'avait pas à intervenir.

Apparemment convaincu, le lord l'inspecta à loisir et en détail, comme un palefroi qu'il aurait envisagé d'acheter ; son regard glissa sur ses cheveux, ses lèvres, sa gorge. Elle frémit. Cet examen était plus intimidant que des questions.

— Mais les vôtres ne tarderont pas à s'inquiéter, n'est-ce pas ? murmura-t-il comme pour lui-même. Un joyau aussi précieux ne peut disparaître sans que l'on s'interroge.

Stupéfaite, elle cilla. Personne ne l'avait jamais traitée de « joyau aussi précieux », en tout cas pas un Anglais. Il devait se moquer d'elle.

Il fixait à présent la bouche de Cambria et sa voix devint douce.

— Et si vous m'aviez égorgé, petit lutin ? Aviez-vous l'intention d'affronter toute l'armée d'Angleterre ?

Elle avala sa salive. Elle n'avait pas de réponse à cela. En vérité, elle ne s'était pas posé la question.

Les mots suivants du seigneur furent pleins de tendresse. Elle les lut sur ses lèvres plus qu'elle ne les entendit.

— Et si... si moi, je vous avais tuée ?

Il soutint son regard de défi, en la retenant captive dans ses yeux. Un étrange courant passait entre eux, fugace comme l'éclair, éphémère comme la brume. Un instant, elle ne vit plus en lui un ennemi, mais un homme ; un homme troublé et vulnérable. Et un feu ardent inexplicable coula dans ses veines.

Mais il se ressaisit tout de suite, son regard redevenant dur. De nouveau, c'était le guerrier qui parlait. Il lui lâcha les bras et s'écarta d'un pas.

— J'envoie un écuyer vous désarmer, annonça-t-il d'un ton rogue.

Puis il prit une clef à un crochet du mur et sortit sans un mot, fermant la porte à clef derrière lui.

Cambria se mit à marteler la porte, hurla qu'on la libère, mais les pas lourds de son geôlier s'éloignèrent résolument.

Lasse, elle se laissa choir sur la paillasse qui sentait le moisi et reprit son souffle, encore endolorie par le combat. Des larmes lui piquaient les yeux mais elle refusait de les verser.

L'échec était cuisant : elle n'avait tenu parole ni vis-à-vis de son père ni vis-à-vis de son clan. Elle était venue les venger et n'avait gagné que la honte. Elle s'était emportée, défaut contre lequel son père l'avait maintes fois mise en garde. Par-dessus le marché, elle avait failli perdre la vie.

Elle revoyait le visage furibond de lord Holden qui la dominait. Elle comprit pourquoi on l'appelait le Loup. Quand il avait montré les dents, que ses yeux avaient étincelé de fureur à l'instant où il allait la frapper, il ressemblait vraiment à un fauve déchaîné.

C'était une femme et c'est ce qui lui avait valu d'échapper à la mort. Mais Cambria redoutait le châtiment que lord Holden allait lui infliger. Elle sentait encore la poigne de fer qui l'avait maintenue plaquée au mur, écrasée contre sa poitrine de guerrier ; elle avait enduré la violence de ses coups d'épée et savait qu'elle ne supporterait pas sa force s'il décidait de la rouer de coups.

Une bonne raclée, c'était ce qu'elle méritait, elle le savait bien. Elle avait complètement perdu tout contrôle d'elle-même. Elle s'était abandonnée à son désir de vengeance, oubliant toutes les règles du combat que son père lui avait patiemment enseignées. Peut-être, songea-t-elle avec regret, aurait-elle gagné le combat si elle avait su rester vigilante.

Elle se laissa rouler sur le côté, accablée, et se mit à tripoter distraitement une fente dans le mur de pierre.

Holden, très agité, faisait les cent pas dans sa chambre. Dire qu'il avait failli massacrer une femme ! Et quelle femme ! Il revoyait la chevelure soyeuse qu'il avait saisie à pleines mains, les yeux bleus limpides terrifiés, le nez si fin, les lèvres tremblantes alors qu'il pouvait décider de sa vie. Elle était encore plus belle que dans son souvenir, plus belle et plus dangereuse, comme un chat sauvage. À présent, il comprenait ce que Roger voulait dire quand il parlait de la sauvagerie des Écossais. Dans ce pays terrible, même les femmes faisaient la guerre ! Il se massa les tempes pour apaiser sa migraine, perplexe quant à ce qu'il devait faire de la petite.

Il fallait croire qu'elle était venue seule, puisque pas un chevalier digne de ce nom n'aurait secondé une jeune fille pour défier un combattant aguerri. Mais les hommes de son clan finiraient par venir à sa recherche. Elle était leur laird. Que faire quand ils la demanderaient ? Il était censé assurer la paix entre l'Angleterre et les Écossais de la frontière. Mais pas question de libérer la jeune fille purement et simplement !

Juridiquement, il avait le droit de la condamner à mort car elle avait cherché à le tuer par traîtrise. Mais il n'arrivait pas à s'imaginer une seconde levant la main contre elle. C'était une femme, morbleu. Une femme, qu'on doit protéger. Malgré son crime, il éprouvait des remords à garder cette jeune femme prisonnière dans une cellule humide du donjon.

Il tambourina du bout des doigts sur la garde de son épée. Pour la première fois de sa vie, sa fidèle lame lui apparaissait comme une simple et inutile tige d'acier : il était démuni face à cette ennemie insolite.

Lourd d'angoisse et de contradictions, il lança un juron et partit pour le champ d'entraînement. Il passa le reste de l'après-midi à mener ses hommes tambour battant pour un entraînement exténuant comme ils n'en avaient jamais vu.

*

Cambria, appuyée contre les barres de fer de sa prison, comptait les étoiles qui s'allumaient une à une au firmament. Elle avait cessé de se lamenter sur son échec et, en vraie Gavin, s'était mise à réfléchir.

L'évasion était à sa portée. Comme son stupide cadet, Holden de Ware avait commis l'erreur de sous-estimer le désespoir et les ressources de la jeune laird. Non seulement, il lui fournit du pain et du potage en abondance pour son souper, mais il lui envoya galamment un écuyer comme promis pour l'aider à retirer son armure. Certes, elle aurait eu du mal à dormir dans cet accoutrement, mais ce geste de clémence allait lui permettre de s'évader.

Débarrassée de sa lourde cotte de mailles, elle était sûre de pouvoir se glisser entre les barreaux de sa fenêtre. Vêtue de sa chemise de lin, elle déchira son manteau en longues lanières, qu'elle noua bout à bout. Elle n'eut aucun mal à lancer entre les barreaux cette cordelette, qui tomba jusqu'au sol.

Ayant pris une bonne inspiration, elle expira profondément et, au prix de quelques raclements, se glissa entre les barreaux. La seule lumière était celle d'un mince croissant de lune ; Dieu merci, elle ne voyait rien sous elle. Son cœur se serra pourtant quand, debout sur le rebord de la fenêtre, elle suivit des yeux la longue muraille du donjon.

Elle tira d'un coup sec sur la cordelette puis, fermant les yeux, se laissa descendre dans le vide. La cordelette se tordit ; Cambria vint heurter la muraille et s'égratigna l'épaule, mais le tissu tint bon. Agrippée à son cordage improvisé et toute tremblante, elle se laissa descendre centimètre par centimètre sans oser regarder vers le bas ce qui lui semblait un puits sans fond. Plusieurs fois, elle racla du genou les rudes pierres grises de la muraille du château.

Enfin, au bout d'un temps infini, elle sentit sous ses pieds nus la fraîcheur du sol humide. Prudemment, elle sortit de l'ombre du mur et s'avança en plein champ vers la forêt. Quand elle eut gagné le couvert des arbres, elle se mit à courir autant que l'épaisseur des fourrés le lui permettait.

Elle courut toute la nuit, frissonnant sous le mince tissu de sa chemise et entendit hululer quelques chouettes et détaler quelques mulots. La fraîcheur nocturne l'enveloppait cruellement, ralentissait son sang et lui donnait des crampes. Son cœur battait à un rythme effréné tandis qu'elle se frayait un chemin dans les broussailles qui lui égratignaient bras et jambes. Mais elle ne cessait de penser aux Gavin, à ses ancêtres qui avaient avant elle couru nus sur cette terre sauvage, et avaient survécu. S'ils s'en étaient montrés capables, pourquoi pas elle ? Elle était une Gavin.

Les heures passèrent et l'aube commença à poindre. Sa respiration se fit plus régulière. Elle s'aperçut qu'elle était en terre inconnue. Elle ne voyait ni route ni château, seules de vastes prairies et des forêts de chênes.

Sa décision était intacte ; elle gardait plein espoir et s'imaginait son sauvetage. Si elle tombait sur Robbie et sa bande d'Écossais sur cette terre étrangère, ils l'aideraient. Elle serait en sécurité. Robbie la protégerait de l'Anglais.

Elle s'arrêta un moment au sommet d'une petite colline, lasse et affamée, mais, après un frisson, elle se dit qu'il fallait continuer. Il fallait tout faire pour que le Loup ne la retrouve pas.

— Comment ? tonna Holden en donnant du poing sur sa table de chêne.

L'impact fit sursauter la servante et il éclaboussa le vin à l'eau de son calice.

— Par tous les dieux !

Hors de lui, il se passa les doigts dans les cheveux et se leva d'un saut. Il maudissait autant sa propre stupidité que cette jouvencelle aux pouvoirs magiques qui s'était moquée de lui.

En vérité, l'habileté et la détermination de cette femme l'intriguaient, mais il n'avait pas le temps de satisfaire sa curiosité. Il était en service commandé par le roi. C'était la première fois qu'Edward le chargeait d'une mission. Pas question de laisser une Écossaise vengeresse saccager ses projets.

— Un souci ? demanda Roger Fitzroi en entrant d'un pas tranquille dans la grande pièce.

Tout en mâchant la galette d'avoine de son petit déjeuner, il affichait l'air avantageux qui agaçait tous ceux qui le côtoyaient.

— Rien au-dessus de mes forces, merci.

— La petite Gavin a filé ?

Évidemment, les nouvelles allaient vite au château. Holden prit une gorgée de vin.

Roger hocha la tête aimablement, puis reposa sa galette, baissa les yeux et posa les mains devant lui.

— Messire, je sais que vous n'avez pas aimé la façon dont nous avons pris Blackhaugh. En vérité, le meurtre de mon frère m'a aveuglé. Il faut que je me rattrape. Ce serait un honneur pour moi que vous me confiiez la capture de cette fille. Je puis partir sur l'heure.

Holden faillit avaler son vin de travers. Est-ce que Roger, pour la première fois de sa vie, se montrait humble ? Ou avait-il enfin compris que son arrogance risquait de lui coûter la pension que lui versait le roi ? Holden, pensif, se caressa le menton. Peut-être les motivations de Roger n'étaient-elles pas très honorables mais il était bel et bien le plus qualifié pour conduire la poursuite si Holden le faisait accompagner par quelques-uns de ses plus fidèles vassaux...

— Fort bien, acquiesça-t-il, prends Myles et Guy avec toi.

— Bien, messire ! répondit Roger en s'inclinant.

Et il alla son chemin.

— Eh, Roger !

Le chevalier s'arrêta sur place.

— Je la veux vivante et intacte. Ou j'aurai ta peau et ta parenté royale ne te soustraira pas à mon courroux.

Malgré ce qu'elle avait fait, Holden admirait le toupet de cette fille et il ne voulait pas qu'on lui fasse de mal.

Pendant ce temps dans la forêt, ce même toupet gardait Cambria en vie, avec quelques baies et noisettes ramassées au passage. Cela faisait deux jours qu'elle courait, fatiguée par son jeûne, dormant brièvement dans quelque nid qu'elle se faisait avec des brindilles et des feuilles mortes. Elle avait les pieds pleins d'ampoules, sa jolie peau gercée par le vent glacial et sa chemise de lin en lambeaux à cause des ronces.

D'heure en heure, la probabilité de sa capture diminuait, mais ses chances de rencontrer des hommes de son clan aussi. À l'écart de la grand-route, elle n'était pas sûre d'avoir pris la bonne direction. Elle se demandait si Robbie la reconnaîtrait, ébouriffée comme elle était. Elle n'avait ni argent, ni vêtement, ni preuve de sa naissance et était seule.

Toute autre femme aurait sombré dans le désespoir mais, à chaque kilomètre parcouru, Cambria sentait croître en elle la haine et la colère. Personne n'avait ravagé sa vie comme ce démon de Holden de Ware.

D'un seul coup, il lui avait pris son père, sa terre et son rang, et l'avait réduite à ce qu'elle était, une fugitive à demi nue se nourrissant de plantes sauvages. Si elle s'en sortait, elle comptait bien arracher de ses propres ongles ces yeux qui la hantaient. Soutenue par cette pensée réconfortante et certaine d'avoir échappé à ce maudit Anglais, elle s'arrêta enfin pour prendre du repos. Les hommes de Holden auraient à présent renoncé ou perdu sa trace. Elle avait suivi un chemin bizarre et sinueux pour égarer ses poursuivants. Rassurée, elle se pelotonna contre un chêne noueux, se couvrit tant bien que mal d'herbes sèches et tomba dans un profond sommeil.

Le soleil était au zénith quand elle entendit le premier aboiement, dans le lointain. Elle se leva vivement, épousseta les feuilles mortes et grimpa au chêne pour mieux voir les environs.

— Oh, non !

Le cœur lui manqua quand elle vit qui arrivait dans la prairie voisine. Ces longues heures de course, son manque de sommeil, ses souffrances et sa faim n'avaient servi à rien : deux chevaliers arrivaient, maîtrisant avec effort un chien en laisse. Ils portaient le blason de la lignée de Ware.

# 4

— Oh non ! souffla-t-elle en étouffant un sanglot.

Ils l'avaient traquée comme une bête sauvage et elle était impuissante. Le souffle court et douloureux, elle sentit la terreur l'envahir.

Comment leur échapper ? Le chien avait l'air affamé. Dans quelques instants, il la sentirait. Et s'il l'attaquait…

Elle avala sa salive avec effort et tenta de ne pas y penser. Il fallait qu'elle se calme, on ne fait rien de bon dans la panique. Il n'y avait là que deux hommes, se souvint-elle, et ils ne l'avaient pas encore vue. Elle avait encore un peu de temps. Et encore de l'espoir.

Les aboiements approchaient, minant sa détermination. Doucement, elle se laissa glisser au pied de l'arbre et détala à travers bois. Peut-être n'arriverait-elle pas à distancer ses poursuivants, mais la forêt avait au moins le mérite de la cacher. Et si elle tombait sur un ruisseau, elle pouvait en pataugeant faire perdre sa trace au chien de chasse.

Mais ses espérances eurent tôt fait de s'évanouir.

En sortant d'un bosquet de chênes, elle se jeta pratiquement dans les jambes de deux chevaux, montés par des chevaliers de Holden. Elle se souvenait parfaitement de les avoir vus à Blackhaugh : le grand chevalier blond, Roger et le petit noiraud qui avait volé l'épée de son père.

Stupéfait, Roger fut saisi d'un rire énorme.

— Eh bien, tu me facilites les choses : c'est toi qui viens à moi !

Il lança un sifflet retentissant et s'élança en direction de Cambria.

Éperdue, elle regagna d'un bond le couvert des broussailles, consciente qu'elle ne faisait que retarder l'inévitable. Elle trébuchait lourdement, errait affolée dans les feuillages compacts, ne sachant comment échapper.

Puis elle entendit l'ordre de lâcher le chien. Ciel, il allait la débusquer comme un lapin. Les poumons en feu, elle entendit ses aboiements excités et s'efforça d'allonger la foulée. Contre toute raison, elle était incapable d'ignorer son instinct de conservation.

Jaillissant à la lisière du bois, elle entrevit la liberté. Mais elle n'avait devant elle qu'un champ de chardons. Elle hésita. Leurs feuilles étaient aiguës et tranchantes.

De nouveau, le chien aboya.

Cambria n'avait pas le choix : elle reprit sa course en bondissant, au mépris des feuilles pointues qui accrochaient sa chemise et des épines qui lui labouraient les pieds.

Le chien la rattrapa en un rien de temps et tenta de la mordre à la cheville. Elle s'effondra. Grimaçant de douleur, elle tenta de s'arracher aux mâchoires furieuses du fauve. Seigneur, allaient-ils la laisser dévorer par cette bête ?

Alors même qu'elle sentait l'haleine du chien sur sa peau, le brun barbu donna un ordre sec à l'animal qui se retira. Il le remit en laisse et lui lança un morceau de viande. Le chien se jeta voracement sur sa récompense.

Cambria, toujours à terre, était paralysée ; elle avait une joue dans l'herbe et son souffle lui brûlait.

— Prends-la, Myles ! ordonna Roger d'un ton avantageux.

Le jeune chevalier mit pied à terre et se pencha pour la remettre debout. Bien qu'à bout de force, elle refusa son secours. Elle ne voulait pas de la charité d'un Anglais. Sans se laisser arrêter par la résistance de la laird, il retira galamment sa cape et la posa sur les épaules nues de Cambria en la regardant avec sympathie.

C'en était trop pour elle. Touchée par ce geste de bonté, elle sentit les larmes lui monter aux yeux. Ce n'était pourtant pas le moment de pleurnicher, surtout devant l'ennemi ! Elle s'écarta du jeune chevalier, et arracha la cape.

— Ce vêtement pue l'Angleterre ! hurla-t-elle. Je préfère mourir du froid écossais !

Mortifié, le bon jeune homme n'eut qu'à ramasser son vêtement. Sans douceur, il la jucha sur son destrier et monta derrière elle. Et les quatre chevaux revinrent dans la futaie.

Au début, Cambria resta droite comme un I, de crainte d'effleurer son ravisseur. Mais au fil des kilomètres, l'épuisement la trahit. Dodelinant sur sa selle, elle s'assoupissait à tout moment et finit par s'affaler contre le torse de son gardien.

Des heures plus tard, elle s'éveilla en sursaut quand une rude poigne pétrit sa cuisse nue. C'était Roger. Elle sursauta et tendit d'instinct la main vers la dague qu'elle portait toujours à la ceinture. Elle faillit se désarçonner et Myles avec elle, mais il maîtrisa son destrier avec emportement.

Roger comprit ce que Cambria cherchait à sa ceinture et lui fit une courbette moqueuse. Puis il désigna d'un geste une auberge couverte de chaume moussu, nichée au creux de la forêt ombreuse. Un vieillard mince comme un roseau en sortit, suivi d'une vieille femme ratatinée, vêtue d'une souquenille douteuse. Désorientée, Cambria mit un moment avant de se rendre compte qu'ils allaient loger là pour la nuit.

Le vieil aubergiste s'avança et reçut quelques pièces de Roger. Sa femme, qui était bossue, marmonna nerveusement quelque chose à Cambria en lui faisant signe de la suivre. Elle avait évidemment peur des chevaliers et n'était pas fâchée d'avoir à s'occuper de Cambria. Elle laissa son mari assurer le confort de ces messieurs.

Avec l'aide de Myles, Cambria mit pied à terre. Ses jambes engourdies manquèrent se dérober sous elle et elle se raccrocha à la selle, jusqu'à ce que la circulation se rétablisse. La vieille femme la considérait avec bienveillance et l'aida à entrer dans la maisonnette.

À l'intérieur de l'auberge, il faisait bon et une agréable odeur de mouton et de bière y régnait. Cambria en eut presque les larmes aux yeux. La femme la guida vers une table à tréteaux. La jeune femme s'assit avec soulagement sur le banc usé, sans se soucier des regards curieux des quelques clients.

La lumière vacillante du feu était comme un baume sur son visage, sa chaleur la réchauffait. Quand la vieille revint avec une portion de ragoût et une chope de bière blonde, Cambria se jeta dessus.

À peine avait-elle avalé la dernière bouchée que Roger ordonna à l'aubergiste de préparer un bain chaud pour Cambria à l'étage et ajouta des mots peu aimables sur le coût faramineux des fantaisies de lord Holden.

Pour une fois, Cambria ne demandait pas mieux que de se conformer aux instructions de l'Anglais. Elle laissa glisser à terre la guenille repoussante qui lui servait de chemise et se coula dans l'eau tiède de la baignoire. Pour la première fois depuis des jours, elle se détendit. Les milliers de griffures sur sa peau appréciaient l'effet émollient du bain. Elle se frotta vigoureusement les cheveux avec du savon parfumé, jusqu'à ce qu'ils brillent comme de la soie.

L'eau refroidissait. Cambria s'arracha à la langueur de ce luxe inattendu pour se concentrer sur ses préparatifs d'évasion.

— Alors, interrompit la femme de l'aubergiste, vous avez fini ?

— Oui, oui ! répondit Cambria, arrachée à ses pensées.

Elle sortit de la baignoire pour se sécher vivement avec une serviette de lin, regardant la vieille en coin.

— Tu sais, souffla-t-elle en imitant le caractère craintif de sa mère, ils m'ont enlevée.

La femme, très nerveuse, se séchait les mains sur son tablier douteux.

— Cela ne me regarde pas, gente damoiselle.

— Mais ils ont tué mon père ! insista Cambria d'un ton sec. Et peut-être vais-je subir le même sort.

— Oh, reprit la pauvresse en secouant la tête, j'aimerais beaucoup vous secourir, mais ce serait mettre mon cou dans un nœud coulant.

— Je t'en supplie, ajouta Cambria. Tu n'as besoin de rien faire directement. Juste oublier de verrouiller une porte ou laisser un volet entrebâillé…

Mais la vieille toute desséchée était inébranlable.

— Non, c'est impossible.

Elle fouilla dans la poche de son tablier et en sortit une petite fiole.

— Je vais passer de l'onguent sur vos coupures et vous prêter une robe, mais je ne puis encourir le courroux de ces hommes d'armes.

Cambria fit la moue puis se contraignit à sourire à la pauvre vieille. Elle accepta l'onguent et la robe et la remercia.

Quand la femme eut emporté la baignoire, Cambria se vêtit en hâte, puis noua ses cheveux en tresse. Elle examina soigneusement la pièce, réfléchissant aux possibilités d'évasion. Elle étudia les volets qui étaient cloués, peut-être pour empêcher les visiteurs indésirables.

Tandis qu'elle se levait pour mieux voir, son ventre se souleva, la digestion du ragoût s'avérant laborieuse. Elle étouffa un juron, autant pour se maudire d'avoir englouti son repas sans mâcher, que pour se plaindre de trouver les volets cloués. Il lui fallait un levier pour arracher les clous. Mais, se dit-elle alors que la nausée la submergeait, j'ai besoin d'abord d'une potion si je veux garder les idées claires.

Bien sûr ! songea-t-elle en se prenant le ventre à deux mains. Il suffit de descendre à la cuisine demander à la femme de l'aubergiste un élixir et d'en profiter pour chaparder un outil quelconque afin de forcer les volets.

Elle ouvrit la porte. Les seuls convives de la salle commune étaient les quatre chevaliers. Ils étaient assis autour de la table près du feu, échangeant fanfaronnades et défis. À l'évidence, ils étaient passablement imbibés de bière et n'avaient plus toute leur tête. Le jeune Myles vacillait sur son banc ; chaque fois qu'il versait du mauvais côté, Roger le repoussait d'une bourrade agressive. Roger et le noiraud s'administraient des calottes à qui mieux mieux, plus par habitude que par méchanceté. Le géant ronflait dans sa barbe en bout de table et, à ses pieds, son chien de chasse rongeait un os. Cambria retint son souffle en descendant l'escalier, tâchant de passer inaperçue.

Mais Roger la surprit quand elle arriva au bas des marches.

— Oh, mais regarde un peu, Owen ! Nous avions bel et bien une demoiselle sous toute cette saleté.

— Et gironde avec ça ! renchérit son frère avec un regard lubrique. Quel gâchis, cette chair fraîche seule dans une chambre froide !

— Ouais, ça fait des semaines que je ne me suis pas offert une femme qui sent bon.

Cambria eut l'impression de s'enliser dans un marécage visqueux, quoi qu'elle fasse, elle s'enfonçait. Elle n'était pas habituée à ce type de combat et tâcha d'échapper à leur attention en se collant contre le mur. Brusquement, sa digestion fut le dernier de ses soucis.

— Tu n'es pas au courant, ma cocotte ? demanda Owen dont la lumière du feu faisait ressortir les cheveux gras et les dents de guingois. Tu ne sais pas que le vainqueur ramasse tout ce qu'il veut sur le champ de bataille ?

Bien qu'éméché, le jeune sir Myles fit un pas hésitant pour défendre Cambria.

— Sir Roger, lord Holden a donné l'ordre qu'on ne lui fasse aucun mal.

Roger ricana et, d'une poussée, fit rasseoir le jeune homme sur le banc.

— Mais je ne lui ferai aucun mal ! Je vais juste la dresser un peu. Holden m'en sera reconnaissant.

Cambria écarquillait des yeux horrifiés. Elle s'apprêtait à bondir mais, avant qu'elle n'ait eu le temps de bouger, Roger fit signe à Owen de la saisir par les bras. Elle se débattit de toutes ses forces, mais le chevalier était tenace. Les deux hommes riaient de la voir ainsi se débattre.

Du coin de l'œil, elle vit la femme de l'aubergiste sortir de la cuisine, mais elle savait qu'il ne fallait rien attendre d'elle.

— Comment t'appelles-tu, fougueuse pucelle ? demanda Roger en lui soufflant au visage une haleine puant la bière.

Cambria songea à son clan et, serrant les dents, refusa de répondre.

— Ton nom, la fille ! répéta-t-il en grondant.

Elle se contenta de lui cracher sur le pied.

En un éclair, l'homme, brusquement dégrisé, dégaina sa dague et la posa, tranchante, sur la gorge de la jeune fille. Mais elle refusa de céder.

La malheureuse aubergiste sé signa avec effroi et fila dans la cuisine.

— Si tu as oublié ton nom, la fille, menaça le soudard d'une voix traînante, je vais t'en graver un ici que tu n'es pas près de l'oublier.

Myles s'avança de nouveau d'un pas chancelant, mais Roger l'arrêta d'un bras.

La laird vit que la lame la menaçait toujours et, tout en se débattant pour échapper à la poigne d'Owen, obtempéra.

— Cambria !

— Cambria ? Cambria... répéta-t-il niaisement.

Il en avait plein la bouche.

— Bien, une vraie musique sur les lèvres. Mais pas aussi jolie que toi, je l'admets. Je l'essaie, mon frère ?

Non, pas ça, songea-t-elle. Des coups de poing, des coups de pied, mais pas ça. Est-ce que personne n'allait l'arrêter ? Du coin de l'œil, elle vit Myles se dandiner nerveusement, mais elle savait qu'il n'était pas en état de lui porter secours, tout au moins tant que les deux frères s'encourageraient mutuellement dans leurs exploits d'ivrognes.

Roger remit sa dague au fourreau et fit signe à Owen de la lâcher. Puis, avant qu'elle ne s'écarte, il la plaqua brutalement contre lui et, la saisissant d'une poigne de brute, écrasa ses lèvres contre sa bouche. Elle se débattit derechef et tenta de le mordre, mais il était trop fort. Il lui écarta les lèvres de force, sa barbe lui égratignant la peau comme une pierre à aiguiser. Une nausée vint à la demoiselle, horrifiée par son haleine puante et sa langue qui l'explorait.

Quand enfin il la lâcha aux applaudissements d'Owen, elle s'essuya la bouche du revers de la main.

— Immonde que tu es ! gargouilla-t-elle.

De nouveau, elle avait la rage au cœur.

— Ouin ! gémit Roger pour se moquer. Voilà la chanson que tu vas aimer ! Je crois que je vais me régaler en apprenant à jouer de cet instrument.

Pour Myles, c'en fut trop. Il s'avança d'un air décidé, mais un ordre sec de Roger fit bondir le chien de chasse. Le jeune chevalier fut cloué sur place : un geste, un seul, et le chien le déchirait. Désespérée, Cambria cherchait des yeux une issue.

— Ne bouge pas, la fille ! rugit Roger. Tu es à moi !

— Jamais ! hurla-t-elle en filant à l'étage.

Le lourd chevalier se lança à sa poursuite et la rattrapa par les jambes. Il la plaqua et tous les deux roulèrent dans l'escalier; Cambria se fit une ecchymose au genou et déchira sa robe. Elle s'accrochait aux marches, lançant des coups de pied comme elle pouvait pour tenter de remonter malgré tout. Mais elle était bel et bien prise. Roger referma son poing sur sa tresse encore humide et la souleva d'un bras.

— Ça te tarde, rigola-t-il, d'arriver dans mon lit! Tu y seras bien assez tôt!

Il la monta sur le palier comme une marionnette désarticulée et ouvrit une chambre à coucher d'un coup de pied dans la porte. Pendant ce temps, elle le martelait avec ses poings, mais sa voix tremblait.

— Si tu me touches, damné rustre, je jure de te tuer!

Elle le maudissait pour cacher la peur terrible qui la tenaillait. C'était une bataille à laquelle personne ne l'avait jamais préparée. Elle ne savait même pas quelle arme utiliser contre la lubricité d'un homme.

Roger claqua la porte en s'appuyant dessus et poussa le verrou. Puis il la lâcha sur la paillasse qui occupait le milieu de la pièce. Elle se redressa sur les genoux, désespérée de ne pas avoir de dague.

— Tu ne me toucheras pas! annonça-t-elle, tentant de recouvrer sa dignité en lissant ses vêtements.

Il eut un rire repoussant et lui fit une œillade.

Elle se mordit la lèvre. La persuasion n'avait pas l'air de marcher. Peut-être pouvait-elle lui faire honte.

— Est-ce cela, l'amour courtois que l'on enseigne aux chevaliers anglais?

En guise de réponse, il commença à se dévêtir en fredonnant une ritournelle.

— Écoute, siffla-t-elle. Je ne suis pas une fille de joie. Je suis vierge.

Avec cet argument, il allait la laisser, c'était certain.

— Ah bon? répondit-il sans s'émouvoir. Eh bien, tu as de la chance. Tu es tombée sur le meilleur des professeurs.

Ayant dit cela, il découvrit son torse velu.

Cambria cherchait fébrilement une arme, n'importe quoi. Il y avait un pot de chambre en terre cuite à côté du lit. C'était lourd et dur. Elle s'en saisit et le leva de toutes ses forces. Mais quand elle le lança, elle sut qu'elle allait rater sa cible.

Le pot s'écrasa contre le mur et la brute se jeta immédiatement sur elle.

— Femme ! hurla-t-il en la plaquant contre le plâtre de la cloison, écumant de rage. Ne me mets pas en colère, ou tu risques de souffrir en perdant ton pucelage.

Elle blêmit.

Il la lâcha et se débarrassa de ses derniers vêtements ; il était maintenant nu, dans la pièce sombre. Son visage était féroce et la taille de son membre viril effrayante. Elle déglutit avec effort. C'était impossible qu'il eût l'intention de…

Il approcha en titubant. Elle se précipita de l'autre côté du lit et lui lança un traversin. Il rit et dévia le projectile. Elle ramassa alors une bobèche et la lui jeta. L'objet le frappa à l'épaule.

— Sale chienne ! jura-t-il.

D'un brusque mouvement, il s'aplatit sur elle. Qu'il était lourd ! Elle eut beau se tortiller, il se mit à lui couvrir le visage de baisers gluants, puant la bière. Son corps était moite et d'un poids invraisemblable. C'est tout juste si Cambria arrivait à respirer. Quand enfin il se souleva un instant, ce fut juste pour lui remonter la robe sous les bras. Et il colla ses lèvres baveuses sur la poitrine nue de la jeune fille, qui se débattait de plus belle pour échapper à ce cauchemar.

— Fils de catin ! hurla-t-elle.

Il la mordit, elle glapit.

— Tiens ta langue, petite, je t'avertis ! bafouilla-t-il, les mâchoires serrées.

Elle eut un frisson d'horreur quand, d'une laborieuse bourrade du genou, il la contraignit à écarter les jambes. Dans un dernier effort, elle lui donna à son tour un violent coup de genou, mais il ne s'en aperçut même pas. Il bougonna vaguement quelque chose en s'appuyant sur elle de tout son poids. Elle ne pouvait plus faire un geste. Fermant les yeux, elle se cambra dans l'attente du pire. Mais l'homme ne bougeait plus.

Au bout d'un moment, elle comprit qu'il n'y aurait pas pire. Le lourdaud, ivre mort, lui ronflait tranquillement dans l'oreille. Cambria ravala un rire hystérique. C'était le meilleur des professeurs !

En se tortillant sous son poids, elle réussit à rabattre sa robe et passa ses doigts tremblants dans sa chevelure ébouriffée. Après un dernier regard pour son piètre agresseur, elle se glissa jusqu'à la porte, ouvrit le verrou et risqua un regard à l'extérieur.

Owen buvait toujours. Elle ne pouvait donc filer sans se faire voir.

Résignée, elle referma la porte. Elle observa l'énorme chevalier blond et eut un frisson. Elle aurait préféré partager sa chambre avec un ours. Mais elle ne pouvait pas s'esquiver pour le moment. Il fallait laisser le temps jouer en sa faveur. Elle n'osait le bouger de crainte de le réveiller ; elle le laissa donc où il était et alla se tapir dans le coin le plus sombre de la pièce. Elle se pelotonna contre le plâtre fissuré et croisa ses bras autour de ses genoux. Il fallait qu'elle réfléchisse.

Les fenêtres étaient enclouées. Les chevaliers restés dans la grande salle n'étaient pas assez soûls pour ne pas la remarquer. La femme de l'aubergiste n'avait nulle intention de l'aider. Mais en définitive, soupira-t-elle, qu'est-ce qui comptait vraiment ? À supposer qu'elle s'échappe, qu'est-ce qui empêcherait les chevaliers de la retrouver ? Lord Holden n'était pas homme à jeter le manche après la cognée. Il était sûrement capable de la chercher jusqu'au bout de la terre si nécessaire, se dit-elle en frissonnant. Donc, inutile de s'enfuir.

Pourtant, elle ne pouvait supporter la pensée de se retrouver de nouveau face à face avec le Loup. Cet homme était trop dangereux, trop puissant. Ses yeux verts semblaient percer le fil de ses pensées, ils y semaient la panique. Non, elle ne voulait pas le revoir en tête à tête. Elle grelottait et resserra la robe autour de ses jambes.

Elle n'avait pas l'intention de s'endormir, elle voulait simplement reposer ses yeux un moment. Mais l'épuisement s'empara d'elle et elle s'assoupit, murmurant une prière pour que Roger ne s'éveille pas de la nuit.

Sir Roger ne s'éveilla pas de la nuit ; il ne s'éveilla jamais.

Une heure avant l'aube, Cambria se réveilla en sursaut, consternée d'avoir dormi si longtemps. Le chevalier gisait toujours là où elle l'avait laissé. Mais quand elle le vit, elle eut un violent haut-le-corps.

Une lame rouillée était fichée dans la poitrine de Roger. Plusieurs coulures sanglantes séchaient sur sa peau blême, elles avaient éclaboussé les fourrures, les murs blanchis à la chaux et sa barbe dorée.

Tout criait à Cambria de détaler, mais elle restait paralysée, fascinée par un attrait morbide. Pendant qu'elle dormait, cet homme s'était fait assassiner sans un bruit, d'un coup mortel. À croire que le diable l'avait frappé.

Enfin, elle sortit de son hypnose. Elle se signa et fit un pas hésitant en arrière. Elle sortit de la pièce aussi doucement que possible. Fort heureusement, les chevaliers et le chien dormaient comme des souches, après leur soirée de beuverie. Elle descendit avec précaution l'escalier de bois qui grinçait à chaque marche et se coula jusqu'à la porte d'entrée de l'auberge en se faufilant entre les dormeurs.

Soudain, elle vit sur le mur l'ombre de la femme de l'aubergiste, qui s'avançait avec une bougie. Elle portait de l'autre main une cruche d'eau. Les deux femmes s'arrêtèrent une seconde et échangèrent un regard entendu. La vieille hocha la tête et continua à vaquer à ses occupations comme si elle n'avait pas vu Cambria.

Avait-elle assassiné le chevalier ? Cela ne semblait pas possible, mais comment l'expliquer autrement ?

Cambria soupira de soulagement, ouvrit la porte avec mille précautions et se glissa dehors. Frissonnant à cause de la gelée blanche, elle serra sa robe autour d'elle et pénétra dans la forêt. La mousse était humide sous ses pieds nus et son souffle provoquait des nuages de buée.

Elle n'avait pas fait cinquante pas qu'elle entendit une brindille casser derrière elle. Elle se retourna vivement et aperçut une silhouette sombre. Les pas de son poursuivant dans les feuilles approchaient, elle s'enfuit à travers les arbres dans la brume. L'air froid lui mordait les poumons, mais elle courait avec désespoir, droit devant elle, au milieu des ajoncs aigus, maudissant son malheur de n'avoir point d'arme.

Très vite, ses chances d'échapper à son poursuivant s'évanouirent car le chemin se terminait en impasse. Elle était prisonnière de taillis denses, comme un sanglier en chasse. Elle se retourna et vit le chevalier aux cheveux noirs arriver l'épée au clair – l'épée de son père.

Owen.

Tandis qu'il fonçait droit vers elle, elle chercha une issue. Quand il lui posa l'épée sur la gorge, elle eut un hoquet involontaire et recula. Il la suivit de sa lame glacée et de ses yeux plus froids encore, jusqu'à l'appuyer contre un roncier : elle n'avait pas d'échappatoire.

— Tu ne t'en tireras pas cette fois, meurtrière ! gronda-t-il.

La pointe de l'épée lui griffa le menton. Il était capable de la tuer sur place.

— Meurtrière ? Mais je n'ai pas… commença-t-elle.

La violence du soufflet la heurta en pleine tempe et elle bascula sur le côté. Les branches lui griffèrent le visage comme des doigts osseux de vampire, des étoiles noires dansèrent devant ses yeux.

— Inutile de mentir ! hurla-t-il. Mon frère est mort, on l'a assassiné pendant qu'il dormait.

Il l'attrapa par le bras et le lui tordit pour la faire avancer devant lui. Elle se remit en route en titubant tandis qu'il la poussait pour revenir à l'auberge.

— Malheureuse idiote ! gronda-t-il. Roger est fils de roi.

Elle déglutit. Était-ce vrai ? Allait-on lui reprocher le meurtre de Roger ? Mais elle était innocente. Est-ce qu'ils ne le savaient pas ? Qui croirait que la laird de Gavin était capable de poignarder un homme endormi ?

Pourtant, comment faire porter à la femme de l'aubergiste la responsabilité de la mort de Roger ? La vieille lui avait rendu service. Elle ne pouvait pas lui chercher des ennuis.

Mais c'était aller à sa perte. Owen était un des chevaliers de Ware. Et Cambria n'était qu'une Écossaise qui avait déjà essayé d'assassiner leur seigneur. Sainte Vierge, songea-t-elle dans son désespoir. Je vais droit à la pendaison.

À moins, osa-t-elle espérer, que lord Holden ne puisse se permettre de l'exécuter. Il avait peut-être besoin d'elle vivante pour sceller leur nouvelle alliance. Peut-être n'allait-il pas la pendre tout de suite et le temps jouerait en sa faveur. Mais elle ne put s'empêcher d'avaler sa salive, comme si elle sentait déjà le nœud coulant autour de son tendre cou.

Quand ils arrivèrent devant l'auberge, c'était presque l'aurore. Elle avait mal au bras d'être serrée de façon si cruelle. Sir Owen réveilla toute la maisonnée en beuglant ; les chevaliers de Ware, chancelants et à moitié dévêtus, se présentèrent.

— Voici une meurtrière ! hurla-t-il. Mon frère gît mort dans sa chambre. Cette sorcière l'a égorgé dans son sommeil, puis elle a tenté de fuir !

Un cri de douleur échappa à Cambria, à qui Owen tordait brutalement le bras.

Les chevaliers tombaient des nues. Le géant brun écumait sous l'outrage. Il bondit et, d'une main large comme un battoir, la saisit à la gorge. Il la dépassait d'une tête mais se pencha si près d'elle qu'elle aperçut deux poils blancs dans sa barbe noire. Il lui brandit son poing sous le nez en la transperçant du regard.

— Fille maudite, dommage que mon cousin te veuille vivante, je t'aurais volontiers étripée de mes propres mains ! Méfie-toi à ton retour, je ne serai pas loin.

Il articulait chaque mot avec férocité, tout en lui serrant la gorge dans l'étau de sa pogne. Cambria voyait danser des points noirs devant ses yeux, et sentait son cœur battre avec frénésie. Elle agrippa la main qui l'étranglait. Il la lâcha d'un coup et elle s'effondra en toussant.

Quand elle osa lever les yeux, elle croisa le regard de Myles plein de pitié et de déception.

— Elle est dangereuse ! Ligotez-la, ordonna Owen d'un ton sec en se passant les doigts dans les cheveux.

La laird tremblait encore quand l'ogre à barbe noire lui ficela les poignets et les chevilles, la souleva d'un bloc comme un sac et le jeta sur le ventre en travers du cheval de Roger, comme il est coutume de faire pour un chevalier félon. Les nausées la reprirent quand ils posèrent à côté d'elle sur le destrier le cadavre de Roger enveloppé dans une cape.

Et c'est ainsi que, couverte de honte, Cambria fut ramenée au château de Bowden.

Holden était déjà d'humeur massacrante. Il jeta son casque par terre et, furieux, tapa dans la poussière du champ clos. Ses efforts pour apprendre aux Écossais à combattre étaient vains. Ils résistaient obstinément à toute tentative de sa part pour affiner leurs méthodes; ils persistaient à faire des moulinets pour frapper alors que lui cherchait à leur enseigner comment porter des coups précis.

Sa fureur était aggravée par le fait que le plus jeune, presque un enfant, s'était montré plus malin que lui. Même pas un enfant, une femme! Il avait encore dans l'œil les admirables courbes de sa silhouette. Il était doublement outré qu'elle ait pareil effet sur lui et, depuis quelques jours, il se donnait à fond dans le champ clos, passant ses humeurs sur ses chevaliers.

Il massa ses yeux fatigués en appuyant ses paumes dans ses orbites.

Maudit Roger! Depuis le temps qu'il était parti, il avait dû retrouver la trace de la fille. Pourquoi mettait-il tant de temps? Peut-être aurait-il mieux fait de s'en occuper lui-même.

Pour le moment, personne n'était venu réclamer la laird, mais cela ne tarderait pas. Comment leur expliquer qu'il l'avait perdue?

Distrait par ses pensées et les méthodes ineptes de corps à corps qu'il avait sous les yeux, Holden mit un moment à enregistrer les mots du messager qui se présentait devant lui.

— Quoi? explosa-t-il en interrompant le simulacre de bataille.

Le page s'appliqua à répéter respectueusement le message appris par cœur.

— Sir Owen, sir Guy et sir Myles sont de retour. Ils ont capturé la jeune Gavin, mais elle a tué sir Roger et…

Livide de rage, il coupa la parole au jeune homme.

— Faites-la conduire devant moi immédiatement dans la grande salle.

Quelques instants plus tard, Owen traînait leur captive devant l'estrade de la grande salle, Myles et Guy sur ses talons. Holden, encore échevelé de ses efforts dans le champ clos, s'immobilisa à leur entrée. Owen obligea brutalement la jeune fille à s'agenouiller. Holden vit qu'elle étouffait un cri de douleur quand elle heurta les dalles de pierre, mais il se retint de montrer la pitié qui lui était naturelle. Après tout, la femme qu'on lui amenait n'était qu'une meurtrière. De surcroît, elle s'en était prise à une personne de sang royal, heureusement que le roi Edward n'avait pas une affection débordante pour le fils illégitime de son grand-père. Néanmoins, c'est le sang de la famille royale qui avait coulé.

— Qu'est-il advenu ? demanda-t-il.

Tous commencèrent à parler en même temps. Il leva la main pour demander le silence.

— Owen ?

— Cette gredine d'Écossaise a massacré mon frère, milord, pendant son sommeil.

— Mensonge ! hurla la jeune femme. Je n'ai jamais...

— Silence ! tonna Holden, sûr que son visage n'exprimait que la moitié de l'indignation qu'il ressentait. Est-ce que vous confirmez tous ce fait ?

Un par un, il les dévisagea avec attention. Owen eut un regard de défi. Sir Guy se renfrogna et opina de la tête avec l'assurance d'un bourreau. Myles regarda la jouvencelle et ouvrit la bouche pour parler, puis détourna vivement la tête et donna son assentiment.

Holden se retourna. Il se pinça le nez. Que faire maintenant ?

— Mes condoléances, sir Owen. Si tu le désires, mande un de mes valets à ta mère pour l'informer.

Owen bredouilla une vague réponse.

— Maintenant, partez tous... sauf la demoiselle.

Les chevaliers quittèrent la grande salle et refermèrent derrière eux la lourde porte.

Holden continua un moment à faire les cent pas, le temps de se calmer, puis il se tourna vers Cambria.

— Vous avez occis un de mes chevaliers, rien de moins qu'un fils de roi, précisa-t-il en haussant le ton. Et vous avez tenté de m'assassiner, moi qui suis seigneur de ce château. Et vous revenez saine et sauve après vous être enfuie de ma prison !

Il criait sur un ton réservé jusque-là à ses subordonnés les plus indociles : c'était la première fois qu'il s'adressait à une dame de la sorte.

— Vous avez de la chance d'être vivante ! Mais dites-moi : quel châtiment convient à un assassin, doublement récidiviste ?

La jeune Écossaise ne dit mot, mais ne baissa pas les yeux. Elle savait que sa vie ne tenait qu'à un fil.

Hors de lui, Holden se prit la tête à deux mains et recommença ses allées et venues d'un pas vif. Ah, que n'était-elle un homme ! Chacun son épée et l'affaire serait vite conclue.

— Quand j'étais jeune, confia-t-il, on m'a dit que ma mère était morte en couches, à ma naissance. Ce jour-là, j'ai fait le vœu solennel de ne jamais faire de mal à une femme. Mais vous… vous me donnez envie de rompre mon serment.

Il proféra un nouveau juron et se donna un coup de poing dans la paume.

— La famille de Roger demandera votre tête. Le roi Edward l'exigera peut-être. Est-ce que vous vous rendez compte ?

— Ce n'est pas moi qui l'ai tué, affirma calmement Cambria.

— Épargnez-moi vos mensonges ! Ne me prenez pas pour un imbécile.

— Mais ce n'est pas moi qui l'ai tué.

Dieu, que cette femme est obstinée ! De nouveau, il se passa la main dans les cheveux avec fureur.

— Trois de mes hommes attestent que vous êtes coupable.

— Je n'ai que faire du témoignage de toute l'Angleterre, répéta-t-elle en levant le menton. Ce n'est pas moi qui ai tué votre homme.

À bout d'argument, il ferma les yeux et proféra une obscénité à mi-voix, puis la dévisagea durement.

De son côté, la jeune fille avait le regard perdu dans le lointain comme si cette conversation ne la concernait pas. Mais il vit qu'elle tremblait. Sa bravoure apparente ne dissimulait pas la peur qu'il y avait dans ses yeux. Le visage ravissant de la demoiselle évoquait à Holden un souvenir d'enfance délicieusement douloureux.

Jadis, il avait lui-même eu la même expression, en attendant le fouet pour avoir tué un chien de meute de son oncle. Il s'agissait d'un accident. Il apprenait au chien à rapporter un bâton en le récompensant à chaque succès d'un bout de viande chipé à la cuisine. Comment aurait-il deviné que ce chien courant allait s'étouffer avec un os de poulet ? Néanmoins, on l'avait puni et il avait subi stoïquement le châtiment, bien qu'il n'ait jamais eu l'intention de faire du mal à cet animal...

De même, elle n'avait jamais eu l'intention de commettre un meurtre.

Même si les autres confirmaient l'accusation d'Owen, en dépit de la motivation évidente et de l'occasion manifeste qu'elle avait d'accomplir ce crime, Holden était sûr qu'elle ne l'avait pas commis. Ce petit menton tremblant, cette lueur incertaine dans le regard humide de Cambria criaient la vérité. Certes, elle était garçon manqué, encline à la violence et était capable de défier quiconque en duel. Il eût même été possible qu'elle tue sir Roger pour se défendre, mais elle était incapable d'assassiner quelqu'un de sang-froid.

Ses hommes en revanche étaient certains du contraire. Tant qu'il n'avait pas réuni personnellement les preuves de ce qui s'était passé, il devait s'en tenir à leurs paroles. Il avait besoin de temps, aussi bien pour faire ressortir la vérité que pour laisser ses gens se calmer. Et puis il y avait tout le clan Gavin qui attendait des nouvelles de son laird.

—Écoutez-moi bien, milady, soupira-t-il. Pour le moment, je vous laisse la vie sauve, mais vous devez me céder sur un point : renoncer une fois pour toutes à vous venger.

La jeune fille se redressa et leva le regard au ciel.

— Jamais je ne céderai aux assassins de mon père. Moi aussi, j'ai fait un vœu.

Le sang de Holden se glaça. Avait-elle perdu la tête ? La fierté est une chose, mais là... Il lui offrait la vie sauve et elle refusait ! Il conclut d'un ton dangereusement calme :

— Je crains que vous n'en veniez à regretter votre vœu, comme je regrette aujourd'hui le mien.

Il descendit de l'estrade et, malgré la résistance de Cambria, la remit sur ses pieds – elle ne pesait pas plus dans ses bras qu'un chaton en colère. Il la chargea sans façon sur une épaule et, en dépit de ses piaillements, monta l'escalier à l'angle de la grande salle.

Maudite fille, ne pouvait-elle cesser de se tortiller ? Il ne sentait que trop la pointe fine de son bassin contre son épaule, et la douceur de ses seins dans son dos. Toutes ces gesticulations n'arrivaient à rien, sinon à ajouter quelques ecchymoses à toutes celles qu'elle avait déjà car ses talons cognaient les murs rugueux du château.

Il parvint à la dernière marche de l'escalier en colimaçon, devant la cellule du donjon. Il ouvrit d'un coup de pied l'épaisse porte, et la reposa sans ménagement.

— Les évasions sont terminées, expliqua-t-il en brandissant un index menaçant sous son nez comme à un mauvais élève. Je posterai un garde pour vous éviter toute tentation.

— Qu'avez-vous l'intention de faire de moi ? demanda-t-elle d'un ton venimeux.

Il répondit avec un sourire diabolique.

— Ça, c'est une surprise. Mais je suis foncièrement juste et je vous garantis que le châtiment sera à la mesure du crime.

— Mais je n'ai rien fait ! s'obstina-t-elle avec un regard incendiaire.

— Milady, répondit-il, incrédule, depuis une semaine, vous avez davantage fait pour détruire tout espoir de paix que votre père n'en avait bâti en toute une vie.

Il vit que ses mots avaient porté, mais il était outré de l'obstination de Cambria et du danger qu'elle lui faisait courir. Sur ce point, sa culpabilité n'était pas à prouver.

L'Écossaise se calma et se laissa glisser sur sa paillasse, abattue.

Holden faillit regretter la dureté de ses paroles. Mais il ne fallait pas que la pitié l'empêche de faire justice. Il allait devoir apaiser la famille de Roger d'un côté et le clan Gavin de l'autre, sans faire voler en éclats le fragile équilibre entre les deux peuples. D'un geste las, il se passa les doigts dans les cheveux, se demandant si cet exploit était à sa portée.

— Pour le moment, vous êtes plus en sécurité dans cette cellule que dehors, lui apprit-il. En outre, je me sentirai moins en danger moi-même. L'heure du jugement viendra plus tard.

Et avant qu'elle ne fasse fondre sa résolution de son beau regard plein de larmes, il se retourna et la planta là en se maudissant d'être si niaisement sensible aux larmes féminines. Pourquoi ces événements survenaient-ils au moment où il commençait à rentrer en grâce auprès du roi ?

Cambria se leva, s'avança jusqu'à la porte verrouillée. Refoulant ses larmes, elle posa le front contre le bois mal raboté. Derrière cet obstacle, il y avait des gens qui la croyaient capable de tuer de sang-froid, des gens qui exigeaient justice pour des crimes imaginaires.

De Ware avait raison : elle était plus en sécurité ici. Bien sûr, cela ne voulait pas dire qu'elle n'allait pas tenter de s'évader. C'était son devoir en tant que Gavin.

Le lendemain, quand les premiers rayons du soleil pénétrèrent dans la cellule du donjon, Cambria eut du mal à s'étirer. L'hiver était revenu en force durant cette nuit d'avril. De fins cristaux de gelée blanche poudraient la pierre grise de sa chambre et sa mâchoire était endolorie d'avoir serré les dents à cause du froid. Elle avait les doigts et les orteils engourdis, et le fin tissu qu'elle avait arraché à sa paillasse ne l'avait guère protégée.

Un pas léger gravissait l'escalier et s'arrêta devant sa porte. La clef tourna dans la serrure, mais la laird avait trop froid pour bouger.

Une jolie servante aux yeux de biche entra avec un plateau et referma la porte.

— Je m'appelle Gwen, milady. Je vous porte à manger, expliqua-t-elle sans cacher sa curiosité.

Cambria s'assit péniblement sur sa paillasse et regarda ce que la servante apportait : un pot de porridge fumant. Elle avait faim. Elle prit le plateau des mains de la servante et le posa sur ses genoux. Surveillant Gwen avec méfiance, elle goûta une cuillerée et avala. Il y avait des grumeaux, mais c'était chaud et nourrissant. Tout en mangeant avec appétit, elle ne quittait pas des yeux la domestique, qui s'intéressait aussi beaucoup à elle. Peut-être pourrais-je m'évader de nouveau, se dit-elle. La petite est frêle ; elle a la force d'un moineau. Si je la prends par surprise… Cambria baissa prudemment ses yeux trop rusés et fit mine de prendre la voix timide de sa mère.

— S'il te plaît, Gwen, implora-t-elle, il faut que tu m'aides.

Ces mots mirent la petite mal à l'aise. Elle commença à se tordre les mains. Cambria se retint de sourire. Ce petit cœur sensible était une proie facile.

— J'ai peur de mourir si on me laisse ici, poursuivit-elle. Il fait trop froid.

La jeune fille était touchée de pitié.

— On ne s'évade pas de ce donjon, milady, expliqua-t-elle avec douceur.

— Mais ce n'est pas ce que je te demande, la rassura Cambria en grelottant. Simplement, pourrais-tu me porter un vêtement chaud ? Une robe de servante, n'importe quoi.

Indécise, la jeune fille se mordit les lèvres et finit par chuchoter :

— Oui, milady, je vois bien que les nuits sont glaciales, mais le seigneur a donné l'ordre que l'on ne vous porte que vos repas.

Cambria réussit à s'arracher un sourire reconnaissant et prit la main de la petite entre les siennes. Celle-ci rougit.

— Je vais voir ce que je peux faire, milady.

Elle retira sa main et quitta la pièce à la hâte.

Malgré ses membres ankylosés, Cambria devait faire vite. Elle avala rapidement le reste de son déjeuner et évalua le poids de son arme, le pot de porridge en terre cuite. Deux fois, elle vérifia par la fenêtre où se trouvaient les hommes de Holden.

Au bout d'un quart d'heure, elle entendit de nouveau quelqu'un dans l'escalier. Elle eut un instant de remords et fit une prière à la sauvette pour que la jeune fille survive. Elle n'avait pas le choix. Une fois débarrassée de la servante et pourvue de nouveaux vêtements, elle pouvait tenter l'évasion.

La clef tourna dans la serrure.

Cambria leva le pot vide au-dessus de sa tête attendant l'entrée de la servante. Mais le battant s'ouvrit avec une force à laquelle elle ne s'attendait pas. Déséquilibrée, elle tarda à lancer son projectile.

Horrifiée, elle vit que ce n'était pas le bras de la servante qui l'avait repoussée contre le mur et obligée à lâcher le pot, mais celui du Loup en fureur.

# 5

Gwen entra juste derrière son maître, et eut un recul d'horreur quand elle comprit que le pot pulvérisé lui était destiné.

Avec un grondement furieux, le Loup saisit rudement Cambria par la taille et la traîna derrière Gwen, qui restait bouche bée. Il la tira de force en bas de l'escalier comme un enfant capricieux. Elle luttait pour se débattre, mais ses tortillements ne faisaient que remonter sa robe de plus en plus haut le long de ses jambes. Les mains du seigneur la brûlèrent quand elles se posèrent sur son corps glacé, et tandis qu'il l'obligeait à descendre les marches à toute vitesse, Cambria sentait combien les muscles de ses cuisses étaient tendus. Il la tenait fermement contre sa poitrine solide, et ses efforts pour se dégager ne faisaient que la coller davantage contre le corps puissant du chevalier.

À la stupéfaction de Cambria, lord Holden s'arrêta dans le hall et ouvrit d'un coup de pied la porte d'une chambre richement meublée. Il la jeta sur le grand lit à baldaquin qui en occupait le centre. Avant qu'elle n'ait recouvré ses esprits, il prit à sa ceinture une chaîne de fer et lui attacha vivement le poignet à un montant du lit. Puis il se recula, encore essoufflé, pour s'assurer qu'elle était proprement enchaînée.

— Les évasions sont terminées ! tonna-t-il avant de claquer la porte.

Cambria ressentait plus de colère que de peur. Elle

en avait assez de se faire traîner à droite et à gauche. Elle éclata.

— Jamais je ne serai votre vassale, lui cria-t-elle en se dressant sur ses genoux, abandonnant toute prudence. Je ne resterai pas muette pendant que vous massacrez mon peuple et prenez mes biens ! Je ne vous jurerai jamais allégeance ! Pour mon clan, je suis prête à supporter toutes les tortures, et aucune de vos prisons n'est assez solide pour m'empêcher de fuir !

Lord Holden n'en revenait pas d'une telle impudence.

— Et vous vous imaginez que vous allez succéder à votre père en qualité de laird de Gavin !

Une boucle de cheveux glissa sur le front tandis qu'il soulignait toutes ses fautes.

— Vous êtes incapable de maîtriser votre caractère infernal. Vous surestimez grossièrement vos qualités à l'épée. Et vous n'avez pas deux sous de bon sens. Échec et mat, milady ! Vous êtes prisonnière de votre ennemi dans sa forteresse. Vous n'avez nul pouvoir ici. Votre vie est entre mes mains.

Elle tenta de le foudroyer du regard et tira violemment sur sa chaîne.

— Je me suis déjà évadée de chez vous. J'aurai ma revanche, je le jure !

— Si votre mémoire est bonne, riposta-t-il d'un ton cinglant, vous avez déjà eu votre revanche. Roger Fitzroi était mon chevalier.

— Ce n'est pas de ma main que votre chevalier est mort, grinça-t-elle, mais je reconnais que si j'avais eu une dague, j'aurais été capable de faire le travail moi-même. C'était une brute sanguinaire, un fils de…

— Un fils de roi ! tonna le Loup en enfouissant sa main dans sa chevelure. Vous approuvez ce meurtre, et vous vous imaginez que je vais vous croire innocente ! Bientôt, vous prétendrez que vous n'aviez nulle intention de me faire du mal quand vous m'avez frappé alors que j'avais posé mes armes.

La remarque la fit rougir. Elle se savait inexcusable, mais refusait de le reconnaître.

— J'ai eu le courage d'affronter un adversaire deux fois plus fort que moi ! Combien de vos chevaliers peuvent en dire autant ?

— Aucun de mes chevaliers n'est bête à ce point ! s'esclaffa-t-il. Ce n'était point du courage. C'était de la témérité !

Cambria ne supportait pas la façon dont il se servait de ses propres mots pour les retourner contre elle. Furieuse, elle éclata en imprécations.

— Vous êtes le pire rejeton du diable ! J'espère voir votre cœur si noir arraché de votre poitrine et vos restes pendus en haut de la tour la plus infecte ! Vous êtes un maudit coquin, une bête repoussante…

Holden ne prêta pas l'oreille à la fin de cette tirade. Soudain, il fut frappé par l'absurdité de la situation. Lui, seigneur de ce château, avait la plus jolie fille qu'il ait jamais vue enchaînée à son lit, et tous deux ne trouvaient rien d'autre à faire qu'échanger des invectives !

Tandis qu'elle continuait à vitupérer dans le vide, il la regarda d'un autre œil. Ses cheveux châtains défaits sur ses épaules cachaient et dévoilaient à chaque juron véhément sa poitrine vêtue de lin. Elle avait des joues de pêche, des yeux brillants. Inconsciente de sa beauté, ignorant à quel point elle était ensorcelante de la tête aux pieds dans cette position, elle siégeait triomphante au milieu de ce lit comme une gâterie appétissante, attendant qu'un amateur éclairé ne vienne la consommer. Quelle pièce de choix ! Holden ne savait même plus pourquoi il était en colère contre elle. Et cela faisait si longtemps qu'il n'avait possédé une femme.

— Je jure que ma vengeance sera lente, douloureuse et sans pitié ! conclut-elle.

À bout de malédictions, elle se tut et le toisa d'un regard glacial.

Il répondit sans la malveillance précédente, sa voix tremblant de concupiscence.

— Vengeance ? Quelle vengeance exercerez-vous, milady, enchaînée à mon lit ? Remarquez, précisa-t-il sans perdre de vue ses formes appétissantes, en un sens, vous êtes déjà en train de l'exercer.

Elle ne comprit pas l'allusion, mais le regard ; gênée, elle saisit de sa main libre l'étoffe de fourrure et s'en couvrit. Pour la première fois, il lut dans ses yeux une véritable peur, impossible à dissimuler.

Tiens, tiens ! Là était sa faille. La violence ne l'effrayait pas : toute son éducation l'y avait préparée. Le désir en revanche, elle ne savait pas ce que c'était. Là était l'arme dont il pouvait se servir contre elle.

Mais pas tout de suite. L'enjeu était trop grand. Avec un souvenir chagrin et au prix d'un énorme effort, il s'éloigna jusqu'à ce qu'elle se détende. Jamais Holden n'avait accompli un geste qui lui coûte davantage.

— Écoutez-moi bien, milady. Vous êtes impuissante ici, mais aussi en sécurité. Si vous tentez à nouveau de vous évader, il y a des gens qui ne regarderont pas à deux fois avant de trancher votre jolie gorge. Et ce n'est pas moi qui leur donnerais tort.

— Vous croyez que je l'ai tué, rappela-t-elle d'un ton qui n'était plus interrogatif.

— Vous n'avez pas fait grand-chose pour me prouver que vous en étiez incapable.

— Qu'allez-vous faire de moi ?

— Pour l'instant, vous laisser ici.

— Mais vous n'avez pas le droit de me laisser enchaînée à votre lit !

Il sourit d'un air narquois devant cette pudeur offusquée, ce qui ajouta à la colère de Cambria.

— Vous avez un endroit où dormir. On vous portera vos repas. Et il y a un pot de chambre à côté du lit. Que demander de plus ?

— Vous n'avez donc aucun sens de la décence ? Je suis une dame.

— Une dame ne jure pas comme vous. Une dame ne tue pas.

— Moi, jurer ? Maudit faquin du diable ! Et je n'ai jamais tué de ma vie ! Comment osez-vous me déshonorer en me gardant ici ? Vous savez bien ce que les gens vont dire.

— Que vont-ils dire, je vous prie ?

Elle eut un soupir exaspéré.

— Ils diront que vous m'avez gardée ici pour...

Elle s'arrêta pour rougir, ce qui lui allait à merveille.

— Ils vont dire que nous sommes...

— Que nous sommes amants ?

La jeune femme devint écarlate.

— Ils savent déjà que vous êtes une tueuse, rétorqua-t-il. Cela prête-t-il à conséquence qu'ils vous prennent aussi pour une dévergondée ?

La laird tira sur sa chaîne comme si elle brûlait de lui arracher les yeux.

— Bon, j'ai affaire, conclut-il. Je vous ferai porter du pain et du vin. Cette fois, ne faites pas de mal à Gwen. C'est une servante dévouée. Je serais navré d'avoir à la fesser si elle vous aide à fuir.

Elle pâlit à ces mots et il faillit rire. Sa menace était ridicule. De sa vie, il n'avait jamais levé la main sur une femme. Il prit l'anneau de clefs dans sa bourse et les fit tinter.

— J'ai la clef de votre chaîne. Je ne m'en sépare jamais. Vous ne verrez personne car nul ne pénètre ici sans mon autorisation. On va voir, cette fois, comment vous organisez votre évasion.

Il s'inclina et, après une courbette, sortit.

Cambria commença immédiatement à réfléchir à une possibilité d'évasion. Malheureusement, avec la clef en possession de Holden, elle n'avait guère de chance de liberté. Combien de temps, se demanda-t-elle, allait-il la garder là ? Il avait dit que s'il la tuait, il romprait un vœu ; mais ses chevaliers n'allaient-ils pas demander réparation ? Il fallait bien que quelqu'un paie pour le meurtre de Roger Fitzroi. Elle froissa la fourrure dans son poing. Personne ne croirait la vérité. Pourtant, lord Holden la gardait en vie.

Elle eut un sourire amer. Peut-être attendait-il ses aveux. Après tout, le fait qu'elle se reconnaisse coupable scellerait son sort et il n'aurait plus rien à se reprocher. Elle observa le lourd anneau de fer qui lui emprisonnait le poignet. C'était sans doute un moyen de l'humilier au point de la faire avouer.

Il pouvait attendre longtemps, se dit-elle. Elle était passée maîtresse dans l'art de mettre les besoins du clan au-dessus de son amour-propre. Néanmoins, elle espérait qu'aucun de ses hommes ne la découvrirait dans cette situation. Et elle priait pour que lord Holden trouve un autre endroit où dormir.

Dans la soirée, elle crut qu'une de ses prières avait été exaucée. Gwen avait remporté la moitié de sa tranche de pain trempée dans du potage qu'elle n'avait pas mangée. Déjà la lune montait dans le ciel noir, et lord Holden n'arrivait pas. Il était sans doute dans les draps de quelque catin. Tant mieux, se dit-elle en se retournant avec impatience et en donnant du poing dans le traversin de plume. Elle avait un grand lit confortable pour elle toute seule. Elle se pelotonna sous les fourrures et, le regard perdu dans les braises, sombra dans le sommeil.

À la fenêtre, un moineau lançait des trilles enthousiastes. Cambria fronça les sourcils et s'enfouit plus profondément sous les fourrures, résistant à l'appel du matin. Elle soupira d'aise, bien au chaud dans son grand lit. Elle avait l'impression d'être redevenue la petite fille qui dormait dans les bras de sa maman.

Cette pensée l'éveilla en sursaut. Elle s'assit brusquement, échappant aux bras qui l'enlaçaient.

Le Loup! Les mouvements de Cambria l'avaient éveillé. En proie à la panique, la jeune fille s'écarta tout au bord de la paillasse, et tomba du lit, assise sur ses fesses.

Holden se souleva sur les coudes, les cheveux en bataille et, d'un œil endormi, regarda par terre d'un air totalement ahuri.

— Vous !

Sa voix était éraillée, Cambria sentit le rouge lui monter aux joues.

— Qu'est-ce que vous faites ici ?

— Je dors. Enfin, je dormais, précisa-t-il en bâillant.

— Mais c'est mon lit !

Il s'assura d'un coup d'œil qu'il était bien dans sa chambre.

— Non, c'est le mien !

— Dans ce cas, bafouilla-t-elle, je n'ai rien à y faire.

Il haussa les épaules et lui adressa un sourire ensommeillé.

— Exact. Je vous pardonne.

Il se redressa contre le traversin et referma les yeux.

— Ce n'est pas la première fois que je constate à mon réveil qu'une femme s'est glissée dans mon lit.

Cambria en resta bouche bée. Cet individu était bien prétentieux.

— J'avais l'intention de vous faire dormir par terre. Mais vous dormiez déjà et je n'ai pas eu le courage de vous pousser hors du lit. Je vois que vous y êtes arrivée toute seule.

— Vous avez osé dormir avec moi ! s'indigna-t-elle avec ce qu'elle croyait être un air de vertu outragée.

— Oui, j'ai osé ! confirma-t-il, hilare. Je crois que ma réputation ne s'en remettra pas. Je vous assure que ce n'est pas mon habitude de dormir quand j'ai une femme dans mon lit.

— Grand fat !

— Vous êtes déçue ? Je peux me rattraper, proposa-t-il en frottant ses yeux encore bouffis.

— La seule chose qui me navre, rétorqua-t-elle en le foudroyant du regard, c'est que je ne me sois pas aperçue de votre arrivée. Je vous aurais tourmenté pendant votre sommeil.

Lentement, son regard la parcourut de la tête aux pieds, comme s'il ôtait ses vêtements.

— Ah, petite tigresse ! Mais vous m'avez bel et bien tourmenté...

Elle sentit ses jambes flageoler. Personne ne l'avait jamais regardée ainsi. Personne ne lui avait dit ces mots-là et la voix irrésistible de Holden et son toupet la déroutaient totalement.

— Ne m'appelez pas tigresse, bougonna-t-elle, gênée.

— Comment devrais-je vous appeler ? Vous ne m'avez jamais dit votre nom, rappela-t-il en s'asseyant.

Le regard de la jeune fille s'attarda sur la musculature vigoureuse de son torse, qui émergeait de la fourrure. C'était par pure curiosité, se dit-elle, à cause de la cicatrice discrète qui lui balafrait les côtes. Mais elle avait du mal à en détacher son regard. Quelques poils bouclés soulignaient la courbe du muscle à côté de la cicatrice et formaient une ligne continue au milieu de son ventre, ligne qui disparaissait sous la courtepointe. Elle releva les yeux.

Il lui souriait, le fripon, d'un sourire parfaitement exaspérant.

Brusquement, elle se dégoûta. Elle n'était pas une servante en chaleur, elle était en service commandé. Il voulait savoir qui elle était. Elle allait le lui dire.

— Je suis Cambria Gavin, fille d'Angus. Je suis une dame et, à ce titre, j'exige mon propre lit. Je ne partagerai plus ce lit avec vous. Ne me prenez pas pour une servante prête à se laisser violer...

— Violer ? Moi ? gloussa-t-il. Je vous assure, Cambria, que je n'ai que faire d'une femme non consentante.

Il quitta le lit en s'enveloppant la taille avec la courtepointe. Sa demi-nudité donna brusquement à Cambria l'impression que la pièce était trop petite. Elle eut le sentiment que ses yeux étaient attirés irrésistiblement par ce qu'il y avait à voir, et les mouvements sensuels du torse de Holden ne faisaient qu'empirer les choses.

— Vous êtes ma captive. Vous n'avez rien à exiger. Vous dormirez où je l'ordonne. Vous mangerez ce que je vous fournis. Vous porterez les vêtements que je vous autoriserai à porter. Et si tel est mon bon plaisir, vous écarterez les jambes afin d'assouvir mes désirs, Cambria.

Elle se tourna brutalement avec un geste de défi mais, avant d'avoir pu articuler une riposte, il poursuivit :

— Vous semblez oublier, Cambria, que vous avez mon épée sur la gorge. Je serai trop heureux de continuer à vous remémorer ce point.

Elle aurait préféré qu'il cesse de l'appeler par son prénom, car ce détail avait sur elle un effet dévastateur.

Soudain, il défit la courtepointe et la laissa choir sur le sol.

Épouvantée par son impudeur, elle détourna vivement la tête. Quel effronté coquin ! Et cette cicatrice sur la cuisse, nul doute qu'il l'avait reçue lors d'une rixe.

— De toute façon, poursuivit-il en enfilant ses chausses sans s'occuper de l'embarras de la demoiselle, vous aurez le lit pour vous. Je m'absente quelques jours. Il semble qu'il y a toujours une bande d'Écossais qui battent la campagne, prêts à s'empoigner avec l'armée anglaise tout entière. L'orgueil de votre peuple causera sa perte.

Les yeux fixés sur le mur, elle répondit d'un ton sardonique :

— C'est leur orgueil qui leur a permis de survivre.

À la surprise de Cambria, il acquiesça.

— Peut-être, convint-il, pensif. Mais parfois, l'orgueil est aveugle. Vous, les Écossais, êtes devenus des fanatiques et les fanatiques sont dangereux, particulièrement pour eux-mêmes.

À court d'argument, elle se contenta d'éviter le regard du chevalier. Pendant qu'il s'habillait, elle lissa le tissu de sa robe et coiffa ses cheveux en désordre avec ses doigts, puis elle se jucha avec raideur au bord du lit.

— Vous devez me détacher, annonça-t-elle de but en blanc dès qu'il fut habillé.

— Dois-je ?

— Vous avez dit que vous aviez la seule clef de ma chaîne, expliqua-t-elle avec une feinte innocence.

— C'est juste, répondit-il en croisant les bras.

— Si, par hasard, vous vous faites tuer par cette bande d'Écossais pendant votre petite escapade, qui me libérera pour que j'aille danser sur votre tombe ?

Il la toisa longtemps, puis un mince sourire se dessina sur ses lèvres.

— Lady Cambria, vous avez une langue de vipère.

Toutes les réponses qui lui venaient à l'esprit n'auraient fait que le renforcer dans cette opinion, donc elle se contenta d'observer avec attention l'armure posée sur la paillasse. Elle remarqua une déchirure dans la cotte de mailles et fronça les sourcils.

— Les mailles protégeant les cottes ont besoin d'être réparées, observa-t-elle distraitement en oubliant qu'elle parlait à un ennemi.

Elle précisa l'endroit en le désignant du doigt.

— Votre cotte de mailles… Elle est abîmée, il y a un trou.

Il ne releva pas ce qu'elle disait, mais l'interrogea.

— Dites-moi, comment se fait-il que la dame que vous êtes connaisse le métier des armes ?

— C'est mon père qui me l'a appris, expliqua-t-elle avec une douleur intacte, chaque fois qu'il fallait parler du défunt.

— Pourquoi ?

— Parce que je suis son héritière.

— Mais vous êtes une femme.

— Je peux porter l'épée, rétorqua-t-elle fièrement.

— Vous êtes leste et agile, reconnut-il. Mais vous manquez de force et vous n'avez rien compris à la chevalerie. On n'attaque pas un adversaire désarmé. Votre père ne vous l'a pas enseigné ?

Elle rougit comme une pivoine.

— Je connais les règles de la chevalerie, bredouilla-t-elle.

— Ah bon ? Et vous décidez d'en faire litière !

Elle se hâta de changer de sujet.

— Vous devez me libérer de ma chaîne avant de partir.

Il enfila ses fines bottes de cuir et s'arrêta un instant, pensif.

— Selon vous, je vais me fier à vous et vous libérer sur parole ?

— Vous osez me demander ça, après avoir trahi la confiance que mon père vous a faite ?

— C'est votre père qui a trompé la mienne, insista-t-il.

Un sanglot montait dans la gorge de Cambria, elle le refoula.

— Les seules choses qui comptaient pour mon père, c'étaient son peuple et sa terre. Il se souciait de qui monterait sur le trône. Vos maudits documents, insista-t-elle en lui décochant un regard glacial, il allait les signer.

— Il ne l'a jamais fait. Il s'est jeté sur mes hommes.

— Impossible !

— Vous y étiez ? demanda-t-il en l'arrêtant d'un regard définitif.

Le silence s'installa entre eux, le doute dévorait Cambria. Elle se maudit une énième fois d'avoir dormi pendant le hideux massacre qui avait coûté la vie à son père.

— Non, reconnut-elle enfin, la voix brisée par un sentiment d'échec.

Ayant marqué ce point, il lui tourna le dos et endossa son lourd haubert. Il le laissa glisser sur ses épaules, et ajusta la différence de longueur entre le devant et le derrière.

Puis il eut un long soupir et se retourna vers elle.

— Je ne devrais pas vous faire confiance, murmura-t-il.

Néanmoins, il prit l'anneau des clefs dans la bourse de cuir qu'il portait sur son manteau et les secoua contre sa paume.

— Votre clan compte beaucoup pour vous, n'est-ce pas ?

Elle releva le visage, fière comme une reine.

— Il est de la plus haute importance.

— Dans ce cas, jurez sur votre honneur vis-à-vis du clan que vous ne tenterez pas de vous évader de ce château pendant mon absence.

Elle réfléchit soigneusement à la façon dont il avait tourné sa phrase. Elle répugnait à faire ce genre de promesse, mais avait-elle le choix ? Lentement, elle fit un signe d'acquiescement.

— Oui, je le jure.

Il posa un genou sur la paillasse à côté de la jeune laird et se pencha sur le cadenas. Puis il glissa un doigt sous la chaîne qui faisait le tour de l'avant-bras de Cambria, effleurant la peau délicate à l'intérieur de son poignet. Ses mains, quoique marquées par les cicatrices de ses combats, avaient de longs doigts souples – rien à voir avec les mains brutales auxquelles elle s'attendait. L'odeur masculine du guerrier l'enveloppait : le fer de l'armure, le tannin du cuir, et quelque épice difficile à identifier, muscade ou cannelle. Sur sa nuque rebiquaient des cheveux rebelles. Il crispa légèrement les lèvres, en essayant plusieurs clefs. Il avait le souffle doux et régulier, elle le sentait sur son visage. Et ils étaient si près l'un de l'autre qu'elle distinguait les poils de sa barbe mal rasée. Il avait des cils sombres et épais et, bien qu'il ait les yeux baissés, elle se souvint qu'il les avait d'un vert profond, lui conférant un air sage et mystérieux.

Oh, mais il la regardait. Troublée, elle baissa les yeux. Puis elle constata que la chaîne était défaite. Elle s'éclaircit la gorge et se frotta le poignet.

Il s'écarta, mais Cambria sentait que l'air autour d'elle était encore chargé de sa présence virile. Elle ferma les yeux pour se soustraire à cette sensation. Elle le maudit : il était responsable du meurtre du laird.

— Merci, observa-t-elle d'un ton glacial.

Il tressaillit imperceptiblement. Puis, avec un brusque signe de tête, il alla ouvrir la porte et appela l'écuyer pour qu'il l'aide à endosser son armure.

— Je vous autorise à aller dans tout le château, mais pas hors les murs. Je donnerai des ordres pour que l'on ne vous fasse aucun mal. Toutefois, si j'étais vous, je ne me ferais pas remarquer des chevaliers : ils ont peut-être des raisons de ne pas vous aimer.

L'avertissement était inutile. Elle se remémorait nettement les sombres menaces de sir Guy.

Quand l'écuyer eut fini, son maître avait l'air de ce qu'il était : un formidable guerrier. La cotte de mailles moulait ses bras et jambes musclés comme les écailles habillent un dragon. Son manteau d'un vert intense était marqué du blason de la famille de Ware, un loup noir féroce ; ce vêtement était drapé avec élégance sur la cotte de mailles, et étroitement serré sur ses hanches avec une ceinture de cuir noir. L'armure étincelante donnait à ses larges épaules une silhouette imposante.

L'écuyer tendit à son lord les gantelets et le grand heaume et se retira. Lord Holden se tourna vers Cambria, tout en enfilant ses gantelets de mailles.

— Je reviens dans quelques jours et si vous n'êtes plus là, laird de Gavin, menaça-t-il, priez de ne jamais retomber en mon pouvoir.

Puis il sortit et referma la porte derrière lui. Cambria, qui retenait son souffle depuis un moment, eut un long soupir. Elle se leva et plia les bras. Elle était libre.

Pourquoi dans ce cas, se sentait-elle toujours prisonnière de cet homme ?

Elle frissonna et regarda la pièce. Il y était manifestement chez lui, ou en avait fait son domaine ; cela se voyait aux rideaux de lit damassés de couleur bordeaux, aux traversins de plume bleu nuit, aux tapis d'Orient raffinés et à la plume et au parchemin bien rangés sur la table. Son odeur flottait toujours dans la pièce. Il avait beau être parti, Cambria lui appartenait toujours, au même titre que les objets de cette pièce. Et il avait beau s'être montré magnanime en la détachant, il avait dû donner l'ordre qu'on la surveille de près, comme le reste de ses biens.

Elle finit par s'approcher de la fenêtre à ogive. En bas, Holden et neuf de ses hommes enfourchaient leurs montures. Elle eut une prière pour qu'ils ne tombent pas sur des gens du clan Gavin. Robbie et Graham étaient si jeunes, des enfants face à ces envahisseurs. Les chevaliers constituaient une formidable compagnie et ils avaient beau être anglais, ils avaient lord Holden à leur tête et cela faisait une différence.

Avant de s'enfoncer dans la forêt, il dut sentir le regard de Cambria sur lui et se retourna pour la saluer. Elle s'écarta vivement de la fenêtre et claqua les volets pour qu'il ne la voie pas rougir.

Un peu après, Gwen entra timidement avec du pain et du vin à l'eau. Elle évitait le regard de Cambria qui se dit qu'elle lui reprochait son attaque manquée de la veille. Sa mine de chien battu fit regretter à Cambria son geste agressif. Pour la tranquilliser, elle rompit la miche de pain et en tendit un morceau à la servante.

Pendant qu'elles mangeaient, Cambria posa quelques questions concernant de Ware, l'air de rien. La première règle du combat est de connaître l'ennemi, et, même si elle avait promis de ne pas chercher à s'évader, rien ne l'empêchait de s'y préparer.

— Oui, le seigneur a pris le château de Bowden sous sa responsabilité, expliqua Gwen le plus volontiers du monde. Nous mourions de faim quand il est arrivé, maintenant les garde-manger sont pleins. Ils l'appellent le Loup, vous savez, mais je n'ai jamais eu meilleur maître.

Cette nouvelle ne fit rien pour réjouir Cambria. À l'évidence, lord Holden bluffait quand il avait parlé de rosser Gwen. Elle qui voulait entendre que c'était un fauve machiavélique et pervers, qui se nourrissait du sang des innocents, était déconcertée. S'il avait de telles réserves de gentillesse, comment expliquer ses actes à Blackhaugh ? Pouvait-on penser, comme semblait le croire le reste du clan Gavin, que ce n'était pas Holden de Ware qui avait organisé l'assassinat de son père ?

— Pourquoi l'appelle-t-on le Loup ?

Gwen eut l'air perplexe.

— J'imagine que c'est à cause de son courage et de son talent sur le champ de bataille. Tout le monde est unanime là-dessus. Il n'a jamais perdu un combat, vous savez, précisa-t-elle avec fierté en s'asseyant un peu plus droit.

— Jamais ?

Cambria avait du mal à le croire, étant donné le nombre de bosses qu'elle avait remarquées sur son armure.

— Pas une fois !

Il n'avait pas grand mérite, se dit la jeune laird, en prenant ses ennemis par surprise comme à Blackhaugh. Puis elle se remémora la façon dont il l'avait réprimandée pour avoir violé les règles de la chevalerie. Sale hypocrite ! Qui était-il à la fin, un vaurien ou un saint ? Les contradictions qu'elle découvrait chez Holden de Ware l'exaspéraient.

— Et qu'est-ce que le Loup a fait des chevaliers qui se sont opposés à lui à Bowden ? demanda-t-elle pour rendre sa cruauté manifeste.

— Personne ne s'est opposé à lui, répondit Gwen en haussant les épaules.

— Personne n'a discuté son autorité ? On lui a juste laissé prendre tout ce qu'il voulait ?

— Vous savez, milady, expliqua Gwen, s'il n'a jamais perdu un combat, il faudrait être fou pour le défier.

Soudain, la malheureuse réalisa ce qu'elle venait de dire et s'étouffa.

— Enfin, c'est-à-dire que...

— Il n'a pas encore vaincu les Gavin, déclara Cambria d'un air mauvais.

Elle s'avança à la fenêtre de sa prison et ouvrit le volet pour regarder dehors, rêvant au jour où elle serait non pas la captive mais la gagnante.

Gwen, voyant Cambria absorbée dans ses pensées, en profita pour bafouiller une excuse et quitter la pièce avant de faire une autre gaffe.

— Les cendres sont chaudes, signala sir Stephen, accroupi à côté du feu de camp, en fouillant dans ce qu'il restait du foyer.

Holden fronça les sourcils. Il entendait son vassal sans l'écouter. Une contradiction le tourmentait. Cambria Gavin, tueuse ou non, était son ennemie ; mais elle le perturbait et occupait son esprit. Comment se pouvait-il qu'il ressente du désir pour elle ? Car enfin, c'était bien de désir qu'il s'agissait, avec tous ses symptômes.

— Milord ? insista Stephen qui attendait toujours une réponse.

Holden sursauta. Peste, se dit-il, j'ai du mal à me concentrer sur ce que j'ai à faire. Et à en croire l'expression de Stephen, cela se voit.

— Chaud, hein ? répéta-t-il.

La faute en incombait à ce maudit lutin de Cambria. Pour la première fois de sa vie, il se heurtait à un adversaire qu'il ne savait comment combattre. Il n'avait d'ailleurs jamais rencontré de femme qu'il ne sache manipuler. En général, elles se montraient agréables et dociles, faciles à satisfaire, admiratives de son usage de l'épée, et davantage encore de celui de sa virilité. Mais la laird de Gavin, c'était autre chose. D'un côté, il avait envie de l'étrangler, de l'autre…

Il assouvirait ce penchant avec la première servante dont il aurait envie, jura-t-il. L'Écossaise n'avait sur lui pas plus d'emprise que n'importe quelle jolie fille. Pourquoi ne réussissait-il pas à l'oublier ?

— Les cendres, milord ! insista Stephen, plutôt agacé.

Holden serra les dents et se maudit d'être aussi distrait dans l'exécution de ses devoirs. Comment, ce maudit petit lutin allait-il l'ensorceler à pareille distance?

— Depuis combien de temps sont-ils partis, à ton avis, Stephen?

— Pas plus d'une heure.

— Nous allons les rattraper, alors.

— Si ce sont bien les renégats que nous suivons, intervint sir Henry qui avait gravi un tertre.

— Oui, ce sont bien eux, confirma sir Myles, à genoux dans la poussière à côté du feu. Il y a bien un rouquin dans la bande, n'est-ce pas?

— Certes, confirma Stephen.

Myles prit entre le pouce et l'index un cheveu couleur cuivre et le brandit.

— Tu as un œil de faucon, Myles, observa Holden. Bon travail. Nous allons nous séparer; ils sont à pied et ne doivent pas être loin.

Il monta Arielle et lui flatta l'encolure.

— Stephen et Henry, venez avec moi. Myles, Owen et John, continuez vers l'est. Et vous autres, vers le nord. Retrouvons-nous ici avant la tombée de la nuit. D'ici là, si Dieu le veut, nous aurons capturé les renégats.

Moins d'une heure plus tard, un bruissement dans les fourrés arracha brusquement Holden à ses pensées. Les trois destriers s'immobilisèrent sur un geste de leurs cavaliers. Lentement, les trois chevaliers mirent pied à terre; on n'entendit que le grincement de la sellerie et le soupir des épées que l'on tirait. Ils avancèrent à pas de loup. Holden écoutait d'où venait le bruit, mais son oreille entendit une brindille cassée sur sa gauche et un froissement de feuilles sur sa droite. Il eut juste le temps de se dire qu'ils venaient de tomber dans une embuscade avant de sentir une lame qui le transperçait et plongeait dans sa poitrine.

Cambria regardait à l'extérieur; le temps était sombre et glacial. Le ciel grisâtre indiquait que la pluie était imminente. Comme les chevaliers blottis à l'intérieur du château, Cambria n'avait guère envie de quitter la chambre sécurisante de Holden. Enfermée de la sorte, elle se sentait d'humeur aussi instable que le temps à l'extérieur. Quand il plut enfin, Cambria, oisive, se demanda où Holden et ses hommes s'étaient abrités.

La jeune laird s'ennuyait à mourir. Elle tournait en rond comme un lion en cage quand, à son grand soulagement, Gwen vint lui porter des gâteaux aux pommes, et du vin, peu après midi. La servante s'avérait de compagnie agréable. Il était aisé de converser avec elle et jamais Cambria n'avait vu de servante si encline à babiller, quel que soit le sujet. Gwen avait une aventure avec un des hommes de Holden: elle avait donc accès à beaucoup de renseignements. Cambria sut ainsi qu'Holden était le second d'une fratrie de trois garçons. Son frère aîné, Duncan, et lui avaient la même mère, mais le jeune Garth était issu d'un second lit. Il ne faisait pas de doute qu'Holden se battait dans l'armée d'Edward dans l'espoir d'acquérir ses propres terres. Comme l'aîné héritait de tout, sa seule chance pour se faire un patrimoine et obtenir un titre personnel était de se battre. La jeune laird savait que l'un des domaines qu'Holden revendiquerait était la terre du clan Gavin.

Cambria dut ensuite écouter les ragots de Gwen concernant les aventures amoureuses du seigneur. Les avis étaient unanimes: rares étaient les servantes avec lesquelles il n'avait pas couché. La maison de Ware s'agrandissait régulièrement de petits bâtards aux yeux verts, que Duncan exigeait d'élever. Gwen n'épargna à la prisonnière aucun détail sur les exploits amoureux de Holden et sa virilité proverbiale et quand vint l'heure du dîner, Cambria était lasse et exaspérée par ce bavardage. Comme si cela ne suffisait pas, Gwen apprit à la jeune laird avec une timidité feinte qu'elle avait l'intention d'aller rejoindre son amant, le geôlier de Holden, à minuit dans le donjon.

Cambria était éberluée. Comment accorder tant d'importance à des histoires de cœur – ou plutôt de fesses – alors qu'il y a tant de batailles à livrer, de bouches à nourrir ?

À la tombée de la nuit, la demoiselle, fatiguée d'avoir entendu pépier Gwen, lasse d'être enfermée et incapable de dormir, décida de faire un tour dans le château. Elle trouverait peut-être dans la bibliothèque de Bowden un livre dans lequel se plonger. Elle constata avec agacement qu'elle était suivie par deux écuyers peu discrets de lord Holden, qui avaient manifestement la charge de ne pas la perdre de vue.

Elle dénicha une histoire enluminée de Rome et descendit sur la pointe des pieds dans le grand hall, mais eut le regret de constater que la place près de la grande cheminée était déjà prise. L'inquiétant sir Guy était affalé dans un fauteuil sculpté, les pieds sur un tabouret et les doigts croisés sur sa panse. Cambria fut remarquée avant d'avoir le temps de remonter discrètement.

— J'ai juré de ne pas te faire de mal, grommela-t-il.

Cambria se demanda si c'était du lard ou du cochon. Elle avait encore sur le cou la marque des gros doigts du guerrier.

— Mais je puis aller lire ailleurs. Il me faut simplement…

— Lire ? releva-t-il avec un intérêt inattendu.

— Oui.

— Et qu'est-ce que tu as trouvé ? demanda-t-il en désignant le livre.

— C'est une histoire des Romains.

— Tu avais l'intention de le chaparder ? demanda-t-il, soupçonneux.

— Bien sûr que non ! riposta-t-elle.

— Apporte ça ici, ordonna-t-il.

Cambria se dit qu'il avait juré de ne pas lui faire de mal, mais que cela ne l'empêchait pas de lui donner des ordres, avec un air impérieux et une présence menaçante. Elle réprima un juron et s'avança. Il était encore plus grand que dans ses souvenirs.

— Comment as-tu appris à lire ? gronda-t-il.

— C'est mon père qui m'a appris.

— L'épée et le livre, alors ? continua-t-il avec un sourire narquois. Qu'est-ce que ça raconte ?

Elle réalisa avec stupéfaction que sir Guy était illettré. Elle fut toute fière de ne pas l'être.

Après tout, elle s'ennuyait et la grande salle avait le feu le plus vif du château. Elle se dit que ce n'était pas un crime de lire pour un ennemi. Elle tira un fauteuil près de celui de sir Guy, s'assit, ouvrit le livre et se mit à lire en suivant du doigt les lignes au fur et à mesure.

L'Anglais écoutait avec fascination et l'atmosphère se détendit. Guy avait beau être un soudard mal dégrossi, il se conduisait comme un petit garçon enchanté par un nouveau jouet. Ils étaient si absorbés que le raclement grinçant de la porte cochère les fit tous les deux sursauter.

Un vent glacial s'engouffra par l'ouverture, les flammes se couchèrent en désordre dans la cheminée. Cambria se leva d'un bond. Dans un grand brouhaha, plusieurs chevaliers de Ware ruisselants firent irruption dans la grande salle.

Un des hommes d'armes ordonna à la cantonade :

— Faites chauffer de l'eau, apportez des linges !

Puis le vent claqua la porte et l'on cessa d'entendre les gémissements mélancoliques de la tempête.

Deux chevaliers approchèrent laborieusement du feu ; ils portaient quelque chose de lourd dans une grande couverture suspendue entre deux lances. Cambria, horrifiée, reconnut la silhouette sanglante et blême qui gisait sur cette civière improvisée.

C'était lord Holden.

# 6

Sir Guy décocha à Cambria un regard furibond, comme si elle était responsable de ce qui était arrivé.

Une servante arriva avec un seau d'eau et des tissus pour faire des bandages et on tira vivement le médecin de son lit. Une fois la civière délicatement posée sur le sol, Cambria remarqua trois hommes lourdement enchaînés, à genoux sur les dalles, derrière la litière dont deux chevaliers de Holden tenaient les chaînes. Les trois hommes étaient blessés et leurs vêtements déchirés, elle mit donc un moment à les reconnaître.

Elle vit d'abord les cheveux roux de Robbie, couverts de crasse et ses yeux bleus étincelant de fureur. À côté de lui, son frère cadet Graham, âgé de quatorze ans, vieilli par la douleur et la peur. Le troisième était son grand cousin, Jamie. C'était la première fois qu'elle le voyait sans le sourire.

Sur un ordre sec de Guy, les deux chevaliers remirent les prisonniers debout et les emmenèrent au donjon. Si les hommes de son clan l'avaient remarquée, ils ne le montrèrent pas ; peut-être étaient-ils aveuglés par la peur.

Folle d'inquiétude, elle quitta l'horrible scène et monta l'escalier à pas furtifs. De retour dans la chambre de lord Holden, elle se mit à faire les cent pas.

Que faire ? Les hommes de Holden le protégeaient férocement. Si les déserteurs de Blackhaugh étaient la cause de ses blessures, elle avait tout lieu de craindre pour leur vie. Il fallait qu'elle les aide. Certes, ils avaient déserté Blackhaugh pour se joindre aux rebelles écossais, mais c'étaient des Gavin. Ils faisaient partie de son clan et elle leur devait sa protection.

Tous les objets de cette chambre appartenaient à Holden : une tapisserie représentant une chasse au sanglier, de l'encre et du parchemin, un peigne en os de baleine, une paire de bottes en peau de daim... Un plan désespéré lui vint à l'esprit.

Elle avait juré de ne pas tenter de s'évader tant que lord Holden serait absent, et un serment prononcé sur le clan est sacré. Mais maintenant, il était revenu, n'est-ce pas ? Elle n'était donc plus liée par son serment. Du moins, elle s'en persuada. Tant pis pour le goût amer qui lui venait dans la bouche à l'idée de ce parjure, ou de quelque chose d'approchant !

On allait bientôt monter le lord dans sa chambre. Elle en profita pour se cacher derrière la tapisserie.

Quand enfin les chevaliers arrivèrent avec de Ware inconscient, ils étaient si soucieux de l'état de leur seigneur qu'ils ne s'aperçurent pas que la tapisserie avait des jambes, heureusement pour Cambria, on l'avait oubliée dans ce tumulte.

Quand on déposa Holden sur la paillasse, la jeune laird entendit un gémissement étouffé. Cela lui chavira le cœur. Elle eut l'impression que l'on mettait une éternité pour le débarrasser de sa cotte de mailles et qu'il respirait à peine. D'après la conversation surprise entre les hommes de Holden et le médecin, elle apprit qu'il avait été assailli par une douzaine de rebelles avertis de ses pérégrinations. Il était question d'un espion. Le lord avait été blessé d'un coup d'épée entre les côtes. L'homme qui avait porté ce coup était l'un des trois prisonniers écossais qu'ils étaient parvenus à capturer. La blessure était nette. L'hémorragie avait cessé, mais il avait perdu beaucoup de sang et le retour sous l'orage l'avait exténué.

Un domestique ranima le feu dans la cheminée et tous quittèrent la pièce sauf le médecin, qui exigea que le blessé se repose. Tandis qu'il fouillait dans sa boîte à médecine, Cambria risqua un œil pour apercevoir lord Holden.

Il avait quelques boucles de cheveux humides collées sur le front et était très pâle. Il respirait avec effort et son nez tremblait. L'odeur douceâtre du sang envahit la pièce quand le médecin inspecta la blessure. Cambria était profondément émue de voir un guerrier si valeureux terrassé de la sorte, mais, comme c'était son devoir, elle écarta ce sentiment. Le malheur de son ennemi était une chance qu'elle devait saisir.

Elle attendit patiemment que le médecin eût terminé de le soigner et le regarda en grimaçant recoudre la vilaine blessure ; elle se boucha les oreilles aux gémissements de Holden et soupira de soulagement quand, vers minuit, le médecin s'installa au pied du lit et se mit à ronfler.

Elle quitta sa cachette bien avant l'aurore. À la faible lueur du feu, elle tressa vivement ses cheveux, puis, après un bref regard au chevalier qui dormait toujours, elle se glissa hors de la pièce et traversa le château.

Discrète comme une ombre, elle alla rôder devant la chambre que Gwen partageait avec plusieurs servantes. Son attente fut interminable, mais elle savait que la soubrette avait rendez-vous avec son amant le geôlier.

Gwen finit par sortir de sa chambre, dégageant une odeur sucrée d'épices. Cambria la suivit de loin en rasant les murs ; dans l'angle d'un couloir, elle entendit la petite, inquiète, demander à un jeune homme des nouvelles de lord Holden. Il l'embrassa pour la consoler, puis Cambria entendit leurs voix s'éloigner.

Elle s'approcha de l'endroit où les deux amants s'étaient retrouvés. Ravie, elle vit que les clefs du geôlier pendaient toujours à un piton dans le mur. Elle s'en empara en étouffant leur tintement dans les plis de sa robe et regarda par le judas dans la cellule la plus proche.

Les murs étaient suintants et nauséabonds. Il faisait sombre mais elle distingua trois silhouettes pelotonnées dans un coin. Elle siffla doucement et les trois hommes bondirent.

— Cambria ! Qu'est-ce que tu fais ici ?

— Chut, souffla-t-elle. De Ware a des hommes partout.

Elle essaya tour à tour les sept clefs et la dernière ouvrit la porte. Le grincement de la clef dans la serrure les figea tous sur place, mais aucun garde n'accourut au bruit. Ensuite, tout fut simple. Ils enfilèrent les couloirs sans être vus, car la plupart des habitants du château dormaient. Cambria entra seule dans la chambre du seigneur pour s'assurer qu'Holden dormait toujours. Elle éveilla le médecin, et lui demanda d'aller lui chercher une potion contre une indigestion. Quand il fut parti, elle fit signe à ses hommes d'entrer. Une fois dans la chambre, Robbie eut un grondement furieux et s'empara de la dague de Holden qu'on lui avait retirée. Il s'avança vers le chevalier pour l'achever.

Cambria, outrée, lui saisit le poignet avec un geste de dénégation catégorique.

— Non, ordonna-t-elle à mi-voix.

Robbie tenta de se dégager, en l'interrogeant du regard, mais elle ne le lâcha pas.

— Tu ne comprends pas ? C'est lui qui va nous permettre de filer, souffla-t-elle. Sans otage, nous n'arriverons jamais à franchir le rempart.

Bon sang, se dit-elle en essayant de calmer les battements de son cœur, Robbie, l'enfant à qui elle avait enseigné à apprivoiser les faucons, avait failli tuer de sang-froid.

Elle prit une profonde inspiration et se redressa.

— Nous l'emmenons à Blackhaugh. Allons revendiquer notre fief.

Robbie ne comprenait pas.

— Blackhaugh n'est plus à nous, dit-il avec un regard appuyé vers les deux autres renégats.

— Mon père est parti. Blackhaugh est à moi, affirma-t-elle avec solennité, et vous êtes toujours des Gavin.

Robbie la regarda car son père n'aurait jamais accepté de prononcer ces mots-là. Puis le jeune homme acquiesça. Ils s'armèrent tous les quatre au moyen de ce qu'il y avait dans la pièce et réfléchirent à ce qu'ils allaient faire.

Dès qu'ils soulevèrent Holden de sa paillasse, les choses se compliquèrent.

Le chevalier gémit affreusement et le cœur de Cambria faillit lui manquer. Dans le couloir, elle entendit des pas précipités. La porte s'ouvrit et heurta violemment le mur : c'était sir Guy. Robbie eut la présence d'esprit d'appuyer sa dague sur la gorge de lord Holden, qui était soutenu par les deux autres Écossais.

— Nous tenons votre seigneur ! cria Cambria aux hommes à moitié vêtus qui se bousculaient à la porte. Si vous voulez ce qu'il passe la journée, écoutez-moi bien.

Surpris par la puissance de sa voix, tous s'immobilisèrent. La rage de sir Guy irradiait. Un moment, on put craindre que la mince lame d'acier posée contre le cou de Holden ne soit une faible défense contre pareille colère, mais Guy ne fit pas un geste dans leur direction.

— Nous voulons simplement rentrer à Blackhaugh, poursuivit la jeune laird. Votre seigneur aura la vie sauve à condition qu'on nous laisse aller librement. Si quiconque tente de nous suivre, de Ware pourrait le payer de sa vie.

Elle vit quel énorme effort faisait sir Guy pour les laisser passer. La haine brûlait dans ses yeux noirs tandis que, un à un, les gens du château s'effaçaient devant les ravisseurs.

La descente des escaliers fut lente et délicate. Holden gémissait à chaque marche mais n'ouvrit pas les yeux. Du sang recommença à couler de sa blessure. Quand ils atteignirent la grande salle, quelques jeunes servantes pleuraient à gros sanglots leur seigneur adoré et s'enfuirent. Le médecin s'absenta un instant et revint avec une brassée de charpie.

— Il faudra lui changer ses pansements, conseilla-t-il, soucieux. Gardez la plaie propre. Il risque d'avoir de la fièvre.

Cambria acquiesça puis s'adressa à sir Guy :

— Préparez-nous trois chevaux, des provisions et une civière.

Guy transmit l'ordre à son écuyer et la demoiselle ajouta avec une jubilation malicieuse :

— Et l'épée de mon père.

Owen s'empourpra et bégaya un refus, mais sir Guy fit signe au chevalier d'obtempérer.

La tension était grande. Sous les lourds nuages, des lueurs annonçaient l'aube encore lointaine. Cambria et sa petite suite enfourchèrent leurs montures. Lord Holden fut placé devant Robbie sur une selle, le couteau toujours sur la gorge. Tout se déroula normalement et leurs montures partirent au petit galop. Cambria sentit alors une onde de remords l'envahir : elle avait trahi la confiance de Holden. Elle n'avait pas violé la lettre de son serment, mais son esprit.

Derrière eux, sir Guy avait déjà confié le château à un nouveau régisseur et organisait une troupe pour suivre les fugitifs à distance. Cette fille est folle, se dit-il, si elle croit que nous allons la laisser emmener notre seigneur comme ça.

Après des heures de chevauchée dans la campagne rocailleuse, ils entrèrent dans des forêts si denses qu'aucune lumière ne filtrait ; Cambria se sentit assez sûre d'elle pour faire reposer leurs montures et soigner leur otage. Ils s'arrêtèrent près d'un ruisseau pour abreuver les chevaux et les laisser brouter un moment. Cambria aida Robbie à descendre Holden de la selle et à l'allonger sur la civière.

Le lord anglais était, si c'est possible, encore plus livide qu'avant. Ses bandages dégoulinaient de sang. Il avait les yeux profondément enfoncés et cernés ; sa tête ballottait en arrière, inerte. Cambria se mordit la lèvre. Il n'était pas question de le perdre maintenant.

— Nous n'avons plus besoin de lui, suggéra froidement Robbie. Ils ne nous suivront pas.

— Non ! protesta-t-elle avec une véhémence qui contrastait avec la dureté de Robbie.

Ce garçon, jugea-t-elle, a bien changé depuis qu'il est avec les rebelles, le doux jeune homme qu'elle admirait était devenu un malfaiteur cynique. Elle prit conscience avec stupeur qu'il avait perdu son innocence et toute trace de sentiment humain.

— Nous avons besoin de lui pour entrer dans Blackhaugh, expliqua-t-elle malgré sa déception. C'est son demi-frère qui tient le château et nous ignorons combien d'Anglais il a avec lui.

— Il risque de ne pas survivre, rétorqua Robbie.

La jeune laird était désemparée. Et si le voyage tuait son prisonnier ?

— Je me charge de le garder en vie, promit-elle comme on fait une prière.

Elle prit la charpie et la trempa dans le ruisseau qui coulait entre les berges moussues. Avec douceur, elle épongea le front de Holden où perlait la sueur, puis se mit à genoux pour lui changer son pansement. Du sang avait séché, les linges lui collaient aux côtes et il lui fallut arracher le tissu. Chaque fois qu'elle touchait Holden, il gémissait. Il devait avoir l'impression qu'elle le torturait mais il était incapable de se défendre contre ces soins nécessaires.

Elle refit soigneusement le bandage, sans pouvoir s'empêcher d'observer la poitrine balafrée de Holden qui se soulevait et s'affaissait à chaque respiration, brûlante de fièvre. Il avait un corps de guerrier, large et solide, admirable dans sa musculature. De petits poils bouclés traçaient un fin sillon qui descendait jusqu'au nombril et s'élargissait plus bas, là où les pensées de la demoiselle n'osaient s'aventurer. Le pouls du chevalier battait régulièrement et Cambria se sentait proche de lui.

Vivement, elle détourna les yeux. Cette proximité physique avait un effet curieux sur elle, car elle avait presque l'impression que sa fièvre était contagieuse. C'était une sensation à la fois troublante et irrésistible. Elle le couvrit en hâte avec la couverture de la civière, puis alla rincer les bandages souillés et les mit à sécher sur des rochers.

L'obscurité gagnait rapidement. Cambria décida qu'ils resteraient là pour la nuit au lieu de prendre le risque de continuer dans le noir. Elle reconnut qu'il était nécessaire d'attacher Holden pour l'empêcher de fuir, même si elle jugeait ce geste cruel. Jamie entrava les chevilles du prisonnier là où il se trouvait sur la civière et lui attacha les poignets autour d'un jeune arbre.

La laird prit le premier tour de veille. À chaque bruissement dans les fourrés, elle s'attendait à voir arriver sir Guy ou un loup affamé, sans savoir lequel elle aurait préféré. Quand Robbie vint la relever, elle eut du mal à dormir. Toute la nuit, le prisonnier ne cessa de se débattre contre d'invisibles fantômes.

La demoiselle s'éveilla de bon matin et frotta ses yeux las. Elle se dressa sur les coudes et inspecta leur petit camp. D'abord lord Holden. Dès qu'elle le vit, elle fut prise de honte et de colère.

Le pauvre malheureux s'était débarrassé de ses couvertures, et une tache humide maculait ses chausses.

Cambria s'écarta les cheveux de la figure, se leva et approcha du blessé ; l'odeur était ignoble. Il avait le front ridé de douleur, la peau blême et les joues en feu. Elle lui toucha la mâchoire et retira sa main car il était brûlant. Il avait la peau sèche, les lèvres craquelées.

Le jeune Graham arriva avec une brassée de petit-bois. Il croisa le regard de Cambria puis vit lord Holden ; il n'avait manifestement aucune intention de veiller au confort du prisonnier.

Bougonnant un juron, Cambria alla mouiller un chiffon propre dans le ruisseau et le porta aux lèvres de Holden. Il se mit à téter le tissu trempé, goûtant le breuvage sans se réveiller. Cambria répéta inlassablement son geste, et il étancha ainsi sa soif. Elle dénoua ses liens et remarqua qu'il s'était égratigné les poignets en faisant des mouvements brusques.

— Tu crois que c'est prudent ? s'enquit Robbie qui revenait avec une paire de lapins pris au collet.

Jamie arriva à son tour.

— Bon sang ! répondit-elle d'un ton cinglant. Le pauvre diable ne peut même pas se lever pour faire ses besoins. As-tu perdu tout sens de l'honneur, Robbie ?

— C'est notre ennemi, Cambria.

— Eh bien moi, riposta-t-elle, je ne laisserai même pas un chien dans ses saletés.

Robbie lui lança un regard mauvais.

— Jamie ! appela-t-elle en maîtrisant sa rage avec peine. Ôte-lui ses chausses et rince-les. Couvre-le juste avec la couverture.

Jamie n'obéit pas tout de suite, mais consulta d'abord Robbie du regard ; Cambria était blême. Robbie acquiesça et Jamie fit une grimace de dégoût, mais s'exécuta.

Cambria alla faire un tour en forêt pour faire passer sa colère. Maudits rebelles ! Elle était laird à présent. Comment osaient-ils défier son autorité ? Cela sentait la trahison. Son père avait raison. Elle n'aurait jamais dû les réintégrer au clan. Ils allaient se retourner contre elle comme ils s'étaient retournés contre le laird Angus.

En tout cas, pour le moment, elle avait besoin d'eux. Elle devait faire preuve de doigté et les ménager jusqu'à rejoindre ses alliés à Blackhaugh.

Quand elle revint au camp, elle avait recouvré son calme et Holden était couvert. Elle écarta le haut de la couverture pour voir la blessure. De nouveau, il lui fallut éponger le bandage pour l'enlever. Cette fois, l'entaille était bordée d'une méchante grosseur rouge. Cambria, consternée, reconnut les symptômes de l'infection, mais elle n'avait ni le temps ni le savoir pour y remédier. Avec application, elle posa un nouveau bandage et rinça le vieux; puis, pas très sûre d'elle, déclara le blessé apte au voyage.

Le soleil avait enfin percé les épais nuages; il ressemblait à un sinistre œil jaune quand le groupe s'arrêta de nouveau. D'après les calculs de la laird, ils arriveraient à Blackhaugh le lendemain matin. Heureusement, le temps les ménageait.

Le prisonnier en revanche était dans un piètre état. Il était trop faible pour manger ce qu'on lui apportait. C'est tout juste si Cambria arrivait à lui faire avaler quelques bouchées de pain trempé dans du vin. Puis, quand elle inspecta sa blessure, ses inquiétudes se confirmèrent. La plaie dégageait une odeur putride. Quelle sotte je fais, songea-t-elle, j'aurais dû enlever le médecin aussi. Elle n'entendait rien aux soins à prodiguer à un blessé.

Pourtant, il fallait faire quelque chose. Il ne fallait pas le laisser mourir. Prenant une profonde inspiration, elle appuya doucement sur les bords de la plaie. Un liquide jaunâtre s'en écoula et Holden se mit à crier et à gesticuler des quatre membres. Plusieurs fois, il frappa Cambria, sur la joue, à l'oreille, à l'épaule.

—Sac à papier! tonna Jamie, prêt à massacrer l'otage.

—Ce n'est rien, grogna-t-elle en frottant l'ecchymose sur sa joue. Il ne se rend pas compte. Tenez-le, s'il vous plaît. Il n'aime pas ce que je lui fais, c'est tout.

Les hommes obéirent bon gré mal gré, mais ils n'étaient pas trop de trois pour immobiliser l'Anglais. Ravalant sa nausée, la demoiselle draina autant de pus que possible, pendant qu'Holden se débattait de toutes ses forces. Elle posa finalement un nouveau pansement et, épuisée, s'accroupit sans grâce sur ses talons afin de bien regarder l'homme pour lequel elle se donnait tant de mal.

On aurait eu du mal à croire que c'était un ennemi qu'elle pansait avec tant de soin. Pourtant, en regardant l'épée accrochée à sa selle, elle se dit que son père aurait été fier d'elle. Elle avait récupéré son arme, elle allait revendiquer Blackhaugh et elle tenait l'assassin à sa merci.

Pourquoi cette honte secrète qu'elle ressentait quand elle regardait son otage qui se tordait de douleur, assailli par des démons inconnus ? Au diable la pitié ! Depuis qu'il était entré dans la vie de Cambria, il avait détruit tout ce à quoi elle tenait. Pourtant, elle était incapable de le regarder en face sans éprouver de pitié.

À la tombée de la nuit, ils s'arrêtèrent au bord d'une petite rivière qui traversait le domaine de Gavin. À cause de son insupportable pitié, Cambria avait les nerfs en pelote. L'état de Holden ne s'était pas amélioré, il avait même empiré.

Robbie les avait quittés pour aller chercher des renforts parmi les renégats de Blackhaugh qui avaient pris le maquis dans la région. De nouveau, elle avait dû rappeler à Jamie que l'Anglais ne leur servirait à rien une fois mort. À ce moment-là, Holden entra en convulsions.

Graham s'écarta de la civière et se signa.

— Il est possédé par le diable !

— Oui, ma belle, confirma Jamie. Il est fichu.

La peur la saisit.

— Non ! riposta-t-elle durement. Il ne peut pas mourir, j'ai besoin de lui.

Elle toisa d'un regard menaçant quiconque l'aurait contredite. Et elle ravala un sanglot qui lui nouait la gorge.

Scrutant les alentours, elle chercha en vain quelque inspiration dans cette forêt sinistre. Maudit Anglais !

Il n'allait pas lui claquer dans les doigts maintenant, après tout le mal qu'elle s'était donné. Elle renifla et, d'un geste irréfléchi, elle arracha les couvertures de Holden. Son corps nu tremblait comme la flamme vacillante d'une chandelle et il était brûlant. Il fallait le rafraîchir tout de suite.

Si elle arrivait à le tremper dans l'eau…

Les autres protestèrent mollement quand, aiguillonnée par l'urgence, elle saisit son otage sous les bras et le traîna, lourd et tremblant de fièvre, vers le ruisseau.

L'eau glacée lui mordit douloureusement les chevilles tandis qu'elle le traînait dans le courant. Elle cria de surprise, mais continua à patauger jusqu'à ce qu'Holden soit tout entier sous l'eau, sauf la tête. C'était une vraie torture. Le contact de l'eau froide était comme une brûlure, elle avait l'impression qu'elle allait geler sur place et se mit à grelotter de façon convulsive.

Enfin les frissons de Holden cessèrent. Son corps commença à se rafraîchir. Il vivrait.

Soudain, Cambria fut prise de violents sanglots, qu'elle s'efforça de cacher aux hommes de son clan tout en sortant le Loup de l'eau et en le hissant sur la rive. Frémissante, elle se retint de jurer en regardant ce guerrier blotti contre elle.

Il fallait qu'elle admette une triste vérité. Elle n'avait rien d'une tueuse. Elle connaissait les techniques et la valeur du soldat, les règles de la chevalerie, mais n'avait pas le cœur de pierre d'un vrai guerrier. Elle tenait son ennemi à sa merci mais était incapable de lui faire le moindre mal. Elle voyait presque son père lui faire les gros yeux.

À bout de forces, elle se dégagea de Holden. Jamie et Graham, sortant enfin de leur stupeur, l'aidèrent à remettre le lord anglais sur la civière. Elle le sécha et l'enveloppa dans la couverture.

— Tu as sauvé la vie d'un infâme, observa Jamie, admiratif.

— Oui, acquiesça-t-elle avec un frisson. Que Dieu m'accorde qu'il passe la nuit. Il me le doit bien !

Elle n'en pouvait plus. Au matin, ses jupes seraient des glaçons. Mais elle lui avait sauvé la vie.

Un étrange cri d'oiseau éveilla Cambria. Quand Jamie répondit, elle comprit qu'il s'agissait d'un signal. Peu après, Robbie rentra au camp, annonçant que les renforts arrivaient et annonça qu'un groupe de chevaliers anglais du château de Bowden avait été appréhendé par les Écossais.

— Bien ! Maintenant, nous avons quelques otages de plus à échanger.

Elle savait bien que le loyalisme de sir Guy lui avait interdit de respecter les avertissements qu'elle lui avait donnés.

Des dispositions furent prises pour se retrouver en milieu de matinée dans le champ sous Blackhaugh. Robbie, Jamie et Graham filèrent rejoindre les rebelles dans la forêt, laissant le prisonnier à la garde de Cambria.

Elle regarda le soleil levant et alla voir ce que devenait l'Anglais. Il dormait comme une souche : il avait le visage détendu, le front lisse, le souffle lent et régulier. Quelques gouttes de sueur perlaient sur son front et dans son cou, mais la fièvre était enfin tombée. Il vivrait.

La jeune laird sentit une larme inattendue jaillir de ses yeux et se demanda ce qu'elle avait. Elle s'essuya la joue. Heureusement, les hommes de son clan n'étaient pas là !

Elle détacha Holden de l'arbre mais lui renoua les poignets ensemble. Ils n'étaient plus que tous les deux. Elle ne pouvait se permettre de prendre des risques.

Alors qu'elle commençait à lui changer son pansement, Cambria s'aperçut qu'il la regardait. Elle leva les yeux et leurs regards se croisèrent. Tout de suite, son cœur bondit. Le regard de Holden était toujours un peu vitreux à cause de la douleur, mais il n'était plus vide.

Il fit l'effort d'écarter les lèvres et prononça un unique mot :

— Soif.

Elle alla plonger un linge propre dans le ruisseau, et le lui porta aux lèvres. Il mâchonna un instant, puis détourna la tête, dégoûté.

— Soif ! répéta-t-il.

Elle jeta le linge, puis ajouta de l'eau au reste de vin qu'elle avait dans sa gourde en peau de chèvre et s'accroupit à côté de lui. Le cœur battant, elle se pencha avec douceur pour lui soulever la tête et l'aider à boire. Il gémit de douleur au moment d'avaler la boisson fraîche.

— Doucement, conseilla-t-elle.

Il saisit la gourde de ses mains liées sans l'écouter.

— Doucement !

Ils se disputèrent la gourde mais, au bout du compte, elle le maîtrisa sans effort et il fut contraint de se contenter des petites gorgées qu'elle consentait à lui laisser prendre.

Quand sa soif fut étanchée, il continua à la regarder et cela donnait des remords à la demoiselle.

— Que s'est-il passé ?

— Vous avez été blessé, répondit-elle en baissant les yeux et en s'activant pour le border. À voir la blessure, vous avez de la chance d'être vivant. La lame s'est introduite par le trou de votre cotte de mailles, que je vous avais signalé.

Il se tut un instant, acceptant le reproche.

— Où sommes-nous ?

— Près de Blackhaugh, révéla-t-elle avec une fierté tranquille, attendant un éclat de la part du lord. Je vais en reprendre possession. Les renégats se sont rangés de mon côté et vous êtes notre otage.

Holden ferma les yeux. Il était surprenant qu'il ne trouve rien à dire.

— Vous faites confiance à des hommes qui ont déserté ?

Elle ne put s'empêcher de rougir. Maudit Anglais ! Il lui rappelait son père. Comment osait-il se permettre de critiquer ses décisions ?

— Garth vous restituera Blackhaugh sans combat, admit-il. Mais vous ne tiendrez pas longtemps la place.

— Cela ne vous regarde pas ! rétorqua-t-elle sèchement.

Elle refusait de le reconnaître mais ces mots avaient tout d'une inquiétante prophétie.

Holden se tut et Cambria, agressive, lui proposa du pain et du fromage. Il mangea lentement. Sans doute sa bouche était-elle encore asséchée par la fièvre.

— Laissez-moi un moment, demanda-t-il sans ambages.

— Vous laisser ? Vous détaleriez comme un lapin.

— Je suis à peine en mesure de bouger, milady. Je me disais simplement que vous seriez gênée de me regarder me soulager.

Elle rougit comme une pivoine, ce qui amusa Holden. Inutile de dire qu'elle s'empressa d'obtempérer.

Quand elle revint, marchant à grand bruit pour qu'il ne puisse manquer de l'entendre, il était docilement couché sur la civière, les yeux clos.

Peu après arrivèrent les autres, une vingtaine de rebelles écossais, excités et assoiffés de sang. Ils avaient les prisonniers de Bowden. Et d'abord sir Guy, une joue balafrée et la rage aux yeux. Cambria réalisa que quand il la regardait, tout captif qu'il était, une lueur de meurtre passait dans ses yeux noirs et il faisait peur.

Elle avala sa salive et détourna le regard. En scrutant le visage de ses compatriotes, elle comprit qu'Holden avait raison quand il parlait des dangers du fanatisme. Mais il était trop tard pour reculer. La roue de la vengeance s'était mise à tourner.

# 7

Garth de Ware caressait nerveusement le doux duvet de sa lèvre supérieure. Il n'aurait jamais dû venir, ni accepter de se joindre à la suite de son frère, ni écouter Holden qui refusait de croire qu'il n'aspirait pas aux champs de bataille mais à la sainteté. Holden avait insisté pour qu'il ait un dernier aperçu de cette grande aventure, avant de prendre la décision d'endosser le froc. Et Garth l'avait cru.

Or voici ce qui arriva.

Au début, tout s'était déroulé avec une facilité surprenante. Les Écossais avaient eu l'air d'admirer l'équité de Garth qui s'appliquait à traiter chacun avec respect. Il avait même lié amitié avec Malcolm, le régisseur, qui lui avait appris des tas de choses sur les Écossais. Il avait donc commencé à se convaincre qu'il était capable d'assumer les responsabilités d'un seigneur.

Puis tout avait basculé. À présent, il était certain qu'il avait raison d'écarter toute ambition temporelle.

À l'extérieur du château, Cambria Gavin tenait une dague contre la gorge de son frère. Holden, soutenu par deux hommes, avait l'air frêle comme une jeune fille. Une vingtaine d'Écossais d'allure sauvage gardaient en otage quelques-uns des meilleurs chevaliers de Holden et, pour faire bonne mesure, ils formulaient des exigences extravagantes. Garth devait se rendre à la jeune laird, comme tous les Anglais présents au château.

Malcolm, derrière lui sur le chemin de ronde, jura à mi-voix. Garth n'en revenait pas. Comment Cambria s'était-elle évadée ? Où avait-elle déniché toute une compagnie de gens d'armes pour la suivre ? Et surtout, comment avait-elle mis à genoux Holden, son frère si brave, si fort et invaincu ? Il donna du poing sur la pierre. Sainte Vierge, son propre frère à la merci d'une femme ! C'était une abomination.

Il était sûr qu'Holden désapprouverait la décision qu'il allait prendre, mais il n'avait pas le choix. Garth n'avait pas l'implacabilité qui avait rendu célèbres les de Ware. Son cœur tendre était ému en voyant la détresse de Holden et il n'espérait qu'une chose : que son aîné lui pardonne sa faiblesse.

À contrecœur, il donna accès au château aux Écossais.

Holden arriva sur un brancard. Garth faillit courir à lui. Seigneur Dieu, qu'il était pâle ! Peut-être était-il mourant.

— Holden, appela-t-il d'une voix brisée.

— Il s'en remettra, répondit la demoiselle écossaise, avec un optimisme forcé.

Il tourna alors son regard vers elle, cette orgueilleuse tigresse qui avait osé éveiller le Loup, et le sang des de Ware commença à bouillir dans ses veines. En dépit de sa formation religieuse, il faillit bien dégainer et décapiter cette fille.

Imitant inconsciemment Holden, il se dressa de toute sa hauteur et l'interrogea :

— Qu'est-ce que vous lui avez fait ?

La jeune fille, qui ne s'attendait pas à ce soudain changement de ton, cilla.

— Je lui ai sauvé la vie, répondit-elle en frottant le bleu qu'elle avait sur la joue, en dépit de sa détermination à échapper à mes soins.

— Et quelles sont vos intentions ? demanda-t-il.

Du coin de l'œil, il vit ses hommes qui ne demandaient qu'à reprendre les armes qu'ils venaient de déposer.

— Soit vous me jurez allégeance en me donnant

votre parole de chevalier, soit je vous enferme sous ce donjon.

Garth ne prit même pas le soin de consulter ses chevaliers. D'un geste de défi, il tendit les bras pour qu'on l'enchaîne. Ses hommes l'imitèrent. Ils préféraient mourir plutôt que de céder à cette Écossaise.

Cambria fit la moue. Maudits Anglais entêtés, songea-t-elle ! Elle aurait eu besoin de leurs bras aguerris pour la bataille à venir, mais savait pertinemment qu'à leur place, elle aurait fait de même. Avec un soupir exaspéré, elle ordonna à ses hommes de les conduire aux cachots.

Quant à Holden, elle le ligota sur un lit dans la chambre de son père, contiguë à la sienne. Là, elle changea son pansement et veilla à son repas. C'était un otage trop précieux pour être laissé dans le donjon, où il risquait d'attraper du mal. Il était probablement un des chevaliers préférés du roi Edward. Il serait stupide d'encourir la colère du roi en le maltraitant.

Telle était l'excuse qui était loin d'exprimer la vérité, qu'elle donna aux Écossais. La vérité était qu'elle ne supportait pas l'idée qu'Holden meure. Était-ce à cause du mal qu'elle s'était donné pour le sauver, de l'admiration qu'elle avait pour son courage, ou simplement pour la façon dont son cœur s'emballait quand elle croisait son regard franc ? Elle se sentait incapable de lui faire le moindre mal. Elle priait seulement pour qu'au moment des négociations, le roi d'Angleterre ne s'aperçoive pas de la vanité de ses menaces sur la vie de Holden.

Une semaine plus tard, Cambria n'avait toujours pas l'impression d'être rentrée chez elle. En son absence, Blackhaugh avait changé de façon irréversible. À son grand désespoir, elle s'aperçut que les Gavin s'étaient vite habitués au joug anglais. Malcolm lui-même, fâché par les actes de la jeune laird, refusait de lui parler et se contentait de répondre à ses questions d'un ton sec et officiel : « Bien, milady », ou « Non, milady ». Il ne daigna pas s'intéresser à l'audacieuse évasion de Cambria, qu'il surveillait de près avec un air de réprobation, que de nombreux membres du clan partageaient totalement. Elle percevait leur ressentiment comme un obstacle à ses actions, comme si elle était une étrangère. On eût dit que le clan s'était éparpillé.

Elle se frotta les yeux et se laissa glisser sur sa paillasse, appuyant son poing contre ses reins qui la faisaient souffrir. Elle était exténuée. On ne l'avait pas formée au commandement, mais elle connaissait ses devoirs. Le clan était comme des enfants, lui avait dit son père ; des enfants qui se tournaient vers leur laird pour qu'il les conseille, les punisse et leur rende la justice. Pour le moment, cette responsabilité lui semblait écrasante.

On frappa à la porte de sa chambre et elle dut se redresser.

— Entrez !

— Milady, débita un palefrenier en faisant irruption dans la pièce, venez vite. Ils se bagarrent dans le champ clos.

— Qui ? demanda-t-elle en se levant.

— Robbie, commença le domestique. Il dit...

— Quoi ?

Le jeune homme avait l'air inquiet et voulait être sûr qu'ils étaient seuls.

— Il dit que vous avez trop gâté l'otage, que vous...

— Que je quoi ? interrompit-elle de nouveau, en s'échauffant.

— Que vous... vous êtes aux petits soins, comme une...

Il s'abstint de prononcer un mot trop grossier pour un domestique.

Cambria s'embrasa d'un coup. Elle rafla au mur l'épée de son père et se rua hors de la chambre.

Le chaos régnait effectivement dans le champ clos. Les hommes se battaient avec fureur. Les épées tournoyaient, déjà le sang coulait, giclant sur les cottes de mailles soigneusement astiquées. Les injures volaient, l'échauffourée soulevait des poignées de paille et de poussière. Sans hésitation, elle se précipita au cœur de la rixe et défia Robbie, sabre au poing. Un à un, les autres cessèrent le combat.

— Quel bruit ignoble fais-tu courir, Robbie ? demanda-t-elle.

Manifestement surpris par la proximité de l'arme de Cambria, il resta sans voix.

Sir Douglas, contre lequel il se battait, était moins empoté.

— Je vous défends, milady, n'ayez pas peur !

Il était en train de réfuter les accusations de Robbie avec des arguments musclés.

— Vous me défendez contre quoi ? s'enquit-elle sans quitter Robbie des yeux.

Douglas resta coi.

Mais Robbie retrouva la parole.

— Tu restes à bichonner ce maudit Anglais alors que toute l'Écosse se prépare au soulèvement ! cracha-t-il.

D'un vif coup d'épée, elle le débarrassa de la sienne. Il n'avait pas vu le coup venir et se retrouva avec l'arme de Cambria sur la poitrine.

— Je le garde en otage, expliqua-t-elle avec une dangereuse douceur. Est-ce que tu as idée de ce qu'Edward nous fera si nous touchons un cheveu de la tête de Holden de Ware ?

— Qu'il y vienne ! beugla Robbie, qui tâchait d'entraîner les autres. Nous lui ferons voir la puissance du lion du Nord !

En un éclair, Cambria comprit ce que son père savait depuis longtemps : l'Écosse était trop faible pour gagner cette guerre par la violence. Robbie et consorts étaient aveuglés au point de refuser d'admettre l'éventualité d'une défaite. Ce qui comptait pour eux, c'était le clan Gavin, et non les arcanes de la politique londonienne. Brusquement, elle sentit une onde de fierté et de tendresse intransigeante la submerger.

— Je ne laisserai pas les Gavin se faire massacrer pour votre cause, déclara-t-elle.

— Mais alors, demanda Robbie, incrédule, tu vas te ranger avec les Anglais, contre nous... ?

— Je n'abandonnerai pas Blackhaugh, moi. Et toi ? Tu as l'intention de le faire à nouveau ?

Le jeune homme devint écarlate.

— Je n'ai jamais aban...

— Tu as lâché mon père à l'heure où il avait besoin de toi ! cria-t-elle.

À cet instant, la douleur qu'elle avait depuis la mort violente de son père l'envahit. Devant pareille véhémence, Robbie écarquilla les yeux, alors que l'épée de Cambria restait pointée à quelques centimètres de son cœur.

— Tu l'as laissé mourir pour le clan Gavin, misérable, et malgré cela, j'ai accepté ton retour à Blackhaugh. Je t'ai délivré des geôles de l'ennemi pour que...

— Eh bien, délivre-moi de nouveau des mains de l'ennemi ! Je refuse de vivre sous la coupe d'Edward...

— Dans ce cas, va ! ordonna-t-elle en lui désignant la porte avec la pointe de l'épée. Quitte Blackhaugh, avec ceux qui optent pour ta cause ! Mais ne reviens pas car, cette fois, je suivrai le conseil de mon père et tu subiras le sort des traîtres !

Robbie ramassa son épée et soutint le regard de la jeune laird.

— Compagnons ! lança-t-il, nous ne sommes plus chez nous ici. Allons rejoindre les vrais Écossais dans leur noble lutte !

Nul n'osa répondre, mais les renégats suivirent Robbie quand il quitta le champ clos.

Après leur départ, il ne resta qu'une poignée d'hommes. Cambria s'adressa à ses quelques fidèles avec un nœud dans la gorge et une confiance qu'elle ne se connaissait pas.

— Mon père savait que quand tout le reste est perdu, seuls le peuple et la terre survivent. Les monarques se font renverser, les batailles sont livrées, mais le peuple et sa terre continuent. J'ai l'intention de me battre pour Blackhaugh, mais pas en faisant la guerre. Lord Holden de Ware est un otage précieux. Nous le garderons aussi longtemps que nécessaire pour avoir la garantie que cette terre restera au nom des Gavin, conformément à l'intention de mon père.

Les chevaliers acquiescèrent. Un par un, ils mirent le genou en terre devant Cambria pour renouveler leur serment d'allégeance. Elle fut émue par leur geste qu'elle accepta pleine d'espoir, en priant pour qu'il ne les conduise pas à la mort.

En moins d'une heure, sous les yeux de Cambria qui veillait du chemin de ronde, Robbie et ses partisans du clan Gavin disparurent dans les profondeurs obscures de la forêt. Une larme coula lentement sur sa joue en regardant pour la dernière fois ces hommes qu'elle ne reverrait sans doute pas ; ces hommes avec lesquels elle avait grandi, ces Gavin qui abandonnaient leur clan pour une idée romantique de l'Écosse.

Elle risquait de mal dormir avec son château si mal gardé. Vers minuit, elle monta dans sa chambre pour voir comment allait son prisonnier.

La pièce était calme, le feu crépitait doucement et le blessé, gisant sur le lit, respirait de façon régulière.

— Maudit Robbie ! murmura-t-elle en tisonnant dans la cheminée.

Elle remit en place le tisonnier et soupira en regardant la silhouette de Holden.

— Et toi, maudit soit ton sang fragile d'Anglais.

En dépit des soins constants prodigués par Cambria et par le médecin de Blackhaugh, il avait l'air de continuer à s'affaiblir. On renouvelait fréquemment son pansement, on lui épongeait le front, on lui portait tous les jours de copieux brouets d'orge, mais sa blessure avait l'air de guérir.

Peut-être avait-il perdu le goût de vivre. Cette éventualité la perturbait profondément. Elle se raisonnait en estimant que sa crainte était celle de perdre un otage. Mais au fond de son cœur, elle savait que son attachement était bien plus grand.

Elle lui avait sauvé la vie, et cela avait créé un lien entre eux. Désormais, elle se sentait responsable de lui. Mais c'était son ennemi juré et l'assassin de son père. Comment justifier la façon dont elle s'était attachée à lui, dont son souffle s'accélérait à la pensée de ce blessé inconscient ? Elle était sensible à la beauté de son torse de guerrier, aux mouvements sensuels de ses lèvres quand il bredouillait dans son sommeil, à la force de ses bras musclés étendus sur sa paillasse, mais surtout à son caractère, le loyalisme, la confiance et l'estime qu'il inspirait à tous ceux qui l'approchaient, dans son camp comme dans celui des Gavin.

Cambria se sentait déchirée. Par un cruel retour de fortune, son ennemi juré avait forcé son admiration. Elle avait de plus en plus de mal à associer l'image de son père mourant au visage noble qui reposait sur l'oreiller de son lit.

Elle se laissa glisser au pied de la paillasse et, assise sur les dalles, regarda fixement les flammes dansant dans l'âtre.

Que faire ? Une fois de plus, les rebelles avaient déserté. Malcolm refusait de lui parler. Le lord anglais risquait de mourir, cela lui briserait le cœur et déchaînerait la colère du roi contre son clan. Jamais son père ne lui avait autant manqué.

Elle était si profondément absorbée dans ses pensées, si abîmée dans ses réflexions qu'elle n'entendait plus rien et ne s'aperçut pas que l'homme derrière elle s'éveillait et l'observait en silence.

Holden s'aperçut que ses poignets étaient entravés par une grossière cordelette. La colère le saisit tout de suite, puis il se rappela ses malheurs et se tint coi.

Sa ravisseuse était au pied du lit. Qu'elle semblait petite et vulnérable, auréolée par la lumière des flammes, on lui aurait donné le bon Dieu sans confession ! De leur dur voyage, il ne gardait que quelques images : le rude trajet en civière, les soins patients qu'elle lui avait prodigués, l'eau glacée qui avait définitivement éteint sa fièvre dévorante. Elle l'intriguait, cette douce ennemie qui le soignait comme on bénit, avec des gestes de religieuse, même s'il savait qu'il devait faire tout son possible pour lui échapper.

Pendant qu'il la regardait, il vit les épaules de la jeune femme se secouer. Elle baissait la tête. Elle pleurait, Seigneur ! Le bruit étouffé de ses sanglots lui faisait mal au cœur.

Ce désespoir était justifié puisque d'un seul coup, cette lady avait perdu son père, son clan et son fief. Et en pareille circonstance, au lieu de se tordre les mains et de s'affliger comme n'importe quelle femme, elle s'était battue. Elle s'était mesurée à lui, avait défié ses chevaliers, risqué sa vie pour sauver son peuple. C'était une femme extraordinaire que cette frêle jeune fille qui portait en silence tout le poids de son clan aussi volontiers que l'armure, et ne s'apitoyait sur elle-même que derrière des portes closes !

Quel dommage qu'elle soit son ennemie !

Un coup discret à la porte interrompit les larmes de Cambria et les réflexions de Holden. La jeune femme murmura une réponse et le chevalier ferma les yeux. Quand il les rouvrit, elle avait disparu.

Cambria fut réveillée avant le lever du soleil par un affreux hurlement. C'était son prisonnier. Raflant une dague, elle se précipita dans le couloir, entra et se pencha sur le lit.

À la lumière de la torche, elle comprit qu'il avait sans doute des hallucinations. Il se débattait violemment d'un côté et de l'autre pour échapper à quelque monstre et hurlait de terreur.

— Libérez-moi ! Il arrive ! Il vient me chercher ! Pour l'amour de Dieu, libérez-moi !

Il tirait violemment sur les cordelettes qui lui ligotaient les poignets.

Elle tenta de le calmer à mi-voix, mais il se débattait contre ses entraves. Ses hurlements allaient réveiller tout le château ! Il fallait faire quelque chose. Un faible gémissement de compassion échappa à la jeune laird qui sortit sa dague et trancha vivement les liens.

Dès que la dernière cordelette se rompit, les mouvements incohérents du chevalier devinrent brusquement précis. Il saisit vivement le poignet de la demoiselle qui dut lâcher son arme. Avant de comprendre ce qui lui arrivait, elle le vit ramasser la dague tandis que, de l'autre main, il saisissait brutalement ses cheveux.

Manifestement, il avait recouvré sa force. Il la pencha sous lui, et appuya la pointe de la lame sur une veine qui palpitait à sa gorge. Elle eut un sursaut de douleur, de surprise et de honte, tandis que la victoire brillait dans les yeux verts de Holden.

— Vous m'avez trompée ! chuchota-t-elle, horrifiée.

Ah, Dieu ! Et dire qu'elle s'était souciée de la santé de cet individu. Il était plus fort qu'elle ne pensait.

— Ne m'accusez pas de votre folie, madame ! répondit-il calmement. Où sont Garth et les autres ?

— Je préfère mourir que vous le dire. D'ailleurs, vous n'oserez pas me tuer.

La colère le saisit subitement.

— Croyez-vous cela, après tous les ennuis que vous m'avez causés ?

Elle cilla et le poing de Holden resserra sa prise.

— Vous avez besoin de moi vivante pour vous enfuir.

— Vivante, certes, mais pas nécessairement intacte !

Le regard de Holden s'attarda de façon suggestive sur la silhouette offerte de Cambria qui en fut toute chavirée. C'est ce qu'il avait prévu. Elle se mit à trembler. Il connaissait son point faible. En général, il était contraire à ses principes de profiter des fragilités d'une femme, mais celle-ci s'avérait tout sauf vulnérable. Son intention était de la désarmer complètement.

Elle écarquilla les yeux quand il approcha la dague avec une lenteur calculée contre sa chemise serrée, il descendit la pointe entre ses seins, le long de son torse, de son ventre, de son mont de Vénus. Elle sursauta quand, soudain, il appuya le plat de la lame froide entre ses cuisses nues.

Sa voix restait calme, malgré l'inévitable pulsion de son désir et son regard impérieux soutenait les yeux égarés de Cambria.

— J'ai une autre dague que j'enfilerais volontiers dans ce fourreau-là.

Il ménagea une pause, le temps qu'elle comprenne cette galante allusion.

— Maintenant, où est Garth ?

— Dans le donjon, répondit-elle sans hésiter.

Il écarta la dague et s'assit, gardant un genou sur la poitrine de Cambria pour l'empêcher de se redresser. Une douleur aiguë lui traversa les côtes quand il prit le manteau au crochet du mur et le glissa par-dessus sa tête. Cela faisait vingt-quatre heures qu'il testait ses muscles un par un. Tout en continuant à feindre une extrême faiblesse, il savait que la seule séquelle de sa blessure était une douleur sourde, qui le lançait à l'occasion. D'ici un jour ou deux, il aurait recouvré toute sa force.

— Allons-y, ordonna-t-il en remettant la lame sous la gorge de Cambria, et en la tirant pour la lever.

Il lui tordit le bras dans le dos et la poussa vers la porte. Comme elle était frêle sous sa poigne, légère comme une plume. Mais il avait appris à se méfier d'elle car elle l'avait déjà mené loin. Il ne lui faisait pas mal, mais sa poigne était ferme et il la bloquait contre lui en sorte de maîtriser ses moindres mouvements.

Elle tenta d'appeler à l'aide une fois tandis qu'ils descendaient lentement l'escalier. Mais la dague réagit vivement contre sa trachée, le son s'étrangla avant presque d'être sorti. Dans la grande salle, il n'y avait qu'une servante à moitié endormie qui vaquait à ses occupations en traînant des pieds et ne fit pas attention à eux, et ils s'engagèrent dans les escaliers qui descendaient sous le donjon.

Cambria ne résistait pas, mais il l'obligea à descendre les marches humides et glissantes pieds nus, en s'appuyant contre lui, car sa vie était en jeu. Elle avait peur qu'il ne trébuche sur le sol inégal et qu'elle ne s'empale sur son arme, mais il avait le pied sûr et il la garda debout sans mal. Pas une goutte de sang ne perla.

Ils arrivèrent au bas de l'escalier et trouvèrent le geôlier de Blackhaugh somnolant sur un tabouret. En les entendant approcher, l'homme se leva d'un bond et recula maladroitement.

— Les clefs ! ordonna Holden en montrant le mur.

— Les clefs ? répéta le geôlier en se grattant la tête, égaré par le regard de Cambria.

Ce subalterne ahuri hésitait entre deux désobéissances aux conséquences catastrophiques. Finalement, la colère de Holden l'emporta sur celle de la jeune laird de Gavin. Bafouillant un mot d'excuse à sa maîtresse, le geôlier prit l'anneau de clefs pendu au mur.

Holden lui désigna du menton la longue rangée de cachots.

— Libère mon frère et ses hommes.

Le geôlier fit ce qu'on lui disait après un long soupir.

— Bien, milord.

Garth et ses chevaliers sortirent avec des sourires réjouis. Grâce à Dieu, leur bref séjour dans le donjon ne les avait pas trop abîmés. Ils toisaient Cambria avec un triomphe non dissimulé.

— Holden, ça va ? demanda Garth tout à la joie de

retrouver son héros. J'ai bien craint que... enfin, je savais que nul ne pouvait se mesurer à toi.

Cambria frémit en silence sous l'insulte. Holden resserra sa pression sur le bras de la jeune femme et appuya un peu la lame d'acier sous sa gorge, pour lui remémorer sa situation.

— L'armurerie, indiqua-t-il à son frère.

Garth les y conduisit. Elle était amplement approvisionnée en masses, dagues et autres armes. Les chevaliers de Ware s'équipèrent de pied en cap, pendant qu'Holden leur donnait ses explications.

— Nous n'allons pas à la bataille, nous tâchons de faire la paix. Les Gavin ne nous toucheront pas tant que nous détenons leur laird. Ces armes ne serviront qu'à nous défendre.

Il s'arrêta un moment et, prenant le menton de Cambria entre le pouce et l'index, lui tourna le visage vers le sien.

— J'ai une proposition à faire aux Écossais afin d'éviter toute effusion de sang.

La jeune fille était hérissée de méfiance, ses narines délicates frémirent sous l'outrage. Elle rougit et pinça les lèvres en une ligne implacable. Il la dévisagea et se demanda un instant si sa décision était sage. Puis il lui lâcha le menton et expira longuement.

Quand ils remontèrent, la servante les vit entrer dans la grande salle. Quand elle reconnut sa maîtresse aux mains d'une compagnie d'hommes fortement armés, elle lâcha net sa bouilloire et détala en gémissant. En un instant, la grande salle fut emplie par les chevaliers de Gavin, arrachés au sommeil et à peine armés. Il n'y en avait pas vingt.

Holden souffla à l'oreille de Cambria.

— Ce sont là tous les hommes qu'il vous reste ?

— Oui, répondit-elle.

Holden prit son temps. Il les observa soigneusement un par un pour évaluer la valeur de chaque membre du clan.

— Vous, dit-il à un monsieur grisonnant au premier rang. Vous devez être le régisseur.
L'homme s'avança d'un pas en fronçant les sourcils, la main sur la poignée de son épée.
— C'est moi.
Cambria lança un regard interrogatif à Holden. Il répondit à sa question silencieuse en murmurant :
— C'est facile. C'est celui qui semble avoir le plus envie de me tuer.
Il le jaugea du regard. Un ours mal léché sans doute, mais d'une parole à toute épreuve. Son loyalisme vis-à-vis de la jeune laird était indéniable.
— Sir… ?
— Malcolm, répondit l'homme d'un ton bourru.
— Sir Malcolm, ordonna Holden, suivez-moi. Toi aussi, Garth.
Puis il se tourna vers les autres.
— Je ne ferai aucun mal à votre lady si vous ne me jouez pas de tour. Je désire simplement lui parler en particulier.
Les Écossais, mal à l'aise, échangèrent des regards lourds de sens. Malcolm expliqua :
— « Parler en particulier », c'est ce que votre homme a demandé à Angus Gavin ici même, quand il a massacré notre bon laird.
— Mon homme. Roger Fitzroi ? demanda Holden en fronçant les sourcils.
Cette révélation ne suffisait pas à condamner Roger, mais ce n'était pas la version qu'il avait rapportée à de Ware. Il eut un signe d'acquiescement.
— Dans ce cas, déposons nos armes en signe de bonne foi.
Garth posa son épée. Holden lâcha sa dague mais il passa le bras autour de la gorge de Cambria. Le message était clair. Il pouvait la tuer facilement à main nue. Il n'aurait pour rien au monde fait du mal à une femme, mais les hommes de Blackhaugh n'étaient pas censés le savoir.

Malcolm s'assura que ses chevaliers étaient d'accord, défit la boucle de la ceinture qui portait son épée et se retira prudemment avec les autres dans la pièce voisine.

Quand la porte fut refermée, Holden relâcha un peu Cambria.

— D'abord, sir Malcolm, je soupçonne qu'il s'est passé quelque chose d'anormal le jour où votre bon laird a été tué. Roger Fitzroi outrepassait fréquemment ses responsabilités. Pour cela, je vous présente mes excuses les plus sincères.

Malcolm soutint longuement son regard puis il acquiesça.

— Milord, je crois que nous savons depuis longtemps que les de Ware ne sont pas gens à combiner ce genre de trahison.

Cambria, prise de court, se tourna vivement vers son régisseur.

— Qu'est-ce qui te permet… ?

Holden lui coupa la parole d'une pression du bras, et poursuivit :

— Ensuite, comprenez bien que ce n'est pas de gaieté de cœur que j'ai pris votre lady en otage. Je ne demande qu'à la relâcher en échange de sa parole mais celle-ci s'est avérée sans valeur.

— Je n'ai jamais manqué de parole ! contesta Cambria.

Le lord haussa un sourcil dubitatif. Quant à la jeune femme, elle n'osait croiser le regard de personne.

— Je n'ai pas cherché à m'évader pendant votre absence, s'obstina-t-elle.

— La prochaine fois, observa-t-il avec un sourire amer, je ferai plus attention à la façon dont vous formulez vos promesses. Mais dans le cas présent, êtes-vous prête à jurer que vous ne tenterez rien pour le moment, que je puisse vous lâcher ?

Cambria garda un silence obstiné.

Malcolm tenta de l'amadouer.

— Allons, petite, finissons-en avec tout ce sang. Écoutons au moins ce que l'Anglais nous propose.

Cambria n'avait aucune envie de prêter l'oreille à un discours lénifiant. Holden ne savait que mentir. Qu'il se taise !

— Très bien, convint-elle d'un ton maussade.

Il la lâcha tout de suite. Elle se frotta le cou en grimaçant comme s'il l'avait maltraitée. Puis le Loup se mit à faire les cent pas dans la petite pièce.

— Trop de sang a été versé. Les forces rebelles ne cessent de recruter, mais l'armée d'Edward est largement supérieure en nombre, en qualité et en organisation. Les Anglais vaincront.

Il sursauta car sa blessure le lançait, mais fit signe à Garth de ne pas y prêter attention.

— Vous devez choisir votre camp. Quels que soient vos griefs pour le passé, vous devez aujourd'hui décider avec qui vous ranger. Blackhaugh peut rester à notre peuple, c'est-à-dire le vôtre et le mien, mais je dois compter sur votre coopération. Ni vous ni moi ne pouvons nous permettre de jouer, de faire passer sans cesse d'un côté à l'autre en attendant qu'arrivent Edward ou les Écossais rebelles. Nous devons préparer la bataille dès maintenant.

Garth buvait les paroles de son frère. Malcolm eut un lent geste d'acquiescement. Seule Cambria le dévisageait, incrédule. C'étaient des mensonges, rien que des mensonges. Comment Malcolm pouvait-il se laisser séduire par le discours de cet Anglais ?

— Cambria, poursuivit-il en s'adressant à elle, quand l'Angleterre aura écrasé la rébellion, l'Écosse passera sous droit anglais. Et en droit anglais, une femme ne peut être propriétaire. Votre père devait l'ignorer, sans quoi il n'aurait jamais accepté un accord sans valeur. Bref, il vous a laissée sans pouvoir.

— Quoi ! éclata-t-elle. Vous mentez !

— Non, intervint solennellement Malcolm. Il a raison, ma petite. Le laird Angus avait… votre père avait des espoirs… Il pensait que vous vous marieriez avant que…

— Non ! cria-t-elle.

Son cœur se tordait de chagrin. Elle avait dit et répété à son père qu'elle n'avait pas l'intention de se marier. Avait-il cru qu'elle changerait d'avis ?

Malcolm la prit par l'épaule.

— Il s'est imaginé bien des choses pour vous et pour Robbie… Mais Robbie est parti et…

— Robbie ?

Quelle idée ! Il était comme un frère pour elle. Elle s'enfouit le visage dans les mains, au désespoir. Cette terre qui appartenait à sa famille depuis des siècles ne pouvait être raflée de la sorte ! Elle secoua la tête sans arriver à y croire.

— Je suis navré, s'excusa lord Holden, mais quel que soit le camp vainqueur, Blackhaugh ne restera plus très longtemps entre vos mains. Les Anglais ne vous autoriseront pas à le posséder et les Écossais…

— … se sont déjà retournés contre moi, acheva-t-elle avec amertume en se dégageant l'épaule de l'étreinte de Malcolm.

Elle ferma les yeux, bouleversée. Un par un, ses espoirs étaient brisés par cet impérieux envahisseur. Bientôt, il ne lui resterait rien.

Holden prit un ton plus doux pour continuer :

— Je ne connais qu'un moyen d'empêcher toute nouvelle effusion de sang, de garantir la paix à nos gens et de vous permettre de garder Blackhaugh.

Il se retourna et croisa malgré elle son regard.

— Nous marier !

# 8

Le silence s'installa, lourd au point d'être presque ridicule. Holden savait que la proposition devait représenter un choc, mais il avait longuement réfléchi à cette idée pendant son repos forcé. À son avis, la solution était brillante.

Le sacrifice n'était pas énorme. S'il était un séducteur talentueux, Holden ne s'était jamais considéré comme un romantique, à la différence de son frère Duncan qui tombait toujours follement amoureux. Lui était surtout un guerrier, qui aimait vaincre, et son succès venait largement de son amour pour la stratégie et de son sens pratique. Il n'avait pas l'intention d'arrêter de se battre, mais à présent il était seigneur de plein droit. Il était temps de se marier et d'avoir des enfants légitimes. Concernant le mariage, il estimait avoir une attitude saine : une femme ne devait représenter ni une charge ni une bénédiction. Une bonne épouse pouvait s'avérer aussi précieuse qu'un bon régisseur, ni plus ni moins. Elle remplaçait son mari quand il était à la guerre, veillait à la bonne organisation du château et lui donnait des enfants. Cela entrait parfaitement dans les capacités de Cambria Gavin. Elle pouvait même s'avérer fort utile grâce à sa connaissance des us écossais. Cette union était idéale pour apporter la paix à leurs peuples.

Le roi Edward lui-même avait toutes les chances de l'approuver, tant que les circonstances de la mort de Roger Fitzroi resteraient floues. Le monarque avait accordé à Holden la permission d'utiliser toutes les tactiques qu'il jugerait bonnes pour obtenir l'alliance des frontières en se fiant au jugement de Holden.

Naturellement, la vraie raison du choix de Holden n'avait pas grand-chose à voir avec le jugement rationnel. Ses vraies raisons n'étaient ni stratégiques, ni pratiques, ni honorifiques. Tout bonnement, il était attiré par Cambria et avait envie d'elle. À tous les sens du terme. Il voulait lui faire partager son nom, son couvert, son lit et son avenir. Il voulait s'éveiller chaque matin aux côtés du petit lutin écossais qui habitait déjà ses rêves.

Elle le combattrait certainement, comme elle l'avait fait depuis le début. Mais lui-même était toujours parvenu à apprivoiser une jeune fille dès qu'il l'avait attirée entre ses draps. Et précisément, c'est là qu'il avait l'intention d'attirer Cambria très vite. À cette seule pensée, ses sens étaient en émoi. Il se délectait à l'avance d'arriver à ses fins, au même titre qu'il se réjouissait d'une joute contre un adversaire de valeur.

Garth rompit le silence, outré par le peu d'enthousiasme de Cambria pour cette proposition plus que généreuse.

— Il doit y avoir une autre solution, commença-t-il d'une voix douce. Toute autre femme, Holden, aurait sauté de joie et t'aurait témoigné de la reconnaissance.

Il gratifia Cambria d'un regard de reproche.

Quant à elle, son ahurissement était tel qu'Holden faillit éclater de rire. Jamais une femme ne lui avait refusé ses bontés. La chose était nouvelle pour lui.

— Allons, Garth ! lança-t-il. Ne bousculons pas la lady. La décision lui appartient.

— Maudit Anglais ! explosa enfin Cambria en faisant sursauter Malcolm et Garth. Vous vous êtes imaginé que j'épouserais quelqu'un de votre fichue race, que je coucherais avec vous ? Plutôt mourir !

— Cambria ! intervint Malcolm en lui empoignant l'épaule. Écoute-moi !

La proposition de lord Holden touchait chez Malcolm une fibre paternelle. Il se faisait du souci pour Cambria depuis longtemps et le message sibyllin que l'écuyer avait transmis quand elle avait commis la folie de partir seule pour se venger de lord Holden l'avait épouvanté.

Il avait passé l'âge de se ronger à chacune de ses lubies. Il avait perdu son meilleur ami et ne voulait pas perdre maintenant la fille de celui-ci. Il avait prié pour obtenir une réponse : c'était la proposition de lord Holden. Déjà, il imaginait Cambria en robe de mariée, aux côtés de ce beau seigneur, échangeant les serments conjugaux et remplissant le château de petits Gavin qui hériteraient des terres. Angus, s'il les voyait, se réjouissait sans doute de cette opportunité.

Malcolm n'était pas prêt à tolérer que cette petite obstinée sacrifie l'avenir du clan à sa vanité.

— Cambria, continua-t-il d'un ton sans réplique, ton père serait déçu par ton attitude ! Quand l'avenir de Blackhaugh était en jeu, il n'a jamais hésité à mettre sa propre vie dans la balance. Il a donné tout ce qu'il avait pour te garantir la transmission du titre. Vas-tu maintenant balayer tout cela, pour satisfaire ton orgueil ?

Cambria se prit la tête dans les mains. Ses pensées étaient dans une confusion totale. Elle n'arrivait pas à croire que son homme de confiance se retournait contre elle et se demandait quel poison les de Ware avaient instillé dans l'esprit de son fidèle régisseur.

Le mariage ne l'attirait pas le moins du monde. Malcolm le savait, comme tout le monde. Elle abominait la perspective de devenir la femme d'un homme, sans parler d'un ennemi. Elle s'était davantage préparée à exécuter le Loup qu'à l'épouser.

Pourtant, une petite voix intérieure lui disait que c'était la seule solution raisonnable. Le laird de Gavin, à sa place, se serait sacrifié pour le clan. Bref, toutes les alternatives s'épuisant une à une, il ne restait que la proposition de lord Holden.

Elle se ressaisit et se tourna vers de Ware.

— Quel avantage espérez-vous de cet arrangement ? Je ne suis pas niaise, de Ware. Le sort de tout mon clan repose sur ma décision. Je vois l'intérêt qu'ils peuvent trouver à cette alliance, mais quelles sont vos motivations, à vous ? Allez-vous endormir mon peuple sous de fausses promesses de sécurité, puis le massacrer comme un troupeau de moutons ? M'assassinerez-vous pendant notre nuit de noces, et revendiquerez-vous Blackhaugh comme votre seule propriété ?

— Je puis revendiquer Blackhaugh aujourd'hui même et vous faire juger pour l'assassinat de sir Roger, répondit-il d'un ton égal. Non, mes motivations crèvent les yeux : j'ai besoin d'une forteresse, de fournitures et de soldats loyaux pour livrer bataille. Ce moyen est le plus rapide et le plus efficace pour arriver à mes fins.

— Je vois, murmura-t-elle.

Il a au moins le mérite d'être honnête, songea-t-elle. Même s'il ne prend pas de gants. Toutefois, au fond de son cœur, elle était froissée qu'il la traite ainsi. Elle attendait quelque chose de plus tendre d'une demande en mariage. Personne ne lui avait jamais fait la cour, mais elle se voyait assez bien recevant un beau jour un jeune Écossais gentil et beau qui vienne lui demander courtoisement sa main. Elle l'aurait éconduit, évidemment, et il aurait appris à se contenter de la suivre, de l'admirer et de la servir fidèlement.

Tel était son rêve jusqu'à la mort de son père. Mais ce rêve avait été balayé. Holden n'avait nulle intention de lui être soumis, il allait même sans doute exiger de siéger au-dessus d'elle.

Cette seule idée lui donna un frisson de dégoût, mais avait-elle une autre solution ? Elle se mit calmement à faire les cent pas devant lui, soupesant solennellement ses choix. Puis elle s'arrêta et prit la parole. Vu qu'il ne s'agissait que d'une question politique…

— D'accord, trancha-t-elle en définitive. Je vous épouserai, mais moyennant certaines conditions... particulières.

— Vous n'êtes guère en position de négocier, lui rappela-t-il en croisant les bras sur sa poitrine solide.

Un instant, le regard de Cambria s'égara sur le tissu bien tendu du manteau du lord. Elle revit les formes sculpturales de ce beau torse, ses épaules puissantes, la musculature de ses abdominaux. Son pouls battit plus fort. La lutte allait être dure, songea-t-elle.

— C'est à prendre ou à laisser, articula-t-elle tant bien que mal.

Le regard de Holden semblait si pénétrant qu'il transperçait les vêtements de la demoiselle.

— Quelles sont vos conditions ?

— Je vous épouserai, bafouilla-t-elle sans croiser le regard de son interlocuteur, à condition que le mariage ne soit pas consommé.

Malcolm et Garth s'exclamèrent en chœur.

— Quoi ? s'esclaffa Holden en écartant grands les bras. Un mariage blanc ? Vous voulez vous soustraire au devoir conjugal ? Ce n'est pas un mariage que vous proposez, lady, c'est une comédie !

— Ce sont mes conditions, s'obstina-t-elle en dépit des gestes de Malcolm. Je répète : c'est à prendre ou à laisser.

— Je laisse ! répondit Holden.

Garth était soulagé.

— Comment ? demanda-t-elle, stupéfaite.

Elle savait que les hommes ne sont pas enclins à la chasteté, mais elle n'aurait jamais cru qu'Holden pinaille sur ce point. Ne s'agissait-il pas d'une alliance destinée à ménager les intérêts respectifs de leurs pays ?

— Dans ce cas, vous ne souhaitez plus le mariage ?

— Si, finalement, rectifia-t-il en se caressant pensivement le menton. Formulons la clause en ces termes : il s'agit d'un mariage blanc, qui ne sera consommé qu'avec le consentement de l'épouse.

Elle jeta un coup d'œil à Garth qui se mit à toussoter. Elle réfléchissait à la phrase de Holden, tambourinant des doigts sur la table.

— Vous avez l'intention de m'arracher le consentement par la violence ?

— Ce ne sera pas nécessaire, riposta-t-il d'un ton avantageux.

— Vous vous moquez, ironisa-t-elle en arrêtant le jeu de ses doigts. Vous savez bien que je ne coucherai jamais avec vous de mon plein gré.

La quinte de toux de Garth ne s'améliorait pas.

— Vous partagerez mon lit. C'est la place de la femme, annonça-t-il, mais je n'exigerai pas vos faveurs : j'attendrai votre accord de vive voix. Je le jure devant votre régisseur.

Malcolm dévisageait Holden avec stupéfaction, comme s'il avait promis la lune à sa maîtresse. Celle-ci sourit d'un air satisfait. Comme Holden était facile à duper ! À l'évidence, il sous-estimait la force de volonté de Cambria.

— Marché conclu ! convint-elle.

Le contrat de mariage fut rédigé et ils le signèrent. Les cachets de cire étaient encore chauds qu'Holden, prenant Cambria par le bras, lui glissa un mot à l'oreille.

— Je ne tolérerai nulle infidélité de votre part.

Elle le toisa d'un air condescendant.

— Je n'ai pas plus envie d'un autre homme que de vous.

Holden se moqua :

— Dans ce cas, je suis curieux de savoir comment vous souhaitez donner des héritiers à votre précieux domaine.

Il s'éloigna à grands pas sous le regard ahuri de sa promise.

Dans la cheminée de la grande salle, le feu crépitait et jetait des étincelles ; les trois amis devisaient à voix basse. Holden souffrait de sa blessure et la conversation ne le soulageait en rien, au contraire.

— Tu es fou, Holden, attaqua sir Guy. Que va dire le roi ? Et ton père ?

Holden donna à son vassal une claque sur l'épaule.

— Je t'assure, Guy, qu'Edward va crier au génie. Après tout, je lui assure ainsi un pont sur les frontières. Et mon père ? Je suis sûr qu'il sera heureux que j'arrête de peupler son château de bâtards. Non, c'est la colère de ma mère que je redoute le plus, car elle n'organisera pas le mariage.

— À mon avis, continua sir Guy, consterné, c'est pure folie. Cette fille est dangereuse. Elle a assassiné le dernier homme qui l'a touchée…

Holden releva vivement la phrase. Ils étaient seuls à présent, mais les deux interlocuteurs du lord ne semblaient pas désireux d'en dire davantage.

— Le dernier homme qui l'a quoi ? insista-t-il.

— Bah, grogna Guy. Tu ne vois pas de quoi tu as l'air? Tu donnes l'impression de te soumettre aux Écossais.

— Mon cousin, ces Écossais-ci sont nos alliés.

— Comment peux-tu dire une chose pareille alors que cette jeune fille t'a pris en otage, a tenté de t'assassiner, a massacré sir Roger… répondit Guy en comptant sur ses doigts.

Holden se mordit la joue pour ne pas laisser éclater sa colère.

— Le fait de me prendre en otage est une décision tactique brillante. J'aurais fait la même chose à sa place. Elle a essayé de me tuer car elle croyait que j'avais ordonné l'assassinat de son père en pleine négociation. Quant à la mort de sir Roger, j'ai de gros doutes.

Myles était tenaillé par le remords, cela se voyait.

— Peut-être pourriez-vous me donner des éclaircissements ? proposa Holden.

Guy et Myles se regardèrent ; ils n'avaient guère envie de parler, mais Guy finit par donner son accord.

Myles se racla nerveusement la gorge.

— Sir Guy n'a rien vu, milord. Il avait bu et ronflait sur la table. On ne peut rien lui reprocher.

Guy rougit, honteux d'avoir négligé ses devoirs.

— À quel sujet ? insista Holden, intéressé, en se redressant sur son siège.

— Quant à moi, bafouilla Myles, j'ai tenté de l'arrêter, mais il a lâché son mâtin sur moi.

— Guy ?

— Non, Roger, hoqueta Myles. Roger s'était dit qu'il allait, enfin que nous allions tous... Il a emmené la fille à l'étage et...

— Roger est arrivé à ses fins, milord, interrompit sir Guy.

Holden sentit son sang se glacer.

— J'ai essayé de l'en empêcher, j'ai fait ce que j'ai pu, continuait Myles. Owen était soûl comme une barrique. Je suis sûr qu'ils ne lui voulaient aucun mal.

— Il l'a violée ? demanda Holden sans laisser paraître son émoi intérieur.

Il n'était pas étonnant que Cambria ait exigé cette clause dans leur contrat de mariage. Elle avait déjà été violée par un chevalier anglais.

— Peut-être, bougonna Guy, avait-elle une bonne raison de le tuer. Je ne sais pas. Mais je ne crois pas que le roi soit ravi si tu fais de la meurtrière de son parent la première lady de Ware.

— Et les Gavin seront ravis si nous exécutons leur laird ? gronda Holden.

— Ah, esquiva sir Guy en crachant dans le feu. C'est un vrai casse-tête, milord. Il aurait vraiment mieux fallu que cette fille y passe en même temps que son père.

Il n'avait pas fini sa phrase qu'Holden le saisit violemment à la gorge. Holden, hors de lui, resserrait son étreinte.

— Ne dis plus jamais ça, souffla Holden. Elle va devenir ma femme et, que tu la prennes pour une pucelle ou une putain, tu dois parler d'elle avec respect. Compris ?

Guy acquiesça et articula une réponse étranglée. Holden le lâcha et fit un pas en arrière, choqué. Il regardait ses mains comme s'il ne comprenait pas ce qu'elles avaient fait. Bafouillant de vagues excuses, il sortit dans la cour à grands pas.

Guy se massa le cou comme pour voir s'il était encore entier. Myles suivit Holden du regard, bouche bée :

— Non de non, qu'est-ce qu'il a ?

Guy voyait clair.

— Il est amoureux d'elle, révéla-t-il à Myles. Je parierais mon épée là-dessus.

— Amoureux ? D'elle ? répéta Myles, encore vacillant devant l'éclat de Holden.

— Seul l'amour peut aveugler à ce point, bougonna Guy en se lissant la barbe. Je prie seulement pour que, lors de leur nuit de noces, ce soit lui qui l'enfile avec son arme, et non le contraire.

Katie était bien ennuyée. La petite refusait de mettre la robe de velours qu'elle lui avait apportée dans sa chambre. Quel dommage ! Le surcot était d'un vert magnifique, avec un galon doré à l'encolure et aux poignets et des ajours raffinés. Le tissu était doux et de grande qualité, mais Cambria l'avait jeté comme un chiffon sale.

— Je ne vais pas à un rendez-vous galant, insistait Cambria. Je n'ai nulle envie de plaire, je vais accomplir une formalité.

Katie se tordait les mains, suppliait sa maîtresse.

— Milady, je sais bien qu'il est anglais, donc notre ennemi, mais il est plein de bonne volonté et m'a tout l'air d'un homme d'honneur. Et puis, précisa-t-elle d'un ton de conspirateur, il n'est pas vilain, milady, il te fera de beaux enfants.

— Je m'en moque ! Qu'il soit beau comme Adonis ou saint comme un curé, j'ai l'intention d'exprimer clairement mes positions. Je refuse de mettre des habits de fête. Je préfère me vêtir comme si j'allais à mon exécution!

Katie soupira, découragée. La petite ignorait tout des choses de la vie.

—Ma fille, ça ira beaucoup mieux cette nuit si tu tâches de lui faire plaisir ce matin, si tu vois ce que je veux dire.

Cambria eut un sourire suffisant.

—Je suis assez grande pour me débrouiller, Katie. J'ai accepté de me marier, figure-toi, mais pas de coucher avec lui.

—Oh oui, Malcolm m'a tout raconté, convint-elle en riant à l'idée de l'homme dont Cambria allait devenir la femme. Et tu crois qu'il s'y tiendra?

—Il s'y est engagé, c'est dans le contrat de mariage.

—Ah, Cambria, gémit Katie, dans quoi t'es-tu embarquée? Il est malin, celui-là. Je te garantis que cette clause ne restera pas longtemps dans ses actes.

Cambria fronça les sourcils à cette remarque, et Katie n'insista pas. Peut-être allait-elle envoyer Malcolm tenter de la raisonner.

Les marches de l'église étaient jonchées de bleuets, de pervenches et de primevères et les conversations joyeuses allaient bon train. Nobles et paysans, tous avaient revêtu leurs plus beaux atours. Ici un superbe habit de velours bordeaux, là une peau de mouton nettoyée. La foule s'alignait le long de la route de l'église. Les commentaires fusaient dans l'attente de l'étrange événement qui se préparait. L'impatience grandissait de minute en minute.

Mariage pluvieux, mariage heureux! Le temps avait manqué pour préparer comme il se doit la cérémonie et le banquet, et le ciel menaçait de déverser des torrents de pluie. Le prêtre ajustait sa soutane de laine, comme si on venait de le tirer du lit.

Le silence tomba progressivement sur la foule quand lord Holden, monté sur son destrier, approcha du château de Blackhaugh, sortant de la brume comme un héros. Il avait pris un bain et endossé un somptueux surcot de velours noir, assorti au harnachement de son cheval. Le loup des de Ware apparaissait en fines broderies d'argent et, sur ce fond sombre, les yeux de Holden brillaient d'un vert plus lumineux encore. Ses cheveux bien lavés tombaient en boucles brunes sur ses larges épaules. Nombreuses étaient les femmes de l'assemblée qui auraient échangé leur place au paradis contre une chance de tenir cette tête-là sur leurs genoux ! Toutes enviaient Cambria Gavin quand lord Holden arrêta sa monture devant l'église et mit pied à terre. Sa prestance révélait sa noble naissance, bien qu'il soit contraint de marcher légèrement penché pour ménager sa blessure.

Cambria arriva alors au galop, bousculant les malheureux qui encombraient le chemin. Tous, sauf Holden, eurent un sursaut de surprise en la voyant. Sir Guy, Garth le frère de Holden et Malcolm l'auraient étranglée ! Seul Holden, à la grande déception de Cambria, resta impassible quand il la vit en grande tenue de combat, armure et cotte de mailles.

Elle descendit de cheval et s'avança vers le lord. À chaque pas, ses pieds vêtus de fer tintaient dans le silence. Mais il l'accueillit avec courtoisie et lui prit la main protégée par le gant comme la fleur la plus délicate.

L'impassibilité de Holden agaça Cambria. Elle était sûre qu'il était furieux de sa tenue. Mais il ne cilla pas comme s'il s'était attendu à un éclat de la sorte. Du coup, elle faillit regretter son choix rebelle, d'autant que le prêtre la dévisageait bouche bée.

Holden s'éclaircit la gorge et le prêtre commença maladroitement la cérémonie. Cambria ne rata pas une réponse, répétant bon gré mal gré tout ce qu'elle avait à dire, tandis que la voix de Holden résonnait avec conviction. Le prêtre psalmodiait et Cambria se sentait laide à côté de Holden ; lui avait choisi des beaux vêtements, son menton était rasé de près, sa peau avait une odeur épicée, tout cela contrastait avec le visage de Cambria et son armure ternie.

Quand les rites furent achevés, le prêtre fit ouvrir les portes de l'église à deux vantaux, afin que la foule entre pour la messe de mariage. La nef sombre était illuminée de mille bougies, dont les feux éclairaient les vitraux et dansaient gaiement sur les voûtes. Cambria, toute raide, s'avança dans un bruit de ferraille jusqu'à l'autel.

La cérémonie fut pour elle une torture sans fin. Quand le rite fut achevé, Cambria se sentit totalement ridicule. Plusieurs fois, Holden avait dû l'aider à se lever après les longues stations à genoux exigées par la liturgie et, s'il ne se permit pas de commentaires, Cambria était sûre qu'il riait intérieurement de sa bêtise. Elle avait les genoux en compote et prononça son serment devant Dieu en serrant les dents. Ce qui l'énervait le plus, c'est qu'Holden se conduisit pendant toute la cérémonie comme s'il avait fait ça toute sa vie.

Holden savait que Cambria regrettait d'avoir choisi une tenue aussi inepte. Il se dit que l'inconfort que cela représentait était un châtiment suffisant sans avoir besoin de l'humilier. Il voulait être sûr que ni Guy, ni Garth, ni Malcolm en particulier n'allaient formuler le moindre reproche à la sortie. Tous les trois faisaient une tête d'enterrement, comme s'ils souhaitaient la faire cuire à petit feu à la première occasion.

Holden appréciait le comique de la situation. Il s'imaginait racontant toute l'affaire à leurs enfants et il fondait de tendresse chaque fois qu'il glissait un regard sur le beau profil de Cambria.

Il ne doutait pas un instant qu'ils auraient des enfants. Elle ne se doutait pas des capacités de persuasion qu'il possédait. La clause ridicule faisant de leur union un mariage blanc ne l'empêcherait pas de la séduire, tout au plus lui donnait-elle une impression d'invulnérabilité au charme de son mari.

Il admirait la silhouette gracile de son cou, fait pour les baisers et la tendre peau nue derrière l'oreille. La demoiselle ignorait qu'il avait un don inné pour susciter un désir ardent chez les femmes. Souvent, ses hommes le taquinaient à propos de ses légendaires succès auprès du beau sexe et ses prouesses étaient un sujet de conversation inépuisable pour les dames. C'était un maître en la matière et il ne doutait pas un instant que cette fille succombât à ses attouchements. Et, prédit-il en voyant les formes de sa bouche sensuelle, ce serait avec une passion digne de son tempérament fougueux.

Il fut ramené à la réalité par le prêtre qui donna la bénédiction finale à leur alliance. Holden prit dans sa bourse la bague d'argent aux armes des de Ware, qu'il avait fait graver en un temps record, et à prix d'or. Et il se tourna vers sa femme. Il glissa l'anneau à la pointe de son doigt et prit la main de la jeune femme en tournant la paume vers le haut pour lui permettre de défaire son gantelet.

Dans la nef, le silence gagna l'assistance quand elle retira son gantelet. Dans la foule, beaucoup s'attendaient à le voir jeter l'objet à terre pour montrer son agacement. Il se contenta de le coincer sous son bras et de faire glisser la bague de son doigt à celui de sa femme. Elle lui allait à ravir.

Le prêtre eut un soupir de soulagement et autorisa les époux à s'embrasser pour sceller leur union. Holden se dit que les choses auraient pu être pires : Cambria ne portait pas de casque. Il tendit le gantelet au prêtre qui tourmentait nerveusement sa chasuble et se tourna majestueusement vers sa femme.

Elle était sur ses gardes. Holden fit lentement glisser la coiffe en cotte de mailles, dévoilant les tresses de Cambria. Leurs regards se croisèrent avec une intensité qui, il le savait, la remuait jusqu'aux entrailles ; il glissa la main sous les douces boucles de la jeune laird, sur sa tempe. De l'autre main, il lui appuya fermement les reins contre lui. Tout en lui inclinant la tête en arrière pour qu'elle reçoive son baiser, il la chatouilla langoureusement derrière l'oreille, sans que personne ne le sache, avec le petit doigt. Cambria, sous cette caresse secrète, eut un haut-le-corps. Le baiser qu'il lui donna était doux et chaste, mais la pression de ses mains et le contact de leurs corps étaient loin d'être innocents.

Soudain, Cambria eut l'impression d'être la victime du Loup. Presque soulagée que ce simulacre de cérémonie de mariage tire à sa fin, elle sentait maintenant qu'elle perdait complètement ses moyens au contact de Holden. Elle ne se doutait pas qu'il avait des doigts aussi doux et, malgré le vêtement rembourré qu'elle portait sous sa cotte de mailles, elle sentait la pression insistante de la hanche de Holden contre son ventre. Les lèvres du chevalier étaient chaudes et encourageantes contre la bouche tremblante qu'elle lui offrait, et son haleine était agréablement parfumée.

Un instant, elle céda à la panique, perdit l'équilibre, ses jambes se dérobant sous elle. Consternée, elle ne dut qu'à la prévenance de Holden de ne pas tomber.

Quand le baiser fut terminé, les acclamations des gens du château fusèrent. Puis elle sortit au bras de Holden, n'osant pas lever les yeux.

Un instant, ils se retrouvèrent seuls et Holden la prit par les épaules.

— Ça va? demanda-t-il avec une prévenance convaincante.

— Oui, bafouilla-t-elle en retirant violemment ses bras.

— Eh bien, tant mieux, répondit-il en la lâchant. Nos gens ne vont pas tarder à échanger des amabilités, discuter des moissons, avaler de la bière blonde à longs traits, précisa-t-il avec un air rassurant.

— Oui.

Mais elle n'avait que faire des conséquences de son mariage sur les habitants du château. Elle était encore bouleversée par ce baiser inouï.

Dans la grande salle, on avait mis des joncs frais et des reines-des-prés. On avait sorti de précieuses bougies et le cuisinier avait récupéré tous les aliments les plus simples qu'il avait pu trouver pour improviser un banquet en si peu de temps.

Autant Cambria avait trouvé le temps long à l'église, autant le banquet passa trop vite. La préparation hâtive de la cérémonie et la nécessité de s'armer pour la guerre avaient amené lord Holden à renoncer aux journées traditionnelles de festivités en les remplaçant par un banquet unique. Les gens du château avaient donc l'intention de s'enivrer autant en une soirée qu'ils l'auraient fait en cinq. Ils se ruèrent sur la bière avec frénésie.

Les serveuses ne cessaient de faire des allées et venues avec les plats de viande rôtie et les bols de potage fumant, remplissaient les timbales à tout va, esquivant en souplesse les mains baladeuses des chevaliers déchaînés. À l'avant de la salle, un luthiste jouait, mais on l'entendait à peine à cause du brouhaha. Les chiens de chasse aux pieds de leurs maîtres grondaient en se disputant les os ; les enfants léchaient leurs doigts, quitte à écoper de quelques tapes de leurs mères.

Cambria n'avait guère faim. Malgré les termes du contrat de mariage, elle redoutait le moment où elle arriverait dans le lit du lord. Elle était troublée par la curieuse sensation inassouvie qu'un simple baiser avait déclenchée dans son corps et était bien décidée à ne plus se laisser aller.

Elle n'avait aucun appétit pour les viandes rôties, les fromages et les pommes qui s'amoncelaient sur les tables et mangea du bout des dents. Elle redoutait de se faire bousculer par les gens venus leur présenter leurs vœux et était agacée par le tintamarre et les rires. Dans sa nervosité, elle ne remarqua pas qu'on lui emplissait sans cesse sa coupe, et s'aperçut de quelque chose quand elle se leva brusquement et mit un instant à retrouver son équilibre.

Holden observa qu'après cela, elle avait encore bu trois coupes. Elle marchait un peu en zigzag. Quand il vint vers elle, elle lui adressa un large sourire.

— Ma femme, gronda-t-il gentiment, amusé, vous n'allez pas tarder à rouler sous la table !

Il écarta le calice hors de la portée de Cambria, qui objecta que c'est précisément de cela dont elle avait envie.

— Quittons le banquet, souffla-t-il à son oreille.

Elle eut un frémissement convulsif, son regard perdu dans le vague.

— Montez. Je vous rejoins, ordonna-t-il.

Elle bredouilla un au revoir et se faufila à travers la foule. Lui se demandait si elle allait trouver son chemin. Ça ne fait rien, songea-t-il en soupirant intérieurement, elle ne va pas me laisser l'accès de ses jolies cuisses ce soir.

Il se leva de son fauteuil et prit la parole.

— Je dois ménager ma blessure, bonnes gens, je préfère donc annuler la traditionnelle cérémonie de la nuit de noces. Ma femme et moi-même allons maintenant nous coucher, mais je souhaite que la fête continue. Et je vous avertis honnêtement. Il me déplairait que demain matin, un seul d'entre vous soit encore capable de tenir debout.

Un éclat de rire général salua ce mot d'esprit. Le plus borné des Écossais devait reconnaître que lord Holden avait du savoir-vivre et soignait ses hôtes.

Seul sir Owen, appuyé contre un mur au fond de la salle, suivait des yeux les réjouissances avec une haine qui lui déformait la bouche. Aucune plaisanterie n'effaçait l'expression amère de son visage.

Holden, qui ne pensait plus qu'à une chose, s'arrêta un instant pour rassurer Guy : il ne laisserait pas sa femme la tuer pendant son sommeil. Puis il finit sa coupe de vin, laissant à Cambria le temps de s'installer dans leur chambre.

Enfin, avec un regard impatient à la porte, il posa sa coupe vide et gravit les escaliers, soulevant une volée de quolibets braillards. Il sourit avec bienveillance et, leur ayant souhaité à tous une bonne nuit, referma derrière lui la porte de sa chambre.

Cambria était assise, un bout de fesse posé sur le bord du lit, raide comme la justice ; elle avait dans les yeux une expression de remontrance qu'il ne comprit pas tout de suite et avait toujours son armure.

Ce détail l'agaça, mais il garda son calme.

— Lady, je suis un homme d'honneur. J'ai l'intention de respecter notre accord. Vous n'êtes donc pas obligée de garder votre cotte de mailles au lit.

Humiliée et furieuse, elle se mordit la lèvre.

— Malcolm refuse de m'aider à quitter mon armure, et pas moyen de trouver un écuyer – elle eut un hoquet – suffisamment sobre pour faire les choses convenablement !

Holden eut du mal à ne pas rire. Quelle irrésistible petite femme ! Il vint à elle, passant devant la cheminée.

— Comment l'avez-vous endossée ?

— J'ai dit à l'écuyer que je porterai l'armure ou rien.

Holden eut un sourire coquin.

— Eh bien, j'aurais dû vous voler l'armure dans ce cas.

Elle eut une exclamation outrée, due en bonne part à son ébriété.

— Peut-être ferais-je mieux de vous laisser dormir dedans, suggéra-t-il avec une sévérité feinte. Cela vous servirait de leçon après le scandale que vous avez voulu faire à l'église.

Il voyait que Cambria se demandait s'il était sérieux ;

mais elle restait assise toute droite, décidée à conserver sa dignité malgré les brumes de l'alcool.

Enfin, avec un petit rire gentil, il la prit par le bras et commença à défaire les lacets fixant les plaques de l'armure.

— En général, c'est un écuyer qui fait ça. Je l'ai fait moi-même étant enfant, et jamais à une femme en tout cas.

Morceau par morceau, il la dépouilla de ses épaulières, cubitières et autres genouillères.

Cambria ne s'était jamais sentie aussi détendue de sa vie. Il faut dire que c'était la première fois qu'elle s'enivrait à ce point. Au fur et à mesure que l'Anglais la débarrassait de sa carapace d'acier, elle devenait plus sensible à leur proximité physique.

Elle soupira. Holden était merveilleusement viril de la tête aux pieds, pourtant son contact était si doux. Ses yeux, appliqués à sa tâche, étaient du vert le plus limpide qu'elle ait vu et l'odeur de ses cheveux était exquise. Elle se pencha vers lui et huma son parfum étourdissant. Vraiment, le vin avait pris toute son énergie, c'est tout juste si elle pouvait bouger. Elle ne se sentait pas gênée qu'il la dévêtisse.

Holden ne se rendait pas compte de l'effet qu'il faisait à sa femme, mais elle était plus qu'affriolante, appuyée sans pudeur contre lui, les yeux mi-clos à cause du vin et de l'excitation. Il était toutefois déterminé à respecter leur accord à la lettre et voulait la capitulation du cœur avant l'offrande du corps.

Quand il en eut fini avec les vêtements de rembourrage, il la laissa retirer seule ses sous-vêtements sous la fourrure. Après tout, il était inutile de prolonger son agonie.

Enfin, conscient du regard curieux de la jeune épousée, il se déshabilla lentement à la lumière dorée de l'âtre.

Physiquement, Cambria le connaissait par cœur. Combien de fois lui avait-elle changé ses bandages ?

Mais il était auparavant inconscient, alors qu'à présent, c'était loin d'être le cas. Son corps était radieux. Elle se détourna quand il retira ses sous-vêtements et, bien qu'elle soit avertie, le cœur lui manqua quand, soudain, il monta dans le lit à côté d'elle.

Il se mit à lui parler tout bas ; son haleine tiède lui chatouillait l'oreille tandis que sa voix grave éveillait en elle des pulsions.

— N'aie pas peur, Cambria !

Elle réagit avec langueur au tendre usage de son petit nom.

— Je tiens parole, rappela-t-il en écartant de sa joue une boucle de cheveux, ce qui la fit frissonner. Je ne te posséderai pas contre ta volonté. Ce soir, je ne te demanderai qu'une chose.

— Ah oui ? demanda-t-elle, stupéfaite d'être soudain enrouée.

— Un baiser.

Ce n'était pas grand-chose, elle le savait bien. Pourtant, elle avait tout lieu de craindre que ce premier pas ne soit le début de la fin. La guerrière en elle lui criait de refuser le moindre contact. Mais la femme le désirait au-delà de toute raison. Avant que le combat intérieur ne s'engage, elle avait déjà fermé les yeux et présenté ses lèvres pour son baiser.

Un long moment passa en silence. Quand elle rouvrit les yeux, Holden la regardait avec un sourire singulier.

— Non, mon amour, gronda-t-il gentiment. C'est moi qui souhaite recevoir un baiser de toi.

L'idée de se mettre à l'embrasser était impensable pour Cambria. Une fois ou l'autre, elle avait donné à son père ou à Malcolm une petite bise sur la joue, mais un baiser amoureux ! Elle ignorait d'ailleurs par où commencer. Mais il la fixait de ses beaux yeux d'émeraude et l'attendait. Elle en vint à se demander l'effet que cela lui ferait d'embrasser ses lèvres joliment dessinées.

Il s'allongea sur la paillasse, sa chevelure sombre s'écarta de son visage bronzé aux traits burinés ; mais ses yeux sensuels ne quittaient pas Cambria, et elle finit par s'abandonner à sa curiosité. Elle s'appuya contre lui et posa timidement ses lèvres sur sa bouche.

Holden répondit avec tendresse, attirant avec subtilité les lèvres de la jeune femme entre les siennes, maîtrisant son niveau d'excitation. Dès qu'il sentit qu'elle avait le souffle plus court, il se retira au prix d'un immense effort, lui laissant le soin d'en demander davantage. L'envie se lisait clairement sur le visage de Cambria, reflétant le besoin impérieux que lui-même ressentait dans sa chair. Mais au lieu de la satisfaire, il lui fit seulement un aimable sourire. Et il se tourna pour chercher le sommeil.

Cambria mit longtemps avant de fermer les yeux. Elle se sentait agacée. Elle tripotait la lourde bague d'argent qui pesait à son doigt. C'était pourtant le mariage qu'elle avait voulu : une chaste alliance politique. Mais la réalité en était décevante et elle allait mettre un certain temps avant de s'en avouer les raisons.

## 9

La matinée fut brumeuse pour Cambria. Elle avait la bouche sèche et un mal de tête lancinant. Elle toucha ses tempes endolories et regarda l'homme qui dormait à côté d'elle.

Lord Holden de Ware, son mari devant Dieu et devant les hommes, était à ses côtés. Comme un homme endormi paraît innocent ! Aucune trace de mauvaise humeur ou d'ironie comme il en a tant ! Elle dut faire un effort pour se souvenir que ce même individu l'avait obligée à l'épouser, et que ses motivations n'avaient rien d'honorable.

Soudain envahie par un mépris, elle sortit du lit douillet et affronta le froid et la pesanteur du petit matin. Elle enfila en silence ses sous-vêtements, son gambison et ses chausses. Elle refusait de se laisser amadouer ou apprivoiser. Exécutant des gestes qui lui étaient familiers, elle enfila sa cotte de mailles et boucla son épée à deux tranchants à sa ceinture, laissant l'armure proprement dite sur le coffre où Holden l'avait posée.

*

Quand Holden s'éveilla, une heure plus tard, il fut hors de lui en constatant la disparition de Cambria. Elle a dû s'enfuir pendant la nuit, songea-t-il, préférant les dangers de la forêt à ceux de la tanière du Loup. Mais il se raisonna en pensant qu'elle pouvait également être tout près. Il mit une robe de chambre en velours, se passa rapidement les doigts dans les cheveux et descendit à sa recherche.

Conformément à ses vœux, le banquet avait dû se prolonger bien tard car des douzaines de buveurs endormis jonchaient la grande salle. Il s'avança tout doucement pour n'écraser personne et, entendant un bruit de vaisselle venant de la cuisine, il en prit la direction.

Katie sortit très affairée, esquivant de justesse les doigts polissons de Malcolm. Elle sursauta en tombant nez à nez avec Holden.

— Oh, milord ! dit-elle en rougissant. Mais vous êtes déjà debout et… je veux dire…

— J'ai perdu ma femme, reconnut-il.

— Oh là là ! répondit Katie la main sur le cœur. Mais, milord, elle sort presque tous les matins…

— Dans le jardin, interrompit Malcolm.

Katie resta muette devant le mensonge de son mari. Holden se rembrunit tout de suite car Malcolm mentait mal.

— Le jardin ?

— Eh bien, esquiva Malcolm, un champ quelque part.

Holden se redressa de toute sa hauteur, impérieux.

— *Où* est ma femme ?

Malcolm croisa les bras et regarda attentivement le menton de Holden, qui était à peu près au niveau de ses yeux.

— Je lui ai dit de ne pas descendre. Son devoir est d'être à vos côtés, je sais. Je pensais qu'elle allait rester…

— Vous pensiez qu'elle allait obéir gentiment ? acheva-t-il, incrédule. Je la connais assez pour savoir qu'elle en est incapable.

Malcolm était au comble de l'embarras.

— Je vais vous montrer où elle est.

— Oui, et plus vite que ça. Si elle est sortie du château, elle n'est pas en sécurité.

— Je vais te couper en tranches comme un rosbif !

Holden et Malcolm entendirent de loin retentir les menaces pittoresques de Cambria, puis ils aperçurent la lame qui sifflait dans l'air. Holden vit sa femme entre les arbres, virevoltant et frappant à coups redoublés son ennemi invisible. Il approcha à pas feutrés, furieux qu'elle ait eu la témérité de venir seule, et soulagé de la trouver saine et sauve. Tu parles d'un jardin ! Il fit signe à Malcolm de retourner au château. Il allait s'expliquer seul à seul avec Cambria.

Une fois Malcolm parti, il resta longtemps à observer la guerrière qu'il avait épousée. Elle n'avait pas de heaume et ses cheveux détachés virevoltaient chaque fois qu'elle se tournait et esquivait un coup.

Elle était leste. Et il y avait une grâce souple dans ses gestes. Mais outre son agilité, elle n'avait pas grand-chose d'un bon combattant. Sa pugnacité confinait à l'imprudence et sa défense négligente la rendait dangereusement vulnérable. Holden releva en l'espace de quelques minutes plus de douze occasions qu'un ennemi aguerri aurait saisies pour la transpercer.

Quand elle approcha de sa cachette, il estima en avoir assez vu et, brusquement, se montra.

— Tiens, et qui voilà donc ? tonna-t-il. C'est une femme que j'ai épousée ou un chevalier errant ?

Cambria se retourna, surprise, et faillit le décapiter.

— Range-moi cette épée, ordonna-t-il sèchement. Je suis ton mari.

Elle n'obtempéra pas assez vite à son goût et, outré de l'hésitation de Cambria, il dégaina lui-même sa lame et désarma la jeune femme d'un coup bien appliqué.

— Quelle gorge as-tu l'intention de trancher, sanguinaire lady ?

— Celle qui me tombera sous la main ! riposta-t-elle. À bon entendeur salut !

Il esquissa un sourire et reprit d'un ton tout à fait sérieux.

— La région grouille de renégats. Il n'est pas prudent de venir seule ici.

— Je sais me défendre ! rétorqua-t-elle en relevant fièrement la tête.

— Oui, je vois, ironisa-t-il en désignant la clairière vide. Tu as mis tes ennemis en fuite.

— Je suis tout à fait capable de me défendre ! s'obstina-t-elle en rougissant.

Il la regarda avec commisération. À l'évidence, quelqu'un l'avait nourrie d'illusions quant à ses capacités. Elle avait trop confiance en elle et cela est dangereux. La première chose qu'elle devait apprendre était l'humilité.

— Eh bien, viens, preux guerrier. Je vais faire un pari avec toi, proposa-t-il.

Cambria n'était qu'à moitié rassurée.

Le lord jeta son épée à terre et sortit une petite dague de son étui.

— Je parie que tu es incapable de te défendre contre moi.

— Contre ça ?

Il acquiesça.

— Mais vous n'avez ni armure ni écu.

— Même alors ! confirma-t-il.

Elle fit la moue, mais était tentée par le défi.

— Viens, invita-t-il. Je te donne trois chances. Et je parie… un baiser. Si je gagne, tu m'embrasses.

— Et si moi je gagne ? demanda-t-elle en faisant la fine bouche.

— Tu perdras.

Les yeux de Cambria devenaient coléreux.

— Si je gagne, je n'aurai plus jamais à vous embrasser.

— D'accord. Marché conclu.

Cambria se campa sur ses pieds et prit fermement son épée. Vivement, d'un coup précis et équilibré, elle se fendit. Mais, ce faisant, elle baissa son bouclier, et il profita de cette brèche pour esquiver l'épée de Cambria et s'approcher d'elle jusqu'à poser la pointe de sa dague sur sa gorge.

— Un ! compta-t-il.

Cambria tressaillit, honteuse. Comment avait-il fait pour profiter si lestement de son avantage ? Peut-être était-ce un pur hasard. Elle se recula mécontente.

— Tu ferais mieux de te contenter de te défendre, conseilla-t-il. Ton mauvais caractère est ton pire ennemi. Les débutants ont le grand défaut de perdre leur sang-froid.

Ses conseils paternalistes la firent bondir de rage. Il osait la traiter de débutante ! Elle qui maniait l'épée depuis l'âge de cinq ans ! Elle allait lui montrer, à ce chevalier trop sûr de lui, son niveau d'adresse. Son père avait toujours été émerveillé par sa vivacité et son agilité et elle savait que, si elle parvenait à se glisser sous son bras à l'improviste, elle pouvait prendre sa garde en défaut. Elle leva de nouveau son épée et ploya les genoux pour se préparer à l'assaut.

Holden porta son attaque avec un coup dangereux. Elle le para avec son bouclier, et contre-attaqua par-dessous d'un coup d'épée. Cette feinte surprenait en général ses adversaires, mais lui ne s'en aperçut même pas. Sa dague virevoltait autour de Cambria comme une guêpe meurtrière décidée à piquer. Elle tenta de l'écraser plus de dix fois sans jamais trouver le contact. Ulcérée, elle baissa son bouclier et, d'un grand moulinet, visa la tête.

Un coup violent du manche de la dague lui arracha l'épée des mains. De nouveau, il posa sa lame sur son cou.

— Et de deux ! souffla-t-il.

Cambria écumait. Se faire battre par un homme armé d'une simple dague ! Elle ramassa son épée et se mit de nouveau en garde.

— Venez, grogna-t-elle. Venez donc !

Holden eut presque pitié d'elle, mais leva sa dague derechef. Elle voulait lui laisser l'initiative de l'attaque.

Quand il se fendit, ce fut si rapide qu'elle n'eut pas le temps de lever son bouclier. La dague frôla l'ourlet de son manteau, la boucle de sa ceinture, puis sa chevelure : la menace était partout.

— Sers-toi de ton bouclier ! ordonna-t-il.

Cette critique mit la colère de Cambria à son comble. Elle commença à multiplier les moulinets furieux mais, à son grand désespoir, aucun coup ne porta. Et, pour l'impressionner, son scélérat de mari prit sa dague de la main gauche, détournant les coups de la jeune femme avec la dextérité d'un jongleur.

Holden aurait pu continuer longtemps ce petit jeu, mais il avait hâte de recevoir sa récompense. Il se mit à donner toute sa mesure, attaquant de tous côtés du plat de sa lame. Profitant d'un instant de distraction de Cambria, il lui arracha son épée en souplesse et, du revers, la débarrassa de son bouclier.

Cambria resta les bras ballants, bouche bée : elle n'avait rien vu venir.

— Et de trois ! conclut-il modestement en remettant sa dague au fourreau.

Cambria le regardait de l'air incrédule que Holden connaissait bien. Il l'avait déjà observé chez de jeunes écuyers qui fréquentaient son champ clos, de futurs chevaliers qui l'idolâtraient et racontaient partout les aventures inouïes du grand Loup de Ware et de son bras puissant. Il n'aurait jamais cru lire cette crainte respectueuse dans les yeux de son joli lutin. Il sentit son cœur changer de rythme.

Elle resta pétrifiée un long moment, reprenant son souffle, avant de recouvrer la parole.

— C'est vrai, ce que l'on dit ? Que vous n'avez jamais été battu. Que personne n'est arrivé à vous vaincre ?

— Bien au contraire, madame, rétorqua-t-il en donnant un sens tout différent à ses mots. Je crois que j'ai bel et bien trouvé un adversaire à ma mesure.

L'escarmouche lui avait fouetté le sang et le fait de lire une admiration aussi sincère chez son adversaire, et quel adversaire, attisait le désir qui l'avait envahi. Il serra les dents pour se maîtriser.

— Lady, conseilla-t-il presque à mi-voix, méfiez-vous de la façon dont vous me regardez car je crains d'oublier les limites de notre pari.

Cambria sentit ses joues rosir. Ah bon, elle le regardait ? Elle se hâta de détourner le regard, mais trop tard pour cacher la vérité. Elle se passa la langue sur les lèvres nerveusement, car maintenant, il lui fallait payer son écot. Il restait là, trop près d'elle. Et lui, fallait-il qu'il la regarde ainsi, qu'il lui parle avec cette voix-là ? Il avait les yeux aussi verts et profonds qu'un loch, une voix douce et grisante.

Elle prit sur elle pour payer le prix de son pari avec autant de dignité et aussi peu d'embarras que possible. Elle se contraignit à croiser son regard, bien décidée à ne pas baisser les yeux la première cette fois-ci.

Quelle erreur ! Le souffle court, les veines en feu, elle fut attirée à lui irrésistiblement, comme aimantée. Il s'arrangea pour se rapprocher encore, elle sentait maintenant la chaleur de son corps, elle voyait ses dents blanches derrière ses lèvres entrouvertes.

Un instant, Holden fut saisi par le désir qu'il lisait dans les yeux de Cambria. Sa propre passion se déchaînait, et il avait du mal à se maîtriser.

Cambria frissonna en se remémorant le goût de cette bouche, sa chaleur, sa douceur. Ce fut la cause de sa chute. Avant de réfléchir aux conséquences de la terrible erreur qu'elle commettait, elle leva la tête, approcha jusqu'à sentir son haleine et lui donna ce qu'elle lui devait.

Holden lui rendit son baiser, timidement d'abord, puis en la serrant contre lui, avec davantage d'autorité. Elle avait une peau douce et souple, et un goût de miel.

Cambria se sentait de plus en plus attirée vers lui. Ses lèvres faisaient naître en elle une foule de sensations ; elles la taquinaient et elles se repaissaient voracement d'elle, comme si elles consommaient son âme. Cambria s'accrocha aux épaules du lord, s'agrippant à lui avec une frénésie qu'elle ne se connaissait pas. Sa propre ardeur la surprenait et l'effrayait à la fois. Elle était en train de perdre pied. Le vertige de l'amour s'était emparé d'elle. Elle voulait poursuivre, elle voulait prolonger ce baiser et ce contact.

Holden écarta les lèvres de sa femme et, glissant la pointe de sa langue à l'intérieur, laissa une traînée de feu sur la sienne. Elle frémit. Et lui vint à l'esprit de savoir ce que ces mêmes lèvres lui feraient dans le cou, sur l'épaule, sur les seins. Elle se demanda ce qu'elle ressentirait plus bas, en ce point secret qui déjà se gonflait...

— Non !

Avec un cri soudain et affolé, elle le repoussa et recula en titubant. Elle avait le visage en feu. Bon Dieu, qu'était-elle en train de faire ? Et lui, qu'est-ce qu'il lui faisait ? C'était un Anglais ! Pourtant, les lèvres de la jeune femme fourmillaient encore du contact de ce baiser.

Cette brute l'avait ligotée à son lit et quasiment contrainte au mariage ! Mais ses yeux sombres où couvait un feu ardent étaient plus brûlants que la braise. Maudit Anglais, responsable de la mort de son père ! Elle recula le poing et le lui envoya en pleine figure, de toutes ses forces.

Holden reçut le coup sur la pommette, projetant sa tête en arrière, et il se sentit un instant étourdi. Le temps qu'il recouvre ses esprits pour éclater en imprécations, elle détalait vers le château. Elle avait le visage noyé de larmes et tenait délicatement sa main meurtrie.

Holden se déchaînait à la quintaine dans le champ clos, frappant à coups de massue le pantin empaillé jusqu'à le mettre en pièces.

Il aurait dû s'en douter. Cambria n'était pas disposée à rendre les armes. Qu'avait-il fait pour mériter ça ? Son manque de sang-froid lui faisait honte. Il avait toujours pu cacher ses sentiments et refréner ses désirs. En plus, elle l'avait cogné ! Et pas d'une petite taloche pour le gronder de s'être permis un geste osé, mais un vrai coup de poing bien placé. Comment allait-il expliquer ce bleu sur la joue le lendemain de son mariage ?

Il éperonna Arielle qui traversa le champ clos comme une flèche et il perfora la quintaine de sa lance avec une férocité telle qu'elle se mit à tourner comme une toupie et cassa.

Réfugiée dans le petit salon, Cambria frissonnait en admirant la violence de Holden sur son terrain d'exercice. Elle en était toute tremblante. Avait-elle vraiment frappé ce féroce guerrier qui terrassait un chevalier après l'autre ?

Elle retint son souffle quand il fit faire demi-tour à son destrier et que tous deux s'élancèrent à bride abattue. Qu'il était mince, musclé et puissant, songea-t-elle avec un petit spasme ! Elle se souvint du danger qu'elle courait entre ses bras. Son cœur se mit à battre fort car ce souvenir était encore bien présent, et le rouge lui monta au visage.

Holden brandit ensuite une masse et frappa son adversaire, un Gavin, avec une violence telle qu'il le désarçonna sur-le-champ ; le malheureux atterrit sur le gazon avec un choc terrible. Le jeune homme ne bougeait plus, sonné. Le Loup avait-il tué un de ses hommes ?

Avant même que son destrier ne soit tout à fait arrêté, Holden sauta de selle. Il lâcha sa massue, arracha son casque et se précipita vers son jeune adversaire, tombant à genoux dans la poussière. Cambria l'observait ; il souleva vivement les épaules du jeune homme et lui retira son casque. Le garçon était inerte et blême. La jeune laird, horrifiée, se prit la tête dans les mains.

Les hommes du clan Gavin se rassemblèrent autour d'eux. Mais Holden tout occupé par le garçon qu'il tenait dans les bras ne les vit pas. Il lui tapota les joues et lui parla. Cambria retenait son souffle, au bord du malaise.

Puis le garçon eut un hoquet, emplit ses poumons avec un grognement rauque. Rassurés et penauds, les hommes se détendirent et Holden ébouriffa les cheveux du jeune homme d'un geste affectueux. Cambria s'écarta de la fenêtre, et s'appuya contre le mur de pierre. Décidément, les hommes ont des jeux bien meurtriers.

Quand elle se ressaisit pour remettre le nez à la fenêtre, Holden était passé au combat à pied avec ses chevaliers, guidant leurs bottes, leur criant des encouragements, parant leurs coups avec son épée. Il les plaça en deux rangées, et à son commandement ils avancèrent à l'unisson. Cambria fut émue à ce spectacle, car elle devait bien reconnaître que jamais les forces de son clan ne lui étaient apparues si ordonnées, si formidables.

Holden jeta alors son épée et son casque, et les affronta avec son seul bouclier. La jeune femme se redressa. Quel était ce jeu prétentieux ? Les six premiers hommes attaquèrent ensemble, et elle écarquilla les yeux. Cet homme était fou. Quelques semaines plus tôt, elle le considérait comme son ennemi. Et voilà qu'il offrait sa gorge nue au fil de leurs épées. Aussi invincible qu'il soit, il n'était pas moins mortel. Pourquoi s'exposer de la sorte ?

La réponse lui vint, bien malgré elle. C'était un homme d'honneur. Seul un sens de l'honneur bien compris pouvait le pousser à tant d'imprudence. Il croyait dans les idéaux de la chevalerie et pensait que tous les hommes étaient animés des mêmes sentiments.

Si l'honneur était chez Holden une seconde nature, comment avait-il pu comploter la trahison qui avait conduit au meurtre de son père ? Évidemment, il n'y était pour rien. Il ne saurait calculer la prise d'un château par la ruse, alors qu'il était capable de l'arracher par la force. Le Loup n'intriguait pas pour obtenir une alliance : il l'ordonnait. Et surtout, comme elle commençait à s'en rendre compte, le Loup n'aurait jamais, au grand jamais...

Elle s'abstint de prolonger sa réflexion, car elle tenait à le blâmer. Elle voulait le haïr. Pourtant, elle sentait déjà que sa rancœur lui échappait inexorablement.

Holden n'avait pas tué son père.

Cambria ferma les yeux. Au fond de son cœur, un poids s'envola, et elle ne se sentit plus déchirée entre les exigences de la vengeance et celles... de cet émoi inconnu. Ce mal étrange qu'elle ne parvenait pas à définir, qui lui séchait la gorge quand Holden était trop près d'elle, qui lui coupait le souffle quand leurs lèvres se touchaient, qui lui faisait battre les tempes dès qu'il posait sur elle ses mains puissantes. Elle n'avait pas de nom pour ça. Pour ce sentiment qui semblait à Cambria si naïf et maladroit.

Pourtant, il était bien là, en elle, cet étrange frisson de fierté tandis qu'elle admirait la bravoure de son mari en train de mettre au sol les six chevaliers l'un après l'autre.

Elle était si absorbée dans sa rêverie qu'elle n'entendit pas Katie entrer dans le petit salon.

— Ah, tu es là ! gazouilla la servante.

Prise en flagrant délit, Cambria détourna vivement les yeux, confuse de son exaltation.

— Alors, ma jolie ! commença Katie.

Elle alla à la fenêtre et, au premier coup d'œil, comprit tout. Un sourire complice lui vint aux lèvres.

— Ah, c'est un fameux guerrier, ton lord, n'est-ce pas ?

Cambria haussa évasivement les épaules.

— Je parie que tu commences à te poser des questions à propos de la clause spéciale du contrat de mariage.

Cambria se tourna vivement vers sa domestique, faisant voler ses jupes écarlates autour d'elle.

— De quoi te mêles-tu ?

Mais il en fallait davantage pour décourager Katie.

— Je me mêle de tes affaires depuis que tu es au berceau, ma jolie. Tu as beau être femme de lord, je t'ai langé toute petite et le jour où je ne pourrai plus te dire ce que je pense, il vaudra mieux que je m'en aille.

Cambria, vexée, se mordait la lèvre.

— Allons, ma belle, pourquoi te torturer ainsi ? C'est un homme bon et pas déplaisant à regarder. Et j'ai entendu dire partout que les frères de Ware sont de vrais champions au...

— C'est un Anglais ! rétorqua Cambria avec assez peu de conviction. Je ne supporterais pas qu'il me touche.

Mais elle ferma les yeux, car elle était de nouveau prise de vertige au simple souvenir de leur baiser matinal.

— Malcolm est certain que ton seigneur n'a rien à voir avec la traîtrise qui a conduit au meurtre de ton père, confia Katie en tirant un chiffon de la poche de son surcot. Toi aussi, tu sais bien que c'est la vérité. Si seulement tu te donnais la peine d'écouter ton cœur... L'un de ses hommes est un traître, mais pas lui. C'est un homme d'honneur. Jamais il n'en viendrait à pareille trahison. J'ai vu le dévouement qu'il inspire, même à nos propres gens.

Cambria l'avait déjà constaté par elle-même. Les chevaliers de Gavin n'avaient jamais si bien combattu que sous la poigne énergique de Holden.

— Enfin, cela ne change pas grand-chose pour le moment, soupira Katie en époussetant la table avec son chiffon. Il part à la guerre dans deux jours.

Cambria sursauta.

— À la guerre ?

— Il a commandé deux semaines de provisions pour quatre-vingts soldats.

— Où vont-ils ?

— Oh ça, je ne sais pas. Le lord m'a dit de faire les préparatifs, c'est tout.

Katie quitta la pièce laissant Cambria en ébullition. Les accrochages ne manquaient pas le long des frontières, comme les vols de bétail et tout le reste. Mais l'effectif était trop important pour de simples escarmouches. Il devait s'agir d'une guerre en règle entre Écossais et Anglais.

Elle s'approcha une dernière fois de la meurtrière pour épier son mari. À présent, il croisait violemment le fer avec sir Guy. Leurs lames jetaient des étincelles et Cambria frémit à la perspective de savoir Robbie, Graham et Jamie face au Loup sur le champ de bataille.

Elle n'eut pas à attendre longtemps avant d'apprendre que le roi Edward avait fait mander Holden pour partir combattre en surprenant une discussion entre les domestiques. On annonçait une bataille décisive. La jeune laird redoutait l'issue pour Blackhaugh et son clan.

Prêtant furtivement l'oreille dans le couloir du quartier des chevaliers, elle apprit que la troupe se dirigerait vers le nord pour rejoindre le roi. Quand les chevaliers en armure quittèrent la pièce pour aller s'entraîner, Cambria se cacha dans la cage d'escalier. Enfin, pensant qu'ils étaient passés, elle se disposa à sortir de sa cachette.

Soudain, sir Owen passa à son tour et la frôla sans la voir. Il entra dans le quartier des chevaliers pour aller aiguiser son épée. Cambria, retenant son souffle, l'espionnait par une fente de la porte.

Il n'était pas seul. Sortant d'un coin sombre de la pièce, une servante anglaise s'avança. Elle tournait autour d'Owen mais ses cheveux châtain clair lui cachaient le visage. Elle s'approcha de lui et se mit à lui caresser sans façon la poitrine tandis qu'il travaillait. Cambria se rencogna contre le mur.

La fille minaudait.

— Je n'ai pas envie que tu partes à la guerre.

— T'en fais pas pour moi, Aggie. Je veillerai sur mes miches.

— J'aimerais les veiller moi-même ! observa la soubrette d'un ton paillard.

— Eh tiens, pardi ! ricana Owen.

De nouveau, Cambria risqua un regard indiscret. La fille lui tournait le dos, impossible de la reconnaître.

— Pourquoi je ne peux pas venir moi aussi, mon amour ? insista-t-elle en glissant ses caresses plus bas, à l'endroit où le pantalon d'Owen commençait à présenter une éminence révélatrice.

Cambria était mal à l'aise devant tant de vulgarité et honteuse de son comportement, mais elle n'osait pas bouger de crainte d'être découverte.

— Aggie ! geignit Owen en laissant la meule s'arrêter en roue libre pour écarter les mains trop baladeuses. Nous aurons le temps à mon retour ; toi et moi, nous nous marierons.

Il écarta une boucle des cheveux de la fille, et continua tendrement.

— Et ce château sera à nous.

— Ah bon ? Mais Owen, je croyais que cette maraude d'Écossaise avait échappé à la corde et que…

Cambria se hérissa.

— Chut, l'arrêta Owen. Ne te fais pas de souci. J'ai mon plan, tu sais. Holden de Ware ne survivra pas à la bataille.

Aggie eut un haut-le-corps en même temps que Cambria puis un petit rire de conspiratrice. Elle se blottit contre Owen.

— Sans lui, expliqua Owen, elle n'a aucun pouvoir.

— Alors tu la tueras ? demanda Aggie avec un empressement ignoble.

— Ce ne sera pas la peine. Je suis sûr que le roi Edward verra les choses comme moi. C'est mon frère qui devait prendre possession de Blackhaugh. C'est moi qui me suis occupé de ce petit tour de passe-passe, mais ils ont tous cru que l'Écossaise l'avait tué. On la pendra pour ce meurtre. Et moi, ma chérie, j'hériterai du château.

Aggie jubilait; Cambria était blême.

— Tant d'années à m'aplatir, grinçait Owen. Oui, Roger! Bien sûr, Roger! Comme tu veux, Roger! Et toujours entendre mon frère se vanter de son sang noble, toujours me faire punir à sa place et me contenter des maigres miettes d'affection que notre chère mère voulait bien me donner de temps en temps. Tout cela est fini maintenant! Bientôt, je serai seigneur de Blackhaugh.

— Et moi, Owen? supplia Aggie. Redis-le-moi!

— Toi, ma cocotte, tu deviendras lady Agnès; tu auras des colliers d'émeraude et tu mangeras à la table d'honneur. Tu pourras prendre une dame de la haute comme servante si ça t'amuse.

Aggie soupirait d'aise.

— Oh, Owen! Que le temps va être long d'ici ton retour!

Owen la regarda d'un air lubrique, censé passer pour un sourire. Il posa son épée et attira Aggie à lui. Il commença à la pétrir lourdement puis fourra la main dans son corsage avec une salacité qui convainquit Cambria de s'en aller, au mépris du risque.

Il fallait trouver Holden et l'avertir.

*

Malgré le bleu qui faisait souffrir sa pommette, souvenir des humeurs de sa femme, Holden aurait voulu prendre son temps avec elle. Mais il avait cent choses à faire.

Dès demain, il partirait rejoindre les forces d'Edward et le temps lui manquait pour les préparatifs. Son facteur d'arcs lui avait confectionné des flèches toute la nuit afin qu'il ne manque pas de projectiles de bonne qualité; le destrier d'un des chevaliers s'était blessé, et deux chariots avaient des roues en réparation. À côté de ces soucis, ceux de Cambria semblaient insignifiants.

— Mais je suis toujours prudent sur le champ de bataille, lui affirma-t-il en vérifiant un arc que l'on rangeait dans un chariot transportant les armes.

La cour intérieure du château était en effervescence : des chevaliers croisaient le fer pour s'entraîner, les domestiques faisaient les bagages, des animaux allaient et venaient. Tout ce vacarme les empêchait d'entendre, mais Cambria était insistante.

— Il faut que vous vous méfiiez, insista-t-elle.

— John ! appela-t-il en lançant l'arc à un écuyer. Celui-ci est inutilisable. La pointe est fendue.

Cambria chuchotait :

— Je viens d'entendre Owen avouer le meurtre de Roger. Et il a l'intention de vous tuer pour hériter de Blackhaugh.

— Owen ?

Il soupira. Pourquoi affirmait-elle son innocence à présent ?

— Cambria, tu n'as plus besoin de t'inquiéter de la mort de Roger. C'est du passé. Je considère que c'est un regrettable accident. Thomas ! Attention avec ce colis !

Cambria l'empoigna par le bras.

— Écoutez ! Il a tué son propre frère, et s'en sort indemne. Il peut récidiver avec vous cette fois.

Holden fit des yeux ronds.

— Cambria, je sais ce qui s'est passé dans cette auberge et pourquoi tu as tué Roger !

— Vous ne savez rien, explosa-t-elle. Ce n'est pas moi qui l'ai tué ! Je vous l'ai dit, c'est Owen. Et il recommencera !

— Cambria. Je combattais et tuais des soldats alors que tu n'étais encore qu'une petite fille. Fais confiance à mon instinct. Oh ! Est-ce que tu t'es occupée d'emballer les barils de bière ?

Cambria ne dit rien.

Elle avait épuisé ses réserves de patience. Elle pivota sur ses talons et s'en alla à grands pas, un juron sur les lèvres. Que le diable l'emporte, avec son aveuglement imbécile ! Peut-être faut-il que les choses suivent leur cours. Maudit inconscient, il va mourir de la main d'un des siens et est trop obstiné pour y remédier !

Il fallait le convaincre, mais il était trop occupé avec les pointes fendues et les barils de bière pour l'instant. Mieux valait attendre la tombée de la nuit, quand ses devoirs auraient cessé de monopoliser son attention. Il fallait que Cambria attende le moment où ils seraient en tête à tête.

La lune était haut dans le ciel et le feu de la cheminée presque éteint quand Holden vint enfin se coucher. Cambria avait fait les cent pas jusqu'à réduire la jonchée en poussière et s'était rongé les ongles jusqu'au sang. Elle s'était redit mille fois tous les arguments qu'elle entendait développer pour lui, et elle avait imaginé toutes les réponses possibles. Mais quand il rentra enfin, las et marqué par les traces violettes de leur précédente conversation, tous les discours s'envolèrent de son esprit.

Il leva les yeux brusquement, comme s'il était surpris de la trouver encore éveillée. À cet instant, toutes les inquiétudes qu'il nourrissait à propos de la bataille qui se préparait étaient inscrites sur son visage. Un instant, elle eut envie de le réconforter, de lisser les rides qui lui barraient le front. Mais aussi vite qu'elles étaient apparues, les marques disparurent de son visage et il la salua avec l'assurance souveraine dont il faisait preuve devant ses chevaliers.

— Toujours debout ? demanda-t-il en se débarrassant de la ceinture de son épée. Il vaudrait mieux que l'un de nous au moins prenne quelque repos.

— Je... je n'y arrivais pas.

Elle tripotait fébrilement sa robe du bout des doigts.

Il acquiesça d'un hochement de tête. À la lumière de la lune, elle reconnaissait les traces de son coup de poing. On aurait dit une ombre. Elle baissa les yeux, honteuse.

— Je... je suis navrée de vous avoir frappé, lança-t-elle tout à trac.

La phrase sonnait bizarrement car c'était la première fois qu'elle présentait des excuses à quelqu'un.

Il attendit qu'elle relève les yeux, puis acquiesça avec un sourire en biais.

— Quand je reviendrai de la guerre, je crois qu'il nous faudra faire une petite révision du code de chevalerie.

Si vous revenez, songea-t-elle le cœur battant. Il se mit à se déshabiller, tandis que la jeune laird se tordait les mains. Elle se jura de ne pas perdre patience et d'essayer de le raisonner. Mais en le regardant se débarrasser de ses vêtements, un à un, elle sentait son calme la quitter.

— Il faut que je vous parle, dit-elle dans un murmure.

Il avait ôté son haubert, et le clair de lune faisait ressortir les contours de son torse nu. Il avait un corps de soldat, fort et musclé ; seule la cicatrice récente entre les côtes rappelait à la jeune laird qu'il était humain, comme tout le monde.

— C'est au sujet d'Owen ?

— Il faut me croire, supplia-t-elle en se précipitant pour lui prendre le haubert des mains. Il a l'intention de vous tuer.

Il glissa les pouces dans son haut-de-chausses.

— Et il n'est pas le seul. Des milliers de Highlanders ont le même projet. Cambria, il faut que tu comprennes...

— Non !

Elle prit une profonde inspiration pour se calmer. Déjà ses bonnes résolutions la quittaient.

— Je ne veux pas comprendre. Si vous mourez, mon clan reste sans défense. Pourquoi ne pas laisser Owen ici ?

Il se tourna vers la fenêtre, ouvrant et serrant les poings. Quand il reprit la parole, sa voix était aussi sombre.

— Les forces écossaises sont importantes. Si nous voulons vaincre, nous n'avons pas un homme de trop.

Il se retourna vers elle et elle vit dans les yeux du lord une indéniable hésitation. Doutait-il de la victoire anglaise ?

— De surcroît, continua-t-il avec un sourire en lui prenant le menton dans la main, si je laisse ici tous les chevaliers qui m'ont menacé, je n'ai plus d'armée.

Découragée, elle lança le haubert sur le lit et prit un ton acrimonieux.

— Emmenez-moi !

— Comment ? pouffa-t-il en fronçant les sourcils.

— Emmenez-moi. Je veillerai sur vous, précisa-t-elle en posant ses paumes sur son torse.

Il lui prit le visage dans les mains.

— Je ne puis t'emmener à la guerre, Cambria. Ce n'est pas la place d'une lady.

— Je resterai à l'arrière-garde, concéda-t-elle. Je tire très bien à l'arc. Si Owen manigance quelque chose…

— Cambria ! coupa-t-il en lui embrassant le front.

Sa bouche était étonnamment douce et chaude pour un guerrier.

— J'ai déjà du mal à risquer la vie de mes hommes. Pas question de risquer celle de ma femme.

— Mais, je…

— Je te jure d'être prudent. Je me protégerai moi-même et je ne ferai rien qui puisse mettre en danger ton clan.

Mais en sentant son cœur battre sous sa paume, elle songeait moins à son clan qu'à son mari. Ce mari qu'à son corps défendant elle admirait éperdument…

Cambria se calma au son des calmes ronflements de Holden. Mais vers la fin de la nuit, de sombres prémonitions envahirent ses rêves et elle fut saisie par le désespoir.

Il y avait des morts partout. Sanglants, brisés, tordus en tous sens. Le champ de bataille et les collines étaient jonchés de cadavres. Il y avait Malcolm, Robbie, Graham, son clan au complet. Elle s'avançait en trébuchant au milieu de cette horreur et tous l'appelaient, l'imploraient, la maudissaient ; elle finit par se boucher les oreilles pour échapper à cette abomination.

Devant elle surgit celui qu'elle cherchait, Holden. Son armure était couverte de sang, ses lèvres se retroussaient dans une grimace de douleur, ses côtes se soulevaient avec effort à chaque respiration. Il se mourait. Elle s'agenouilla à côté de lui. Il se retourna pour la regarder. Ses yeux verts tachés de gris furent d'abord porteurs d'une lueur d'espoir, puis vitreux à l'approche de la mort.

Le cœur de Cambria se déchira d'angoisse. Il était mort. Le Loup était mort. Elle n'avait pas su le protéger, pas plus que les Gavin, et se retrouvait complètement seule.

Elle se réveilla au bruit que fit Holden en se levant. Elle fit semblant de dormir, son cœur battant la chamade et plissa les paupières pour le regarder s'habiller. En enfilant son haubert par la tête, sa blessure lui arracha une grimace. Il ne faut pas qu'il meure, songea-t-elle. Elle ne le laisserait pas mourir.

Un instant plus tard, il lui souffla un tendre adieu, l'embrassa sur le front et quitta la pièce.

À peine le vantail refermé, elle bondit du lit, le cœur en folie. Elle sortit d'un coffre à vêtements une robe de lin très simple et une rude cape de laine marron. Elle s'habilla en deux temps trois mouvements et rassembla sa chevelure dans la grande capuche. Elle enfila ses chaussures de cuir les plus usées et passa sa dague dans la ceinture. Quant à son arc et à ses flèches, il fallait qu'elle les cache avec les armes que la troupe emportait. Elle les jeta sur son épaule, cachées sous une grande couverture.

Lord Holden avait l'intention de laisser à Blackhaugh son frère Garth et Malcolm en qualité de régisseurs. Cambria griffonna un message à Malcolm, en lui affirmant qu'elle était en sûreté auprès de son mari et partait pour le bien du clan. Elle savait que le pauvre homme se rongerait jusqu'à son retour mais laissa le message sur sa paillasse.

En posant la main sur l'oreiller, elle constata qu'elle portait toujours sa bague de mariage. Une paysanne ne possède pas ce genre de joyau. Elle aurait dû l'enlever et le ranger dans son coffre à bijoux, mais hésitait devant ce sacrilège. Elle se contenta de tourner le chaton vers l'intérieur et de garder sa manche assez longue pour que sa main soit couverte.

Avec prudence, elle se glissa hors de la chambre et descendit l'escalier. Elle traversa vivement la grande salle, où sa tenue rustique passa inaperçue dans l'activité générale.

Des chevaliers en grande armure allaient et venaient majestueusement, les domestiques couraient partout. Les chefs aboyaient leurs ordres pour emplir les chariots alignés à l'extérieur. Des enfants qui faisaient japper les chiens de chasse reçurent quelques solides torgnoles. Dans la bousculade, Cambria se hâta de sortir dans la cour, et glissa discrètement dans un chariot son arc et son carquois. Puis elle s'attarda un moment devant les écuries, le temps de se faire éclabousser de boue les bras, les jambes et le visage.

— Et toi ! lui cria quelqu'un.

Elle se tourna en sursautant, se souvenant au dernier moment de baisser la tête. C'était le jeune sir Myles.

— Va me chercher du pain et du vin, ordonna-t-il.

Évidemment, il ne l'avait pas reconnue. Elle ne représentait pour lui qu'une paire de bras oisifs.

— Apporte-moi ça dans l'armurerie.

À entendre ce gamin, c'était un véritable honneur qu'il lui faisait ; Cambria se mordit la langue pour ne pas le remettre à sa place. Elle se contenta d'acquiescer humblement d'un signe de tête. Myles se frotta les mains et s'éloigna d'un air suffisant.

Cambria se glissa dans la cuisine, sans se faire remarquer par Katie qui la frôla avec une brassée de pains de son et de galettes d'avoine. Elle rafla un petit pain sur la table et emplit une coupe de vin pour les porter à sir Myles.

Ouvrant d'un coup de pied la porte des quartiers des chevaliers, elle faillit céder à la panique en entendant la voix grave de son mari qui s'adressait à une bonne douzaine de chevaliers. Sir Myles était au milieu d'eux et, quand il repéra son petit déjeuner, il lui fit un signe impatient d'avancer.

Holden s'arrêta à mi-phrase. Cambria retint son souffle mais son mari l'aperçut à peine et ne la reconnut pas. Il reprit son discours quand elle eut donné à Myles le pain et le vin. Elle s'excusa vivement et ressortit en vitesse.

Elle se consacra ensuite au chargement des chariots : provisions de nourriture, ustensiles de cuisine, couvertures, plantes médicinales et charpies pour les pansements. Une heure plus tard, les chevaliers, bien armés et prêts au voyage, s'alignèrent par rangées de cinq, attendant l'ordre de leur seigneur.

Holden ne fit pas de discours et jeta un regard de regret à la fenêtre de sa chambre, ce qui n'échappa pas à Cambria tout émue. Puis il se retourna sur sa monture et vint prendre place à la tête de la colonne.

— En avant ! ordonna-t-il.

Le voyage avait commencé.

# 10

Cambria s'arrêta à l'ombre d'un vieux sycomore et, pour la centième fois, s'épongea le front avec sa manche de laine maculée. Le temps s'était réchauffé depuis quelques jours, mais son anonymat l'empêchait de se débarrasser de sa cape qui l'étouffait. Ses chaussures lui faisaient mal et elle avait les pieds couverts d'ampoules. Holden faisait mener un train d'enfer et Cambria avait du mal à supporter l'odeur de crasse et de laine humide derrière laquelle elle se camouflait. Le pire était qu'elle semblait faire ce voyage pour rien.

Sir Owen se comportait de façon si banale que Cambria finissait par douter de la conversation surprise dans le quartier des chevaliers. Mais il était trop tard pour revenir en arrière. Elle s'était lancée et il lui fallait aller jusqu'au bout.

Les soudards du chevalier de Ware rendaient le trajet particulièrement pénible, car leur seul sujet de conversation était leurs exploits sur le champ de bataille et au lit. Cambria observa avec dégoût que les chevaliers de Gavin ne restaient pas en retrait. Tout le monde s'accordait sur le fait que personne ne pouvait se mesurer là-dessus aux frères de Ware. Quand leurs discours devenaient trop obscènes, Cambria allait rejoindre les domestiques à l'arrière. Là, elle s'amusait à entendre la version féminine des mêmes épisodes, moins héroïque assurément, mais certainement plus authentique.

Quand le soleil déclina, ils s'arrêtèrent pour dresser le camp. Un petit ruisseau se jetait dans un étang ombragé d'ormes non loin de là et Cambria s'éclipsa pour un petit bain rafraîchissant. Elle dut pourtant remettre son surcot poussiéreux. Si, sous sa capuche, ses cheveux mouillés dégoulinaient dans son cou, au moins s'était-elle débarrassée des puanteurs de la route.

À son retour au camp, elle se mit à ramasser des poireaux sauvages pour le potage du soir. Une jeune bavarde aux cheveux blonds ébouriffés et aux yeux sournois l'accompagna. Cambria ne prêta guère l'oreille aux bavardages de la fille, jusqu'à ce qu'elle mentionne le nom de Holden de Ware.

— Qu'est-ce que tu dis ? demanda Cambria avec une indifférence étudiée.

— Je me demande combien de temps mettra notre seigneur à s'en choisir une pour chauffer son lit.

— Une quoi ?

— Une de nous, pardi ! confirma-t-elle avec un clin d'œil. Annie pense que ce sera elle, et Margaret n'arrête pas de se pavaner sous son nez, mais à mon avis…

— Mais enfin, le seigneur vient de se marier ? demanda Cambria d'un ton égal, en écrasant deux poireaux.

— Et alors ? répondit la jeune fille en baissant le ton. Une garce frigide, à ce qu'on dit. Y a pas moyen de lui écarter les cuisses. Tu te figures ça, refuser de coucher avec un de Ware ?

La petite pouffa et Cambria se raidit. « Garce frigide », c'est comme ça qu'on l'appelait ? Pis encore : tout le monde était au courant de ce qu'elle faisait au « pieu » avec lord Holden !

— Oh là là ! S'il était à moi, poursuivit la fille rêveusement en caressant les longues feuilles de ses poireaux, je me laisserais faire à toute heure, pour sentir ses jambes solides se serrer autour…

— Suffit ! coupa Cambria d'un ton sec.

La petite sursauta devant tant d'autorité.

— Oui, suffit avec ces poireaux, je pense, continua Cambria sans conviction, stupéfaite de sa réaction.

— D'accord, acquiesça la gosse, un peu gênée, en se grattant la tête. On en a ramassé assez.

Elle secoua les mottes des derniers poireaux et les fourra dans le pli de sa robe.

Les bavardages des domestiques hantèrent Cambria jusqu'au soir. Pendant le dîner, elle grignota distraitement et surveilla Holden assis de l'autre côté du feu.

Les raisons pour lesquelles toutes les soubrettes étaient folles de lui s'imposaient. La lumière dorée des flammes illuminait son visage, soulignant ses pommettes et sa mâchoire et auréolait les boucles de sa chevelure. Sa main puissante posée sur son genou fléchi, il buvait calmement du vin ; quand il leva le coude, sa manche glissa, dévoilant un avant-bras musclé. Pensif, il gardait le regard fixé sur les flammes. Cambria se remémora leur baiser et la façon dont il avait écarté ses lèvres avec les siennes.

Une onde de désir incroyable la balaya.

Elle se détourna brusquement pour recouvrer son sang-froid, ses doigts jouant machinalement avec sa bague de mariage. Elle murmura un juron. Quand donc allait-il choisir ? Les donzelles lui tournaient autour comme des mouches sur une charogne. Elles avaient le plus grand mal à se retenir de le dévorer des yeux. Les soubrettes se glissaient contre lui aussi près qu'elles osaient pour remplir sa coupe ou lui proposer un nouveau tranchoir ; elles multipliaient les petits rires et les flatteries. Il acceptait toutes ces avances avec sagesse, sans favoriser l'une ou l'autre, ni décourager leurs attentions. Mais Cambria était ulcérée de les voir s'offrir de façon si vulgaire.

Elle n'aurait pas dû s'en faire. Après tout, il était de notoriété publique que les lords anglais, mariés ou pas, couchaient quand ils voulaient avec qui ils voulaient. La virilité était plus estimée que la fidélité. En outre, son mariage avec Holden n'était qu'une simple opération politique.

À la fin du repas, elle était tendue à bloc, partagée entre la pitié et l'écœurement, attendant avec angoisse le moment où on lui dirait qu'une souillon était convoquée sous la tente du lord. Mais Holden finit par se retirer seul. Cette nuit au moins, elle pouvait dormir tranquille.

À peine commençait-elle à s'assoupir sous sa couverture de laine élimée en profitant d'une accalmie de ronflements qu'une vieille servante la réveilla pour lui signaler qu'elle était attendue sous la tente de lord Holden. Cambria était sûre qu'il y avait erreur car elle avait pris grand soin de ne se montrer à aucun des nobles. Mais la vieille insista : c'était bien elle que le lord appelait, la fille à la cape.

Cambria claqua des dents en y allant. La fraîcheur nocturne et le fait d'avoir à affronter Holden lui glaçaient le sang. Avait-il découvert son déguisement, ou l'avait-il, par une ironie du sort, choisie justement elle en guise de dessert ?

Elle baissa la capuche sur son visage. La servante écarta le rabat de la tente et lui fit signe d'entrer.

Il faisait noir. Elle hésita, ne sachant dans quel coin de son antre le Loup était tapi. La vieille alluma avec un tison une haute bougie posée sur une bobèche à côté de la paillasse. Une lueur dorée éclaira la tente qui était vide.

Cambria resta immobile quelques instants, s'accoutumant à la lumière de la bougie. La tente était sommairement équipée. Un tapis turc usé était posé à même le sol de terre battue. Il y avait un fauteuil sculpté et un gros coffre pour ranger les vêtements et les objets précieux. L'épaisse paillasse couverte de fourrures occupait près de la moitié de l'espace.

Refusant de se laisser envahir par l'angoisse, Cambria s'appliqua à rester impassible. Son cerveau bouillonnait, imaginant cent réponses à faire à Holden s'il l'interrogeait sur sa présence. Mais pas une qui ne soit un tant soit peu convaincante.

Devant la tente, Holden s'arrêta un instant au clair de lune. Il prit une profonde inspiration. Que lui dire? Que lui faire? Et surtout, pourquoi était-elle là?

Ah, s'il l'avait découverte plus tôt! Mais en vérité, une fois qu'il avait cru Cambria en sûreté derrière les remparts du château, il s'était concentré sur la bataille à venir, écartant même les servantes qui se disputaient si obstinément ses faveurs. En tout cas, il y en a une qu'il regrettait vivement d'avoir ignorée.

C'est le soir autour du feu qu'il l'avait remarquée. Il avait entrevu la courbe nette de la mâchoire de Cambria à la lueur vacillante des flammes, et failli avaler son vin de travers. Il se mit alors à la surveiller en se demandant comment il avait pu être aussi aveugle.

Mille choses chez Cambria ne pouvaient se cacher sous une cape. Sa démarche d'abord: la longue foulée du guerrier. Et la vigueur de ses formes sensuelles lui était déjà familière: chaque fois qu'elle relevait ses manches, qu'elle se troussait pour enjamber une souche, qu'elle se penchait pour servir le potage ou qu'elle s'étirait pour y attraper une coupe.

Mais maintenant qu'il l'avait surprise, il se demandait pourquoi elle était venue. Il voulait croire qu'elle le faisait – comme elle lui avait dit – pour le protéger d'Owen. Il voulait croire que seul un affectueux dévouement l'avait conduite à désobéir.

Or, il fallait bien reconnaître qu'il n'était pas sûr de l'affection de Cambria. Elle admirait ses prouesses de chevalier, elle était touchée par le désir qu'il inspirait à toutes les femmes ou presque, mais il n'avait aucune preuve concrète de ses sentiments.

Cette alliance avec les clans des régions frontalières était trop récente, la bataille voulue par le roi trop décisive pour écarter la douloureuse éventualité que Cambria le trahisse. Il savait qu'elle avait des contacts chez les rebelles puisqu'elle avait libéré les trois qui l'avaient attaqué – assaut d'ailleurs trop bien organisé à son goût. Elle éprouvait certainement de la sympathie pour les rebelles, comme tous les Écossais qui deviennent romantiques dès lors qu'il s'agit d'une cause perdue. De surcroît, elle tentait d'écarter les soupçons de Holden en accusant l'un de ses plus proches vassaux, sir Owen, comme par hasard celui qui était censé avoir tué son père.

Pour la sûreté de ses hommes, il lui fallait connaître la position de Cambria. Il ne pouvait la laisser fomenter des rébellions dans ses propres rangs, ni alerter les Écossais rebelles de leur arrivée.

Il soupira et se frotta les mains avec inquiétude. Il savait qu'il était de son devoir de la soumettre à la question. Bien que cette tâche le dégoûte, il excellait à extorquer des renseignements à des personnes farouchement décidées à se taire. Il savait quelle douleur appliquer et à quel endroit pour rendre un tombeau bavard comme une pie.

Mais dès que l'idée lui vint, il l'écarta. Il était incapable de porter la main sur Cambria. Un chevalier ne torture pas une femme. Ça ne se fait pas. Et fière comme était cette petite Écossaise pugnace, il était absolument inutile de la menacer. Elle était prête à verser son sang pour son clan.

Il devait trouver d'autres failles. Il leva les yeux au ciel, comme pour y lire la réponse. Et l'idée lui vint.

Il devait se servir de la vulnérabilité de Cambria : sa féminité, ce monde inexploré de passion amoureuse qu'elle cachait sous des apparences revêches. Elle avait nié son penchant pour l'amour au point de ne pas être consciente qu'elle l'abritait. C'est ainsi qu'il parviendrait à lui arracher la vérité.

Réfléchissant à la tâche qui l'attendait, il se passa les doigts sur les lèvres. Il fit signe à un écuyer qui passait et lui demanda discrètement de lui apporter du vin et deux coupes. Sa femme, décida-t-il, allait faire l'expérience d'un maître de la séduction.

Cambria entendit le froissement du rabat de la tente et retint son souffle, cachant son visage. Quand Holden entra, ombre imposante, il passa devant elle sans la saluer, si bien que Cambria pensa qu'il ne l'avait pas vue. Lentement, en silence, elle expira profondément.

Sans lever la tête, il emplit deux coupes de vin.

— Tu n'as pas trop chaud, encapuchonnée de la sorte ? demanda-t-il.

Elle n'osa pas répondre car il aurait reconnu sa voix. Le silence lui pesa et elle eut l'impression que le regard perçant du Loup finirait par traverser la capuche et lire jusque dans son âme. D'une main tremblante, elle saisit la coupe qu'il lui tendait et se détourna pour boire une gorgée.

Au bout d'un moment, lui-même vida sa coupe d'un trait.

— Tu es timide, observa-t-il. Je parie que tu n'as jamais couché avec un homme.

Elle avala un peu vite et s'étouffa, ce qui lui valut une quinte de toux. Holden lui administra quelques claques sur les omoplates qui ne l'aidèrent guère.

— Non ! coassa-t-elle.

Holden fit la grimace. Comme elle mentait facilement, se dit-il. Bonne mère de Dieu, elle a couché avec l'un de mes plus proches chevaliers. Il espérait avec ferveur qu'elle ne lui mentait pas quant à son loyalisme.

— Je serai ravi de t'initier aux rites de la passion, annonça-t-il.

— Mais je n'ai pas envie… protesta-t-elle.

— Chut, coupa-t-il d'un ton apaisant. Je suis ton seigneur, tu es ma vassale, je ne te demande pas ce dont tu as envie. J'ai envie d'une femme ce soir, et c'est toi que j'ai choisie.

Cambria eut du mal à déglutir. Au moins il n'y allait pas par quatre chemins et ne perdait pas de temps. Elle avait l'impression d'être au bord d'une chute d'eau, attendant qu'on la pousse.

Holden reposa sa coupe sur le coffre, se pencha et souffla la bougie. La tente baigna dans l'obscurité, avec à peine un vague reflet du clair de lune.

Cambria lutta contre l'envie de filer par le rabat de la tente, mais se reprocha sa lâcheté. Elle arrivait sur le champ de bataille, et fuir sans explication ne faisait que repousser l'affrontement.

Elle resta debout sur place. Ses yeux ne s'étaient pas encore adaptés à la pénombre qu'elle l'entendit faire le tour derrière elle. Elle ne le voyait pas mais sentait les yeux de Holden sur elle. Le sentiment qu'elle allait se faire dévorer la faisait trembler.

Il s'approcha d'elle et elle sentit son haleine sur son oreille de façon si soudaine qu'elle en lâcha sa coupe de surprise. Le vin rouge se répandit sur le tapis. Doucement, il fit glisser la capuche de sa tête, et enroula les doigts d'une main dans sa chevelure. De l'autre bras, il l'étreignit au niveau des épaules. Sa voix était trompeusement douce.

— Tu sais ce qui va se passer maintenant ?

Elle garda le silence, malgré les alarmes qui se déchaînaient dans sa tête. Sans prévenir, il resserra sa prise en serrant le poing dans ses cheveux. Il ne lui faisait pas mal, mais la tenait prisonnière. Elle se débattit vaguement, en attrapant les muscles de son avant-bras.

— Je vais t'embrasser, chuchota-t-il. Tu as déjà été embrassée, n'est-ce pas ?

Elle ne répondit rien, mais son cœur cognait dans sa poitrine.

— Et je vais te toucher les lèvres, le cou, les seins comme nul ne t'a jamais touchée.

Accompagnant le geste à la parole, il la contraignit à supporter ce contact tout en frôlant son cou du bout de la langue. Cela l'électrisa, comme s'il l'avait griffée avec une lame. Sans s'en apercevoir, elle gémit doucement, puis tressaillit. Que faire ?

Il lui couvrait la gorge de petits baisers délicats et elle tentait de maîtriser son vertige. Elle sentit son souffle sur sa tempe quand il lui caressa les cheveux.

— Que tu es jeune et tendre…

À chaque mot, il glissait sa langue dans une nouvelle cavité de l'oreille.

— Et souple et chaude... et belle !

Elle frémissait contre lui sous cette torture sensuelle. Quand il s'arrêta, elle tressaillit de nouveau involontairement.

— Ne faites pas... ça ! réussit-elle à dire en luttant pour recouvrer ses esprits.

Elle aurait dû se sentir outragée. Après tout, son mari était en train de la tromper. Mais sa rivale n'était autre qu'elle-même. Tout cela était trop compliqué, surtout qu'il l'étourdissait en poussant ses lèvres derrière son oreille.

— Donne-moi tes lèvres, murmura-t-il contre sa joue. Je veux un baiser.

Cambria manqua défaillir. Et s'il reconnaissait son baiser ? Avant qu'elle n'ait le temps de s'écarter, il tourna sa tête vers lui et lui passa franchement la langue sur les lèvres. Quand elle ouvrit la bouche de surprise, il referma ses lèvres sur les siennes.

Jamais on ne l'avait embrassée comme ça. Le timide baiser qu'elle lui avait donné n'était rien en comparaison. Il téta tour à tour les deux lèvres, les mordilla comme pour les goûter. Puis son baiser devint plus profond, comme s'il buvait à même ses lèvres. La passion de leur baiser devant l'autel pâlissait à côté de l'érotisme de leurs bouches à cet instant. La langue de Holden commença par chatouiller le pourtour des lèvres puis se glissa langoureusement entre elles.

Cambria vivait un véritable enchantement. Elle restait de la tête aux pieds raidie par le refus mais sa bouche se donnait et s'offrait. Le baiser de Holden exigeait une réponse, et elle la donna en cherchant ses lèvres avec voracité.

— Doucement, petite nymphe, conseilla-t-il. Nous avons toute la nuit. Plus nous prenons notre temps, plus tu connaîtras le plaisir.

Avec une grande dextérité, il ouvrit la cape de la jeune laird et délaça rapidement sa robe. La fraîcheur de l'air nocturne sur sa peau nue la surprit un moment. Puis, avant qu'elle n'ait pu deviner son intention, il glissa sa main sous sa robe et, de ses doigts habiles, caressa tout le tour de son sein. Elle se mit à trembler.

Holden gémit. La peau de Cambria était douce comme de la soie. Quelle idée avait-il eue d'accepter cette maudite clause dans le contrat de mariage ! Il frôla du pouce le tissu tendu par le mamelon, et elle inspira de façon incontrôlée. Il tentait de maîtriser les appels de sa chair, mais ne pouvait les ignorer.

— Arrêtez ! Il ne faut pas... commença Cambria d'une voix étrangement empâtée.

Elle avait essayé de faire preuve d'autorité, mais c'était un échec cuisant.

— Chut, répondit-il en la caressant de nouveau, absorbant le frémissement de Cambria avec tout son corps.

Il sentait que la détermination de la jeune femme faiblissait. Bientôt, comme tous les prisonniers qu'il avait torturés, elle serait molle et docile. À condition que lui-même parvienne à se maîtriser, songea-t-il avec ironie tandis qu'une onde de désir gonflait ses reins.

Quand il posa la main sur l'autre sein, elle gémit doucement contre sa joue. Il multipliait les petits baisers le long de son cou, mais sa main continuait à caresser et à taquiner. Puis, sentant qu'elle était sur le point de s'abandonner, il la tira doucement contre lui, serrant les dents quand ses fesses s'appuyèrent contre son membre viril. Il fit un pas en arrière et, prenant place sur le fauteuil, la fit asseoir en travers de ses genoux.

— Maintenant, demanda-t-il d'une voix qui se voulait calme, en tripotant la bague de mariage qu'elle portait au doigt, dis-moi pourquoi tu es ici.

# 11

Dans le torrent de sensations qui l'inondaient, Cambria mit un moment à réaliser ce qu'Holden venait de dire. Elle ne parvint pas à formuler une réponse adéquate.

— Quoi ? finit-elle par chuchoter. Vous êtes au courant ? Comment se fait-il ?

Sa réponse fut révélatrice du désir qui le dévorait.

— Tu ne sais pas qu'à force de dormir à côté de toi, je connais parfaitement ta silhouette ?

D'un côté, Cambria était soulagée car Holden ne l'avait pas trompée.

— Vous vous êtes bien moqué de moi, dit-elle.

La colère la saisit et elle s'embrasa.

— Vous m'avez obligée à supporter cette ignoble cape, à servir de bonne à vos chevaliers... à répondre à votre convocation comme une vulgaire...

— Assez !

Il la fit taire d'une secousse, comprenant trop tard qu'il n'aurait pas dû cesser si vite son jeu de séduction.

Jusque-là, il l'avait tenue à sa merci, à présent, elle lui filait entre les doigts.

— Toujours est-il que tu es là, vêtue en servante, et j'ai besoin de savoir pourquoi.

Cambria se débattait pour échapper à sa nouvelle étreinte. Elle se sentait cruellement humiliée et regrettait amèrement d'être venue. Elle aurait dû le laisser courir à une mort certaine.

— Je n'ai pas à vous rendre compte de mes allées et venues, riposta-t-elle. Je suis la laird de Gavin !

— Laird peut-être, contesta-t-il avec fermeté, mais tu m'as épousé et maintenant, je suis ton suzerain.

— Suis-je votre prisonnière ? demanda-t-elle en se crispant.

— Oui, jusqu'à ce que tu m'obéisses et me dises ce que tu fais là.

Elle serra les dents et le foudroya du regard. Mais, étant donné l'obscurité, cela ne fit guère de tort à Holden. Il était hors de question qu'elle lui avoue les raisons de sa venue. Elle refusait de l'entendre rire de ses soucis injustifiés.

Holden lui susurra contre la joue.

— Peut-être es-tu venue parce que mes baisers te manquaient…

Avant qu'elle n'ait pu riposter d'une remarque cinglante, Holden lui prit le menton d'une main et appuya ses lèvres fermes contre les siennes. Évidemment, elle se mit à pousser des cris aigus et à le cribler de coups de pied et de coups de poing. Holden ne détestait pas ce corps à corps. Il la lâcha brusquement et elle dut se raccrocher à lui pour ne pas tomber de ses genoux.

— Laissez-moi partir ! siffla-t-elle tout en s'agrippant à ses épaules.

— Pas tant que tu ne m'auras pas répondu.

Elle refusa.

— Pourquoi m'as-tu suivi, Cambria ? répéta-t-il d'un ton vaguement menaçant, tout en faisant glisser ses doigts le long de la gorge de sa femme, à une proximité périlleuse de ses seins.

D'une tape, elle écarta la main polissonne.

— Oubliez-vous notre contrat de mariage ? Votre parole est-elle sans valeur ?

— Je n'ai pas manqué de parole, répondit-il calmement en lui saisissant le poignet. Sois assurée du fait que je n'ai nulle intention de coucher avec toi.

Holden aurait préféré que son corps confirme cette chaste intention. En vérité, il lui fallait se maîtriser pour cacher ses ardeurs impétueuses. Il fit la grimace car Cambria se trémoussait sur ses genoux, attrapa l'autre poignet et, d'une main, lui bloqua les deux bras.

Puis, avec l'adresse d'un faucon fondant sur sa proie, il l'empoigna par les cheveux et lui tira la tête en arrière avant d'embrasser voracement son cou.

Pendant un instant d'abandon, il racla du bout des dents la peau fragile et Cambria crut qu'il allait la mordre. Puis sa bouche glissa vers le haut et elle gémit de crainte quand il approcha de la partie sensible de son oreille.

— Cette bataille-là, Cambria, lui souffla-t-il avec douceur, tu ne peux la gagner. J'ai bien trop d'expérience sur ce terrain. Tôt ou tard, ton corps finira par te trahir.

Cambria frissonna. Il avait sans aucun doute raison ! Sa voix était douce comme le miel et déjà elle se sentait frémir au contact viril de son mari.

Jamais elle n'aurait dû venir sous cette tente. Mieux valait qu'elle détale à présent. Mais il la retenait prisonnière comme une proie. Tout au plus, pouvait-elle se tortiller sur ses genoux et rougir en songeant à ce sur quoi reposait son postérieur.

Elle se tint tranquille un instant tandis que, du bout de la langue, il lui humectait tendrement l'oreille. Instantanément, les résolutions de fuite de Cambria s'envolèrent. Elle était incapable de cesser ses doux gémissements de suppliciée et encore moins de résister quand il la lâcha pour glisser ses doigts dans le décolleté de sa robe.

Il saisit un sein sous la chemise, le pressa doucement et, du bout du pouce, fit lentement le tour du mamelon. Elle protesta faiblement, mais il la fit taire avec des mots doux et des compliments qui lui coupèrent le souffle.

— J'ai envie de téter, avoua-t-il.

Le visage de Cambria s'empourpra tandis que le désir lui fouetta le sang. Personne ne lui avait jamais révélé une chose pareille.

— Non ! siffla-t-elle.

C'était impensable. Elle frissonna en imaginant l'effet subtil de ses lèvres et de sa langue sur son sein. Elle n'offrit guère de résistance quand il la renversa en arrière sur son bras et fit glisser de l'autre main sa robe pour la dévêtir.

Elle sentit d'abord le frôlement des cheveux de Holden sur son sein, puis de sa bouche qui trouva le mamelon. Au début, il l'aspira doucement par petites saccades, puis le pinça fermement entre ses lèvres, jusqu'à ce qu'elle sente le plaisir irradier tout son corps. Rien ne l'avait préparée à l'extase de cette langue qui semblait l'aspirer tout entière. Cambria se surprit à gémir de déception quand il s'écarta pour recommencer à parler. Elle fut effarée de réaliser qu'elle lui avait saisi les cheveux à pleines mains.

— Dis-moi, Cambria, murmura-t-il en fourrageant dans son cou, pourquoi m'as-tu suivi ? Songeais-tu à me trahir au profit de tes Écossais ?

Cambria se raidit. Les mots du chevalier lui firent l'effet d'un coup de poignard. Elle comprit alors que cet individu sans scrupule la torturait pour lui arracher des renseignements. Ce n'était pas avec son mari qu'elle flirtait cette nuit, mais avec un soldat en service commandé.

Son propre mari se méfiait d'elle.

Cambria se maudit d'avoir cru Holden submergé de désir ; elle gronda avec la fureur d'un animal pris au piège et se débattit violemment, toujours sur ses genoux. Aussi exquis que soit son supplice, il n'était destiné qu'à lui arracher des aveux. C'était impardonnable. Sa détermination était à présent absolue : pas question de révéler la raison pour laquelle elle était là. Qu'Holden se débrouille ! Il fallait qu'elle résiste. Elle devait se montrer intraitable et conserver la maîtrise de son corps.

Cette maîtrise resta parfaite une bonne dizaine de secondes. Puis Holden écarta ses jambes avec les siennes et, d'une main sûre, lui remonta sa robe.

Cambria se savait en danger les cuisses ainsi écartées. Elle se débattit, essaya de rapprocher ses genoux, mais Holden la tenait. Quand il lui plaqua le dos contre son torse, elle se retrouva immobilisée par les deux bras qui l'étreignaient et stupéfaite de sentir, sous elle, la preuve du désir brûlant de Holden.

Celui-ci la sentit se crisper. Il espérait qu'elle ne remarquerait pas l'effet qu'elle lui faisait. Après tout, le désir d'un homme a tôt fait de le rendre docile. Il se demanda s'il allait vraiment emporter ce combat. Il se mit à la caresser avec audace du bout des doigts en remontant l'intérieur de la cuisse, de plus en plus près du doux duvet entre ses jambes. Il avait l'impression que les coutures de ses chausses allaient lâcher.

— Pourquoi, murmura-t-il, haletant, pourquoi es-tu là ?

La jeune laird se cambra de toutes ses forces pour échapper à ses caresses séductrices et ferma la bouche et les yeux. Peste, la main de Holden n'était qu'à quelques centimètres de son entrejambe.

— Réponds !

L'amour-propre de Cambria lui hurlait de résister. Elle ouvrit la bouche pour protester mais, quand la paume tiède de Holden s'appliqua contre son intimité, les mots qui lui vinrent n'étaient pas ceux qu'elle avait prévus.

— Oh ! gémit-elle en maudissant sa faiblesse. Cesserez-vous si je vous le dis ?

Holden se mordit la joue. Juste ciel, qu'elle était chaude et prête, et irrésistible ! Il se demanda qui était le plus torturé des deux.

Il avait du mal à parler.

— Parle ! insista-t-il en gardant sa main collée contre elle.

— Je suis venue, comme je vous l'ai dit, afin de veiller sur vous, chuchota-t-elle en toute hâte, pressée qu'il la lâche.

Mais il ne la lâcha pas.

— Une fois, tu as essayé de me planter une dague dans le dos, lui rappela-t-il en diminuant la pression. Tu es sûre que tu n'es pas venue aider les rebelles ?

Elle fronça les sourcils, elle n'était guère capable de formuler une pensée cohérente. Était-ce ce qu'il pensait ? Elle était laird de son clan, pourquoi aiderait-elle les rebelles ?

— Quelle question stupide ! jugea-t-elle.

— Réponds.

Elle hésita, mais quand Holden glissa un doigt au cœur de sa féminité, elle étouffa un cri perçant et répondit précipitamment :

— Je ne suis pas venue aider les rebelles !

Elle regrettait à présent de ne pas l'avoir trahi et, surtout, elle voulait qu'il ne la touche pas là.

— Alors, tu es vraiment venue me protéger ?

— Oui, je le jure !

Bon Dieu, allait-il retirer sa main ?

Holden garda un instant le silence, tirant les conclusions de ce qu'il venait d'apprendre. Si Cambria se montrait si catégorique quant à la culpabilité d'Owen et à ses menaces, si sa conviction était telle qu'elle avait quitté Blackhaugh pour suivre son mari à la guerre, c'est que les craintes de la jeune femme étaient fondées. Il fallait qu'il sache ce qu'elle avait appris lors de sa captivité.

— Dis-moi tout sur cette nuit à l'auberge, ordonna-t-il enfin.

— Mais vous n'écoutez jamais, protesta-t-elle. Qu'est-ce que ça changera que je répète ? Est-ce que j'ai du temps à perdre ?

De nouveau, il fit circuler ses doigts entre les bouclettes du pubis de Cambria. Qu'elle était obstinée !

— Si tu n'obéis pas, je vais te faire des choses merveilleuses, jusqu'à ce que tu me supplies de te caresser. Tu ne voudrais pas en arriver là, n'est-ce pas ?

Holden n'en revenait pas : c'était la séance de torture la plus invraisemblable qu'il ait jamais menée.

Cambria ne doutait pas qu'il soit capable de mettre ses menaces à exécution. Elle avait déjà un avant-goût de sa tactique de combat.

— Bon, d'accord. Laissez-moi ! ordonna-t-elle d'un ton boudeur.

Holden remit en place la robe de sa femme et l'aida à se lever sans toutefois lui lâcher le poignet de crainte qu'elle ne détale.

Elle lui dit ce qu'elle savait, sauf quelques détails susceptibles de l'accuser, de froisser sa pudeur ou de ternir son image d'innocente. Et, pour une fois, il écouta. Tout au moins, il donna l'impression d'écouter, car quand bien même il se serait endormi qu'elle ne l'aurait pas su dans le noir.

Quand elle conclut, Holden reprit la parole avec calme.

— Sir Guy et sir Myles ont une version sensiblement différente. Ils t'ont entendue menacer Roger de le tuer.

Embarrassée, elle se racla la gorge.

— Tuer Roger ? piailla-t-elle. Enfin, je... il est possible que...

Elle s'attendait à tout sauf à un grondement de colère de lord Holden, et surtout pas à ce qui allait suivre. D'un geste, il la souleva et la jeta sur le dos en travers de la paillasse couverte de fourrures. Des deux paumes, il lui écrasait les épaules sur le matelas.

— Petite menteuse, menaça-t-il, je t'arracherai la vérité, toute la vérité, dussé-je te supplicier la moitié de la nuit !

Holden était furieux à présent, exaspéré par ses mensonges et blessé par sa trahison. Il empoigna le col de la robe élimée et la déchira de haut en bas, dénudant Cambria pour la suite des opérations. Il n'avait pas l'intention de lui faire du mal et ne perdait jamais son sang-froid. En revanche, il allait lui extorquer le récit précis des événements, sans compter son temps.

Cambria se débattit violemment. Elle sentait la rage de Holden. Qu'est-ce qui lui prenait donc ? Elle lui avait dit toute la vérité, ou presque. Que voulait-il de plus ? Elle se sentait si vulnérable à présent, à demi nue, le cœur battant la chamade.

Elle se mit à le frapper à coups de poing. Plusieurs coups portèrent avant qu'il ne l'arrête en lui saisissant les poignets. Puis il s'appuya de tout son poids sur les hanches de la jeune femme. Quelle impudence de l'enfourcher ainsi ! Ce qu'il entreprit alors la stupéfia. Doucement, en prenant son temps, il leva l'un de ses poings et l'ouvrit de force. Il se mit à lui mordiller la paume, puis glissa sa langue sur sa peau et se mit à la lécher entre les doigts. Le plaisir fut intense quand il frôla chaque doigt sur toute sa longueur avec les dents.

— Tu as menacé de le tuer, n'est-ce pas ? répéta-t-il d'une voix dangereusement douce.

Il serra les dents. Son érection était presque douloureuse. Il devait faire appel à toute sa concentration pour ne pas céder à cette féminité exquise, d'autant que Cambria se tortillait et cherchait à dégager sa main. Il lui bloqua d'une main les deux poignets au-dessus de la tête, pour avoir l'autre main libre. Il se méfiait des dents tranchantes de la jeune laird et lui prit fermement la mâchoire et lui tourna la tête de côté.

Cambria se crispa quand elle sentit la douce haleine de Holden sur sa joue. Puis, sans prévenir, il lui fourra la langue dans le trou de l'oreille. Elle faillit tomber du lit.

— As-tu menacé Roger de le tuer ? susurra-t-il.

— Oui ! confessa-t-elle, furieuse de la façon dont son corps réagissait, appelant fébrilement les caresses du chevalier.

Elle aurait avoué n'importe quoi pour recouvrer son sang-froid.

— Bon, observa-t-il d'un ton suffisant. Tu dis enfin la vérité.

— Maudit Anglais, bougonna-t-elle en tentant de dégager sa tête.

Il lui tourna la tête de l'autre côté et en profita, l'impertinent, pour lui frôler les paupières du bout de la langue.

— Myles et Guy m'ont dit qu'ils avaient entendu des bruits dans la chambre, souffla Holden, le bruit d'un objet lourd frappant le mur.

Cambria serra les dents à se les casser. Que n'avait-elle un lourd objet à cet instant !

— As-tu lancé quelque chose à Roger ?

Les mots de Holden lui chatouillaient le cou. Elle avait beau se préparer à ce qui allait venir, son corps la trahissait, et se tordait fébrilement tandis que la bouche du chevalier approchait de son oreille.

— Non ! sanglota-t-elle.

— Non ? Tu n'as rien lancé ?

— Euh, si ! avoua-t-elle avec férocité. Si, si, j'ai lancé ce qui me tombait sous la main… une bobèche, un pot de chambre…

— Une dague ? demanda-t-il avec à-propos en lui lâchant la mâchoire.

De sa main libre, il lui effleura la base du cou puis, plus bas, frôla de sa paume la pointe du mamelon. Elle fit la grimace en sentant tout son corps réagir d'un spasme. Il inclina la tête sur l'autre sein dont il se mit à lécher effrontément la pointe ; la fraîcheur de son souffle fit immédiatement saillir le mamelon. Elle gémit.

— Mais enfin, qu'attendez-vous de moi ?

Il ferma les yeux de toutes ses forces. Il savait bien ce qu'il attendait d'elle. Avec sa respiration hachée et ses gémissements incontrôlables, elle l'excitait tellement qu'il avait toutes les peines du monde à se maîtriser. Il savait précisément ce qu'il voulait.

— Je ne veux que la vérité, mentit-il.

— Je n'ai pas tué votre chevalier.

Holden réussit à continuer l'interrogatoire avec un calme glacial.

— Est-ce que Roger t'a touchée ?

Elle hésita, et décida de faire semblant de ne pas comprendre.

— Bien sûr, qu'il m'a touchée, confirma-t-elle. Je vous ai dit qu'il m'avait traînée de force dans la chambre.

— Cambria ! gronda Holden d'un ton menaçant.

Il descendit la main en dessous du nombril de la jeune femme. Elle tenta de se mettre sur le ventre, mais avait les cuisses bloquées. Holden enfouit gaillardement ses doigts dans la toison pubienne de Cambria et appuya fermement. C'était plus fort qu'elle, elle souleva les hanches à sa rencontre.

— Est-ce qu'il t'a touchée comme ça ?

— Je n'en peux plus ! suffoqua-t-elle.

— Et comme ceci ?

Cambria l'aurait griffé.

— Non ! s'écria-t-elle. Avec lui, c'était bien plus agréable !

Ce mensonge le laissa froid.

— Heureusement pour moi, sinon je risquerais de me retrouver avec une dague dans la poitrine.

Et ses doigts commencèrent un petit jeu, glissant en travers des replis humides de sa peau. Quitte à mourir d'humiliation, elle ne voulait surtout pas qu'il cesse. C'était sûr, il possédait un pouvoir extraordinaire qui la laissait pantelante rien qu'en l'effleurant du bout des doigts.

— Est-ce que tu as tué Roger parce qu'il t'avait... violée ? murmura-t-il.

— Il ne m'a pas violée, haleta-t-elle en s'abandonnant enfin à son plaisir. Il a essayé, mais il était trop ivre. Sur la tombe de mon père, je jure que je n'ai pas tué votre chevalier.

Soulagé, Holden ferma les yeux et eut un lent geste d'acquiescement dans le noir. Elle disait la vérité. Il l'avait su dans son ton résigné.

— Crois-tu qu'Owen a tué son frère ?

— Oui, dit-elle d'une voix enrouée.

— Et crois-tu qu'il a l'intention de me tuer, moi ?

— Oui.

Elle eut un haut-le-corps quand le pouce de Holden se mit à la parcourir méticuleusement en petits cercles. Je ne m'appartiens plus, se dit-elle. Je veux qu'il s'arrête et j'en veux encore.

— Je vous en prie, soupira-t-elle.

— Tu me pries de quoi ? demanda Holden d'une voix étranglée.

Il arrêta ses doigts. Cette entêtée de Cambria n'était pas encore prête à s'abandonner complètement.

— Tu me pries d'arrêter ou de poursuivre ?

Elle hésita longtemps et il insista avec un gloussement ironique qui s'acheva en gémissement :

— Ah, lady ! Rien ne me plairait davantage que de te posséder ici et maintenant.

Une vague de désir lui monta dans les reins comme pour confirmer ses paroles. Il avait besoin de toute sa force de volonté pour ne pas arracher ses pantalons et plonger son membre viril dans le doux étui humide de sa femme. Il ferma les yeux.

— Je suis un homme de parole. J'exige de l'entendre de ta propre bouche.

Holden ne savait plus à quel saint se vouer et le silence se prolongea tandis que Cambria luttait contre ses propres désirs. Le chevalier sut qu'il ne parviendrait pas à ses fins cette nuit-là. Il retira sa main, lui lâchant les poignets.

— Je regrette de devoir te laisser insatisfaite, expliqua-t-il d'une voix tendue, mais tu m'as toi-même lié par serment.

Il se demandait si elle endurait la moitié de son supplice. Il jura car il se sentait palpiter. Jamais une femme ne l'avait mis dans cet état d'excitation, ni laissé aussi secoué. Il eut un soupir convulsif, il se sentait fourbu d'avoir si longtemps refusé à son corps ce qu'il exigeait. Il se maudit d'avoir un sens de l'honneur intraitable qui l'empêchait de coucher avec sa propre femme.

Cambria s'enfouit le visage dans le bras. Jamais elle n'avait enduré pareil tourment et éprouvé pareille confusion. Tout son corps aspirait à un don sans nom ; tout son être était tendu comme un arc. Le Loup l'avait conduite, toute tremblante, dans un pays inconnu, et voici qu'il l'y abandonnait. Il l'avait humiliée, conquise, déshonorée. Il l'avait battue à plate couture comme il l'avait promis.

Mais elle aurait préféré mourir que de l'admettre. Elle préférait subir les brûlures d'une passion non partagée que de rendre les armes dans un moment de faiblesse.

Serrant les dents, elle se tourna sur le côté et se replia en chien de fusil. La nuit allait être longue.

Elle se débrouilla pour prendre un peu de repos vaille que vaille, mais son sommeil fut bref et agité. Peu après le lever du soleil, elle s'éveilla en sursaut. Le même rêve terrible de souffrance et de mort était revenu la visiter. La puanteur des tombes l'étouffait. Son cœur bondissait.

Puis le cauchemar terrifiant se dissipa. Un instant, elle ne sut pas où elle se trouvait. Puis la mémoire lui revint, douloureuse, et elle se drapa dans les lambeaux de sa robe déchirée. Sa brute de mari l'avait laissée seule dans leur lit. Il l'avait torturée – il n'y avait pas d'autre mot –, s'était servi des passions de la jeune laird contre elle-même ; il l'avait séduite sans pitié puis laissée tomber, seule pour affronter le mépris du camp. Elle n'en revenait pas qu'il ne lui ait pas pris sa virginité et que ce soit fait une bonne fois pour toutes. Mais, comme il l'avait dit lui-même, c'était un homme de parole et il l'avait laissée intacte.

Elle écarta quelques mèches de sa figure et observa, désespérée, que son vêtement était immettable. Maudit Anglais, décida-t-elle en serrant les lèvres, elle allait lui montrer comment se conduit une Écossaise. Elle prit la courtepointe sur le lit, s'en drapa et s'apprêta à sortir de la tente.

Soudain, le rabat de toile s'ouvrit et Holden entra. Elle tenta d'éviter son regard. Elle ne voulait pas voir le Loup jubilant de sa victoire facile de la veille au soir. Il ne se priverait pas de lui rappeler qu'il avait gagné. Il l'avait pliée à sa volonté sans violence.

La curiosité finit par avoir raison de son obstination, et elle le dévisagea d'un air renfrogné. En vérité, il avait plutôt l'air d'un enfant venu demander pardon et il lui tendit des vêtements neufs qu'elle ne prit pas.

— Je préfère garder ton identité secrète pour ta propre sécurité, expliqua-t-il en jetant le paquet sur la paillasse.

Elle le regarda en silence, agréablement surprise qu'il ne dise rien de leur soirée. Comme elle se taisait, il s'éclaircit la gorge et reprit le ton de commandement qui lui était naturel.

— Reste à l'écart de la bataille quand le combat commencera. J'ignore quelles armes tu as apportées, mais laisse-les où elles sont. Tu m'as compris ?

Elle lui lança un regard oblique. Comment se faisait-il qu'il la connaisse si bien ?

— Vous avez peur que je ne tourne mes armes contre vous ?

— Non, assura-t-il, un peu amusé, car tu risques la mort si tu portes la main sur moi. Ce serait du suicide et je ne te crois pas capable de faire ce mauvais coup à ton clan.

Cela dit, il se tourna et partit, la laissant avec son dilemme. Elle se débarrassa négligemment de sa robe déchirée et enfila la nouvelle. C'était une robe de paysanne en guède bleu marine qui la moulait comme un gant ; au moins était-elle en un seul morceau. Elle enfila sa cape, respira un bon coup et sortit de la tente.

À son grand soulagement, tout le monde était trop occupé pour la remarquer. Les domestiques levaient le camp ; les marmites tintaient, les jupes virevoltaient. Plus loin, on entendait le choc des plaques d'armures, le grincement des harnais et les bribes de conversation sur la bataille qui se préparait.

L'insouciance de la veille était loin. Selon les plans du roi, la guerre commencerait le lendemain. Les chevaliers enfourchèrent leurs montures et firent le trajet en silence ; seuls le grincement des roues des chariots et le martèlement sourd des sabots des chevaux annonçaient leur passage. Ils s'enfonçaient en territoire écossais et chaque heure qui passait rendait le silence plus pesant. À la tombée de la nuit, la troupe se contenta d'un seul feu de camp et l'on dîna de pain et de salaisons ; puis on n'entendit bientôt plus que les ronflements des hommes et les ébrouements nerveux des chevaux.

Holden, en proie à l'insomnie, polissait son épée à la lueur des étoiles. Pour l'heure, sa lame étincelait. Demain, elle serait souillée de sang écossais. Et si Dieu le voulait, il survivrait jusqu'au soir pour la polir de nouveau.

Il eut une brève entrevue avec Edward. Le roi, après l'avoir chaudement félicité pour son mariage stratégique avec une héritière écossaise, lui révéla ses plans pour conquérir Berwick.

Les rapports sur les forces ennemies laissèrent Holden bouche bée. Tactiquement, tout jouait en faveur des Écossais qui étaient beaucoup plus nombreux que les Anglais. De plus ils se battaient sur leur sol et l'on sait que les soldats ne se battent jamais mieux que quand ils défendent leur terre. Pour aggraver le handicap, Holden devait se méfier des traîtres dans ses rangs.

Tout lui semblait fragile.

Il croyait Cambria à présent, ou tout au moins il croyait ce qu'elle avançait. Mais il ne pouvait rien faire car il n'était pas question d'accuser ouvertement son propre chevalier pour le moment. Et Holden n'osait pas, à la veille d'une grande bataille, fatiguer le roi avec de petits malheurs dont il pourrait se débarrasser plus tard. Il avait bien l'intention de vider l'abcès. Mais en vérité, la seule preuve qu'il avait du crime d'Owen était la parole de Cambria et il devait être sûr de la culpabilité de son vassal avant de le livrer aux mains de la justice. Peut-être Owen allait-il commettre avant des actes qui aboutiraient à lui passer la corde au cou. Après tout, la meilleure façon de surprendre un renard avec du sang sur les pattes est de surveiller son poulailler…

En même temps, il fallait qu'il garde Owen à l'écart du roi. Une calomnie judicieusement glissée dans l'oreille d'Edward accusant la jeune femme de Holden du meurtre de Roger risquait en effet d'anéantir tous ses efforts concernant Blackhaugh.

Ainsi Holden allait-il de l'avant en fragile équilibre.

La nuit était déjà bien avancée quand Holden remit son épée au fourreau et alluma une branche dans les dernières braises du feu pour partir à la recherche de sa tente. Cambria était couchée depuis des heures, pourtant, quand il entendit le rythme régulier de sa respiration, il eut un pincement de regret. Il eut préféré qu'elle soit éveillée. Il l'avait traitée durement la veille au soir et souhaitait se rattraper. Il aurait aimé parler avec elle des préparatifs de la bataille ou lui faire réparer sa cotte de mailles. Il aurait aimé lui souhaiter une bonne nuit d'un chaste baiser. Il eut un sourire un peu piteux. Après tout, ce n'était pas si mal d'être marié.

Quand il commença à se déshabiller, il entendit la respiration de Cambria changer. Elle gémissait doucement, sursautant dans son sommeil, sans doute aux prises avec un mauvais rêve. Il approcha sa torche improvisée. Elle avait le front soucieux et bredouillait dans la langue mystérieuse des rêves. Il hésitait à l'éveiller.

Cambria les voyait, même si elle s'enfouissait le visage dans les mains. Il y avait les morts, innombrables, jonchant des collines entières ; il y avait les agonisants dont les membres raidis attendaient la délivrance de la mort, et dont les yeux vitreux la regardaient, la fixaient…

Quelqu'un l'appela par son nom. Elle se tourna vers cette voix. Son père se tenait devant elle, bien vivant : un paradoxe au milieu de cette étendue où la Mort avait fauché. Avec un cri de joie, elle fit un pas vers lui. Mais avant qu'elle n'en fasse un second, un grand loup surgit aux côtés de laird Angus, un fauve aux pattes larges comme une tête d'homme et aux yeux d'un vert glacial.

Sans réfléchir, elle fit glisser l'arc de son épaule et posa une flèche à sa place pour viser la bête au cœur. Son père leva la main pour l'arrêter, et elle hésita. À ce moment, une sorte de corbeau drapé dans un linceul se posa entre eux et, sans laisser à Cambria le temps de pousser un cri, ficha une serre d'acier dans le torse du laird. Il tomba sur le sol, en silence.

Le loup se pencha sur lui, flaira le corps sans vie, leva haut la tête et hurla longuement à la mort. Cambria se boucha les oreilles des deux mains et se mit à trembler convulsivement. Bientôt, ses propres lamentations firent écho à la complainte du loup, résonnant dans les collines.

Brusquement, quelqu'un la secoua, lui cria quelque chose, des mots étouffés et lointains. La brume épaisse des rêves se dissipa lentement, et elle tressaillit à la lumière de cette flamme qui brûlait les derniers vestiges de son cauchemar.

Le Loup la regardait, le visage plein d'inquiétude. Elle tourna son menton vers lui.

— Qu'y a-t-il, Cambria ? Es-tu souffrante ?

Elle leva les yeux sur son mari, dont le visage avait des reflets sataniques à la lumière dansante de la torche.

— Du sang ! souffla-t-elle. Tellement de sang ! Et mon père…

— Chut. Ce n'était que…

— Et ces cris !

— Cambria, chuchota-t-il en écartant une mèche de cheveux de son front.

— Il y avait un loup… féroce, terrible.

Elle frissonnait. Ce loup avait les yeux de Holden, et pourtant…

— Chut. Tu es en sûreté maintenant.

— Ce n'était pas le loup, conclut-elle en fronçant les sourcils.

— C'était juste un rêve, Cambria.

— Non, non !

Elle voulait croiser son regard, chercher un reflet de traîtrise, une trace de malveillance. Mais elle vit la vérité.

— Ce n'est pas le loup qui a tué mon père. Il voulait le sauver au contraire.

Holden lui caressa le front, le contact de ses doigts rêches était étrangement rassurant. Elle se mit à le voir d'un œil nouveau, enfin débarrassée des terribles soupçons qui l'obsédaient auparavant.

— Vous, vous vouliez le sauver, observa-t-elle.

Ces mots eurent un effet magique, effaçant les derniers doutes qui planaient sur son mari, cet homme qui lui était d'abord apparu comme étranger, puis lui avait semblé à la fois si admirable et si terrifiant.

Holden ficha dans le sol la pointe de son épée afin d'improviser une croix. Il s'agenouilla dans la poussière et joignit les mains ; derrière une colline lointaine, le soleil se levait. Ses chevaliers s'étaient également levés à l'aurore et aiguisaient leurs épées, endossant leurs armures et revoyant calmement les dispositions à prendre en vue du siège.

Jamais Holden ne s'était senti moins désireux de combattre.

Il n'avait pas peur car ce sentiment lui était inconnu. Les Écossais l'emportaient certes en nombre, mais il avait confiance dans la victoire anglaise. Mais, ce matin-là, dans la nature en fleurs, le souci de lord de Ware était le prix à payer pour la victoire.

Contrairement à ce que tout le monde pensait du Loup, il avait autant de passion pour le combat que de dégoût pour la guerre. La guerre emportait trop de vies, des guerriers à peine en âge de porter la cotte de mailles et trop de combattants aguerris aux bras robustes. Et il redoutait d'avoir à tuer. Pour la première fois de sa vie, il avait conscience d'être mortel.

Cette évidence le stupéfiait. Il n'avait jamais accordé beaucoup d'importance à sa propre vie. Il était le cadet de sa famille ; la guerre était son métier. Il ne se souciait guère de son destin, couchait avec qui bon lui semblait, mangeait de la viande fraîchement tuée et guerroyait contre l'ennemi qu'on lui désignait.

Mais à présent, il était seigneur de son propre château et était marié. Son avenir était prometteur. Il fallait qu'il survive à la bataille annoncée et à toutes les suivantes, non pour le service d'Edward, même pas pour le nom illustre des de Ware, mais pour cette exaspérante Écossaise qu'il était incapable de chasser de ses pensées.

Ah la bougresse, c'est à elle qu'il voulait faire l'amour, car c'était elle son véritable amour ! Ce qu'il avait lu dans les yeux de Cambria la veille au soir après le rêve – cette douceur –, il voulait le revoir. La conquête de ce jeune cœur lui semblait plus glorieuse que toutes les victoires remportées sur le champ de bataille.

Restait à la dédommager pour la façon désastreuse dont il lui avait fait la cour. Il fallait qu'il lui montre que le Loup est chevaleresque. Il fallait la courtiser avec la douceur qu'elle méritait. Et, avec une passion qui le fit trembler, il prit conscience qu'il avait envie d'avoir des enfants avec elle. Comme son frère aîné Duncan rirait de cela : le Loup avait enfin le fil à la patte !

Ce n'était pas une malheureuse escarmouche aux côtés d'Edward qui allait le soustraire à tout ça !

Il ferma les yeux et fit une prière muette pour que la bataille s'achève vite. Puis il fit le signe de la croix et baisa le pommeau de son épée. Le soleil s'était levé. Le moment était venu d'affronter l'ennemi.

*

Pour la dixième fois, Cambria s'assura qu'elle avait bien sa dague à la ceinture. Il lui fallait attendre d'arriver plus près du champ de bataille pour récupérer son arc et ses flèches. Après tout, elle ne pouvait se permettre d'être surprise par Holden les armes à la main.

Il était capable de la faire mettre aux fers s'il apprenait sa désobéissance, mais il fallait qu'elle mette tout en œuvre pour le protéger, fût-ce contre sa volonté. Après tout, il était seigneur de Blackhaugh. Il était le gardien du clan et puis, songea-t-elle le cœur battant en se remémorant la tendresse et la prévenance dont il avait fait preuve la veille au soir, c'était son mari.

Elle luttait depuis longtemps contre l'admiration qu'elle éprouvait pour le Loup : il était fort, juste et diplomate. Elle avait refoulé le désir grandissant qu'elle ressentait pour cet homme, dont un clin d'œil timide ou un sourire suffisait à lui couper le souffle, parce qu'elle le croyait coupable du meurtre de son père. À présent débarrassée de cette ombre funeste, elle se sentait l'esprit léger. Désormais, son loyalisme ne se posait plus pour elle. Elle ferait tout ce qui était en son pouvoir pour sauver la vie de Holden de Ware.

Elle ne l'avait jamais vu si sérieux, ni si concentré. Il n'était pas étonnant qu'il n'ait jamais perdu une bataille. Il rayonnait de confiance, et avait fait de ses chevaliers des combattants efficaces et compétents. Toutefois, Cambria se rendait compte que cette capacité de concentration risquait de provoquer la chute de Holden. Il préparait la bataille en perdant de vue les dangers pouvant surgir de ses propres rangs. Elle l'avait mis en garde, mais redoutait qu'il ne l'ait prise à la légère. Owen était en tout cas toujours libre de ses mouvements et la jeune laird avait revu dans ses yeux ce regard distrait qui ne présageait rien de bon pour le lord.

Quelque part devant eux se dressait la colline de Halidon, dernière hauteur avant Berwick. C'était encore une colline comme les autres; mais tandis que la troupe cheminait, Cambria sentit un frisson, cette inquiétude grisante qui précède le combat. Pourtant, elle n'avait jamais assisté à un siège en règle et ne connaissait que les tournois, assez loin de l'art de la guerre.

Enfin, quand il approcha de l'orée de la forêt, Holden leva la main pour faire signe de s'arrêter. Dans le lointain ondulaient les plaids d'un millier d'Écossais.

Ces derniers n'avaient pas attendu à Berwick que les envahisseurs mettent le siège. Pour surprendre leurs attaquants, ils s'étaient avancés en direction de la colline de Halidon pour se mesurer aux Anglais à l'épée.

Holden jura, puis cria quelques ordres qui déclenchèrent l'action de ses hommes. Promptement, ils s'alignèrent devant la forêt: les archers en première ligne, puis les fantassins et, derrière, les chevaliers montés. Entre les deux collines opposées s'étendaient des prairies marécageuses. Cambria se dit que, sur ce terrain spongieux, les chevaux ne serviraient pas à grand-chose.

Les domestiques restèrent dans la futaie pour préparer des civières destinées aux futurs blessés. Cambria récupéra ses armes et, furtivement, suivit les hommes de troupe. Une énergie nouvelle coulait dans ses veines. Elle se glissa entre les pins. De là, elle pouvait voir tout le champ de bataille sans être vue et observa les Écossais formant un escadron sur la colline en face. C'était une formation de combat ovale, hérissée d'épées et apparemment impénétrable. La jeune femme avait la gorge sèche, saisie de peur. À l'évidence, les Écossais étaient beaucoup plus nombreux.

Holden claqua la langue pour faire avancer son destrier et vint se placer à la tête de ses chevaliers. Il mit son casque, se tourna et attendit l'ordre du roi.

Cambria frissonna. Un silence menaçant était tombé sur le pays. Sur la colline opposée, une cornemuse isolée entonna sa plainte mélancolique, ce chant de sirène auquel Cambria avait du mal à résister. Les rebelles écossais se mirent en marche à l'unisson, leurs bannières baissées claquant comme un seul drapeau. Les Anglais, qui avaient l'avantage du site, restèrent sur place, tandis que les archers préparaient les flèches.

Toute la fierté de Robert Bruce et la douleur d'une longue oppression résonnaient dans le chant plaintif des cornemuses, tandis que l'escadron approchait. Les voix des fiers soldats écossais étaient à présent audibles ; ils s'encourageaient l'un l'autre à marcher plus vite, à frapper plus fort et leur brouhaha enflait au fur et à mesure qu'ils déferlaient sur le champ de bataille. Puis, encouragés par leurs chefs de clan déchaînés, ils commirent l'imprudence de se jeter la tête la première dans le marécage.

Cambria fut suffoquée. Cet assaut était téméraire. Les Écossais étaient à présent une cible facile pour les archers anglais, une pluie de flèches s'abattit sur l'escadron. Un par un, les Écossais tombaient, percés de flèches, et se tordaient en hurlant de douleur. Cela n'empêchait pas l'escadron de poursuivre sa vaine avance, implacablement.

Cambria assista impuissante à l'inévitable massacre de ses compatriotes. Rien ne l'avait préparée à ce spectacle atroce. En quelques minutes effroyables, des centaines de jeunes Écossais tombèrent alors que les forces anglaises n'avaient pas un blessé.

Holden, incrédule, avait du mal à mesurer l'étendue de sa victoire. Le premier mouvement des Écossais lui était apparu téméraire, avant que leur stratégie n'apparaisse comme pure folie. Les rebelles encore valides commencèrent à gravir la colline. Leur intention était sans doute de terroriser les Anglais en faisant preuve de bravoure, mais ils se jetèrent purement et simplement sous les coups de l'ennemi. Lord de Ware était écœuré par leur imprudence et atterré par ce sacrifice inutile de tant de vies humaines. Les Écossais qui avaient survécu aux flèches des archers furent facilement liquidés par les fantassins à la hache, à la massue et à l'épée. Holden ne participa pas au corps à corps, car les chevaliers représentaient la dernière ligne de défense.

Ce ne fut pas une bataille, ce fut un massacre. Les Écossais étaient trop fiers pour se rendre. En moins d'une heure, leur nombre diminua de moitié.

Cambria, bouleversée par l'horreur de ce carnage, faillit ne pas remarquer le mouvement furtif d'Owen qui se dirigeait vers lord Holden.

Holden et Guy avaient mis pied à terre pour achever deux rebelles complètement dépassés. Sir Guy en tua un et blessa mortellement l'autre, mais l'Écossais continuait à lutter avec une énergie surhumaine. Holden l'acheva, mettant un terme à ses souffrances d'un coup d'épée à deux tranchants : à ce moment sir Owen approcha par-derrière, la dague au poing. Cambria sortit du couvert des arbres et plaça une flèche sur la corde de son arc.

Elle retint son souffle. Elle n'avait jamais tué, mais ne pouvait rester les bras croisés en attendant qu'Holden se fasse transpercer par un traître. Au moment où Owen recula le bras pour frapper, elle visa son cœur, banda son arc de toutes ses forces et lâcha sa flèche.

# 12

La flèche, mal équilibrée, frappa un demi-mètre trop bas et se ficha dans la cuisse d'Owen. L'effet fut immédiat : il poussa un hurlement de douleur et tomba en décochant à Cambria un regard haineux et incrédule. Mais il restait vivant.

Sir Guy fit les yeux ronds en voyant son compatriote à terre. Cette flèche venait de derrière les lignes. Il retira son casque et vit le coupable : une simple paysanne. Avec un grondement, il se précipita sur la femme au visage voilé. Il lui arracha son arc et la jeta à plat ventre par terre. Il la bloqua avec un genou et lui tira la tête en arrière en lui prenant les cheveux. Sir Guy mit sa dague sous la gorge de la femme, tenté qu'il était de la lui trancher sur place et trop furieux pour interroger cette personne dont il tenait la vie sans valeur entre les mains.

Mais Holden l'appela et lui fit un signe impérieux de la pointe de son épée. Guy hésita et Holden paya ce moment d'inattention : un jeune Écossais s'était glissé jusqu'à lui. Guy jura quand il vit le jeune homme taillader d'un coup d'épée l'épaule de Holden.

La jeune femme protestait en sanglotant.

— La flèche n'a pas atteint son but ! Il faut qu'on l'arrête !

Sir Guy gronda d'un ton sans réplique :

— Espionne des rebelles ! Heureusement que ta flèche a raté son but. Si tu avais assassiné mon seigneur, je t'aurais égorgée sans hésiter !

En regardant mieux, Guy vit que la quasi-totalité des Écossais s'étaient débandés. Holden, malgré sa blessure, en avait à peu près fini avec le jeune attaquant qui chancelait et Owen s'était évaporé, sans doute pour panser sa blessure. La bataille étant en gros terminée, Guy pouvait quitter le combat pour s'occuper de la traîtresse.

Il ligota les bras de sa captive et la remit brutalement sur pied, puis il la poussa sans ménagement vers la forêt, en laissant la lame de sa dague sous sa gorge. Il était échauffé par le combat et sa colère était à son comble ; mais, au bout d'un moment, il remarqua que sa prisonnière avait quelque chose qui lui était familier. Ces tresses châtaines sur les épaules... Pris d'un doute, il relâcha légèrement sa prise.

Brusquement, il l'empoigna par les épaules et la fit pivoter vers lui. La jeune femme tremblait, mais ne baissa pas le regard. Pétrifié, sir Guy fit trois pas titubants en arrière.

— Milady... dit-il, tout à fait confus, en l'appelant instinctivement par son titre.

Cambria réfléchit. Peut-être pouvait-elle profiter du fait que Guy était déconcerté pour s'engouffrer dans la brèche. Elle se redressa de toute sa hauteur.

— Comment osez-vous porter la main sur moi ? s'écria-t-elle d'un ton impérieux pour essayer de l'intimider.

À son grand regret, elle constata que son avantage n'était que momentané. Guy eut tôt fait de se ressaisir. Il récapitula rapidement la situation, puis s'avança de nouveau vers Cambria.

— Vous avez beau être lady, je suis féal d'abord à mon suzerain, signala-t-il.

Ce fut au tour de Cambria de reculer alors qu'il s'avançait. Mais on l'avait éduquée à résister et à ne pas se rendre. De surcroît, Owen était toujours libre et il fallait l'arrêter. Peut-être, se dit-elle imprudemment, aurait-elle le temps d'achever ce qu'elle avait commencé. Elle se tourna, et détala en direction du champ de bataille.

Elle n'avait pas compté avec la cohue. Elle tourna la tête un instant et vit le large poitrail noir du destrier de Holden qui piquait droit sur elle.

Holden proféra un juron et tira sur les rênes juste à temps pour éviter la collision. Cambria glissa sur les feuilles humides et tomba sous les sabots d'Arielle. Holden calma la jument d'un ordre sec et la bête s'immobilisa sans la piétiner. Puis le chevalier tendit sa main gantée d'acier pour aider Cambria à se relever.

Il lut dans les yeux de sa femme une lueur rebelle qu'il n'apprécia pas. Ce n'était pas le moment, songea-t-il avec humeur. Il ne pouvait guère se permettre de laisser le roi assister à une démonstration d'obstination de la part de sa femme.

— Ne te donne pas en spectacle, grinça-t-il du haut de sa monture.

Hélas, quelques chevaliers commençaient à s'intéresser à cette femme qui avait l'effronterie de se montrer sur le champ de bataille.

— Quel spectacle ? protesta-t-elle, stupéfaite et indignée.

Son mauvais caractère vint à son secours.

— Mufle ingrat ! s'écria-t-elle en se relevant. Je vous ai sauvé la vie.

Elle commit alors l'erreur fatale de cracher sur le gantelet sanglant que lui tendait son mari, lui tourna le dos et s'éloigna.

Quelques fantassins riaient. Holden jura à mi-voix et, avant que Cambria n'atteigne la lisière de la forêt, il éperonna son destrier et le lança à sa poursuite. Dans un nuage de poussière, il s'arrêta dans une glissade à côté de la fugitive. Lord de Ware se pencha alors sans cérémonie et, d'un bras, souleva Cambria et la posa sur le ventre en travers de son cheval.

Cambria, outrée, clama son indignation. Comment osait-il l'humilier de la sorte ? Elle gigotait frénétiquement, faillit perdre l'équilibre et retomber par terre. Soudain, elle sentit sous sa jupe le contact d'une main gantée d'acier sur ses fesses nues. Estomaquée, elle cessa tout mouvement.

— Tu mérites une raclée pour désobéissance, annonça-t-il en sorte de n'être entendu que d'elle. Est-ce que tu préfères une fessée publique ou privée ?

Les oreilles en feu, elle se tint tranquille. Le gantelet redescendit le long de sa cuisse en la faisant frissonner.

— Guy ! appela Holden.

— Milord, tonna Guy d'un air avantageux, je regrette d'être celui qui a porté la trahison de ta femme à ton attention.

Holden haussa un sourcil. Guy n'avait pas l'air navré le moins du monde. En réalité, il avait perdu confiance en Cambria Gavin le jour où elle avait fait alliance avec les rebelles écossais pour le prendre en otage.

— Elle a reconnu qu'elle avait raté sa cible en touchant Owen, précisa Guy. Je suppose, milord, que c'est toi qu'elle visait.

— Elle a bien raté sa cible, confirma-t-il sombrement. Mais sa flèche ne m'était pas destinée.

Cambria, toujours sur les genoux de son mari, ne mit pas son grain de sel dans cette conversation.

— Elle visait Owen. Son intention, j'en suis sûr, était de transpercer le cœur de ce bâtard.

Sir Guy se dégonfla tout net.

— Owen ?

— Parfaitement. Le traître, c'est lui.

— C'est lui qui t'a attaqué la dernière fois dans la forêt ?

— Cela ne fait aucun doute. Comme il n'est pas parvenu à ses fins la première fois, il a tenté de me tuer de ses propres mains sur le champ de bataille.

Les soldats qui les entendaient se mirent à chuchoter.

— Alors, gronda Guy comme si on lui faisait avaler une couleuvre, elle a tiré pour te sauver la vie ?

— Exactement, confirma Holden d'une voix sonore, afin que tous l'entendent.

Pour la réputation des Gavin et des de Ware, il fallait qu'il soit certain de l'exactitude des ragots qui finiraient dans l'oreille du roi. Il assit Cambria devant lui.

— Ma femme m'est si dévouée qu'elle vient de me sauver la vie, claironna-t-il. En ce jour, les Gavin ont montré leur bravoure avec éclat.

Des acclamations fusèrent parmi les soldats. Dans le tumulte, Holden se pencha vers Guy et lui ordonna :

— Prends deux hommes et tâche de trouver Owen. Il est blessé, il n'a pas dû aller loin. Et que quelqu'un prévienne le roi.

Guy acquiesça et, tirant son épée, partit exécuter sa mission.

Après avoir salué, Holden éperonna son destrier afin de trouver un endroit tranquille en forêt. Il ne dit mot tandis qu'ils empruntèrent un sentier sinueux ; il était moralement blessé par la désobéissance de sa femme ou plutôt, par son manque de confiance. L'avait-elle cru incapable de se défendre ? Il tressaillit à cause de sa nouvelle blessure. Maudite étourdie, elle lui avait fait perdre ses moyens.

Il tira brusquement la bride et Cambria faillit tomber sur l'encolure d'Arielle. L'endroit semblait bien isolé, songea-t-il, loin des yeux et des oreilles de quiconque pourrait s'opposer à ce qu'il administre une raclée à sa femme.

Puis il soupira. D'un geste las, il se débarrassa de la cotte de mailles qui le coiffait. Il se savait incapable de lever la main sur Cambria. Et puis, cette courte chevauchée l'avait calmé ; en fait, il pouvait se contenter d'une colère feinte.

— Je t'avais donné l'ordre de rester au camp, commença-t-il en tournant vers lui le visage de Cambria.

— Vous seriez mort si je l'avais fait, contesta-t-elle en se détournant brusquement.

— Tu n'as pas confiance en moi ? rétorqua-t-il. Je savais qu'Owen était là. Je me suis battu contre lui des centaines de fois. Je connais ses points faibles et j'ai vu son coup avant qu'il ne m'atteigne. En vérité, si tu ne t'étais mêlée de rien, j'aurais facilement paré son attaque et il ne s'en serait pas tiré comme ça.

— Vous l'avez laissé filer ? demanda-t-elle sans se soucier du reste.

— Je me suis inquiété pour toi d'abord, milady, expliqua-t-il, vexé. Je ne pouvais courir deux lièvres à la fois.

Après quelques instants de silence pesant, elle se justifia :

— La flèche était destinée à son cœur.

— Tu l'as raté d'un demi-mètre, railla-t-il. Je pense que je dois moi-même être soulagé d'être encore vivant.

— Pourtant, j'ai bien visé. C'est la faute de la flèche. Le faiseur de flèches de Blackhaugh est un fainéant et un incapable.

Il refusait de se laisser distraire de son but par ses piètres excuses.

— Ton faiseur de flèches n'est pas le seul à être incapable. Tu as commis une faute grave… Tu as désobéi une fois de trop.

— Mais je vous ai sauvé la vie ! se récria-t-elle. Je viens de vous le montrer.

— Bien au contraire ! tonna-t-il d'un ton tel qu'Arielle broncha à ce soudain vacarme. Tu as mis ma vie en danger.

C'est alors seulement que Cambria observa la tache rouge qui lui ensanglantait l'épaule et la cotte de mailles déchirée. Elle s'attendait à tout sauf à ça.

— Eh oui, c'est le prix que j'ai payé pour m'être soucié de quelqu'un d'autre, en plus de moi.

Il fit une grimace car sa cotte de mailles frottait contre la plaie.

— Tu as fait une énorme erreur, Cambria.

— Une erreur ?

— Parfaitement. Tu as réfléchi aux questions que l'on se poserait si les deux frères mouraient de la même main ?

— Mais je n'ai jamais tué...

— Rien ne prouve que tu n'as pas tué Roger, excepté ta propre parole, riposta-t-il en toute franchise. Peut-être n'y aura-t-il jamais d'autre preuve. Je fais tout pour te protéger et tu me compliques la tâche. Je te demande de rester à l'écart d'Owen.

— Et vous, vous ne me facilitez pas la tâche quand j'essaie de protéger mon clan, rétorqua-t-elle en croisant les bras. Je vous demande à vous de rester à l'écart d'Owen.

Il sentit sa colère fondre quand elle le regarda de ses yeux adorables. Elle était obstinée, mais ce qu'elle faisait, c'était par dévouement pour lui. Au bout d'un moment, il esquissa un sourire.

— C'est convenu !

Quand il raccompagna Cambria dans sa tente, il posta une sentinelle à l'entrée. Il fit croire à sa femme que c'était pour l'empêcher de sortir mais, en vérité, le garde était là pour arrêter tout intrus.

Holden ne serait pas tranquille tant qu'Owen serait en liberté.

En même temps, il fallait qu'il se fasse soigner l'épaule et il était indispensable qu'il voie le roi avant que les ragots n'exercent leurs ravages.

Comme il s'y attendait, la rumeur atteignit le roi avant lui. Holden suscita l'intérêt d'Edward avec cette histoire étrangement romantique d'une femme écossaise qui défend son mari contre son propre peuple. Holden n'eut pas le cœur de rectifier quelques inexactitudes ; il ne s'étendit pas sur les motivations plus ou moins ténébreuses de Cambria, ni sur le fait que le traître était un Fitzroi. Le roi, charmé par cet épisode, fit promettre à Holden de lui présenter dès le lendemain « l'héroïne de Halidon ».

Sous la tente de Holden, Cambria faisait les cent pas à lui user son tapis. Dans le silence de sa solitude, les images de la bataille l'obsédaient, comme les cauchemars qui perturbaient son sommeil depuis quelque temps. Elle se récita des psaumes tout l'après-midi pour échapper à une introspection douloureuse. Elle aurait donné n'importe quoi en échange d'un livre ou d'un jeu d'échecs, même une partie avec sir Guy, pour écarter de son esprit les abominations qu'elle venait de voir.

Elle s'effondra sur sa paillasse et ferma les yeux. Les images de jeunes combattants imberbes aux blessures béantes l'assaillaient. Elle se rassit, lissa les rides de son front et se mit à observer les dessins du tapis.

Ils étaient de la couleur du sang.

Quand un domestique entra pour lui porter son repas, elle le refusa. Le vin dans sa coupe lui rappelait le sang des chevaliers massacrés. Il lui fallut attendre le crépuscule pour parvenir à éloigner les horreurs du jour. Elle n'alluma pas de bougie, craignant de briser la paix revenue; le repos la cueillit enfin, dans ce pays vague des rêves.

Elle se retrouva sur la colline de Halidon. Ses pieds l'y portaient tandis que sa bouche articulait des protestations muettes. Elle ferma les yeux pour échapper à ce spectacle, mais cela ne l'empêcha pas de voir.

Son rêve était le même, plus sinistre, plus net et fourmillant de détails issus de la réalité. Les restes du massacre s'étendaient à perte de vue, des milliers de corps gisant, les somptueux plaids de laine fine tachés de sang. Dans le lointain, la mélopée funèbre des veuves s'étirait, laissant indifférents les chevaliers anglais qui échangeaient des plaisanteries. L'odeur fade du sang frais infestait les narines de Cambria, la nausée lui tordait l'estomac. Elle regarda ses mains; elles étaient trempées de sang. Elle tenta en vain de les essuyer sur ses jupes. Le chant des veuves lui perçait l'âme, et le rire des Anglais devenait plus cruel. Elle frottait ses mains et les frottait encore, impossible d'essuyer ce sang, et les soudards anglais qui riaient, riaient...

— Assassins ! hurla-t-elle.

Quand il entendit gémir Cambria, Holden vint d'un bond à son chevet. Il s'était couché si tard qu'il n'avait pas voulu la déranger, mais les rêves s'en chargeaient à sa place. Sa bougie entoura sa femme d'un halo de lumière dorée quand il la prit vivement dans ses bras pour l'éveiller.

Elle ouvrit de grands yeux et se retira comme s'il la brûlait.

— Assassin ! grinça-t-elle horrifiée. Ce que les Anglais ont commis, c'est de l'assassinat !

Il lui empoigna l'épaule pour tenter de la calmer, mais, d'un grand moulinet du bras, elle lui arracha la bougie qui tomba et s'éteignit, plongeant la tente dans l'obscurité.

Cambria se mit alors à jurer, martelant des deux poings le torse nu de Holden.

Lui pressait sa paume contre sa bouche pour étouffer ses cris et, effaçant comme il pouvait son épaule blessée, il la laissa frapper son content.

Il savait ce qui lui arrivait pour avoir déjà vu de jeunes chevaliers à leur baptême du sang. Toute la fureur, la peur et le désespoir de la bataille restent étouffés quelque part, jusqu'à ce que se présente un exutoire approprié. Pour certains, c'étaient les lices, les tournois, les duels sans conséquence livrés pour l'honneur ou les faveurs d'une dame ; pour d'autres, la vérité éclatait en vidant un tonnelet de bière. Mais Cambria ne disposait pas de ce genre d'issue. Il la laissa donc exprimer sa fureur et sa détresse en s'en prenant à son propre corps.

Au bout d'un moment, les coups s'espacèrent et il sentit sur sa main des larmes chaudes. Il se pencha vers elle et s'adressa à elle doucement.

— C'est fini, Cambria, dit-il d'un ton consolateur. Leurs âmes reposent en paix. Les Écossais savaient ce qui leur en coûterait. Tous les hommes connaissent le prix de la bataille. Ce n'est pas beau ; parfois, ce n'est même pas noble. Mais c'est la guerre.

Il lui prit la main. Elle avait des doigts calleux, des ongles rongés jusqu'au sang, mais sa main était plus petite qu'il ne l'aurait pensé, et son cœur était plus tendre.

— As-tu rêvé de la bataille ?

Elle acquiesça. Il la sentait tendue, et voyait ses efforts pour arrêter l'obsession qui la tourmentait. Il avait envie de la bercer dans ses bras, de consoler une fois pour toutes cette petite malheureuse. Mais c'était une Gavin. Elle était le laird et un laird ne pleure pas. Par égards pour sa fierté, il fit comme s'il ne voyait pas ses larmes.

Il prit une mèche entre le pouce et l'index pour la lui écarter du front.

— Parle-moi de ton père.

Elle se tut si longtemps qu'il la crut rendormie. Quand elle parla enfin, ce fut avec calme et timidité.

— Un grand laird. Il aimait Blackhaugh. Il aimait sa terre et son clan. Il aimait ma mère aussi, au point qu'il ne s'est jamais remarié… au risque de me laisser seule héritière. Il m'a tout appris : la chasse à cour, au faucon, l'art des armes.

Elle renifla.

— Il m'a acheté mon premier destrier quand j'avais trois ans et enseigné à voler du bétail quand j'en avais onze. Je me rappelle ma première expédition. J'étais si fière quand je suis rentrée à Blackhaugh avec une douzaine de vaches volées : mon père n'a jamais eu le cœur de me dire qu'elles appartenaient déjà au clan Gavin.

Il rit un peu. Lui-même n'avait jamais volé de bétail mais, quand il était enfant, il avait fait pas mal de sottises.

— Ton père était certainement quelqu'un de bien.

— Il me manque, murmura-t-elle en reniflant. Il me manque.

Et elle fondit en larmes.

Holden soupira longuement. D'une main, il caressa la nuque de Cambria tandis que de l'autre il l'attirait lentement à lui pour l'étreindre avec douceur. Il la rassura avec des mots tendres et posa la tête contre son épaule. Il la berça longuement.

À un moment donné, quelque chose se produisit, il ne sut pas très bien comment. Petit à petit, les sanglots de Cambria contre sa gorge se muèrent en baisers. La façon dont il lui caressa les cheveux devint aussi plus sensuelle. Il lui prit le menton dans la main, et se mit à couvrir de baisers les larmes salées trempant son visage. Elle lui effleura les lèvres avec la délicatesse de la brume.

Enfin, encouragée par son accord tacite, Cambria lui prit le visage dans ses mains et l'embrassa à pleine bouche. Ce baiser marquait le pardon qu'elle lui accordait pour effacer le cauchemar de Halidon et la perte de son père. Il eut un gémissement torturé.

Holden sentait que sa volonté fléchissait. Si elle continuait ainsi, il allait faire des choses qu'elle regretterait le lendemain. Il ne pouvait la laisser poursuivre ainsi, car il ne pourrait supporter une nouvelle fois d'attiser le désir de sa femme sans satisfaire le sien. Il mit à regret un terme à leur baiser en couvrant de ses doigts les lèvres voraces de Cambria.

Mais ce geste n'apaisa pas le désir qui couvait en elle. Elle lui caressait le torse des deux paumes, comme pour trouver le chemin de son cœur. Il attrapa ses mains trop douces et les écarta.

— Non, s'excusa-t-il d'une voix pâteuse. Je te... je te désire trop.

Une onde de désir lui prit les reins, confirmant ses paroles.

— Cette fois-ci, je ne serai pas capable de me maîtriser. Pardonne-moi.

Cambria avala sa salive avec effort. Elle aussi avait envie de lui. En dépit de sa promesse, en dépit de son amour-propre, elle voulait Holden. Et, elle n'allait pas se laisser rejeter comme ça. Sans réfléchir et avant de changer d'avis, elle se débarrassa des mains de Holden et écarta la courtepointe qui les séparait. Holden eut un haut-le-corps en comprenant ce que signifiait cette ouverture. Pourvu qu'elle soit consciente de ce qu'elle faisait ! Il roula lentement sur le côté tandis qu'elle écartait toutes les fourrures gênantes. Il redoutait d'avoir des gestes brusques qui la fassent changer d'avis et ne voulait pas l'effrayer. Il priait de garder suffisamment de sang-froid pour ne pas lui faire de mal. Soudain, il se sentit intimidé comme un puceau.

Les mains de Cambria tâtonnaient dans l'obscurité. Elles exploraient son beau corps mince et fuselé. Elle frissonna quand, du bras, elle frôla la preuve virile de son désir. Elle était engagée à présent ; elle ne pouvait revenir sur le défi qu'elle avait lancé. Avec des doigts maladroits, elle commença à défaire le lacet qui nouait le dos de sa robe.

Impatient, Holden prit la dague à côté de la paillasse et, d'un geste, trancha le lacet. La robe s'ouvrit autour des épaules de Cambria et tomba comme une rose mourante ; puis la jeune femme retira son sous-vêtement de lin, s'offrant nue à Holden.

Celui-ci enfouit son visage dans les mains de sa femme. Il les embrassait voracement, avec force ; elle lui répondit avec une détermination qui faillit venir à bout de sa maîtrise. C'était comme la douce caresse chaude d'un corps de velours. Les gémissements de sa gorge exigeaient une réponse. La réponse, il la connaissait, et brûlait de la donner, mais c'était pour le moment impossible.

— Je t'ai donné ma parole, murmura-t-il contre sa joue. Je ne consommerai pas notre mariage tant que tu ne le souhaites pas.

Cambria tremblait dans ses bras. Le silence fut long, jusqu'à ce qu'elle se prononce comme on lâche une flèche.

— Je le souhaite, finit-elle par chuchoter. Je souhaite le consommer.

Holden essuya la sueur de ses lèvres, puis allongea sa femme sur la paillasse. Bon sang, se dit-il en se remémorant le tendre petit nid formé par ses bouclettes féminines, il allait avoir besoin de tout son empire sur lui-même pour faire passer son désir après celui de sa jeune femme. La façon dont elle réagissait à ses caresses avait le don de le griser et il ne fallait pas perdre de vue que cette petite capricieuse était vierge. Il fallait la traiter avec patience.

Il s'inclina sur elle et lui embrassa les yeux, les cheveux, le bout des doigts. Quand la coquine, nullement intimidée, entreprit de lui explorer le corps des deux mains, il tressaillit. Avec un gémissement involontaire, il se pencha encore et cueillit dans sa bouche un exquis mamelon. Elle gémit à son tour et se cambra en sorte de bloquer ses hanches contre lui. Il eut un hoquet de surprise, et se remit à téter comme un affamé. Du bout des doigts, il dessinait un chemin sinueux à la jointure des cuisses de Cambria, puis commença à lui tirailler doucement sa toison. Il remonta, et embrassa la bouche entrouverte, glissa sa langue en sorte de danser avec la sienne, effleurant ses dents. Enfin, il appuya complètement son corps contre celui de la jeune laird, la recouvrant complètement.

Cambria se pelotonna d'instinct contre lui, enfouissant sa tête au creux de son cou. Elle était submergée par le sentiment grisant d'être enveloppée par des muscles formidables, sans parler du robuste membre tout chaud qui lui frôlait la hanche. Leurs mains se rencontrèrent et il lui emprisonna les doigts d'une tendre pression.

— Doucement, petite nymphe ! demanda-t-il d'une voix enrouée.

Puis il s'inclina pour l'embrasser entre les seins et, plus bas, sur le nombril.

Elle se raidit en protestant faiblement, tentant en vain de retirer ses doigts entrelacés dans les siens. Il n'allait tout de même pas… Oh, mais si… Déjà elle sentait son haleine sur les boucles de son pubis. Il commença à la fouiller avec la bouche, et elle cria, en lui écrasant les doigts. Il glissa entre ses cuisses, taquinant son intimité du bout de la langue ; elle basculait la tête d'une épaule à l'autre, torturée par une exquise détresse. Lui la lapait à pleine langue, la savourant comme du miel. Elle sentait qu'il avait le visage en feu, mais pour rien au monde, elle n'aurait voulu qu'il s'arrête.

Il fallut bien qu'il cesse car il n'en pouvait plus de se maîtriser. Hors d'haleine, il déposa un dernier baiser sur la douce fleur sombre de sa féminité épanouie, et remonta avec un chapelet de petits baisers jusqu'à la bouche de Cambria.

Celle-ci fut stupéfaite de découvrir sur les lèvres de son mari l'agréable goût de musc qu'elle ne connaissait pas. Elle aventura sa langue à l'intérieur de la bouche de Holden, et lui lécha la langue. Tandis qu'elle l'explorait ainsi, il lui lâcha les mains et posa sa paume sur les boucles humides, entre ses jambes. Elle frémit, elle en demandait davantage ; elle était dévorée d'une faim nouvelle. Il la caressa d'un doigt humide, le majeur glissant de plus en plus en elle tandis que, du pouce, il l'effleurait délicatement un peu plus haut. Elle se mit à basculer les hanches d'un rythme régulier, à contretemps des mouvements de Holden, gémissant de sentir ce doigt s'aventurer en elle. La pression était grisante, elle ne pouvait arrêter les cris qui lui venaient aux lèvres.

Les bruits qu'elle faisait faillirent faire basculer Holden. Tandis que d'une main il continuait à la tripoter tendrement, de l'autre il essuya les gouttes de transpiration qui perlaient sur son front.

— Cambria, gémit-il d'une voix rauque, il va falloir… je vais te faire mal… c'est la première fois. Je n'ai pas envie de te faire souffrir, mais c'est ainsi. Cela ne durera pas longtemps, je te le promets, et tu n'auras plus jamais mal comme ça.

C'est tout juste si Cambria l'entendit. Elle était une Gavin. Elle n'avait pas peur de la douleur. Chaque partie de son corps était tendu à se rompre et appelait fébrilement au secours.

— Je suis prête ! affirma-t-elle d'une voix mi-implorante, mi-exigeante.

Holden ne tergiversa pas. Il lui écarta gentiment les cuisses et la pénétra d'un élan, grognant de sentir ce chaud fourreau l'entourer comme une couverture.

Cambria fut saisie par la brûlure qui lui fouettait les reins, mais elle se souvint qu'elle était rompue au combat. Elle n'avait jamais crié de douleur, elle n'allait pas le faire à présent. Serrant les dents tandis qu'il attendait qu'elle s'adapte à son invasion, elle souhaita que la brûlure se calme et c'est ce qui arriva.

Quand la jeune femme se détendit, Holden entra en mouvement, très lentement au début, pour la laisser s'accoutumer à la sensation de l'avoir en elle.

L'apprentissage fut rapide. Dès que sa douleur disparut, Cambria n'eut qu'un désir, l'avoir plus près, plus profond, plus fort. Elle croisa ses jambes autour des reins de Holden qui eut un hoquet de surprise devant cette hardiesse délicieuse. Jamais il n'avait ressenti chez une femme pareille sensualité.

Ils rivalisaient d'audace. En peu de temps, leur union atteignit une frénésie de passion. Holden la martelait. Elle s'accrochait à son dos de toutes ses forces. À chaque poussée, elle se sentait purifiée des images hideuses de Halidon et elle se cramponnait un peu plus à lui, souhaitant que son assaut dure toujours.

Ensemble, ils connurent le sommet de la passion ; Cambria sonda les profondeurs des yeux de Holden. À cet instant, elle sentit leurs âmes fusionner ; désormais, ni le temps, ni la distance, ni la mort ne pourraient les séparer. Alors, ils furent submergés par le plaisir et, avec un hurlement primitif de soulagement, retombèrent l'un à côté de l'autre, interdits.

# 13

La douleur était atroce. Owen tressaillit, pris d'une panique incontrôlable, tandis qu'il avançait à tâtons le long d'un rocher couvert de lichen. Épuisé, il s'appuya contre le roc et s'égratigna l'épaule. Il resta prostré, le regard perdu dans le ciel, tâchant de reprendre son souffle. À chaque pas, il maudissait Cambria ; quand il parvint enfin sous le couvert des arbres, il fut certain qu'il avait distancé son poursuivant.

À présent, il avait envie de dormir, de fermer ses yeux et de tout oublier. Mais dans ce cas, elle ne serait pas châtiée. Elle continuerait à vivre. Plus encore que le sommeil, le désir de la voir souffrir obsédait Owen.

Il savait ce qu'il avait à faire, même si cette perspective le faisait pleurnicher. De ses mains tremblantes, il déchira l'ourlet de son manteau ensanglanté et le raccourcit de cinq centimètres. Retenant son souffle, il mit le tissu en boule et le bloqua entre ses dents.

Cette flèche l'avait pris par surprise ; elle ne venait pas des rangs ennemis mais de l'arrière des lignes anglaises. Aveuglé par la douleur, il avait trouvé d'instinct son agresseur. Quelle humiliation de voir que la coupable n'était qu'une vulgaire paysanne ! Puis il avait reconnu le visage et une haine irraisonnée l'avait envahi. Seul son instinct de conservation l'avait empêché de franchir d'un bond l'espace qui les séparait pour couper les membres de cette sale Écossaise.

Pour le moment, se dit-il en respirant difficilement, les narines frémissantes, il allait se cacher. Il se retirerait comme un animal blessé pour panser ses blessures et attendre de guérir seul. Il aurait tout le temps plus tard de les tuer, elle et son amant. Cette perspective le fit ricaner nerveusement. Il voulait prendre son temps avec elle et pour cela il lui fallait recouvrer toute sa force. La sueur ruisselait sur son visage; frissonnant, il empoigna la tige de la flèche qui sortait de sa cuisse. Avec une force presque inhumaine, il se mit à tirer en puissance, les yeux exorbités. Enfin, la pointe bougea, et il arracha lentement le projectile de son muscle. La boule de tissu qu'il écrasait entre ses mâchoires étouffa ses cris déchirants, tandis qu'il sortit la pointe de sa chair en lacérant tout.

La blessure béante saignait à flots et l'hémorragie faillit lui faire perdre connaissance. Il prit le chiffon de sa bouche pour étancher l'écoulement: à présent, il était sûr de survivre. Il s'affala contre le rocher, chassa vaguement les mouches et sombra dans un sommeil agité, qu'il attendait depuis longtemps. Le soleil de midi tombait à pic entre les arbres, son armure était brûlante.

Il dormit, et ce n'est qu'à la fin de la journée qu'une pointe d'épée le réveilla en sursaut. Un moment, il fut désorienté. Puis une palpitation lancinante à la jambe le ramena à la réalité.

Une douzaine de barbares l'entouraient, leurs visages crasseux ne témoignant que mépris à son endroit. Des Écossais, reconnaissables à leurs sombres tartans sur l'épaule. Tous avaient manifestement envie de l'achever.

—Owen? demanda celui qui tenait l'épée.

Owen reconnut l'accent et les cheveux roux du rebelle Gavin, bien qu'il ait la vue brouillée. Quelle malchance! Il s'agissait d'avoir des réflexes rapides. Et c'est difficile de réfléchir quand on souffre à ce point.

—C'est toi, Robbie? Dieu soit loué!

Les rebelles étaient méfiants.

—Debout! ordonna Robbie en le piquant de la pointe de son arme.

— Je suis grièvement blessé, Robbie, s'excusa Owen d'une voix hésitante.

Robbie jeta un coup d'œil à la jambe ensanglantée d'Owen.

— Tu ne nous as plus adressé de message depuis ta tentative d'en finir avec de Ware. As-tu changé de camp ?

— Si, mentit Owen, j'ai envoyé des messages aux rebelles. J'ai dépêché des estafettes chargées de vous trouver. Pourquoi n'étiez-vous pas à Halidon ?

Robbie blêmit sous l'affront, et bomba le torse.

— Mes hommes étaient les yeux et les oreilles des Écossais. Nous n'étions pas à Halidon parce que nous avions escorté les Anglais en tapinois. Cela fait longtemps que nous connaissions leur nombre et leurs forces.

— Malheureusement, soupira Owen avec emphase, je crains qu'il ne soit trop tard.

— Trop tard ?

— Oui, expliqua-t-il sombrement. Parce que nous avons perdu la bataille.

— Perdu la bataille à Halidon ? répéta Robbie. Mais nous avions une supériorité numérique écrasante. C'est impossible.

Les Écossais saisirent leurs armes comme pour partir au combat sur-le-champ. Owen faillit éclater de rire à la vue de leurs ambitions naïves.

— C'est pourtant la vérité, confirma-t-il.

Robbie jura et donna un coup de pied. Puis il se tourna vers Owen et le dévisagea sournoisement.

— Qui t'a blessé ?

Owen, qui n'avait pas besoin de feindre la colère, répondit les dents serrées.

— Une flèche ennemie !

— Les Anglais ont démasqué ta trahison ?

— Oui, répondit-il en s'émerveillant de la naïveté de ces Écossais. Si je vous avais trouvé plus tôt…

Robbie le regarda de nouveau, Owen voyait qu'il hésitait. Puis il fit signe à l'un de ses hommes.

— Fais-le panser convenablement. Si la bataille de Halidon a été perdue, les Anglais reviendront tôt ou tard.

Owen acquiesça.

— Il nous faut partir, poursuivit Robbie.

— Si j'osais, entreprit Owen qui avait du mal à cacher sa jubilation devant le retournement de son sort, j'aurais un plan à vous soumettre.

Il n'eut guère mal pendant qu'on lui changeait son pansement ; il fit juste quelques grimaces en exposant aux Écossais fort attentifs son audacieuse proposition.

La chaleur du soleil qui pénétrait sous la tente de toile éveilla Cambria. Elle fut confuse de se voir ainsi étalée sans la moindre pudeur aux côtés de lord Holden endormi ; ses jambes découvertes pendaient du lit. Sous elle, les quelques gouttes de sang tachaient les draps. Pourvu qu'aucune servante indiscrète ne voie ça !

Elle attrapa sa robe, et la tira doucement car Holden était couché dessus ; elle l'enfila pour voiler sa nudité, même si les lacets étaient complètement tranchés. Elle se demanda incidemment si Holden allait lui détruire ainsi beaucoup de robes dans sa hâte de la posséder. Puis ses joues s'empourprèrent quand elle se remémora la hâte qu'elle-même avait montrée avant leur union.

Elle se recoucha et observa cet homme qui était désormais son mari. Il dormait sur le dos. À voir ses bandages, sa blessure à l'épaule ne s'était pas aggravée, il avait le visage calme, sans trace de fièvre. En vérité, quand il dormait, il avait l'air d'un ange.

Holden lui avait donné la veille au soir bien plus qu'une absolution. Grâce à lui, elle se sentait enfin vivante. Elle avait fait l'expérience d'une force immense dépassant ses rêves les plus fous et, en même temps, une vulnérabilité si dangereuse qu'elle en tremblait. En un instant, aussi grisant que terrifiant, elle l'avait conquis et avait été conquise. Avait-elle trahi son clan en couchant avec l'ennemi ? Ou s'en était-elle sortie victorieuse ? Toutes ces contradictions lui donnaient la migraine.

Il fallait qu'elle sorte, reste seule un moment afin de tirer ses pensées au clair. Elle resta un peu debout sous la tente dont la toile dessinait l'ombre changeante des branches d'arbres ; elle se frotta les yeux et remit un semblant d'ordre dans sa chevelure. Puis elle traversa le tapis et, au moment où elle soulevait le rabat de la tente, Holden la héla :

— Ne pars pas !

Elle qui espérait filer sans se faire voir ! Elle ne se sentait pas prête à lui parler, ni même à soutenir son regard. Mais quand elle se retourna vers lui, résignée, ses hésitations s'évanouirent.

Holden se redressa et s'assit, appuyé sur les coudes. Comme ses épaules étaient larges ! Quelques boucles moites restaient collées sur son cou, et ses joues étaient ombrées par une barbe naissante. Ses yeux étaient encore lourds de sommeil, et ses lèvres entrouvertes dans une moue pleine de promesses. Brusquement, elle se sentit comme une petite fille. Elle avait moins de mal à le regarder dormir qu'à le voir éveillé. Il devenait trop radieux, trop rayonnant, trop imprévisible.

Holden se racla la gorge.

— Il faut que nous parlions tous les deux, dit-il d'un ton solennel, en se couvrant pudiquement du manteau qu'il avait ôté.

Il ne voulait pas qu'elle constate *de visu* à quel point sa beauté l'affectait, tandis qu'il admirait la peau nue de ses belles épaules baignant dans la lumière matinale.

Les yeux gris de sa jeune femme étaient fascinants et ses lèvres tuméfiées la rendaient très sensuelle. Ses cheveux étaient embroussaillés de façon indescriptible, mais cela ne faisait que rappeler à Holden la passion de sa tigresse. Si je continue à suivre mes pensées dans cette direction, je ne me donne pas cinq minutes pour remettre Cambria sur le dos, pour la bonne cause, songea-t-il. Mais quelque chose dans l'attitude de la jeune laird lui fit comprendre que, à ce moment précis, ce serait une erreur.

—Viens! ordonna-t-il en tapotant le lit à côté de lui.

Elle hésita puis vint le rejoindre et s'assit, toute raide, au bord du lit. Il sourit à cette soudaine timidité d'autant que l'arrière de sa robe était entièrement béant, dévoilant son dos bien droit.

—Il y a un banquet ce soir, annonça-t-il sans préambule. Edward veut se faire présenter la lady que j'ai épousée sans son consentement.

Cambria se tourna vivement vers son mari, la surprise chassant toute timidité.

—Ton roi? Qu'on me présente à lui?

—Notre roi, corrigea-t-il au passage. Il souhaite voir de ses propres yeux cette Écossaise partie à la guerre avec son mari pour le protéger avec son arc et ses flèches.

Le rouge monta au front de Cambria.

—Tu lui as raconté?

Brusquement, elle eut envie de le bourrer de coups de poing.

—La rumeur lui était parvenue bien avant que je lui en parle, s'excusa Holden. Tant mieux. Plus personne ne peut mettre en doute ton loyalisme.

—Mais je n'ai pas fait ça pour les Anglais. Je l'ai fait pour mon clan, déclara-t-elle sans prendre de gants.

—Autant ne pas préciser ce point, conseilla le lord en grimaçant, en présence d'Edward. En fait, j'aimerais que tu en dises le moins possible.

« Je vais me gêner! » se promit-elle. Elle avait tant à dire au roi: critiquer la nomination de Balliol, discuter de l'unification de l'Angleterre et de l'Écosse, dénoncer les atrocités commises contre son père.

— J'exige ton obéissance sur ce point, Cambria. Il ne faut pas que tu fasses ta chipie, lui annonça-t-il avec un regard menaçant. J'ai risqué gros en t'épousant sans l'accord du roi. Je dois donc prouver que j'ai pris une sage décision. Si tu tentes de me faire perdre la face devant Edward avec ta langue tranchante…

— Ma langue n'est pas tranchante ! s'écria-t-elle d'un ton offusqué.

— Milady, s'esclaffa-t-il, si elle était un tant soit peu plus tranchante, tu n'aurais pas besoin de dague pour couper ta viande !

Choquée, elle lui décocha un regard incandescent. Elle qui s'attendait à des mots doux en ce matin si particulier essuyait des sarcasmes !

— Et n'oublie pas, lui rappela-t-il, que la honte qui tombe sur moi rejaillit sur ton clan.

Cela la fit réfléchir. Elle avait du mal à s'imaginer dans le rôle de la femme docile. Mais s'il le fallait pour sauver les Gavin, elle était prête. Elle détendit ses épaules et se calma. Holden avait sans doute raison, le clan passait avant le reste.

Puis, en un éclair, la réalité la rattrapa.

— Mais c'est impossible que je voie le roi ! s'écria-t-elle.

Holden se demanda ce qu'elle avait.

— Je n'ai rien à me mettre, même pas ma cotte de mailles ! se lamenta-t-elle. Jamais il ne me croira laird si je suis vêtue comme une paysanne : regarde-moi !

Il le fit, non sans délectation, et se prit même à regretter qu'elle n'ait encore quelque chose sur elle. Puis il s'éclaircit la gorge.

— Ça ne fait rien…

— Ça ne *te* fait rien… Tu es vêtu comme il convient à un lord, mais moi…

Holden n'avait que faire des caprices de la mode.

— Tu te présenteras à Edward, même si je dois te traîner nue devant lui.

Cambria ne lui prêtait qu'une oreille distraite. Elle s'ingéniait déjà à trouver une façon de raccommoder sa robe afin d'être présentable. Ah, si seulement elle avait son armure ! Celle-là, elle savait la faire briller comme de l'argent. Elle sauta du lit, et Holden l'attrapa par le bras au passage.

— Merci, dit-il avec une gentillesse non déguisée, pour hier soir, pour ton cadeau précieux.

Son regard pénétrant fit vibrer le cœur de Cambria. Elle baissa les yeux et bafouilla une réponse qui le fit sourire. Puis, attrapant sa cape, elle sortit de la tente un peu gênée. Quelques instants plus tard, elle s'aperçut qu'elle avait avoué à son mari avoir pris du plaisir et cela la fit rougir.

Rabattant la capuche sur sa tête, elle traversa rapidement le camp sous les yeux des curieux et prit le sentier jusqu'au ruisseau. Elle n'arrivait pas à fixer son esprit sur le souvenir de la veille au soir, sur la façon dont elle avait totalement perdu la maîtrise d'elle-même et laissé la passion ensevelir son jugement : la seule vue de cet homme lui faisait battre le cœur.

Oui, se promit-elle sévèrement, il fallait que désormais sa pensée soit digne de son rôle de laird. Avant sa rencontre avec le roi, elle avait mille questions à résoudre. Elle se promit de ne pas ridiculiser son mari, de ne point attirer la colère du roi sur le clan Gavin ; il fallait qu'elle profite de cette audience. Enfin, il fallait qu'elle persuade Edward de ne pas offrir à Balliol le trône d'Écosse.

Absorbée dans ses réflexions, elle marchait dans les fougères ; elle passa entre les troncs lisses et brillants de jeunes ormes et parvint au ruisseau. Comme elle approchait, elle fut déçue d'entendre trois hommes qui bavardaient tranquillement au bruit de la cascade. Décidément, elle n'arrivait pas à trouver la solitude. Son pied cassa une brindille et deux des hommes se levèrent vivement pour regarder qui était là.

— Pardonnez-moi, s'excusa-t-elle, amusée par la vivacité de leur réaction. Je n'avais pas l'intention de vous faire peur.

Les deux hommes se méfiaient car ils avaient reconnu son accent ; le troisième leur fit signe de se tenir tranquilles.

— Viens, brave femme ! proposa-t-il avec chaleur. Il y a de l'eau pour tout le monde ici.

Ce sympathique interlocuteur était bel homme. Il était très jeune, mais son calme majestueux le faisait passer pour plus âgé. Les deux autres semblèrent contrariés par l'accueil qu'il fit à Cambria. Celle-ci se dit que c'était à cause de son accent écossais, et du fait qu'elle avait l'air d'appartenir à l'une des basses couches de la société, contrairement à eux. À l'évidence, il s'agissait d'Anglais de la noblesse. De la haute noblesse même, à en juger par leurs ceintures ornées de pierreries et leurs vêtements doublés de fourrure ; et puis, il y avait le port, les façons…

— Vous faites partie de l'armée du roi Edward ? s'enquit-elle en se penchant sur l'eau pour se laver les mains.

Les deux hommes échangèrent un regard dépité, et le troisième leur fit signe de se tenir tranquilles.

— Oui, confirma-t-il. Nous venons de Halidon. C'est une victoire prometteuse.

Cambria eut l'estomac retourné mais continua avec son plus aimable sourire.

— Si l'on peut appeler ça une victoire !

Les Anglais écarquillèrent les yeux devant l'audace de cet avis.

— Vos inclinations vous placent dans le camp des rebelles écossais ? demanda le plus jeune en la dévisageant attentivement.

S'étant rincé les mains, elle réfléchit un moment :

— Mes inclinations sont avec les Écossais, mais mon loyalisme m'attache à mon seigneur qui combat pour votre roi.

— Bien dit, répondit l'homme jeune en souriant. Peut-être es-tu sage d'avoir pitié de ces rebelles mal organisés. Il est certain qu'ils ne savent pas se battre. C'est en leur donnant un roi que l'on domptera ces barbares.

— Oui, un roi bien à eux, et certainement pas ce Balliol ! corrigea-t-elle en s'échauffant. Les Écossais n'ont pas le moindre respect pour lui.

L'homme fit taire ses compagnons qui devenaient nerveux.

— Et qui respectent-ils donc ? demanda-t-il avec intérêt.

— Je l'ignore, mais il faut au moins qu'il soit un véritable Écossais, né et élevé dans le pays.

— Si ton seigneur t'entendait parler de la sorte, s'étonna l'homme, il te battrait certainement.

— Il n'oserait pas, rétorqua-t-elle les yeux brillants.

Cela dit, elle plongea les deux mains dans l'eau et s'en aspergea le visage pour effacer le sommeil de ses yeux.

L'homme, étonné de sa fougue, s'accroupit et se mit à jouer dans l'eau avec le bout des doigts.

— Et qui est ton seigneur, demoiselle ?

Elle se sécha le visage en le tamponnant avec un pan propre de sa robe.

— Holden de Ware, messire.

L'homme se tourna brusquement vers elle, comme pour mieux étudier sa physionomie et sourit, amusé.

— Ah, j'ai entendu parler de lui. Ne l'appelle-t-on pas le Loup ? On dit qu'il n'a jamais été battu.

— C'est vrai, confirma-t-elle en se relevant fièrement.

— Mais si tes inclinations te portent du côté des Écossais, pourquoi es-tu alliée avec un homme qui va sûrement les écraser ?

— Parce que, révéla-t-elle, je suis sa femme.

L'homme n'eut pas l'air surpris bien que ses compagnons fissent des commentaires scandalisés, criant au mensonge. L'homme aimable eut un rire de gorge et se leva lui aussi.

— Et moi, répondit-il avec un grand rire et une demi-courbette, je suis le roi d'Angleterre.

— Vous vous moquez ! s'écria Cambria, furieuse.

Les deux nobles eurent un mouvement de recul, stupéfaits par le franc-parler de Cambria qui poursuivit d'un ton cinglant :

— Si je vais chercher mon mari, il vous fera passer l'envie de me ridiculiser.

Les deux aristocrates, complètement dépassés, semblaient proches de l'apoplexie. Elle se demanda même s'ils n'étaient pas malades. Mais le troisième, de plus en plus amusé, riait de tout son cœur et s'essuya une larme au coin de l'œil.

— On m'a parlé de la jeune épouse de mon lord de Ware. Certains la disent si laide qu'elle doit se cacher sous une capuche, précisa-t-il d'un air taquin.

Cambria se rebiffa mais ne mordit pas à l'hameçon.

— Vous jugerez par vous-même si c'est la vérité.

— Et qu'elle a enlevé son mari à la pointe de la dague ?

— Une situation désespérée, expliqua-t-elle.

— Le bruit court qu'elle s'est présentée en cotte de mailles à son propre mariage et qu'elle se bat comme un homme.

— C'est vrai, concéda-t-elle.

— Dans ce cas, dit-il les yeux brillants, peut-être me ferez-vous l'honneur d'accepter un duel amical ? Cela me changera de combattre une femme dans une arène où j'ai quelque chance de vaincre.

— Comme vous voyez, objecta-t-elle en soutenant son regard, je ne suis pas armée.

— John, ordonna-t-il en faisant signe à un des chevaliers, prête ton épée à lady de Ware.

L'homme bredouilla une vague excuse, consterné par cette suggestion.

— Allons, allons ! insista le seigneur.

— Peut-être, railla-t-elle, craint-il que son épée ne répugne à lui revenir après avoir connu ma main.

Le John en question manqua s'étouffer face à tant d'impertinence, mais il ne faisait pas peur à Cambria. Assurément, il devait le respect au plus jeune. Il dégaina son épée et la jeta à Cambria, pommeau en avant, avec une force suffisante pour assommer quelqu'un ; mais elle l'attrapa au vol des deux mains. D'une secousse des épaules, elle se débarrassa de sa cape qui tomba à terre et elle l'écarta d'un coup de pied. Trop tard, elle se rappela que sa robe était fendue de haut en bas dans le dos. Mais l'heure n'était pas à la pudeur : elle défendait son honneur.

L'homme s'avança. Il était élancé, mais cela ne suffit pas pour l'emporter à l'épée. Cambria était sûre de sa vitesse, ce qui constitue un net avantage par rapport à la taille. Son adversaire, ravi de la tournure que prenaient les choses, brandit son arme, une noble épée droite et étincelante à la poignée incrustée de pierreries. Il porta la première botte, petit coup sans force pour tester l'ardeur de la jeune femme. Elle para le coup sans effort et adressa à son adversaire un sourire impatient. De nouveau, il se fendit, elle para en écharpe et avança d'un pas. Surpris, il recula de plusieurs enjambées et ses compagnons maugréèrent.

— On dirait, constata-t-elle en combattant, que vos amis n'ont guère confiance dans votre adresse aux armes.

— Non, rectifia l'homme en parant vivement une estocade de Cambria, c'est la vôtre qui les étonne !

Cet homme plaisait à Cambria. Sa droiture était réconfortante. Tout en continuant le duel, il lui adressa des compliments. Si ses bottes étaient timides et hésitantes, il remarqua la qualité de la technique de Cambria. En vérité, il ne semblait avoir aucune réserve sur le fait qu'elle ferraille, ni vexé par son adresse qui en aurait chiffonné plus d'un. Elle était sortie pour trouver la solitude, mais elle se plaisait à canaliser ses énergies contre un adversaire. Ce duel amical était des plus agréables, se dit-elle en portant à son adversaire un battement à la tête.

À quatre cents mètres de là, Holden était toujours sous sa tente. Il se maudissait d'avoir laissé Cambria sortir seule. Sir Guy venait de rentrer au camp, bredouille. Sa proie lui avait filé entre les doigts. Owen était donc en liberté et, s'il y avait des coups à ramasser, l'obstination de Cambria allait la conduire droit dedans. Il s'habilla rapidement et sortit fouiller le camp à la recherche de sa femme.

Quand il entendit le tintement des épées dans le bois, il dégaina la sienne et se glissa sans bruit entre les arbres. Il se pencha sous les branches basses d'un saule et ses pires cauchemars se réalisèrent: sous ses propres yeux, ferraillant comme soudards, sa femme et son roi se battaient.

# 14

Cambria eut un rire triomphant quand son adversaire, qui gardait le sourire, recula vers le ruisseau. Le duel n'était entamé que depuis quelques minutes, mais déjà elle avait l'avantage ; elle leva son arme pour une mise à mort symbolique.

Soudain, elle sentit qu'on l'attrapait par-derrière. Un bras musclé la saisit par la taille et, de l'autre main, l'individu lui arracha son épée et la lança à l'autre bout de la clairière. Avant qu'elle n'ait le temps d'identifier le visage de son ravisseur, elle sut que c'était Holden en reconnaissant son parfum et sa façon de se fâcher. Cambria était exaspérée qu'il l'arrête dans son occupation favorite. Elle voulut l'apostropher mais, à sa grande stupéfaction, elle sentit qu'il lui saisissait les cheveux cruellement. Il l'agenouilla de force sur le sol humide de la forêt, et la contraignit à baisser la tête.

— Je vous prie de lui pardonner, Majesté, articula-t-il distinctement.

Cambria eut l'impression que ses membres devenaient de la compote. Elle n'osa pas bouger ; elle n'osa rien dire, pas même lever les yeux. C'est contre le roi qu'elle se battait !

Tout s'expliquait à présent. Il n'était pas étonnant que les compagnons de son adversaire aient manifesté une vive inquiétude. Brusquement, Cambria se remémora tout ce que l'on racontait sur la cruauté du monarque anglais et elle se demanda si elle serait encore vivante le soir même. Elle réfléchit. Qu'est-ce qu'elle lui avait dit, déjà ? Elle avait exprimé des opinions tranchées, étaient-elles appropriées devant le roi ? Rassemblant son courage, elle parvint à lever les yeux.

À la voir ainsi recroquevillée comme un chien battu, Edward éclata de rire.

— Ce serait plutôt toi, s'esclaffa-t-il, à qui je devrais pardonner peut-être – je dis bien *peut-être* – de m'avoir interrompu dans mon duel ! En vérité, cela faisait longtemps que je ne m'étais tant diverti.

Cambria, à genoux devant le roi, avait le cœur qui battait la chamade ; elle sentit la pression de la main de Holden s'alléger un peu et elle apprécia le comique de la situation. Le roi d'Angleterre en personne l'avait défiée en duel, et elle avait accepté sous la pression de ses taquineries ! Elle était tombée dans le piège la tête la première ! Elle se demanda ce que son père aurait dit de cela. Elle eut beau lutter, le ridicule de sa position l'emporta et, au désespoir de Holden, elle fut prise à son tour d'un fou rire.

Holden finit par la lâcher, découragé.

— Je perds de vue ma femme quelques instants, et je la retrouve aux prises avec mon suzerain, observa-t-il avec un dégoût feint. Et maintenant, vous me dites qu'il s'agissait d'un jeu !

Le roi bien-aimé était tout réjoui.

— Tu as fait le bon choix, de Ware. Cette lady est une perle. J'approuve entièrement ta décision.

Holden s'inclina dans une élégante courbette.

— Mille grâces, majesté.

— Et si j'étais toi, conseilla Edward avec un pétillement au coin de l'œil, je crois que je préférerais un peu plus de miel et un peu moins de moutarde avec mon gibier !

Holden sourit au bon mot du roi.

— Ah, Majesté, vous êtes un gentilhomme alors que moi je suis un soldat. J'ai toujours aimé me battre.

— Voici qui explique l'état de la robe de la lady ? s'enquit le roi décidément de bonne humeur.

Cambria rougit en se souvenant de sa tenue qu'elle rajusta tant bien que mal. Edward l'invita à se relever et adressa un clin d'œil complice à Holden.

— Apprends donc à défaire un lacet, de Ware, ou tu vas te ruiner en robes.

Holden parvint à rire poliment, mais il était en colère contre sa désobéissante moitié. Il était furieux contre Cambria, malgré le parfum entêtant de sa chevelure, juste devant lui.

Quand le roi les congédia, Cambria fit modestement la révérence, rendit l'épée qu'on lui avait prêtée et récupéra sa cape; elle ressortit de la forêt sans un regard pour son seigneur et maître.

Holden la rejoignit quelques instants après sous la tente, entra et claqua comme il put le pan de toile. Cambria sursauta: elle n'était vêtue que d'une chemise de lin sans manches. Elle serra pudiquement contre sa poitrine sa robe déchirée. En deux pas, il fut sur elle. Il lui empoigna le bras sans ménagement, à sa grande surprise.

— Que je ne te voie plus lever l'épée contre quiconque, tu m'entends?

— Tu ne m'aurais pas vue, protesta-t-elle en s'arrachant à son emprise, si tu t'étais mêlé de tes affaires.

— Mes affaires, c'est toi! cria-t-il. Nous sommes mariés, madame.

Découragé, il s'essuya le front et commença à faire les cent pas comme un lion en cage.

— Je n'arrive pas à croire que tu aies osé défier le roi! bougonna-t-il.

— Je ne le connaissais pas, s'excusa-t-elle en haussant les épaules. C'était un homme comme un autre.

En s'entendant parler, Cambria sut combien ses paroles étaient vraies. Edward n'était pas le monstre qu'elle croyait, ou le diable que Robbie lui avait dépeint. C'était un simple mortel, un homme ordinaire revêtu des attributs de la royauté. Elle se demanda pourquoi les Écossais s'opposaient avec tant d'acharnement au sceptre de ce jeune souverain gai, aux cheveux blonds.

— Si tu lui avais révélé à qui va ton loyalisme, lui assura Holden, tu te serais aperçue qu'il n'est pas un homme parmi tant d'autres. Son pouvoir est illimité.

Il en tremblait d'émotion.

— Il aurait pu te faire exécuter sur place !

— Mais je lui ai dit à qui va mon loyalisme, rétorqua-t-elle, incapable de comprendre l'agitation de Holden.

Le bon roi lui avait semblé inoffensif, il avait même eu l'air de la trouver sympathique.

— Tu as dit à Edward... s'étrangla Holden en se laissant tomber dans son fauteuil, bouche bée.

— Mais je ne le connaissais pas, répéta-t-elle, déconcertée.

— Peut-être faut-il en remercier Dieu ! conclut-il faiblement. Si tu l'avais connu, je suis sûre que tu aurais essayé de lui passer ton épée à travers le corps.

— À travers le corps ? Tu me crois donc sans honneur ? C'était un duel amical.

Holden tourna le dos à Cambria, revoyant le spectacle qu'il avait surpris dans la forêt.

— Ton honneur aurait certainement été mis en question si tu avais blessé ou tué le roi, non ? demanda-t-il d'une voix rauque.

Mais là n'était pas sa vraie peur. Il ne s'inquiétait pas vraiment pour le roi. Il avait vu le combat ; Edward parait facilement les bottes de Cambria et l'incitait en fait à l'attaquer. De toute façon, les gardes du roi seraient intervenus si elle n'avait tranché le moindre fil de son surcot. Mais Cambria était imprudente, pugnace et fougueuse : Edward aurait pu lui faire du mal sans le vouloir. Elle aurait même pu faire un faux pas et tomber sous son arme. Mieux vaut ne plus y penser...

— Dans un duel amical, insista Cambria, outrée, je ne me permettrais pas de tuer ni même de blesser quiconque. Pas même un Anglais !

Il se retourna et la regarda longuement, indécis ; puis il soupira d'un air résigné.

— Promets-moi de ne plus jamais lever l'épée contre Edward, même par jeu.

Il se rassit lourdement.

— Je me demande comment fait mon cœur pour supporter tout ça.

Un petit sourire vint aux lèvres de Cambria :

— Je le jure, milord, acquiesça-t-elle docilement mais non sans malice. Toutefois, si le roi me l'ordonne, je ne vois pas…

— Cambria, avertit-il, n'essaie pas de me rendre complètement fou. Je le suis déjà à moitié.

Elle sourit et la colère de Holden s'évapora sur place. C'était décidément son destin cruel. La jeune Écossaise était capable de lui causer autant de souffrances que de joie ; comment être furieux devant un sourire comme celui-là ? Pour le moment, ses craintes s'apaisèrent et il eut l'impression de voir sa femme pour la première fois. Sa chemise élimée ne cachait pas grand-chose de ses formes admirables, d'autant que la lumière éclairait à contre-jour le fin tissu de lin. Qu'elle était belle ! Le duel matinal donnait un éclat satiné à sa peau, et ses joues étaient pleines de santé. Ses yeux pétillaient et son regard s'adoucit et elle rougit en remarquant la façon dont il l'observait. Et le plus beau, c'est qu'elle lui appartenait ! Il sentit une onde de désir le traverser, son corps encore habité par leur union de la veille.

Cambria sentit son souffle s'accélérer sous les yeux de Holden qui la détaillait de la tête aux pieds. Ses pensées étaient limpides et sans équivoque : il avait envie d'elle, et tout de suite.

Elle savait qu'il fallait résister. C'était le milieu de la matinée, il faisait grand jour. En dehors de la tente, tout le camp était éveillé. Elle entendait les servantes aller et venir, les chevaliers donner des ordres, les pages ronchonner en exécutant les corvées. Et n'importe qui pouvait entrer ou entendre leurs ébats. C'était indécent.

Pourtant, l'intensité du regard perçant de Holden fit descendre un délicieux frisson dans le dos de Cambria, ce qui lui rappela les plaisirs indescriptibles qu'il était capable de lui donner. Elle sentit une faiblesse dans les genoux, ses lèvres s'entrouvrir et un besoin lancinant commença à éclore entre ses cuisses.

Sans un mot, il vint à elle. Leurs lèvres se rejoignirent dans une douce caresse au rythme lent, qui ignorait leur désir brûlant. Holden enfouit ses doigts dans les cheveux de Cambria comme s'il la touchait pour la première fois. Quant à elle, ses mains couraient sur la musculature bien nette qui se dessinait sous la chemise de lin de Holden. La jeune laird fut sous le charme tandis qu'ils se goûtaient l'un l'autre comme pour la première fois.

Dès le premier contact, Holden comprit qu'il était pris au piège. Jamais il n'avait été amoureux à ce point. Cela devenait une obsession. Une dangereuse obsession. Mais désormais, il était au-delà de toute peur. Dès que les mains de Cambria se glissèrent sous sa tunique, toute pensée rationnelle l'abandonna. Les doigts de sa femme semblaient de feu quand elles lui frôlèrent le torse. Elles s'aventurèrent plus bas, il gémit et lui saisit les poignets avec un signe de dénégation de la tête.

Cambria était complètement grisée. Elle avait envie de le toucher. Chaque partie du corps de Holden avait un charme particulier : sa joue était rêche avant le rasage, son torse large et solide, son ventre plat sous une fine toison. Oubliant l'heure et le danger d'être découverts, ils s'écartèrent un instant, le temps de se dévêtir en toute hâte, sans se quitter des yeux. Ils ôtèrent d'abord leurs vêtements de laine, puis les sous-vêtements de lin et, avec un soupir, se retrouvèrent nus à un pas l'un de l'autre, se dévisageant de l'œil aiguisé du désir.

Jamais Holden n'avait eu sous les yeux un corps aussi somptueusement sculpté, souple et fort, et pourtant si féminin. Toute sa chair appelait ses baisers. Déjà, il voulait embrasser ce tendre endroit où l'épaule se creuse, là où le sein va se gonfler, d'enfouir sa tête contre sa gorge.

Cambria se sentit prise d'une mollesse étrange. Elle avait les paupières lourdes, une langueur dans les mouvements comme si elle avait bu du vin. Sa respiration était oppressée et ses genoux allaient se dérober quand elle vit qu'Holden était prêt à l'honorer.

Ils se rapprochèrent furtivement. Holden craignait d'exploser, Cambria croyait défaillir. L'air crépitait entre eux et, quand leurs corps enfin se touchèrent, ils furent comme secoués par le désir.

Cambria se sentit submergée par la chaleur de la peau de Holden quand il l'enlaça de ses bras musclés, avec une force tranquille.

Holden fut stupéfait de sa douceur instinctive alors que la pointe des seins de Cambria lui frôlait les côtes, et que les bouclettes de son ventre lui chatouillaient la cuisse de façon très excitante. Ses mains se posèrent sur les fesses de Cambria qu'il se mit à pétrir, se délectant de leur forme rebondie.

Elle lécha et mordilla tendrement sa poitrine dont le goût la ravissait. Doucement, il baissa les mains pour la saisir derrière les cuisses ; il la souleva sans effort et l'allongea sur le dos sur le lit. Elle tremblait sous lui, dans l'attente de ce qu'il allait faire. Les yeux du lord brûlaient de pur désir. Elle savait que ce feu se reflétait dans ses yeux à elle, qui le fixaient sans gêne.

Soudain, avec une sauvagerie délicieuse, Holden l'embrassa à pleine bouche. Elle était à lui. Elle répondit avec tout son élan. Il eut un gémissement sourd, lui releva les genoux contre la poitrine et l'empala d'une seule poussée.

La surprise coupa le souffle de Cambria qui se sentait emplie jusqu'au bout. Elle croisa les jambes autour de Holden et lui pressa le dos avec les talons pour le serrer de plus près encore.

Ils observèrent dès lors le silence; on n'entendait dans la tente que leurs respirations haletantes et le froissement des draps. On eût dit qu'ils avaient peur de parler, peur de rompre le charme de leur amour tout neuf. Ils plongeaient dans les yeux l'un de l'autre, tandis que leurs corps étaient emportés dans la fougue de leurs désirs.

Au moment où Cambria crut n'en plus pouvoir et allait se détourner du regard incandescent de son mari, la respiration de Holden s'emballa et son visage exprima le bonheur de l'orgasme. Son corps fut pris de tressaillements et il cria de plaisir. Le supplice délicieux qu'elle lisait dans les yeux de son mari était si émouvant que Cambria sentit son corps empli d'une chaleur radieuse. Elle se tendit vers l'accomplissement et à son tour connu la jouissance.

Longtemps après, quand le cœur et la respiration de la jeune femme eurent retrouvé un rythme ordinaire, Holden se laissa langoureusement glisser contre elle avec sa peau toute moite; il lui lécha l'épaule, lui chatouilla le cou avec ses cheveux.

— Tu es splendide, murmura-t-il.

Elle répondit d'un sourire comblé, n'ayant pas la force de formuler des mots. Elle émit un soupir satisfait, se pelotonna au creux des bras de Holden, et se laissa aller à un sommeil heureux.

Là, le roi bien-aimé revint la voir, portant une épée incrustée de pierreries. De nouveau, ils se battirent, lui en tenue royale, elle avec les couleurs des Gavin. Et c'est elle qui donnait la cadence. Elle s'éveilla avec un bâillement voluptueux, dans les bras de Holden. Décidément, elle était prédestinée aux rêves. C'était la raison pour laquelle la chance l'avait conduite ici, sous ce roi, dans cette bataille, auprès de ce mari, pour qu'elle soit un instrument de paix. Tous ses doutes s'étaient envolés sur la question.

Et elle était prédestinée à montrer sa folie à Edward.

Owen était caché à la lisière de la clairière; il apercevait entre les ormes la silhouette altière de l'imprenable château de Blackhaugh. Il en avait la prémonition: bientôt, cette forteresse lui appartiendrait. Naturellement, les douze Écossais en haillons qui le suivaient étaient moins confiants. Ils gardaient leurs capes bien serrées et leurs armes à portée de main et jetaient de tous côtés des regards inquiets. Mais ils ignoraient tout de ce que le désespoir peut faire commettre à un homme déterminé.

Owen savait que la sentinelle qu'il avait repérée sur le chemin de ronde était en train de courir dans les couloirs pour alerter de leur présence le frère de Holden. Owen eut un sourire mauvais. Sa jambe lui faisait mal, mais c'était peu cher payé pour conquérir le pouvoir qui allait être le sien.

Ils arrivèrent devant les lourdes portes en chêne qui s'ouvrirent en grinçant comme cédant à une formidable poussée. Owen en fut ravi.

— Owen! s'exclama Garth en guise de salut.

Owen lui répondit d'une grimace qui se voulait un aimable sourire.

— J'ai écopé d'une flèche écossaise, expliqua-t-il en haussant les épaules.

Garth eut un regard rapide pour le pansement; les blessures d'Owen ne le préoccupaient pas à l'excès.

— Et Holden? demanda Garth avec une sincère inquiétude.

— Il va bien, répondit Owen. Il nous envoie pour t'apprendre que la bataille a été gagnée. Il va rentrer sans tarder. D'ici là, j'aimerais prendre un bain et…

— Mais comment donc!

Garth, une fois ses craintes apaisées, revint à ses devoirs d'hôte et les invita à entrer.

Dès que les portes se refermèrent, les Écossais tirèrent l'épée. Garth ne s'attendait pas à se retrouver avec plusieurs pointes d'acier sur la gorge.

— Je vous avais dit que ce serait facile, ricana Owen en s'adressant à sa troupe.

— Mais que signifie… ? commença Garth.

La pointe de l'épée de Robbie l'empêcha de continuer. Owen se frottait les mains de satisfaction.

— Et maintenant, il nous suffit d'attendre lord Holden de Ware pour que lui aussi tombe dans le piège.

À son commandement, les rebelles poussèrent sans ménagement leur otage dans la grande salle.

— Tu ne m'as pas l'air du même tonneau que ton frère, n'est-ce pas ? ironisa Owen.

Garth rougit de honte ; le coup avait porté.

— Inutile de m'expliquer, précisa Owen. Je suis au courant.

En moins d'une heure, Garth, Malcolm et tous les hommes d'armes de Blackhaugh étaient sous les verrous. Owen les aurait volontiers passés au fil de l'épée car il était sûr de ne jamais pouvoir leur faire confiance. Mais il avait encore besoin des hommes de Robbie comme alliés et, en dépit de leur récente allégeance, il craignait que leur loyalisme ne résiste mal à un massacre sanglant de soldats de leur clan.

Robbie s'assit au pied du mur et s'y adossa. La cour du château, en général bourdonnante d'activité, était d'un calme sinistre. De temps en temps un faucon piquait sur le château ou une servante passait furtivement devant les rebelles en rasant les murs. Ses hommes faisaient les cent pas en se pavanant, ponctuant leurs phrases enthousiastes de grandes claques dans le dos de leurs camarades.

D'après ce que Robbie voyait, Owen n'avait pas l'air très soucieux de ce dont les rebelles écossais avaient besoin. En revanche, il s'inquiétait du sort réservé à Holden et Cambria, et cela ne faisait pas l'affaire de Robbie. Déjà, Owen avait parlé plusieurs fois de Blackhaugh comme de *son* château. Pour ne rien arranger, il avait une blessure qui suppurait, sa fièvre montait et la prise du château devenait pour lui une obsession. Quel nigaud, se dit Robbie, il va perdre sa jambe s'il ne se fait pas soigner ! Et puis, il y avait quelque chose d'inquiétant dans le regard d'Owen, quelque chose qui ressemblait davantage à la folie qu'à la fièvre.

Tout bien pesé, Robbie jugea qu'il n'y avait rien à faire. Ses hommes et lui avaient passé un point de non-retour. En prenant Blackhaugh, ils avaient commis l'irréparable et en subiraient les conséquences toute leur vie.

*

Le roi Edward, ayant fini sa côte de sanglier, la jeta dans le feu de camp et fit signe à une servante de lui en porter une autre. Holden n'avait mangé que la moitié de la sienne et était incapable d'avaler une bouchée de plus. L'air était chargé d'odeurs de sanglier rôti, de résineux odorants et d'intrigues de palais.

Holden écumait en silence car sa propre femme, la petite sotte, faisait des frais auprès du roi sans se rendre compte le moins du monde de la situation.

Cambria éclata de rire à nouveau. Ce son blessait les oreilles de Holden. Au moins, il devait reconnaître qu'elle ne lui faisait pas honte par sa tenue. À la lumière du feu déclinant, elle était parfaitement radieuse. Sa petite nymphe lui avait volé un de ses surcots de velours vert, qu'elle avait glissé sur une robe d'emprunt et ceint de sa plus belle chaîne d'argent. C'était une femme de ressources, il fallait bien le reconnaître, même si elle n'était pas étouffée par les scrupules...

Le nez dans sa coupe de bière, Holden ne la quittait pas des yeux. Elle souriait au roi avec une timidité feinte, et lui tirait la manche pour ne pas perdre son attention. Holden grinçait des dents, serrait les poings et se retenait de ne pas l'empoigner pour l'écarter du souverain.

Guy se pencha vers Holden.

— Ta femme joue avec le feu, murmura-t-il.

— Certes !

Holden tenait sa timbale d'argent comme s'il voulait la réduire en boule. Cambria jouait un jeu dangereux car elle n'avait jamais fréquenté la cour ni connu les intrigues et les méandres de la conversation politique. Elle qui était habituée à fourrer son nez partout, elle croyait pouvoir manipuler Edward en faisant la coquette et faire ainsi avancer la cause des Écossais. Elle ne se rendait pas compte.

Naturellement, Edward n'était pas insensible à l'attention qu'elle lui portait. Il feignait même de prendre au sérieux ses suggestions soigneusement formulées. Mais Holden connaissait son roi. Une fois son opinion faite, rien ne le détournait de son but.

— Que pouvons-nous faire ? bougonna Guy.

Holden n'avait pas de réponse.

Guy s'administra une bonne lampée de bière, puis posa sa coupe brutalement.

— Elle risque de se faire accuser de conspiration contre la couronne, maugréa-t-il, et d'entraîner la maison des de Ware dans sa chute.

Holden acquiesça. Telles étaient exactement ses pensées. Il finit sa bière d'un trait et se leva pour approcher du roi. S'il ne pouvait réduire sa femme au silence, il fallait qu'il l'écarte.

Il salua Edward d'une courbette avec son sourire le plus charmant.

— Majesté, nous avons vivement goûté votre hospitalité. Mais j'aspire au repos du guerrier. Avec votre permission, je vais reprendre ma femme et aller me coucher.

Cambria se raidit quand il lui posa une main ferme sur l'épaule.

— Vas-tu étouffer le feu qui couve ? demanda Edward en faisant la moue comme s'il était vexé.

— Eh oui, Majesté, répondit Holden sans façon. Ce sont nos feux domestiques qui ont besoin de tous nos soins.

Cambria fit grise mine devant cet excès de franchise, mais tint sa langue. En se fâchant, elle aurait compromis les points qu'elle croyait avoir marqués auprès du monarque.

— Eh bien, ma chère, concéda Edward avec un sourire magnanime, votre homme vous attend avec impatience. Prenez garde à ne pas vous faire dévorer !

Les courtisans qui faisaient cercle autour du feu eurent un petit rire poli à ce bon mot du roi. Cambria se leva humblement et, les yeux baissés, tira sa révérence à Edward. Mais quand elle se retourna vers Holden, son regard était incendiaire.

Dans un silence glacial, les deux époux se retirèrent entre les pins. Holden la guidait par le coude d'une poigne de fer. Cet enlèvement lui déplaisait, mais elle fut assez sage pour ne pas élever le ton tant qu'ils étaient à portée d'oreille.

Puis il la poussa sous sa tente. Elle bougonna quand le rabat de toile lui frappa le visage et, dès qu'il la lâcha, elle se tourna vivement d'un air agressif.

— Qu'est-ce que cela veut dire ? demanda-t-elle les mains sur les hanches.

— Ce que cela signifie, madame, c'est que c'en est fini pour toi des intrigues de palais.

— Intrigues ? Je me suis acquis l'amitié du roi. Et tu appelles ça de l'intrigue ?

— Ingénue ! répondit-il avec commisération. Tes grosses ruses sont cousues de fil blanc, je me demande comment le roi a pu te supporter si longtemps. Tu rentreras à Blackhaugh demain, annonça-t-il en plongeant les mains dans la cuvette d'eau près de l'entrée.

— Tu n'as pas d'ordre à me donner !

— J'en ai, et je les donne ! tonna-t-il. Tu fais tes affaires ce soir et tu partiras demain à l'aube.

— Non. J'ai de l'influence sur le roi...

— La seule influence que tu as sur le roi, milady, repose sur l'intérêt qu'il porte au loyalisme des de Ware.

Il avait fortement haussé le ton et Cambria se le tint pour dit. Il se radoucit, en se séchant les mains avec une serviette de toile.

— Donc, tu fais tes bagages, et qu'il ne te vienne pas à l'esprit de me défier. Je ne te laisserai pas jeter le doute sur le nom des de Ware. Les deux choses qui passent avant tout dans mon cœur sont mon roi et mon pays.

Holden sentit un petit remords en déclamant cette profession de foi car elle n'était pas entièrement vraie. Comme tout seigneur qui se respecte, il mettait avant tout sa lignée et ses vassaux, sachant pertinemment que le roi et le pays sombraient souvent dans le ridicule et le scandale. Il tâchait le plus possible de jouer le jeu de la confiance sans se départir d'une certaine vigilance : en cas d'alerte, il n'hésitait pas à changer de cap au gré des vents de la politique.

En épousant Cambria, Holden avait accepté d'assumer la responsabilité du laird et de tout son clan qui faisait à présent partie du cercle qu'il protégeait ; mais cette maudite entêtée ne lui facilitait pas la tâche. Si elle mettait en danger la réputation des de Ware, elle faisait courir un risque à la famille de Holden, sans parler des Gavin. Peut-être devait-il tenter une explication...

Mais au diable l'obstination de cette Écossaise ! Il n'avait pas à lui rendre des comptes. Le seigneur et maître, c'était lui. Au matin, il la renverrait sous bonne escorte et le problème serait résolu.

— Fais donc ce que tu as à faire, confirma-t-il froidement en se déshabillant avant de s'étendre sur leur lit, puis prends le repos que tu pourras.

Cambria s'exécuta avec mauvaise humeur et se mit à entasser ses affaires. Malgré cette agitation, Holden ne tarda pas à sombrer dans un profond sommeil.

Cambria en jeta ses bottes par terre de rage. Oser la congédier ainsi ! Et depuis quand le roi et le pays passaient avant elle ? Eh bien, s'il le prenait sur ce ton, elle allait lui faire comprendre que, pour elle, son clan passait d'abord. De toute façon, étant donné les responsabilités qui étaient les siennes, elle doutait qu'il lui resterait beaucoup de temps pour remplir ses devoirs conjugaux une fois de retour à Blackhaugh.

Encore indignée, elle se débarrassa de sa robe d'un geste exaspéré et se jeta sous les fourrures, décidée à affronter son avenir avec une détermination nouvelle. Elle prit bien garde à ne pas effleurer l'Anglais étendu à ses côtés. Ce fut la nuit la plus longue pour elle.

Cambria chevaucha mal réveillée. Le soleil lui faisait cligner des yeux tandis qu'elle dodelinait sur son palefroi, souffrant de l'inconfort de la route.

Un chevalier était devant elle, et l'autre derrière. À leur silence, elle comprit qu'ils ne goûtaient guère cette mission.

Sir Guy allait devant, ruminant sa mauvaise humeur d'avoir laissé filer sir Owen. Il considérait sa charge présente comme une punition méritée ; il chevauchait solennellement, faisant son devoir. Derrière Cambria chevauchait sir Miles, maussade et renfrogné. C'était sa première campagne et cette femme lui gâchait tout en le contraignant à abandonner le front où il devait se couvrir de gloire pour la raccompagner chez elle.

Inutile de dire que la conversation resta au point mort. Cambria ne demandait rien de plus. Elle n'avait aucune envie de justifier ses actes, convaincue qu'elle était du bien-fondé de sa conduite.

Elle était heureuse d'avoir parlé au roi. Il était important qu'elle lui ait transmis les soucis de son peuple et elle avait le sentiment d'avoir réussi.

Or, elle se trompait du tout au tout.

Alors qu'elle chevauchait fièrement sur la route de Blackhaugh, Holden tentait de réparer les dégâts qu'elle avait causés. Souriant bravement à Edward, il était très mal à l'aise étant donné l'embarras dans lequel elle l'avait mis.

— Oui, Majesté, convint-il, elle ne mâche pas ses mots. Mais, je vous assure, elle prend ses soucis imaginaires pour des faits indubitables. Après tout, ce n'est qu'une femme...

Le roi acquiesça, pas totalement convaincu.

Holden avait du mal à lui mentir. En vérité, sa conviction intime était tout autre. Il savait que l'avis de Cambria était à prendre en compte. Il était aussi vrai que, pour les Écossais, l'accès de Balliol au trône était une abomination. Mais le dire à Edward n'avançait à rien, aussi Holden s'attachait-il à convaincre le roi que l'expression de cette opinion ne représentait de la part de Cambria qu'un bavardage futile.

— À l'épée, elle ne manque pas de fougue, rétorqua Edward sans quitter des yeux sa propre timbale.

— Elle en sait davantage sur l'art de la guerre, convint Holden, que dans le domaine de la diplomatie et des us de cour.

Edward eut une moue pensive.

— Donc, je te fais confiance pour l'initier aux subtilités des arcanes du palais, au danger des bavardages inconséquents, et au reste ?

— Bien sûr, Majesté ! acquiesça Holden, soulagé. Je l'ai déjà renvoyée chez nous, et cette rebuffade l'a vexée.

Cela amusa le monarque.

— Je n'en doute pas.

Il se leva et partit, puis se ravisa.

— Et ton traître, de Ware, tu l'as pris ?

— Pas encore, répondit Holden d'un ton ferme. À notre avis, il est allé rejoindre les rebelles écossais.

— Oui, oui, une véritable anguille, observa le roi d'un ton moqueur. As-tu besoin... d'aide, Loup ? Je puis mettre à ta disposition des gens qui...

— Non, Majesté ! se braqua Holden.

— Eh bien, quand tu l'auras trouvé, amène-le-moi, tu seras gentil, demanda Edward en vidant sa timbale. C'est important de châtier les traîtres de façon exemplaire.

Edward avait eu ce mot amer car il devait se remémorer Roger Mortimer, l'amant de sa mère, qu'il avait fait exécuter quelques années plus tôt pour haute trahison.

— Certes, majesté ! acquiesça le chevalier en s'inclinant pour faire ses adieux au roi qui se préparait à partir.

— À propos, ajouta le roi par-dessus son épaule, je ne suis pas fâché que tu te charges d'apprivoiser cette Écossaise. C'est une femme fougueuse. Tâche de la dresser sans la briser. Bonne chance, de Ware !

Holden resta les bras ballants à regarder le roi s'éloigner. Parfois, Sa Majesté s'avérait au courant de bien des choses. Car enfin, Edward avait bien dit qu'il était heureux que ce soit Holden qui se charge de la *dresser* ? L'expression le fit rire de bon cœur. Là, Edward était dans l'erreur : jamais Cambria Gavin ne se laisserait dresser.

Pendant les trois jours qui suivirent le départ d'Edward, les hommes de Holden montèrent la garde au cas où des rebelles écossais tenteraient de se rebeller contre l'occupation anglaise. Pour Holden, le temps semblait long. L'oisiveté l'ennuyait et il avait envie d'en découdre. La façon qu'il avait de tourner en rond dans le camp agaçait ses chevaliers qui savaient parfaitement la cause véritable de son souci.

Enfin, il eut l'honnêteté de le reconnaître : Cambria le sujet de son tourment. Cette belle et douce Écossaise attendrissante, qui savait se montrer si téméraire, obstinée et exaspérante ! Holden se voyait enchaîné à ses souvenirs. Elle le contrariait, elle le rendait à moitié fou avec ses intrigues et ses injures, mais il commençait à s'habituer à ce nouveau champ de bataille et se sentait prêt pour le prochain combat. Elle lui manquait, sa petite combattante, et, de la façon la plus égoïste, il se prit à regretter de l'avoir renvoyée.

Il était en train de bouchonner distraitement Arielle, rêvant à ses retrouvailles avec sa femme, quand un jeune messager hors d'haleine arriva en trombe.

— Milord ! commença le jeune homme.

Holden se tourna. Il n'y avait pas de doute sur le message qu'apportait ce garçon. Un instant, le cœur du chevalier s'arrêta ; tous ses sens en alerte attendaient le coup qui allait le frapper.

— Cambria !

Ce n'était pas une question, mais une certitude. Le messager fut pris de court.

— Oui, milord. Vous êtes au courant ?

La terreur suffoqua Holden.

— Elle est avec sir Owen, lui annonça le messager, à Blackhaugh.

— Owen est à Blackhaugh ?

— Il s'est emparé du château. Il m'envoie vous l'annoncer…

Holden n'entendait plus rien. Il avait envoyé sa femme dans la gueule du loup !

— Milord ? demanda le messager.

Tout de suite, Holden serra les mâchoires et se remit dans la peau d'un guerrier impitoyable. Dans ses yeux, on lisait la résolution et la vigilance.

Le messager recula d'un pas et se signa. Holden revêtit immédiatement son armure, jeta quelques provisions dans une besace et enfourcha son destrier qui piaffait. Puis, laissant à ses hommes l'ordre de le suivre dès que possible, il fit feu des quatre fers et se lança au triple galop au secours de sa bien-aimée.

# 15

Une douce brise entrait par la fenêtre du donjon de Blackhaugh, soulevant les bouclettes autour du visage meurtri de Cambria. Malgré la douceur du temps, elle frissonna dans sa chemise déchirée quand elle appuya son dos contre le mur de pierre. Elle se maudit d'être si faible mais, par pur orgueil, elle refusait la nourriture qu'Owen lui apportait. Tout ce qu'elle allait gagner à se rebeller de la sorte serait de s'évanouir.

Toutefois, il ne lui était pas utile d'être dans une forme éblouissante. Elle avait les poignets pris dans des menottes au-dessus de la tête et en essayant de se libérer, elle n'était arrivée qu'à se blesser. Elle n'était pas non plus parvenue à desceller le long anneau du mur au-dessus de sa tête. À cause de ces efforts, elle avait le bras couvert de sang.

Elle se demandait à quel jeu se livrait Owen et ce qui se passait à l'extérieur.

Owen entra brusquement ; la porte de la pièce s'ouvrit à la volée et claqua contre le mur. Il avait les cheveux qui lui pendaient sur le visage et se dirigea en boitant vers la fenêtre. Ayant jeté un coup d'œil dehors, son hideux visage s'éclaira d'un méchant sourire et il se frotta les mains. Cambria se demanda la raison de sa jubilation.

Owen approcha d'elle avec une mine réjouie. Il lui caressa la joue avec ce qui aurait pu passer pour de la tendresse. Cambria en eut la chair de poule. Les menottes qui lui serraient les poignets l'empêchaient de frapper son bourreau, qui lui avait lié les jambes avec de lourdes chaînes depuis qu'elle lui avait décoché un coup de pied au ventre. Elle tourna vivement la tête et lui mordit la paume jusqu'au sang.

Il cria de douleur et retira sa main mutilée. Du dos de l'autre main, il la gifla violemment. Étouffant un gémissement, elle se laissa faiblement aller contre le mur.

Ce n'était pas le premier coup qu'elle essuyait depuis son arrivée à Blackhaugh. Elle s'était jetée dans le piège la tête la première et la honte de se faire capturer était pire que les raclées qu'elle avait subies d'Owen.

Tous l'attendaient: Robbie, Graham, Jamie et les derniers rebelles du clan Gavin. Ils avaient déjà enfermé les hommes du clan qui lui étaient restés fidèles et Dieu seul savait ce qu'ils avaient fait de Garth.

Il avait fallu six hommes pour maîtriser et emmener Guy et Miles au donjon pendant que Cambria attendait de connaître son sort.

Rendue imprudente par la colère, elle avait craché sur Owen sans montrer la moindre crainte, malgré les mises en garde de Robbie. Son audace lui avait coûté cher, comme aux rebelles du clan Gavin. Owen avait mis une dague sous la gorge de leur laird: Robbie et ses hommes, qui demeuraient malgré tout des Gavin dans l'âme, n'eurent d'autre choix que de se rendre. Owen les enferma tous et conduisit Cambria dans le donjon.

Quand ce monstre d'Owen fut las de la frapper, elle n'avait pas un muscle qui ne lui fasse pas mal et avait dans la bouche un goût écœurant de sang.

Mais elle ne s'avouait pas vaincue. Même à présent, à demi consciente, le ventre vide et du sang frais coulant sur la joue, elle refusait de trembler devant lui comme il le souhaitait.

Owen suça sa blessure à la main et lança un crachat sanglant. Décidément, rien ne lui était épargné par lady Cambria de Ware et son insolence imperturbable. Elle était sûrement fille du diable et d'un chat sauvage, avec ses ongles griffus et ses dents pointues. Il avait du mal à croire qu'il avait eu envie d'elle. Elle était si hostile que l'idée avait passé à Owen de coucher avec elle. De plus en plus, il inclinait à torturer le Loup et à faire subir à la laird une mort lente. S'il s'avérait incapable de mettre cette maraude à genoux, il voulait au moins voir de Ware s'humilier devant lui.

Avec un grognement, il prit sur la table un pichet d'eau et en renversa le contenu sur la jeune femme pour la tirer de sa torpeur.

Cambria reçut l'eau froide en pleine figure. Elle renifla et toussa car le liquide lui brûlait le nez et lui faisait couler les yeux.

— Réveille-toi, la fille ! grondait Owen, mi-dégoûté, mi-excité. Ton lord de mari est là.

Cambria s'éveilla pour de bon. Holden ! Elle ne savait si la nouvelle devait l'inquiéter ou la soulager. Était-il seul ? Allait-il lui aussi tomber dans le piège ? Il fallait qu'elle l'avertisse. Elle ouvrit la bouche pour hurler, mais son cri se mua en gargouillis quand Owen la saisit à la gorge.

Son haleine puait l'oignon.

— Si tu cries, grinça-t-il, je massacre tout ton clan : hommes, femmes et enfants.

Quand il la lâcha, elle commençait à voir des taches noires flotter devant ses yeux. Elle s'affala contre la pierre, haletante.

Pas ça, songea-t-elle, tout mais pas ça. Qu'il prenne Blackhaugh ! Qu'il la rosse jusqu'à l'assommer, mais qu'il ne touche pas à son clan… Elle avait peur au point de vivre un cauchemar les yeux ouverts, pire que ceux qui l'avaient visitée dans son sommeil. Elle revoyait dans son esprit ses ancêtres, sa famille – hommes, femmes et enfants –, spectres maudits sur la terre pour l'éternité, gémissant des reproches en la désignant de leurs yeux de fantômes.

Elle était incapable de laisser ce monstre détruire les Gavin. Elle était la fille de son père. Elle était le laird ; il lui fallait protéger le clan.

Même si elle devait trahir son mari en gardant le silence.

— Si tu fais preuve de bonne volonté, offrit Owen, je t'accorderai peut-être la vie sauve et te prendrai à mon service personnel.

Owen faillit se raviser en voyant l'état dans lequel elle se trouvait : les cheveux en bataille, le visage enflé, contusionné et dégoulinant de sang. Pourtant, cela n'empêchait pas ses attributs virils de lui gonfler les chausses à la perspective de la violer en présence du puissant Holden de Ware pour le faire enrager.

Il soupira de satisfaction. Le sort souriait à Owen le bâtard depuis quelques jours. La laird était arrivée au bon moment à Blackhaugh, comme si on la lui avait servie sur un plateau d'argent. Elle était pratiquement seule, pas de Loup en vue. Elle était entrée à cheval par la grande porte et était tombée tout droit dans ses pattes.

Elle allait devenir un otage comme il n'aurait pu en rêver.

— Viens, allons saluer notre noble héros ! suggéra-t-il ironiquement.

Il prit sur la table les clefs des menottes et les balança sous le nez de Cambria.

— Je te détache, mais je garde la dague sous ton gosier. Fais attention, pas de faux mouvements. Je ne voudrais pas abîmer la petite ribaude du Loup avant l'heure !

Ricanant en lui-même, il la détacha du mur en la laissant menottée. La dague sur la gorge, il la poussa en avant et, les pieds entravés, elle s'avança comme elle pouvait vers la fenêtre.

Elle regarda dehors avec inquiétude, risquant l'évanouissement tant elle était faible. Puis elle manqua de défaillir pour de bon en apercevant son mari, sous le soleil qui faisait étinceler sa cotte de mailles et l'écu qu'il portait au bras. Maintenant qu'il était là, toutes les horreurs des jours passés revenaient à l'esprit de Cambria qui faillit éclater en sanglots.

Mais elle ne pouvait donner libre cours à ses émotions. Il fallait réfléchir. Holden était venu avec une forte troupe de chevaliers. Il avait donc l'intention de livrer bataille. Cambria se mordit la lèvre. S'il donnait l'assaut au château, il parviendrait sans doute à pénétrer dans Blackhaugh, mais rien n'empêchait Owen d'exterminer tous les habitants. Il fallait donc qu'elle empêche cette attaque frontale, mais comment ?

Holden tenait ses rênes à pleines mains et Arielle encensait en signe de protestation. Il calma sa monture. Cambria apparut menottée par Owen à la fenêtre du donjon et Holden eut lui-même du mal à se maîtriser. Elle avait le visage marbré d'ecchymoses, du sang sur les joues et les bras et portait de lourdes chaînes.

L'indignation saisit Holden et ses hommes suffoquaient de rage. Au prix d'un terrible effort, il parvint à surmonter ses tremblements de fureur. Il voulait du sang.

— De Ware ! l'apostropha Owen. Merci de m'avoir prêté ta femme. Avec elle, j'ai pris du bon temps.

Holden resta impassible, les yeux fixés sur le bâtard qu'il méprisait de toute son âme.

— En vérité, ricana Owen, j'ai bien envie de la garder pour réchauffer mon lit.

Holden calma sa monture qui piaffait. Si ce monstre avait couché avec Cambria, il le pendrait par les roustons.

— Qu'est-ce que tu veux, Fitzroi ? demanda-t-il, surpris par le calme de sa voix.

— Rien, j'ai tout ce qu'il me faut, grinça-t-il.

Et, joignant le geste à la parole, le malotru passa le bras par-dessus l'épaule de Cambria, glissa la main dans le décolleté et se mit à lui tripoter la poitrine.

Holden entendit les jurons étouffés de ses hommes, mais se contenta de serrer les dents, jurant en silence de trancher sa main avant le coucher du soleil. Arielle martelait le sol du sabot, comme si elle partageait la rage de Holden.

Puis le regard de Cambria croisa celui de son mari, dont la colère se figea dans ses veines. Toute autre femme aurait détourné le visage sous l'effet de la honte qu'Owen lui infligeait ; mais Cambria gardait la tête haute, brave et inflexible. Son regard lui communiquait ce qu'elle ne pouvait dire : elle était forte ! Owen pouvait atteindre son corps mais pas son esprit. Et elle était prête à tout supporter pour son clan. À cet instant, la brise écossaise fit voltiger les mèches folles de sa courageuse petite femme et le soleil l'auréola d'un halo. Les larmes montèrent aux yeux du chevalier : il sut que, de son côté, il était prêt à tout supporter pour elle.

Ainsi, elle lui adressait un message limpide. Ils étaient trop loin pour avoir la moindre bribe de conversation, mais elle parvint à se faire comprendre : *qu'Owen me fasse tout ce qu'il voudra, mais sauve mon clan.*

Il hocha la tête de façon imperceptible. Il avait compris la demande suppliante de la jeune laird. Pourtant il n'avait aucune intention d'abandonner Cambria, quelles que soient ses attentes : il voulait tous les sauver.

Il détourna le regard. Il allait devoir prendre des risques énormes, et vite. Il tourna bride et consulta ses hommes.

— Nous devons faire comme si Garth, Guy et Miles étaient prisonniers ou morts, commença-t-il avec consternation. Je suis sûr que le sort des rebelles du clan Gavin n'est pas meilleur. En effet, pas un ne tolérerait que l'on traite leur laird de cette manière.

Stephen s'avança avec son cheval.

— Ne peut-on pas le convaincre ? À présent, le roi connaît sa perfidie. Sa vie est déjà en jeu. Peut-être se rendra-t-il ?

— Non, trancha Holden d'un ton sans réplique. Non, nul ne sait ce que va faire ce traître. Peut-être sa soif de vengeance le poussera-t-elle à massacrer tous ceux qui sont restés dans les murs du château. À moins qu'il ne cède à la panique, qu'il ne s'enfuît avec un otage.

Tous savaient de quel otage il s'agissait.

— Nous mettons le siège, milord ? demanda Stephen.

— Pour faire mourir de faim nos propres gens ? rétorqua Holden.

De toute façon, un siège durerait trop longtemps. Il ne voulait pas qu'Owen vive un jour de plus.

— Non, je vais mordre à son hameçon pour connaître ses intentions.

Il était sage de se montrer docile avec Owen, de lui faire croire qu'il avait la situation bien en main, même vis-à-vis du Loup. Mais d'abord il fallait mettre Cambria hors de danger. Il se retourna face à son ennemi.

— Fitzroi ! lança-t-il. Si cette fille a couché avec toi, je n'en veux plus.

Malgré la distance, il vit Cambria tressaillir. Cela fendait le cœur de Holden de la faire ainsi souffrir, mais il n'avait pas le choix.

— Je ne veux pas de tes restes. Garde-la.

Au grand soulagement de Holden, ses fidèles restèrent imperturbables sur leurs montures. Ils connaissaient bien leur seigneur qui n'avait jamais eu un mot discourtois pour une femme. Ils prirent ce discours pour ce qu'il était : une énorme esbroufe.

Owen, en revanche, bafouilla de surprise. Il s'attendait à des gesticulations courroucées mais pas au mépris. Il fit un léger mouvement avec son couteau, égratignant la gorge de Cambria. Holden en eut un coup au cœur.

Mais la coupure n'arracha pas une grimace à Cambria. Immobile comme une statue, elle gardait le regard fixe : d'ailleurs, la pointe de la dague l'avait blessée moins profondément que les paroles atroces qu'Holden venait de prononcer. Seigneur, faites qu'il m'arrache à ce monstre !

— Qu'as-tu fait de mes hommes ? beugla Holden. Garth, sir Guy et Miles ?

Owen saisit au vol la perche que le lord lui tendait.

— Tes hommes, de Ware ? Si tu veux les revoir vivants, répondit-il en écartant d'une bourrade cette prisonnière désormais inutile, j'ai une demande à te faire.

Holden eut un soupir de soulagement quand Cambria échappa à l'étreinte d'Owen.

— Vas-y ! ordonna-t-il à Owen.

— Légitimement, Blackhaugh aurait dû échoir à mon frère, paix à son âme. Je suis l'héritier suivant. Ce château me revient de plein droit. Abandonne-le-moi !

Holden afficha un sourire narquois bien calculé. Il respirait l'ironie.

— C'est tout ?

Owen tremblait de rage, l'écume aux lèvres et devint menaçant.

— Ne te moque pas de moi ! J'ai des alliés ! Cède Blackhaugh de bon gré, ou j'informe le roi que ta femme a commis des meurtres, qu'elle a du sang royal sur les mains.

Holden se figea. Owen était-il capable de convaincre Edward ? La logique voulait que non. Après tout, cela faisait des générations que les de Ware étaient de fidèles vassaux du roi. Mais si Edward soupçonnait le jugement de Holden d'être altéré par l'amour... En plus, Miles et Guy, seuls témoins à décharge de Cambria de ce qui s'était véritablement passé à l'auberge, étaient peut-être morts. Sans eux, il n'y avait aucune preuve qu'elle était innocente du meurtre de l'oncle d'Edward.

Holden frissonna. Edward était intransigeant sur les questions de justice. Il avait fait exécuter l'amant de sa mère, Roger Mortimer, sans état d'âme. Si le roi croyait Owen, il n'hésiterait pas à prononcer une lourde peine contre Cambria.

Pas question de courir ce risque. Il avait eu beau promettre de livrer le traître à Edward, il ne pouvait laisser à Owen la chance de convaincre le roi. Il devait se débarrasser du bâtard avant le coucher du soleil.

D'une façon ou d'une autre, il lui fallait persuader Owen de se battre. Et pour le duper, il fallait lui laisser croire qu'il avait des chances de l'emporter. Excitant Arielle, tout en tirant sur les rênes, il fit semblant d'hésiter et d'être en colère.

— Est-ce que tu n'as pas honte de te retourner contre la maison qui t'a nourri ?

— Je n'ai pas une grande affection pour la maison de Ware ! beugla Owen. Ton père ne m'a pris que parce que j'étais le frère de Roger.

Feignant l'exaspération, Holden ôta son casque et le jeta à terre.

Owen eut l'air ravi de cette réponse et prit de l'assurance.

— Il te reste le château de Bowden, de Ware. Contente-t'en.

— Je ne vais pas me laisser dépouiller d'un fief qui m'appartient de plein droit ! tonna Holden en levant un poing au ciel.

— Mais ce château, gloussa Owen, ne t'appartient pas de plein droit !

Holden se donna un coup de poing dans la paume. Il ne voulait ni mettre le siège devant Blackhaugh, ni livrer une bataille rangée contre ses propres vassaux. Il fallait convaincre Owen de régler l'affaire avec des champions choisis...

— Si je mets le siège, tu ne dureras pas un mois. Les provisions de Blackhaugh sont épuisées.

C'était faux, mais il prit le risque qu'Owen ait omis de vérifier les réserves du château.

— Choisissons des champions pour nous battre : un duel à mort pour la possession du château.

Holden savait que son ennemi n'était pas idiot. Jamais il n'enverrait un champion seul contre un homme de la réputation de Holden. Mais s'il y avait un handicap suffisant, s'il arrivait à tenter Owen de saisir une chance de vaincre le Loup invincible...

— Le Loup de Ware, proposa-t-il, contre tes dix meilleurs hommes !

*

Owen se grattait la barbe, réfléchissant à l'offre de Holden. Il regretta de ne pas avoir dix chevaliers ! Il aurait été ravi de voir enfin cet homme invaincu mordre la poussière. En outre, le fait de battre le meilleur guerrier d'Angleterre contribuerait mieux à défendre le château qu'un rempart supplémentaire. Hélas, il n'avait plus un seul allié prêt à se battre pour lui.

Toutefois, si ce qu'avait dit Holden des provisions de Blackhaugh était vrai, il lui fallait choisir une solution plus rapide. Il n'avait plus les ressources ni la constitution pour tenir un long siège et l'état de sa jambe empirait. Il s'était refusé à s'en occuper, mais la fièvre le tenait. S'il ne voyait pas un médecin, il risquait de succomber sans tarder au délire.

Écœuré, il cracha sur l'appui de la fenêtre. Quel paradoxe ! Il tenait en otage Blackhaugh et tous ses habitants, mais il était toujours impuissant face au Loup.

Puis, dans les méandres les plus tortueux de sa cervelle, une idée perfide se fit jour. Un concept si vicieux, si diabolique qu'il faillit s'en étouffer de jubilation.

— D'accord, de Ware ! J'accepte ton défi. Prépare-toi à voir ta fin.

Holden n'eut pas le temps de s'étonner de l'accord immédiat d'Owen. Le gredin s'écarta vivement de la fenêtre, disparaissant à sa vue. Puis un cri strident résonna dans le donjon.

Cambria.

Cela fit à Holden l'effet d'un coup de poignard. Par la sainte mère de Dieu, si ce goret lui faisait du mal… Il ne supportait pas l'idée de perdre Cambria. Il l'aimait.

Il n'avait jamais été capable de prononcer ces mots auparavant. Il lui était difficile d'admettre, même en lui-même, que pareil sentiment existât. Il avait désiré maintes femmes, il en avait idolâtré certaines, mais à présent il savait. Il avait la certitude qu'il aimait cette Écossaise, qu'il l'aimait au-delà de toute raison, de toute logique, et plus que la vie même. Au diable le roi, au diable le pays ; s'il s'en sortait cette fois et la tenait de nouveau dans ses bras, il lui répéterait qu'il l'aimait jusqu'à lui fatiguer les oreilles.

Il avait cru que Cambria lui appartenait. Elle était sa vassale après tout, et prenait ses ordres de lui au même titre que ses autres chevaliers. Comme il était seigneur de Blackhaugh, elle avait le devoir de le servir corps et âme.

La réalité était tout autre. Il mit pied à terre pour ramasser son casque. Cambria avait jeté son petit monde sens dessus dessous. Elle le faisait courir, le piquait comme une écharde impossible à extraire, le fustigeait de mots irrévérencieux ; en dépit de cela, il ne s'était jamais senti si vivant que depuis qu'elle lui jouait mille tours, luttait avec lui pour la cause des Écossais, le défiait d'un esprit affûté et le narguait avec sa somptueuse silhouette féminine.

Les quelques jours qu'il venait de passer sans elle s'étaient avérés insupportables. Car enfin, le simple fait de la regarder lui emballait le cœur. La façon qu'elle avait de tourner la tête, une lueur dans son regard, un geste, tout le fascinait en elle. Bref, se dit-il en glissant son casque sous son bras, il n'était pas seigneur et maître de Cambria Gavin, il était son prisonnier sur parole.

Quand, par la grâce de Dieu, il aurait réduit en poussière les hommes d'Owen, il l'emporterait dans ses bras, lui livrerait son âme et s'accrocherait à elle pour toujours.

Les mots cruels hurlés par Holden résonnaient douloureusement dans le cœur de Cambria. « Garde-la, cette ribaude ! » Il ne pensait pas ce qu'il disait, cet homme qui la faisait fondre d'un baiser, qui chassait ses cauchemars en la prenant dans ses bras, qui avait juré devant Dieu de la protéger et de l'honorer. Pourtant, cela la blessait davantage que les poings d'Owen.

Avait-elle bien compris leur échange muet ? À l'instant où leurs regards s'étaient croisés, elle aurait juré qu'ils se comprenaient et que, ensemble, ils se débrouilleraient pour renverser Owen.

Peut-être se trompait-elle. La dernière fois qu'ils avaient parlé, il n'était vraiment pas content. Peut-être s'était-il servi d'elle pour mettre la main sur Blackhaugh. Peut-être ne voulait-il plus d'elle... Non, cette éventualité était trop insupportable pour être retenue.

Et un incroyable défi l'attendait. Owen lui avait retiré ses menottes et laissé tomber ses chaînes sur le sol ; il l'avait revêtue d'une cotte de mailles, de gantelets et d'un surcot.

Elle faillit éclater d'un rire hystérique quand elle comprit l'intention d'Owen mais cette brute l'avait bâillonnée en lui fourrant entre les dents une boule de chiffon. Il l'avait enfoncée au point de lui mettre les larmes aux yeux. Puis il avait lié ce tampon en lui nouant derrière la nuque un cordon passant entre ses lèvres ; il serra tellement le nœud qu'elle avait l'impression que ses lèvres allaient se déchirer. Et sur le tout, il la coiffa d'un lourd casque d'acier. Cambria craignait de perdre le souffle.

De l'ombre du pigeonnier, Katie surveillait toute tremblante le bâtard anglais qui tirait Cambria au milieu de la cour. La vieille servante se mordit le poing pour arrêter des larmes qui ne rendraient aucun service à sa jeune maîtresse. Elle aurait voulu courir vers elle pour l'aider. Elle n'avait pas vu Cambria depuis l'arrivée prématurée de la jeune femme, mais Katie comprit à la démarche titubante et à l'affaissement de ses épaules que la laird avait été maltraitée.

Cela la contrariait d'être à la fois libre et impuissante. Owen permettait aux femmes d'aller et venir à leur guise mais il avait menacé de trancher la gorge de Cambria si quiconque quittait le château. Le bâtard avait besoin de leurs services, et nul ne pourrait rien contre lui tant qu'il tiendrait leur laird. Katie était souvent descendue voir Malcolm, mais aucun d'entre eux n'oserait faire quoi que ce soit tant qu'Owen détiendrait Cambria, même si les servantes parvenaient à dérober à Owen les clefs du donjon. Or même cela était impossible car, pour dormir, il s'y enfermait.

Et ne voilà-t-il pas que ce monstre envoyait à présent la pauvre petite se battre contre son mari, qui la taillerait sans doute en pièces en un clin d'œil avant de comprendre à qui il se mesurait.

Pour Katie, c'était insupportable. Déjà, elle avait enterré la mère et le père de Cambria. Elle ne pouvait assister les bras croisés à la destruction du peu qui restait du clan Gavin.

Au milieu de la cour, Owen tentait de maîtriser le lourd destrier. Un rayon de soleil se refléta sur l'anneau de fer des clefs du château qui pendait à sa ceinture au bout d'une lanière de cuir. Elles cliquetaient contre sa cuisse, narguant Katie. Elle se mordit la lèvre. Si seulement elle pouvait trancher le lacet et mettre la main sur ces clefs…

Le cœur battant, elle sortit de sa cachette et s'avança vers Owen qui s'affairait avec le cheval trop nerveux.

Owen avait de la sueur au front et son visage maladif était livide. Sa blessure à la jambe dégageait une odeur pestilentielle et son haleine puait le vin dont il s'abreuvait en permanence pour calmer sa douleur. Sa vie tenait à un fil. Au risque de se damner, Katie formula le vœu qu'il meure sur place. Mais il continuait à claudiquer vaille que vaille, tirant sur la bride du coursier.

La vieille servante arriva par-derrière, son cœur battant si fort qu'elle craignit de se faire entendre. Elle sortit alors de sa bourse une aiguille de brodeuse, puis, avant d'avoir le temps de regretter son acte, elle planta vivement la pointe dans le flanc du destrier.

Le cheval hennit violemment, rua et Katie faillit se faire piétiner. Surpris, Owen recula en titubant, proférant un juron. Avant qu'il ne recouvre ses esprits, Katie tira un couteau de cuisine et le frappa.

La lame lui égratigna le côté et Owen gronda de colère plus que de douleur. Il se retourna vivement vers elle avec un regard démoniaque. Et elle perdit connaissance en recevant sur le menton un violent coup de poing.

Pauvre Katie adorée ! Cambria en pleurait de compassion et de rage. La vieille servante gisait sur le sol, ses jupes rousses retroussées.

Owen empoigna Cambria par le bras. Elle tenta de se dégager, animée par la seule envie de le battre. Mais elle savait qu'elle n'avait pas la force d'en finir avec lui et elle ne pouvait se permettre de l'énerver. Il passerait sa fureur sur le clan, comme il venait de le faire avec Katie.

Cambria eut un dernier regard découragé pour la servante qui l'avait élevée et s'était sacrifiée pour elle.

Elle entrevit un reflet métallique dans les plis de la jupe de Katie. Au creux de sa paume, la fidèle servante avait les clefs du château.

— En selle ! gronda Owen.

Un rayon d'espoir la ragaillardit, mais la jeune femme n'avait pas le temps de profiter de sa découverte. Elle n'était même pas sûre que Katie soit vivante.

— En selle !

Cambria, luttant contre son envie de tenir tête, s'exécuta. Plus tôt elle sortirait du château, plus tôt son clan serait en sûreté. Pourtant, elle se sentait des pieds de plomb, écrasée par ses devoirs plus que par le poids de l'armure qu'Owen l'avait forcée à endosser.

Owen n'avait pas lâché les rênes du destrier pour pouvoir l'arrêter au cas où elle éperonnerait sa monture en vue de le piétiner. Sa menace fut claire :

— Si tu te découvres à de Ware ou que tu fais la moindre tentative pour esquiver le combat, je prendrai une torche pour mettre le feu au donjon. Les hommes de ton clan brûleront vifs en criant ton nom pendant leur agonie.

Le cœur de Cambria sonnait comme un glas tandis que, lentement, elle approchait des grandes portes du château. Elle avait l'impression d'aller à sa mort : jamais Holden ne devinerait que c'était elle. Il allait probablement la démembrer en quelques coups bien ajustés sans se douter de la supercherie jusqu'au moment où il lui retirerait son casque ; alors, il comprendrait qu'Owen avait dépêché sa propre femme pour le combattre.

Et elle était décidée à lutter, pour son clan. Elle était laird à présent, se rappela-t-elle en relevant la tête. Sa vie appartenait aux Gavin. Si elle ne faisait pas tout ce qui était en son pouvoir pour les protéger, elle était inutile. Non, elle mourrait pour eux si nécessaire. Elle priait simplement pour que, dans l'éventualité où Holden la tue, les Gavin lui pardonnent en sorte qu'il reste le protecteur du clan, quelle que soit la facilité avec laquelle il allait se débarrasser d'elle.

Au moins, se dit-elle, défendre les Gavin était une noble façon de mourir. Holden allait la massacrer et Blackhaugh lui reviendrait ainsi qu'à ceux du clan qui le respectaient, comme Malcolm et Katie.

Elle refoula les larmes qui menaçaient de lui faire perdre ses moyens et éperonna son destrier. C'était mieux ainsi. Autant en finir vite et dans l'honneur.

Péniblement, Owen se mit à tourner la manivelle pour ouvrir les portes. Lentement, les énormes charnières se mirent à grincer. Cambria secoua la tête et s'assit bien droit. Elle allait se battre avec fierté pour les Gavin. Son père devait sourire au ciel en la voyant. Prenant une profonde inspiration, elle lança son coursier au petit galop sur la pente au bas de laquelle l'attendait son mari.

Holden ne s'y trompa pas. Du premier coup d'œil, il reconnut la taille et le port du chevalier. Quelle était cette triste supercherie ? Owen pouvait-il croire qu'il ne reconnaîtrait pas sa propre femme ?

En la regardant approcher, les compagnons de Holden échangèrent quelques propos furtifs. Quand elle fut à moins de dix mètres, ils se turent. Leurs longues mines montraient qu'ils réprouvaient la différence de taille entre leur suzerain et le champion inconnu.

Owen était remonté à la fenêtre du donjon ; à son intention, Holden salua le chevalier d'une voix tonnante.

— Salut à vous !

Cambria ne répondit rien. Holden fronça les sourcils. Ainsi espérait-elle ne pas être identifiée. Pourquoi ? Avait-elle pris au pied de la lettre ses paroles insultantes ? Croyait-elle qu'on la manipulait ? Venait-elle de son plein gré l'affronter ? Non, c'était impossible. Elle ne pouvait embrasser la cause d'un monstre tel qu'Owen.

— Est-ce que vous vous êtes mis en paix avec le ciel, messire ? claironna-t-il pour gagner du temps, tout en approchant Arielle plus près du coursier pommelé de Cambria.

Elle eut un hochement de tête imperceptible.

— Sur le nom du Christ, murmura-t-il pour qu'elle soit seule à l'entendre, je te jure que je ne voulais pas dire…

— Alors, glapit Owen, brandissant un flambeau menaçant à la fenêtre du donjon, c'est pour aujourd'hui ou pour demain ?

Prise de panique, Cambria tourna bride brusquement, essayant de garder ses distances. Elle essayait évidemment d'éviter la conversation. Peut-être Owen lui avait-il fait des menaces, la visant elle ou son clan.

Holden jura à mi-voix, regrettant de ne pouvoir la regarder dans les yeux et connaître la raison de son silence.

Le combat était inévitable. Il prit son temps, se coiffa de son casque et enfila ses gants. Il avait le choix des armes. Il ne toucherait pas sa lance : Cambria en connaissait mal le maniement. Mieux valait en venir au corps à corps.

— À l'épée ? proposa-t-il tandis qu'Arielle, impatiente, piaffait et encensait.

Cambria acquiesça d'un signe de tête et mit pied à terre. Il lui fallut se rattraper à l'étrier car ses jambes se dérobaient sous elle.

Holden descendit à son tour de selle, cherchant à gagner du temps. Il se pencha pour régler une attache, examina la surface de son écu. Pendant ce temps, Cambria restait rigoureusement immobile, la main gantée de maille sur le pommeau de son épée au fourreau.

Holden plia le bras qui tenait son épée, il réfléchissait.

C'était évident. Owen avait imaginé cette ruse : prendre Cambria comme champion. Le bâtard savait qu'Holden ne ferait d'elle qu'une bouchée, puis serait contristé de sa victoire. Le fait de tuer Cambria perdrait Holden aux yeux du clan des Gavin, tout en détruisant la réputation des de Ware. Ainsi, tandis qu'Holden se morfondrait dans le déshonneur, Owen pourrait revendiquer Blackhaugh de façon définitive.

Si tel était bien le but d'Owen, cela impliquait qu'il n'avait pas la moindre intention de tenir parole. Il n'avait ni le projet de relâcher ses otages ni de renoncer au château. Cambria savait à coup sûr qu'Owen l'envoyait à la mort. Mais peut-être était-ce ce qu'elle voulait. Peut-être était-elle prête à se sacrifier pour sauver son clan.

Oh, sainte Vierge Marie, si seulement Cambria pouvait lui parler ! Un soupir, un juron, quelque chose enfin ! Il avait besoin de savoir ce qu'elle avait en tête.

Incapable d'esquiver davantage, il s'avança et, lentement, dégaina. La tension était à son comble ; le glissement de la lame d'acier dans le fourreau de cuir sembla assourdissant. Cambria tira elle aussi son épée et la tint devant elle des deux mains. Elle resta quelques instants figée, comme un animal hypnotisé avant la mise à mort. Puis Holden porta un premier coup en frappant de taille, c'est-à-dire avec le tranchant de son arme, pour évaluer la réaction de sa femme.

Elle bloqua le coup mais avec mollesse. Comme Holden le soupçonnait, la captivité avait affaibli Cambria, et cela le mit en rage. Comme il aurait voulu avoir Owen devant lui à cet instant ! Il aurait découpé ce barbare en rondelles.

Cambria fut déçue de la façon dont elle avait arrêté le coup de Holden. Son bras palpitait faiblement. Les quelques jours qui venaient de s'écouler l'avaient vidée de ses forces, elle se sentait toute chancelante. Allons, se dit-elle, il faut faire mieux que ça. En effet, qu'allait-il se passer si, par quelque miracle, Katie revenait à elle et se servait des clefs en sa possession ? Il fallait que Cambria galvanise ses énergies pour parer les coups de Holden, le temps que les hommes de son clan soient libérés.

Mais comment se battre convenablement si elle n'avait pas le cœur à ce qu'elle faisait ?

*Je ne veux pas de tes restes. Garde-la, cette ribaude*. Elle s'imprégna de ces mots brutaux pour retrouver le feu du combat.

Holden esquiva l'attaque de la laird en déviant sans effort la trajectoire de son épée. Elle allait se fatiguer vite avant qu'il n'ait eu le temps d'échafauder un projet. Il lui fallait réfléchir en vitesse.

Un léger mouvement du côté du château parvint à le distraire. Était-ce pure imagination ou bien...

Il évolua autour de Cambria en sorte de voir derrière elle par l'étroite fente de son casque. Oui, c'était bien un mouvement : les énormes portes étaient en train de s'ouvrir.

Il frappa l'épaule de Cambria du plat de sa lame. Il regarda encore, attentivement. Il reconnut une épaisse chevelure rousse entre les deux vantaux. C'était Robbie.

Holden bloqua avec son écu un coup oblique de Cambria. La fureur lui fit bouillir le sang. Ainsi, Owen n'avait même pas l'intention de se battre de façon chevaleresque. Il envoyait les rebelles du clan Gavin pour l'achever. Cet imbécile ne savait-il pas que les chevaliers de la maison de Ware allaient réduire les jeunes Écossais en chair à pâté ? Ou alors, quelles étaient ses intentions ?

Cambria fit un faux pas et il la soutint de son écu pour qu'elle ne tombe pas. Puis il regarda de nouveau vers les portes. Katie, la servante de Cambria, écartait les vantaux. Un second personnage vint rejoindre Robbie, puis trois puis quatre. Il s'agissait sûrement de Garth, Guy et Miles. Aucun ne paraissait fatigué ou blessé. Brusquement, la colère de Holden fit place à la joie. Bénie soit l'astuce des Gavin. Pendant qu'Owen se rengorgeait dans le donjon, quelqu'un avait relâché les hommes.

Holden ravala son cri de victoire pour feindre un grognement de rage ; il poussa ses assauts pour distraire les spectateurs de ce qui se tramait. Récupérer les otages ne lui garantissait certes pas de reprendre Blackhaugh sans effusion de sang et il refusait de faire des victimes innocentes. Il fallait faire entrer un petit groupe d'hommes pour s'assurer de la possession du château en profitant du fait qu'Owen était distrait.

Cambria lui porta un coup violent au cou qu'il dévia avec son épée. La solution lui vint d'un coup. Cela demandait beaucoup de sang-froid et des qualités de comédien, le rôle aurait mieux convenu à son frère Duncan. Mais ce renversement de situation inattendu risquait de détourner l'attention d'Owen. Il pouvait donner des ordres à ses chevaliers.

De nouveau, Cambria frappa. Holden se dit qu'il fallait encourager sa femme. Tout le stratagème qu'il avait imaginé dépendait du fait qu'elle reste forte.

— Cambria, expliqua-t-il à mi-voix, je t'aime. Plus que ma vie. Mais il faut que tu te battes contre moi de toutes tes forces. Bats-toi comme tu ne t'es jamais battue. Bats-toi pour les Gavin, et je te jure que nous réussirons ensemble à les sauver.

Un instant, elle resta frappée de stupeur. Il craignit qu'elle ne cesse le duel. Puis elle sembla s'alléger, comme si le fardeau était tombé de ses épaules. Avec une vigueur nouvelle, elle l'accabla d'une grêle de coups ; sa lame lançait des éclairs en tous sens tandis qu'elle s'appliquait à le frapper de toutes les façons possibles. Pour la première fois, elle prit l'avantage sur lui et il recula de quelques pas.

Cambria s'était préparée à recevoir de Holden un coup mortel. Elle étouffait sous son casque. Ses muscles étaient en marmelade et elle n'avait ni la volonté ni la force de continuer le combat. Mais quand Holden s'adressa à elle, l'appela par son nom, avoua son amour et jura de sauver son clan, l'espoir la gonfla tout entière d'une force nouvelle.

Les mots terribles qu'avait prononcés Holden précédemment lui semblèrent vides de sens. Bien sûr, il avait menti pour la protéger. Maintenant tout était clair. La désinvolture avec laquelle il l'avait rejetée avait permis de l'arracher aux griffes d'Owen. À présent, il lui demandait de combattre. Pourquoi ? Elle l'ignorait, mais elle avait confiance en lui. Dans toute son expérience guerrière, elle n'avait jamais vu combattant plus avisé.

Elle renouvela ses assauts et, pendant quelques étonnantes minutes, elle donna l'impression de prendre le dessus. Il reculait, sur la défensive. Puis, en un clin d'œil, il fit un faux pas dans l'herbe rendue glissante par la rosée et, par un affreux hasard, il se jeta sur l'épée de Cambria.

La lame trancha sa cotte de mailles et lui érafla les côtes. À la sensation du coup porté, Cambria faillit se trouver mal. Elle ne connaissait pas la profondeur de la blessure mais, quand elle retira en hâte son épée, elle était souillée de sang.

Holden avait beaucoup plus mal qu'il ne l'avait prévu. Il poussa un cri de douleur à peine exagéré. Mais cette souffrance n'était qu'un faible prix à payer pour la sécurité de ceux qu'il aimait. Il gémit de nouveau comme si la douleur était insupportable, trébucha et tomba lourdement. Il entendit le hurlement de stupeur d'Owen : les projets du bâtard étaient en train d'échouer.

Bouleversée, Cambria recula d'un pas. Qu'avait-elle fait ? Se fouler la cheville ne pouvait avoir ôté à Holden son sens de l'équilibre. Il était pratiquement tombé sur l'arme de Cambria. Cette pensée lui retournait l'estomac. À l'exception d'Owen, elle n'avait jamais blessé grièvement qui que ce soit ; voir un homme tomber à terre sur un coup de sa main la laissait stupéfaite. Et que cette victime soit son mari adoré la fit tomber à genoux, incapable de quitter des yeux le sang de Holden qui tachait son épée.

Il ne bougeait plus. Tout de même, se dit Cambria, il était impossible qu'elle l'ait tué lui, le Loup de Ware, le chevalier invaincu. Pourtant, il gisait là dans un silence atroce.

L'instant d'après, Holden était entouré par ses chevaliers qui, stupéfaits et inquiets, s'étaient précipités autour de lui. Ils soulevèrent le blessé inerte, et lui ôtèrent son casque. Ses forces semblaient l'avoir quitté, ses lèvres tremblaient. Il devait être sérieusement touché.

Sir Stephen entendit qu'Holden parlait, il se pencha pour mieux écouter.

— Ne faites aucun mal au champion d'Owen, répéta Holden entre ses dents.

Puis, remarquant l'égarement de Stephen, il répéta plus distinctement.

— Le champion d'Owen, protégez le champion d'Owen !

Stephen était ébahi d'entendre un tel ordre dans la bouche de son suzerain. Peut-être le fait d'être blessé faisait-il délirer Holden. En attendant, l'homme d'Owen ne bougeait plus, à genoux sur le gazon. Puis Stephen se retourna vers Holden, lui prit la tête dans ses bras et se pencha pour entendre la suite de ses ordres.

— Ce n'est qu'une égratignure, mais il faut que vous donniez tous l'impression que je suis grièvement touché.

Stephen regarda la tache de sang qui s'élargissait sur le manteau de lord Holden et espérait qu'il avait raison.

— Les Gavin ont ouvert les portes de l'intérieur, poursuivit Holden. Que six d'entre vous se glissent dans le château et trouvent Fitzroi. Je continue à combattre jusqu'à ce que vous me fassiez signe du chemin de ronde.

Il s'interrompit, sa plaie le lançait.

— Aux yeux d'Owen, il faut que j'aie l'air de perdre le combat. Après ma défaite, Stephen, conduis son champion dans la forêt ; garde-le en sécurité, à l'écart du combat.

Stephen acquiesça puis aida le lord à se remettre debout ; il lui rendit son épée et lui remit son casque. Dès qu'Holden fut en état d'affronter de nouveau son adversaire, Stephen transmit dans les rangs des ordres furtifs, expliquant les projets du lord.

Holden s'approcha de Cambria d'un pas traînant.

— Debout, mon adversaire ! ordonna-t-il d'une voix faible. Je n'en ai pas encore fini avec vous.

Cambria se releva avec effort, folle d'inquiétude. Ce n'était pas du tout le scénario qu'elle avait imaginé. Il n'y a pas si longtemps, elle n'aurait pas laissé passer une chance d'embrocher le Loup ou de le pendre à la plus haute tour de Blackhaugh, mais à présent, le fait d'avoir versé son sang lui retournait le cœur. Elle avait l'impression de s'être touchée elle-même. C'en était trop. Elle lâcha son arme.

— Ce n'est rien, Cambria, chuchota-t-il. Juste une égratignure, que je suis ravi de subir pour sauver les Gavin. Nous sommes tenus par l'honneur de nous battre. Pas question de décevoir le bâtard.

Quoique nauséeuse, elle leva son épée avec des bras de plomb, et tressaillit quand elle aperçut les lèvres rouge vif de la plaie de Holden. De son côté, lui se demandait combien de temps elle allait pouvoir se battre. Il porta plusieurs coups de la pointe de son épée tout en gardant son écu bas ; il attira ainsi Cambria de plus en plus loin en sorte qu'Owen tourne le dos aux grandes portes du château.

Du haut du donjon, Owen suivait le combat en gloussant de joie. C'était encore mieux que ce qu'il avait prévu. Certes, son plan initial s'était effondré, mais l'évolution en cours était une véritable provocation. Dans tous les cas de figure, il s'en sortait gagnant.

Par un miracle inexplicable, Cambria était sur le point de mettre à mort son mari. Owen brûlait qu'elle retire son masque avant que lord Holden ne rende l'âme pour qu'il entre dans la tombe marqué d'un éternel opprobre. Si Cambria gagnait le duel, Owen pouvait de plein droit revendiquer Blackhaugh. Mieux encore, il pouvait conserver à son usage personnel cette ribaude.

Cette perspective lui donna des frissons. Une fois ses ecchymoses soignées et proprement muselée, la jeune Écossaise était assez jolie pour faire une maîtresse intéressante. Bien sûr, il ne fallait pas qu'Aggie connaisse son existence. S'il en avait envie, il pouvait boucler la catin lord de Ware indéfiniment pour son plaisir personnel. À la perspective de ce pouvoir absolu, il se frottait distraitement l'aine.

Tandis qu'Owen suivait le combat perdu dans ses fantasmes, une demi-douzaine de chevaliers de la maison de Ware s'éclipsèrent et se rassemblèrent devant la grande porte du château.

Cambria ravala la bile qui lui montait à la gorge. Quelque chose d'effroyable avait dû arriver à Holden, songea-t-elle. Comment était-ce possible ? Car enfin, il était le Loup de Ware, personne n'avait pu le battre, surtout pas elle. Il boitait bas, mais continuait à combattre, un filet de sang coulait de son côté. Il lui frappa le bras d'un coup d'écu et elle tenta de redresser son épée, mais elle n'avait pas envie de rendre le coup.

— Encore un moment, Cambria ! souffla Holden en s'appuyant fortement sur son écu. Allons. Qu'as-tu fait de ton tempérament de Gavin ?

Cambria avait la sueur qui lui coulait dans les yeux. Son pauvre mari tenait tout juste debout.

— Du nerf ! insista-t-il. Bats-toi pour les générations de ton clan qui se sont battues, qui ont versé leur sueur et leur sang aux quatre coins de la terre. Bats-toi pour l'amour de ton père, pour l'amour de ton clan !

Ces mots galvanisèrent les énergies de la jeune femme. Elle redressa la tête, se plaça bien en face de lui et, en digne fille du clan, porta un nouvel assaut.

Les deux lames se heurtèrent avec des étincelles, le tintement de l'acier résonnait. Elle l'attaqua avec toute la fougue de ses ancêtres trompés, le sang montant dans ses artères comme une marée vengeresse.

Holden la laissa venir, recevant son furieux assaut sur son écu ; puis il vit un homme sur le chemin de ronde. Le moment était venu d'en finir avec cette comédie.

Il porta une série de bottes furieuses, son arme étincelait autour de Cambria, mais sans la toucher. Puis, alors qu'il semblait avoir repris l'avantage, il laissa son épée glisser de ses doigts. L'arme tomba à terre avec une lenteur implacable.

Cambria vit tomber l'épée trop tard. Elle ne pouvait plus rien faire. Son coup était déjà porté, impossible de l'arrêter. Trop tard pour dévier sa trajectoire.

## 16

Cambria eut l'impression que le temps s'arrêtait. On eût dit que son épée caressait Holden, tranchant son haubert puis ses côtes. Atterrée, elle regarda son mari reculer en titubant, son armure zébrée d'une hideuse tache rouge qui s'élargissait. Il porta à son côté un poing ganté et vacilla quelques instants, avant de s'effondrer définitivement. Quand il tomba, elle jeta son épée à terre comme un objet dont le contact l'horrifiait. Elle s'était préparée à mourir, mais pas à tuer. Écartelée, elle se sentit tomber dans le désespoir. Tout à coup, un cri retentit. C'était sir Stephen, penché sur son seigneur.

— Non ! hurla le chevalier en tendant vers le ciel un poing accusateur.

Puis il se tourna vers elle avec un regard glacial qui la condamnait elle, l'ennemi qui était venu à bout de son lord bien-aimé. Elle ne faiblit pas sous ce regard, acceptant sa faute d'un consentement muet. Elle ne broncha pas quand il lui mit sous la gorge la pointe de son épée et, d'un poing ganté d'acier, la saisit par le bras sans douceur. Elle était dépassée et son envie de vivre s'était évanouie. Elle sentait son âme froide comme un tombeau, et silencieuse.

Puis un son atroce sortit du casque d'acier, un gémissement funèbre si tragique que toutes les personnes présentes se signèrent.

Stephen se tourna violemment. Cette voix ! Il observa son prisonnier, tentant en vain de le reconnaître en regardant par la fente de son casque. Mais même s'il avait été aveugle, il aurait reconnu une voix de femme. Son sang se figea dans ses artères. Soudain, tout s'expliquait : le champion et les ordres précis de Holden.

Avant que quiconque ne puisse surprendre la supercherie, il fallait qu'il l'empêche de pleurer. Avec une grimace navrée, il la gifla, assez fort pour qu'elle se taise. Puis il se hâta d'exécuter les ordres de son seigneur : il ramassa l'épée de Cambria et, quittant les lieux, l'emmena vers la forêt.

De son perchoir, Owen se mit à geindre en voyant ainsi son otage écossaise lui filer sous le nez :

— Non, glapissait-il. Vous n'avez pas le droit de me prendre mon chevalier !

— Tu as le château ! lui rétorqua Stephen. Tu as gagné Blackhaugh. Nous, on garde le chevalier.

— Mais... commença Owen.

Puis il se dit que ce n'était pas la peine. Il s'était fait prendre sur deux points : de Ware ne saurait jamais qui l'avait tué et la fille leur échappait à tous les deux. Enfin, se dit-il, il s'était emparé de Blackhaugh... Et il avait des otages. Du moment qu'Holden de Ware n'était plus là pour les exiger, quelqu'un allait payer très cher pour qu'ils soient libérés sains et saufs. L'eau lui vint à la bouche en songeant à l'immense richesse de la famille de Ware qui l'avait élevé.

En s'éloignant avec lady Cambria, Stephen savait que, s'il n'avait pas été là pour la guider, elle serait partie à la dérive, égarée par un abîme de douleur. Il écartait pour elle les branches des jeunes arbres qui l'auraient giflée ; peut-être au fond, ne les aurait-elle pas senties au passage, muette et assommée qu'elle était. Ils traversèrent des ronciers et arrivèrent à un bouquet d'érables, dont les branches touffues formaient une épaisse frondaison au-dessus d'eux.

Stephen s'assura que nul ne les avait suivis. Puis il rengaina son épée et guida Cambria avec douceur le long du sentier. Ils se frayèrent un chemin dans un taillis sous futaie, passant sous des chênes et de vieux conifères; de loin en loin, Stephen s'arrêtait pour ployer des branches en forme de H, signe discret de connivence qu'Holden et lui utilisaient depuis l'enfance. Holden n'aurait ainsi aucun mal à les retrouver.

Enfin, ils entrèrent dans une clairière formée par un vieux pin qui s'était renversé au milieu d'un cercle de jeunes pins; un peu de lumière filtrait. Il arrêta Cambria.

— Lady Cambria? demanda-t-il pour la forme.

Elle ne réagit pas. Ses bras étaient inertes sous les doigts du chevalier. Il aurait voulu la rassurer: comme elle devait souffrir si elle s'imaginait avoir tué son mari! Pourtant, elle avait engagé ce duel de son plein gré. De toute façon, ce n'était pas à Stephen de formuler des hypothèses ni d'extrapoler à partir des ordres reçus de lord Holden. Il fallait qu'il garde Cambria en sûreté dans un endroit secret, sans plus. Il s'écarta et, embarrassé, décapita d'un coup de pied un toupet de mousse sèche sur un tronc mort, puis il se racla la gorge.

— Faut-il qu'il vous aime! murmura-t-il en remarquant une colonne de fourmis qui s'étiraient sur l'écorce dévorée par les vers. Faut-il qu'un homme aime une femme pour la laisser le blesser.

Cambria semblait ne pas avoir entendu. Décidément, il fallait faire quelque chose pour elle.

— Gardez confiance, milady, conseilla-t-il. Et tout va s'arranger. Je le jure.

Le silence de la lady lui usait les nerfs. Peut-être que s'il lui voyait le visage, le regard…

— Vous devez étouffer là-dedans, observa-t-il avec une légèreté feinte. Permettez-moi de vous débarrasser.

Il tendit les mains pour lui prendre son casque. Il tremblait légèrement, comme s'il redoutait ce qu'il allait découvrir. Enfin, il se reprocha de tant hésiter et, avec délicatesse, dénoua le casque et le souleva.

Quand il vit ce que ce casque cachait, il trembla davantage encore, non de peur mais de rage. Avec un juron, il jeta le casque sur le sol.

La douce lady était cruellement bâillonnée ; la cordelette qui lui muselait la bouche lui taillait les joues. Elle avait un œil enflé et violet, et le front écorché avec une croûte de sang séché. Ses cheveux étaient complètement en désordre et la sueur avait tracé des sillons sur son visage. Sa respiration sifflait dans son nez frémissant. Le pire était son regard vide et désespéré. Il reconnaissait là l'expression des veuves.

Tendrement, il dénoua le nœud du bâillon. Il s'inquiétait à l'avance de la fureur de Holden quand il découvrirait les blessures de Cambria et tressaillit en songeant à ce qui adviendrait de celui qui avait fait cela à la jeune laird. Pour l'instant au moins, dans le calme de cette forêt, il était décidé à offrir à la lady le maigre secours dont il disposait.

Le sourire triomphal d'Owen se figea. Quelque chose clochait. Il ne comprit pas tout de suite la raison de son malaise mais il y avait quelque chose qui n'allait pas. Pourquoi la cour était-elle si calme ? En général, il y avait une bonne vingtaine de servantes affairées qui soignaient les animaux, tiraient l'eau du puits ou préparaient les repas. Une appréhension le mit en garde de la découverte de mauvaises nouvelles.

— Les clefs ! grinça-t-il en se tapotant la cuisse là où elles auraient dû pendre.

Il fit un effort de mémoire et se souvint de la vieille servante avec son couteau de cuisine.

Il s'écarta vivement de la fenêtre, trébucha sur les chaînes laissées par Cambria et lâcha la torche dont il s'était servi pour menacer la jeune femme. La flamme vint lécher l'ourlet de son surcot qui prit feu.

Ce n'était pas le moment, songea-t-il stupidement en frappant le tissu. Mais ses gestes ne firent qu'attiser le feu, le tissu fumait en se recroquevillant. Il se mit à frapper comme un fou son vêtement, puis défit son baudrier et fit passer son manteau au-dessus de sa tête avant de le jeter dans un coin où il continua à se consumer.

Owen se passa la main sur le visage. Les prisonniers étaient en liberté dans les murs du château, il le savait à présent. Le sentiment de victoire qu'il venait de goûter se figeait sur sa langue. Il aurait dû tous les massacrer quand il en avait eu l'occasion. Les Gavin étaient sans doute en train de rassembler leurs hommes pour reprendre le château, et, songea-t-il, ils finiraient par venir le chercher. Sauf si…

Holden n'était pas disposé à laisser ses chevaliers partir seuls à la capture d'Owen. Il avait sué sang et eau pour récupérer son château et il voulait voir la tête d'Owen quand il se relèverait d'entre les morts pour revendiquer Blackhaugh. Ainsi, en dépit des protestations de ses hommes, il se débarrassa de son haubert, pansa succinctement ses blessures et, clopin-clopant, entra dans la cour. Les domestiques étaient trop heureux de le voir tandis que les Écossais rebelles n'étaient pas très fiers de s'être alliés à l'Anglais ; entre deux maux, il fallait choisir le moindre. Saisi de remords, Robbie conduisit lui-même Holden au donjon.

La situation était délicate car Holden craignait de mettre en danger les otages qu'Owen avait peut-être encore. Il tira son épée et resta au pied de l'escalier tandis que deux de ses hommes grimpaient discrètement l'escalier en colimaçon.

La porte du donjon était fermée, mais pas verrouillée. Le premier chevalier l'ouvrit d'un coup d'épaule tandis que l'autre glissait son épée par l'ouverture. Là, une gerbe de flammes orange et un souffle brûlant les firent reculer et une fumée épaisse les entoura.

— Attention ! hurla Holden, craignant qu'Owen n'ait installé un piège diabolique.

Les hommes se penchèrent et observèrent le feu.

— Il n'y a personne ici, milord !

— Attends ! précisa le second en tendant le doigt. Dans le coin. C'est un habit de chevalier qui se consume. Un vrai désastre !

— Et l'homme ? demanda Holden.

Le premier chevalier se pencha davantage.

— C'est... ce devait être... Owen, milord.

Holden fronça les sourcils. Owen, Brûlé vif ? Tiens...

— Il a eu ce qu'il méritait, bougonna Guy.

Les autres chevaliers acquiescèrent en chœur tandis que les deux premiers redescendaient vivement. Holden, perplexe, rengaina son épée. Comment Owen pouvait-il être mort sans combattre ? Cette conclusion était trop rapide et trop commode. Peut-être se sentait-il injustement privé de sa vengeance. Holden voulait arracher à ce monstre un membre après l'autre pour ce qu'il avait fait à Cambria. Mais quels que soient ses doutes, il leur fallait attendre. Le château risquait de brûler.

— Garth, organise une chaîne pour éteindre l'incendie ! ordonna-t-il.

Sous les ordres de Garth, les habitants du château se remirent en mouvement, évacuèrent les pièces, déménagèrent des coffres, du bétail et de la nourriture, amenèrent de l'eau dans des seaux.

Holden observa le donjon. Il ne savait pas au juste ce qu'il cherchait, mais quelque chose l'intriguait. Toutes les ruses d'Owen, la façon dont il s'était échappé de justesse, ses idées tordues, tout avait été balayé en un clin d'œil. Par le feu. Pourquoi ?

La réponse lui vint d'un coup. Le feu ne laisse pas de traces, pas d'indices.

Qui l'avait allumé ?

Faisant fi de la douleur aiguë qui perçait sa poitrine, il se rua vers la porte du château où des domestiques et des soldats s'activaient.

Il arriva juste à temps. Au moment où Holden écarta les lourdes tentures, Owen sautait sur le sol, lâchant la longue chaîne de fer qui pendait à la fenêtre du donjon.

La chaîne qu'il venait de lâcher se balançait en heurtant les pierres tandis qu'Owen s'éloignait, ralenti par sa blessure à la jambe.

Holden serra les dents et tira l'épée.

— Retourne-toi et battons-nous, lâche !

Stupéfait, Owen trébucha, écarquillant des yeux ahuris.

— Mais comment... ?

— Dégaine !

Owen restait bouche bée.

— Mais tu aurais dû être mort !

— Et toi aussi, répondit Holden en serrant les mâchoires, pour ce que tu as fait subir à ma femme. Je suis venu remédier à cela.

Owen jetait les yeux de toutes parts, cherchant une ultime issue.

— Fais tes prières ! le somma Holden.

— Je suis blessé, s'excusa Owen en se passant la langue sur les lèvres.

— Moi aussi ! Épée au clair et meurs comme un homme.

Ravalant un juron, Owen tira son arme à contrecœur et se mit en garde. Holden avait un handicap : il portait toujours le bas de sa cotte de mailles mais il avait le haut du corps sans défense. Il était torse nu, à l'exception de son pansement ensanglanté.

Owen lui tournait autour, une lueur perfide dans les yeux.

— Elle ne te pardonnera jamais, tu sais, ironisa-t-il, les choses que tu as dites.

Owen essayait de lui faire perdre ses moyens. C'était inutile. Holden avança d'un pas, tournant lentement son épée.

— Et alors, que deviendra ta précieuse alliance avec les Écossais ?

Bien sûr que Cambria lui pardonnerait. Elle était sa femme. Quant à l'alliance...

Owen porta une botte violente du côté où Holden

était blessé. Celui-ci jura à mi-voix car il n'avait pas vu venir le coup.

— Tu l'as perdue, insista Owen en se déplaçant en crabe pour être hors de portée de Holden, comme tu perdras Blackhaugh.

Holden se fendit et toucha Owen au bras de façon superficielle. Owen recula sous l'effet de la douleur.

— Tu auras beau me tuer, continua-t-il, tu ne résoudras rien. Elle n'aura plus jamais confiance en toi et les Écossais non plus. Tu perdras ce château et ce sera quand même moi le gagnant.

Holden n'en croyait pas un mot. Cambria était consciente des impératifs de la stratégie. Elle comprendrait pourquoi il avait agi comme il l'avait fait ; elle savait qu'il était obligé de dire ce qu'il avait dit. Distraitement, il essuya sa paume moite sur sa poitrine et la retira tachée de rouge. Il saignait de nouveau. Sa dernière attaque avait rouvert l'entaille.

— Et tu te demanderas toute ta vie, continua Owen avec une joie malsaine, de qui est l'enfant.

Holden trébucha. Il vit le visage d'Owen se dédoubler. Un doux nuage sombre envahissait son champ de vision. Ce n'était pas le moment de perdre connaissance, de grâce !

Désespéré, il referma son poing gauche et le leva bien haut. Avec force et détermination, il se frappa violemment sa blessure à la côte. La douleur déchira la brume de son inconscience, il gémit mais s'éveilla pour de bon.

— Tu ne sauras jamais, insista Owen en grignotant l'âme de Holden, si l'enfant est de toi ou de moi.

L'enfant ? De quoi parlait Owen ? Il porta un coup violent, mais Owen l'esquiva avec légèreté.

— Vois-tu, continua Owen avec une lueur hallucinée dans le regard, j'ai couché avec elle.

Holden ne pouvait écarter de son esprit l'image ignoble d'Owen allongé sur Cambria. De nouveau, il frappa mais sa force déclinait et Owen esquiva la botte.

— Oh, ce n'était pas de son plein gré, je le concède.

Il porta une botte, mais rata la tête de Holden.

— Mais c'est amusant ce que l'on arrive à faire avec des entraves bien ficelées.

Holden eut un rictus de haine. Owen avait violé Cambria. Tremblant de rage, il imaginait les mains d'Owen pétrissant sa douce chair, sa bouche puante souillant la peau de la jeune laird de baisers baveux, son membre viril à l'assaut du tendre corps de la jeune femme.

— Eh oui, insista Owen en s'écartant clopin-clopant hors de portée de Holden. Je l'ai remplie à ras bord de mon foutre de bâtard, de Ware.

Un grognement féroce monta à la gorge de Holden.

— Donc, tu te demanderas d'ici quelques mois, insinua Owen les yeux enragés...

Il se fendit deux fois et deux fois Holden bloqua ses coups.

— Quand elle fera son petit...

Holden agrippait des deux mains la poignée de son épée, concentré sur l'idée de ne pas défaillir.

— De qui il est, répéta Owen avec un ignoble sourire.

Une fureur volcanique envahit Holden. Toute l'ignominie d'Owen, toute sa propre douleur, toutes les souffrances de Cambria culminèrent dans un geste suprême de rage et de révolte. Il leva haut son arme – les flammes du donjon en feu se reflétèrent sur son fil tranchant – et il frappa de haut en bas.

Avant de basculer dans l'inconscience, il eut une dernière image : la tête d'Owen sautant de ses épaules.

— Cambria !

La jeune femme sentit un frémissement sur sa nuque, comme le frôlement d'un fil. Elle avait cru entendre... non, ce devait être seulement le vent dans les feuillages. Le soleil avait tourné et projetait à présent l'ombre des frondaisons à l'autre bout de la clairière et le gentil chevalier qui l'avait escortée jusque-là s'en était allé. Elle frissonna et reprit sa veille silencieuse.

— Cambria !

Ce n'était plus le vent. Soudain, l'atmosphère se chargea d'un danger latent. Elle leva les yeux, mais ce qu'elle voyait du ciel était d'un bleu sans tache. Elle perdait l'esprit et entendait des voix. C'est son horrible forfait qui se rappelait à elle, en la faisant frissonner de peur.

— Cambria !

Non, songea-t-elle, non ! Il fallait qu'elle enterre ce qui s'était passé, qu'elle l'enfouisse au plus profond de son esprit. Ah, que ne pouvait-elle faire la sourde oreille aux échos de cette voix...

— Cambria !

L'appel était plus net cette fois, plus proche.

Elle se redressa lentement avec des ruses de chat pour identifier la source de son tourment. Les jambes tremblantes, elle se tourna face à l'horrible apparition qu'elle redoutait.

*

Holden retint son souffle. Il était resté à l'observer un long moment après avoir renvoyé Stephen, cherchant les mots justes qui ne lui étaient pas venus pendant sa longue marche en forêt. Qu'elle semblait petite, assise seule sur une souche et l'affaissement de ses épaules en disait long sur son désespoir !

Il ne pouvait s'attendre à ce qu'elle lui fasse confiance. Il ne lui avait en effet donné guère de raison de le croire. Il l'avait traitée de fille de rien et rejetée comme une vilaine ribaude. Il l'avait trompée en lui laissant croire qu'elle l'avait tué. Il ne saurait la blâmer si elle décidait de remédier à ce stratagème d'une botte rapide avec son épée.

Néanmoins, il voulait tenter sa chance.

Elle se tournait vers lui à présent, blême. Quand il vit les marques des traitements qu'elle avait subis, la rage le prit de façon si brutale qu'il se contraignit à détourner les yeux de peur de l'effrayer.

Il aurait voulu tuer Owen à nouveau. Elle avait le visage constellé de contusions, les joues coupées et un œil au beurre noir tout enflé. Il serra les dents. Il maudit en lui-même le sort qui l'avait empêché de faire mourir Owen de mort lente. Il serra les poings jusqu'à se blesser les paumes avec les ongles, gardant le silence au prix d'un énorme effort.

Il leva de nouveau les yeux sur la pauvre petite qui le dévisageait, hagarde et tremblante comme sous l'effet de la fièvre. Elle se signait, murmurait des oraisons.

— N'aie pas peur, lui dit-il en s'avançant.

Cambria poussa un cri de peur mêlé de joie. Elle recula et, trébuchant sur le tronc, retomba assise dessus.

— Je ne vais pas te faire de mal, rassura-t-il.

Complètement perplexe, elle secouait la tête éperdument.

— Mais je t'ai tué. J'ai ton sang sur mon épée.

Elle s'étranglait presque à cet atroce souvenir.

— Non, je ne suis pas mort, confirma-t-il en faisant un nouveau pas vers elle.

Elle se prit la tête entre les mains, cherchant à mettre de l'ordre dans les images qui se bousculaient dans son esprit. Mais enfin, Holden était mort : elle avait senti la lame s'enfoncer en travers de son corps, elle avait vu le sang, elle avait vu l'accusation implacable dans les yeux de ses hommes. Il était mort.

Ah, comme elle aurait préféré qu'il soit encore vivant pour croiser son regard, entendre le son grave de sa voix, toucher sa chair brûlante. Peut-être était-ce son désespoir qui faisait surgir ce personnage imaginaire…

— Cambria, je te jure que je suis aussi vivant que toi. Viens, insista-t-il en lui tendant la paume, vois par toi-même.

Elle regarda le bras tendu sans le saisir et mordit sa lèvre tremblante. Enfin, il était mort ; elle en était aussi certaine que de l'identité de sa mère. Et pourtant, il était bel et bien là devant elle, il parlait à demi nu, le torse couvert de pansements. Un fantôme peut-il avoir l'air aussi vrai ?

Une lueur d'espoir la poussa vers la main qu'il lui tendait. Elle n'avait jamais tué auparavant. Peut-être le coup avait-il manqué de précision ? Peut-être la blessure n'était-elle pas mortelle ?

Le souffle lui manqua. Un sanglot de soulagement monta en elle tandis qu'elle essayait de maîtriser ses émotions, qui menaçaient de la faire vaciller. Dieu avait eu pitié d'elle ! Seigneur Jésus, Holden n'est pas mort ! Elle tendit vers lui un bras timide et leurs doigts s'effleurèrent.

Avec un petit cri, elle se lança vers lui et l'enlaça. Jamais elle n'avait senti quelque chose d'aussi solide, d'aussi réel que les bras musclés de Holden autour d'elle, sa chaude poitrine sous sa joue, son amour qui lui serrait le cœur.

— Tes blessures… Comment me pardonneras-tu un jour ? commença-t-elle avant d'être réduite au silence par les larmes.

Ces mots cueillirent Holden comme la pointe d'une épée au plexus. Lui pardonner ? Mais il redoutait qu'elle n'ait du mal à lui pardonner. Il avait fait le serment de la protéger et elle portait les marques de son échec : un œil enflé, des ecchymoses sur les joues, des marques rouges aux commissures des… Il tendit si vivement les mains vers elle qu'elle sursauta. Du bout des doigts, il effleura les coins de sa bouche. Elle était bâillonnée, comprit-il enfin. Tout s'expliqua d'un coup : pourquoi elle était allée de son plein gré à ce combat, pourquoi elle avait gardé le silence. Holden sentit un muscle de sa joue tressaillir de colère, ses mâchoires se serrèrent durement.

— Pardonne-moi ! implora Cambria qui interprétait mal son sinistre regard.

Holden hocha la tête et, malgré la rage qu'Owen faisait bouillir dans ses veines, il se contraignit à esquisser un sourire rassurant.

— Ces égratignures ? Mais il m'arrive de me couper davantage en me rasant. Lady, si un jour je dois être battu, je te garantis que ce ne sera pas par une petite nymphe écossaise de rien du tout !

Ce n'était pas un compliment mais elle se remémora les mots de Stephen : « Faut-il qu'il vous aime pour vous avoir laissé le blesser. »

— Tu veux dire que c'est toi qui m'as fait te blesser ?

Il haussa les épaules.

Elle scrutait son regard comme si elle doutait de sa bonne foi.

— Et pourquoi ?

— Pour détourner l'attention d'Owen. Pendant qu'il s'extasiait en regardant le petit champion écossais administrer une raclée au Loup, mes hommes se faufilaient dans le château.

— Blackhaugh ?

— Est libéré, annonça-t-il avec un large sourire.

Cambria n'en croyait pas ses oreilles. Elle avait imaginé ne plus jamais arpenter le chemin de ronde de Blackhaugh et à présent… Elle se sentit fondre de reconnaissance. Le Loup avait promis qu'il tiendrait le château pour son clan et il avait tenu parole.

Restait une ombre sur ce triomphe glorieux.

— Et Owen ? demanda-t-elle dans un souffle, craignant presque que prononcer son nom ne le fasse revenir.

— Mort !

C'était clair et définitif. La réponse ne laissait pas place à de nouvelles questions et Cambria ne voulait pas en savoir davantage. Elle acquiesça et replia les bras autour d'elle en se prenant les épaules comme pour conjurer l'ombre glaciale d'Owen.

Quand elle croisa de nouveau le regard de Holden, il était très grave. Ses yeux gris-vert comme la mer du Nord semblaient implacables. Il chercha ses mots :

— Est-ce qu'Owen... demanda-t-il. Est-ce qu'il t'a...

Le lord, incapable de formuler sa question en entier, scruta le visage de sa femme. Il la vit se fermer. Il était tenté de jurer, mais il garda le silence. Elle avait compris ce qu'il voulait savoir, mais elle refusait de répondre. Le cœur lui saignait qu'un chevalier de sa suite ait exercé de tels ravages sur elle.

— Réponds-moi, supplia-t-il.

— Tu as peur que je ne sois ses restes ? demanda-t-elle en articulant bien. C'est ce que tu veux savoir ?

— Cambria, dit-il en baissant le ton, je n'ai jamais eu l'intention de te blesser. Mais, quand je t'ai vue là-haut entre ses griffes, j'aurais vendu mon âme pour que tu me sois rendue saine et sauve. Tout ce que j'ai dit, je l'ai dit pour te protéger.

— C'est vrai, reconnut-elle en baissant les yeux, je sais.

— Pour rien au monde, je ne voudrais te blesser, Cambria.

Elle se détourna et, pensive, observa le sous-bois.

— Et si je t'avouais, murmura-t-elle, qu'Owen m'a violée et que je porte aujourd'hui sa semence ?

Holden déglutit, sa salive était âcre. L'image d'Owen se repaissant de sa précieuse Cambria lui était insupportable mais il fallait bien qu'il y survive.

— Cet enfant sera à moitié le tien, j'en prendrai soin comme s'il était de moi.

— Et moi ? Partageras-tu de nouveau mon lit ?

Il acquiesça solennellement.

— Je reprendrai possession de toi si complètement que je te laverai de tout souvenir de ce bâtard.

Il s'était exprimé avec plus de véhémence qu'il n'avait prévu et le regard de Cambria se radoucit.

— Et si je te disais au contraire, continua-t-elle d'un ton égal, que je me suis battue bec et ongles, que je l'ai mordu et griffé au point qu'il me rosse, me traite de tous les noms et abandonne l'idée de coucher avec moi ?

Il la dévisageait, cherchant à lire la vérité sur ce visage tuméfié. Et il la trouva dans ce petit menton volontaire, dans cette lueur de défi dans les yeux, dans la courbure nette de la mâchoire.

— Eh bien, c'est plutôt cela que je croirais, reconnut-il avec un soupir de soulagement. Tu as toujours eu envie d'être le chardon sous la selle.

Mais son soulagement était atténué par l'état du pauvre petit chardon.

— Ah, Cambria...

Mais à quoi bon d'autres mots, se dit-il. Il fit un pas en avant, passa un bras autour du cou de la jeune femme et une main sous son visage : un baiser s'imposait.

Cambria eut un léger gémissement. Il écrasait sa lèvre fendue et sa main sous son menton lui faisait mal ; toutefois, elle était heureuse d'être dans ses bras. Elle était heureuse de la griffure de son menton mal rasé, de sa peau chaude et vivante contre la sienne. Elle n'avait la force ni de répondre à ses ardeurs, ni de résister à son étreinte et une boule dans la gorge l'empêcha longtemps de parler.

— Quand j'ai cru t'avoir tué... commença-t-elle.

— Chut ! ordonna-t-il en lui caressant la joue du dos du doigt. Ah, Cambria, quand j'ai découvert que ce fils du diable t'avait envoyée pour défendre ses couleurs, qu'il voulait que je te... tue...

Il ne parvint pas à poursuivre.

Elle ferma les yeux un instant comme pour effacer ce souvenir. Puis elle reprit avec un soupçon d'ironie :

— Je suis convaincue qu'il était heureux d'avoir une excuse pour se débarrasser de moi.

— Le faquin ! observa Holden avec passion. Le maraud !

Il prit une mèche des cheveux de Cambria entre

deux doigts et se dit qu'elle était plus précieuse que des fils d'or.

Puis il l'embrassa de nouveau, tendrement cette fois. Cambria ferma les yeux et tressaillit contre lui, tendant les lèvres pour qu'il continue. Holden savait qu'il ne pouvait en donner davantage sans succomber à la bête déjà éveillée en lui. Et elle en avait déjà tellement subi, se dit-il, il lui fallait du repos.

Alors, il la laissa s'allonger au creux de ses bras et le calme souffle du sommeil l'emporta. Il écouta le doux rythme de sa respiration comme une musique qui le rassurait. Autour d'eux, dans la pénombre de la forêt des Gavin, on n'entendait que le son paisible des insectes et des petits écureuils se poursuivant sur les troncs des chênes.

C'est l'extase, se dit-il en se pelotonnant contre elle : une beauté dans les bras, un château magnifique à ses ordres et de féaux vassaux à ses côtés. Qu'est-ce qu'un homme pouvait demander de plus ?

— Ah, Cambria, lady de Ware, laird de Gavin, murmura-t-il dans ses cheveux. Comme je t'aime !

À présent, les mots lui venaient facilement. Plus tard, à son réveil, il les lui répéterait cent fois, et mille, et davantage peut-être.

— Je jure de te protéger toi et ton clan au prix de ma vie. Jamais plus tu n'auras à te battre seule. Dorénavant, je suis ton chevalier servant, milady. Ce sera moi l'épée des Gavin, ce sera moi qui viendrai à bout de tes ennemis. Pour toujours.

Un doux sourire éclaira le visage de Cambria et il l'embrassa sur le front. Bientôt, se jura-t-il, il espérait que sa tendre épouse n'aurait de souci plus grave que de choisir le menu du dîner. Elle avait fait passer son clan d'abord, il était temps que quelqu'un la fasse passer avant tout le reste.

# 17

Holden inspectait la cour du château de Blackhaugh. Depuis plusieurs semaines, il demandait beaucoup aux habitants du château et il n'avait pas trouvé un fainéant parmi eux. Nul ne pouvait souhaiter vassaux plus loyaux que ces Écossais et il était fier de les avoir gagnés à sa cause par l'honneur et non par la force.

Les travaux se poursuivaient dans le château avec une efficacité dont il n'avait osé rêver. De solides maçons transpiraient dans les escaliers pour monter les pierres et le mortier avec lesquels ils construisaient le nouveau donjon. Les coups de marteau réguliers des charpentiers résonnaient à toute heure, ainsi que le chant des scies coupant de nouvelles lattes de plancher. Sir Guy avait réparé la quintaine, désormais à l'effigie fort ressemblante de Duncan de Ware, précisant à Holden que c'était peut-être la seule chance que celui-ci avait de battre aux armes son frère aîné.

Grâce au zèle de Katie, les jeunes servantes se démenaient du matin au soir, balayant les jonchées de la grande salle pour les remplacer par des herbes, de la bruyère et du thym fraîchement cueillis. On lavait les draps des lits, on les mettait à sécher ; on raccommodait les plaids, on réparait les barrières et les genoux écorchés.

Ce matin-là, deux petits garçons couverts de taches de rousseur traversaient la cour avec des plateaux de fromages et de salaisons destinés aux ouvriers. L'odeur du pain frais sortait du fournil. Quelques vieilles pourchassaient un cochon échappé pour le remettre dans sa soue récemment nettoyée.

Holden se sentait heureux.

Partout naissaient les amours estivales et jamais on n'avait célébré autant de mariages à Blackhaugh en une saison. La jeune Gwen avait jeté son dévolu sur Robbie depuis qu'il s'était amendé. Jamie avait trouvé à Bowden une pâle laitière propre à lui réchauffer le cœur. Sir Guy était lui-même harcelé par une belle tentatrice écossaise du clan Campbell et les paris allaient bon train pour savoir combien de temps durerait le siège. Le couple seigneurial de Holden et Cambria rayonnait par-dessus tout.

Seul Garth, le frère de Holden, semblait invulnérable à cette fièvre. Jugeant qu'il avait son content d'aventures pour le reste de ses jours, il était retourné à ses études ecclésiastiques. Holden lui avait donné son accord, à la condition qu'il annonce son voyage à toute la maison de Ware.

Holden avait l'intention d'emmener un jour en Angleterre son Écossaise, mais le moment n'était pas encore venu car il avait trop à faire. Il appartenait à Blackhaugh autant que Blackhaugh lui appartenait. Pour mériter tout le respect du clan Gavin et consolider leur alliance, il devait travailler dur. Le reste n'était qu'affaire de compromis ; il fallait enseigner l'ordre anglais aux Écossais pour rendre plus efficaces leurs façons fantaisistes de guerroyer. Toutefois, Holden reconnaissait qu'il y avait des choses à apprendre de leur impétuosité barbare. Il ne visait pas la conquête de ce fier peuple et désirait plutôt s'y intégrer.

À cette fin, il travaillait comme il ne l'avait jamais fait de sa vie. Ce n'était pourtant que du bon et honnête travail et il dédiait tous ces efforts, ces longues heures épuisantes, à la femme qu'il chérissait, la petite sylphide qui faisait volontiers la grasse matinée dans leur lit.

Il sourit en constatant combien, sous l'emprise de l'amour, il s'était radouci. Naguère, il accordait peu d'importance aux femmes, moins en tout cas qu'un bon régisseur ou un écuyer de confiance. Même au service du roi, il ne s'était jamais donné tant de mal que pour sa précieuse lady laird. En vérité, il s'échinait de l'aube au crépuscule. Chaque soir, il s'endormait à peine couché.

Brusquement, il réalisa qu'il n'avait pas touché sa femme depuis une semaine. Comment cela se pouvait-il ? Il leva les yeux vers la fenêtre derrière laquelle Cambria était encore endormie. Le matin même, en se levant, Holden avait remarqué un joli sein découvert par les draps alors que Cambria dormait toujours, et la moue tentante de sa jolie bouche, le parfum de son corps... Son sang ne fit qu'un tour.

Il fallait qu'il se rattrape.

Cambria s'étira voluptueusement sur son oreiller parfumé de thym et fit une grimace car son épaule la lançait. Elle avait mal au bras à cause de l'entraînement intensif auquel sir Guy l'avait soumise la veille. Il faudrait qu'elle modère ses élans. Peut-être qu'après une longue absence du champ clos, pendant sa convalescence, elle retrouvait avec enthousiasme la griserie du combat. C'était presque aussi bon que de faire...

L'amour avec Holden. Son visage s'empourpra. Encore ! Chaque fois qu'elle pensait à lui, une chaleur lui venait au ventre qui descendait jusque dans ses orteils. Il la troublait décidément.

Ah, songea-t-elle, aucune femme ne peut aimer un homme à ce point. Elle se rengorgeait de fierté quand elle était assise à côté de lui à table pour le dîner. Elle rougissait quand il lui adressait une œillade suggestive depuis l'autre bout de la grande salle. Elle ne ratait jamais l'occasion de le toucher dès qu'il passait à sa portée.

Elle se sentait pleine de vie. Il y avait bien sûr la douceur du printemps et la paix qui régnait sur le pays, sa guérison et son retour au champ clos. Mais surtout, il y avait ce sentiment de plénitude qu'Holden lui apportait.

Il éprouvait la même fierté que sa femme quand il regardait les forêts du clan, et son accent avait évolué. Désormais, il appartenait à Blackhaugh et faisait partie des Gavin. Il appartenait à Cambria. Il la complétait.

Mais il y avait une autre raison qu'elle n'avait découverte que récemment. Un appel de la vie si sonore que, si elle ne s'en ouvrait pas bientôt à Holden, elle allait éclater.

Depuis plusieurs jours, Holden était si occupé que c'est tout juste s'ils se disaient bonjour dans les couloirs. Maintenant, dans la langueur délicieuse de cette belle matinée, le corps de la jeune femme se rappelait tout de Holden : les mots tendres chuchotés à son oreille, le frôlement délicat de ses lèvres sur sa peau, la caresse rude de sa cuisse en travers de la sienne.

Elle se tourna sur le dos, se débarrassa de ses couvertures d'un coup de pied et regarda le plafond, dont le soleil éclairait les fortes solives. Comme il lui manquait ! Tout en elle aspirait à la présence de son mari. Une semaine seule au lit, sans caresses, sans chaleur, quelle torture ! Elle n'aurait jamais cru qu'un jour le toucher de Holden lui manquerait plus que son destrier ou son épée.

Elle ferma les yeux et se représenta le visage de Holden au-dessus du sien ; l'éclat vert de ses yeux, l'ourlet subtil de ses lèvres, l'odeur parfumée de sa chevelure, le goût du vin sur sa langue. D'une main songeuse, elle effleura les endroits de son corps qu'il avait négligés ces jours-ci : le creux de la gorge où battait son pouls, la base du cou où il nichait sa tête, la pointe du sein qui s'érigeait alors que, d'un pouce distrait, elle en effleurait le mamelon. Elle soupira et sa main glissa plus bas, traversa son ventre plat puis ses bouclettes brunes pour atteindre le cœur même du désir où il mijotait comme du feu liquide…

Soudain, la clenche de la porte bougea. Elle ouvrit les yeux, se raidit.

C'était Holden ! Elle était rouge jusqu'aux oreilles. Avec un petit rire étouffé, elle remonta la couverture jusqu'au menton et ferma les yeux faisant semblant de dormir.

Le vantail de chêne s'ouvrit en grinçant. La présence du chevalier irradiait dans la chambre sombre. Cambria sentait son cœur lui cogner les tempes. Elle n'osait pas ouvrir les yeux. Si leurs regards se croisaient, d'un coup d'œil, il lirait dans ses pensées. Il la trouverait impudique et la jugerait faible.

Holden inspira profondément tandis que ses yeux s'attardaient sur la longue silhouette de sa femme allongée. Elle était nue sous la couverture. Il le savait et cela ne lui simplifiait pas la tâche.

Sept jours, c'était trop. Ils étaient redevenus comme étrangers. Il avait à la main un plateau de confiseries, comme un écuyer timide qui fait la cour à sa bien-aimée. C'était comme un premier jour. Son corps en revanche exigeait des satisfactions immédiates. Car elle était sa femme et était nue dans ce lit.

Quand Cambria battit distraitement des paupières, sa supercherie s'effondra.

— Tu es réveillée ! l'accusa-t-il, en tâchant de maîtriser son désir.

Il ferma la porte derrière lui d'une poussée. De nouveau, elle battit des cils qui étaient doux et drus sur sa joue rose.

— Je t'ai apporté des sucreries, susurra-t-il, en défaisant sa cape d'une main et en la posant sur le coffre au pied du lit.

C'est presque comique, songea-t-il, voici de Ware réduit à faire la cour à sa femme avec des friandises. Et Cambria qui feignait toujours de dormir ! Elle retenait son souffle mais son pouls était rapide à la base de son cou, ce cou gracile et lisse qui n'attendait que des baisers.

— Bon, eh bien, annonça-t-il à mi-voix en s'approchant, puisque tu n'es pas en mesure de protester...

Il baissa sa tête vers Cambria et vit que les narines de la jeune laird frémissaient.

— Peut-être pourrais-je chiper un baiser et...

Elle ouvrit les yeux.

— Ah, constata-t-il, un peu déçu, tu es éveillée. Prends un bonbon alors.

Il lui glissa entre les lèvres une noix au miel, et en prit une. Sa langue baignait dans le sirop sucré, mais il avait beau avoir du miel sur le palais, ce goût était aigre comparé avec la douceur d'un baiser de Cambria.

Comme si elle lisait dans ses pensées, Cambria lécha du bout de sa langue une goutte de miel sur la lèvre de Holden. Alors, il le remarqua dans ses yeux; elle ne pouvait rien lui cacher. C'est le désir qu'il avait lu. Le désir nu et violent.

En un instant, sept jours de refoulement exigèrent un exutoire. Il brûlait de presser ses lèvres contre celles de Cambria, de la serrer contre lui et de la pénétrer. Et ce souhait était entièrement partagé. Le regard de Cambria était incandescent et sa peau rougissait dans l'attente des caresses de Holden. Elle regarda la bouche de son mari et cilla imperceptiblement...

Il soupira le nom de sa femme. Celle-ci ferma les yeux. Il laissa le plateau de noix tomber sur le plancher et posa sa bouche sur ses lèvres. C'était si doux. Tout de suite, les lèvres de la jeune laird se firent de velours, contentes de l'accueillir. Des deux bras, elle l'attira à elle et surprit le doux parfum de sa chevelure, mélange de thym, de cuir et de la douce aspérule de son bain. Il enfouit la main dans ses lourdes mèches, son baiser se fit plus insistant. Il effleura d'abord les dents de Cambria du bout de la langue, puis s'introduisit dans les profondeurs de sa bouche.

D'une main tremblante, il saisit l'ourlet de la courtepointe et l'abaissa lentement jusqu'au niveau de la taille de sa femme ; il caressa sa poitrine nue d'abord du regard, puis des lèvres jusqu'à ce qu'il ait baisé chaque centimètre de sa peau offerte. Le cœur battant, il arracha fébrilement ses vêtements. Les coutures de ses chausses menaçaient de lâcher sous la pression puissante de son excitation.

Puis, il fit glisser la couverture jusqu'aux pieds et s'allongea sur elle, peau sur peau de la tête aux pieds. Ce plaisir exquis au point d'être douloureux le fit gémir. Elle avait un corps parfait, si chaud, si soumis et si féminin. Elle se collait à lui, lui caressait les épaules, lui enveloppait le torse, le moulait de ses cuisses. Il frissonna tandis que les ondes délicieuses d'un désir brûlant le secouaient.

À bout de souffle, Cambria gémit. Ses rêves les plus érotiques ne pouvaient se comparer à ce contact avec Holden. Partout où ses doigts l'effleuraient, il trouvait le feu. Partout où ses lèvres la frôlaient…

Elle inspira longuement pour se gorger de sa chaude odeur masculine. Elle goûta la saveur salée de ses épaules musclées, de son cou solide. Elle s'enivrait de désir sans le plus mince espoir de contrôle. Peu importait à Cambria qu'il la jugeât dévergondée. Elle savait seulement qu'elle le voulait, elle avait besoin de lui. Il lui fallait cette proximité, cette intimité. Tout de suite.

La jeune femme sentait son cœur en folie lui marteler les côtes, la pousser à l'acte, l'obliger à étancher cette soif dévorante. Elle se cambra pour mieux adhérer au corps brûlant de son mari comme s'il était animé d'une volonté propre.

Alors il s'enfonça en elle, brûlant et fort, droit comme une lance, comblant cet espace vorace qu'elle portait à l'intérieur d'elle ; c'était l'union qu'elle désirait, l'accolade de leurs corps jusqu'à ce qu'aucun vide ne les sépare, l'appel des deux cœurs l'un vers l'autre, jusqu'à ce qu'ils battent à l'unisson.

Il se retira, prolongea la séparation jusqu'à ce que sa propre chair le rappelle en elle. Et avant que Cambria ne proteste d'un sanglot, il rentra en elle de nouveau. Fermement. Profondément.

Il arracha ainsi des lèvres de sa femme un cri de passion. Chaque partie du corps de la jeune femme était chargée de foudre. Entre ses cils, elle regardait les yeux d'émeraude au-dessus d'elle. Ils étaient à demi fermés, rendus vitreux par l'impérieux désir, ombrés par la détermination de la satisfaire. Ils racontaient précisément ce qu'il était en train de lui faire, et que nul ne pouvait arrêter. Elle ferma les yeux et s'abandonna.

Holden craignit d'être allé trop vite et trop loin. Jamais il n'avait senti une excitation pareille, mais la femme qui palpitait sous lui méritait mieux : qu'il soit patient, qu'il se maîtrise. Il tenta de deviner ses moindres désirs ; il se mit à lui lécher avec délicatesse le pavillon de l'oreille, à suivre du doigt la courbure de son sein, à frotter avec douceur le petit mamelon de chair, siège de son désir. Mais plus elle réagissait, plus Holden sentait son propre corps devenir exigeant.

Ainsi s'élancèrent-ils tous les deux, emportés par une frémésie commune. Elle se cramponnait à lui, tandis qu'il lui chuchotait des ordres sans suite. Leur union se fit plus rapide, plus violente.

Au moment de basculer dans l'orgasme, Cambria eut un halètement bref. C'était comme une vallée fertile qui s'ouvrait devant elle, porteuse d'émotions inconnues. Holden le sentit car il s'arrêta un instant. Puis ils reprirent ensemble leur étreinte.

Cambria ne se souvint pas de s'être laissée gagner par le sommeil. Simplement, elle sortit de sa torpeur, ensommeillée, quand Holden se souleva et, s'étant écarté, borda la couverture autour d'elle ; puis il se leva et alla à la fenêtre regarder le paysage. La lumière dessinait la silhouette de son corps à contre-jour, soulignant la forme évasée de son torse, la sveltesse de ses hanches, la rondeur musclée de ses épaules. Il respirait la force.

Cela ne l'empêchait pas d'être capable d'une tendresse infinie. Le contact de ses doigts pouvait être dur ou délicat. Et la façon qu'il avait de lui caresser la poitrine... À cette pensée, Cambria sentit encore ses sens en éveil.

Holden se détourna du feu et s'essuya les mains. Il regarda vers le lit: Cambria était éveillée. Qu'elle était belle! Ses cheveux ébouriffés lui allaient à merveille. Sa peau rayonnait, ses yeux étincelaient sous ses lourds cils voluptueux. Quand elle posait sur lui ce genre de regard, il ne répondait plus de rien. Quelle tentatrice! Pourtant, quand il l'avait dans ses bras, il avait l'impression de tenir un ange, tout doux, tout tendre et tout chaud.

Mais le moment n'était plus aux distractions. Il avait des constructions à surveiller. Il fallait poser un nouveau plancher sur...

Cambria se redressa sur un coude. Un petit sein rose et innocent apparut au-dessus de la couverture.

Holden s'éclaircit la gorge. Il avait des choses importantes qui l'attendaient. Il fallait absolument qu'il...

Cambria passa rapidement la langue sur ses lèvres. Et les bonnes intentions de Holden s'envolèrent.

Deux fois de plus, elle se prêta à ses assauts jusqu'à ce que, éreintés, ils gisent à bout de forces en travers de la paillasse.

— Laird Gavin, murmura-t-il d'un ton las, en avez-vous fini avec moi?

Elle eut un petit rire grave et se blottit dans ses bras.

— J'ai une autre faveur à solliciter, lord Holden.

— Demande, soupira-t-il, et je te l'accorde.

Elle sourit et dessina du bout des doigts un cercle sur le torse du chevalier.

— Est-ce que tu aurais un charpentier pour me faire un meuble sur mesure?

— Que te faut-il ? demanda-t-il en fermant les yeux comme pour absorber la chaleur délicieuse du corps de Cambria. Un coffre en bois ? Une armoire ? Un piédestal pour m'ériger une statue ?

Elle lui donna une petite tape grondeuse.

— Non, tu n'y es pas du tout. Un berceau.

— Un berceau ? Mais pour quoi faire ?

Brusquement, il se glaça. On eût dit que le monde s'arrêtait de tourner, qu'une ombre maléfique s'étendait dans la pièce comme si un lourd nuage noir avait couvert le soleil. Les mots et les pensées de Holden restèrent comme en suspens ; pendant quelques secondes, il fut incapable de réaliser ce qu'il venait d'entendre. Les yeux fixés au plafond, il ne voyait rien.

Puis il se ressaisit, mais son souffle était changé, dense, méconnaissable. Dans sa poitrine, son cœur battait comme un gong et sa gorge serrée l'empêchait de parler.

Il déglutit avec effort. Il n'osait la regarder en face de peur de lire dans ses yeux ce qu'il redoutait le plus.

— Holden ?

— Un berceau, répéta-t-il.

— Mais oui.

Cambria souriait largement. Les hommes sont parfois d'un aveuglement…

— Tu ne me demandes pas pourquoi ?

— Parce que tu es…

— Enceinte, Holden !

Le simple fait de prononcer ce mot à voix haute la rendait radieuse de bonheur.

Mais Holden ne répondit rien et se raidit.

— Holden ? dit-elle, effleurée par la crainte. Tu m'entends ?

— Oui, tu es enceinte, répondit-il d'un ton bourru et distant.

Qu'est-ce qui lui prenait ?

— Holden, quelque chose ne va pas ?

L'instant d'avant, elle avait l'impression de baigner en plein bonheur ; à présent, elle piquait vers le sol dans une chute mortelle.

— Tu sais… l'enfant est de toi.

— Mais oui, confirma-t-il, amer. C'est moi qui ai fait le coup.

Les larmes aux yeux, elle se mordit la lèvre pour l'empêcher de trembler.

— N'es-tu point heureux ? chuchota-t-elle.

Il s'écarta d'elle et, sans un regard, quitta le lit où ils venaient de s'unir à trois reprises. Il s'habilla à la hâte.

Cambria sentait son cœur s'effondrer.

— Ah Dieu ! s'écria-t-elle sans se soucier qu'il l'entende sangloter. Tu ne m'aimes pas ?

Il la défia du regard, un regard lourd de douleur, de rage et d'un sentiment qu'elle ne parvint pas à identifier.

— Je t'aime plus que la vie même ! Plus que…

Sa voix se brisa et, avec un juron en guise d'au revoir, il sortit de la pièce et claqua la porte.

Assommée, blessée et totalement abasourdie, elle se ferma la bouche d'une main pour étouffer les sanglots qui la secouaient tout entière, des sanglots qui durèrent toute la matinée. Holden était impardonnable.

La saison avançait. En forêt, les feuilles commençaient à joncher le sol. Les nappes de bruyères s'étendaient sur les collines en les marbrant d'or, de violet et de pourpre. Les baies mûrissaient dans les bois et l'automne s'étirait dans la splendeur d'une lumière dorée.

Cambria aurait dû être heureuse. Après tout, une vie nouvelle se développait en elle. Mais la façon inexplicable dont Holden s'était fermé étouffait sa joie. Il ne la regardait plus en face et la touchait moins souvent. Une fois le nouveau donjon de Blackhaugh achevé, il décida de s'y installer seul.

Le pire, c'est qu'il ne lui disait pas ce qui le perturbait. Tous les autres sujets, ils les abordaient librement ; ils parlaient longuement sur les avantages respectifs du vol et de l'achat de bétail, comparèrent leurs avis à propos d'achats de terres et de fortifications du château, envisagèrent ensemble l'organisation d'un tournoi au printemps. Mais chaque fois qu'elle parlait de leur héritier, c'était comme s'il posait un masque sur son visage. Il ne présentait nulle explication pour son attitude froide et distante.

Cambria fit un million d'hypothèses ridicules. Peut-être était-elle trop grosse ou la trouvait-il laide, ou ne l'aimait-il plus. Ou qu'il regrettait de l'avoir épousée. Et étant donné son état, elle avait la larme facile.

Mais Holden était rarement là pour les voir. Toutes les excuses étaient bonnes pour s'éloigner : il s'entraînait jusqu'à la nuit dans les lices, pêchait la moitié de la matinée, chassait au faucon toute l'après-midi ou presque.

Ce matin-là, il s'était levé bien avant le soleil. Par l'étroite fenêtre, c'est tout juste si elle arrivait à distinguer la troupe : une douzaine d'ombres chaudement vêtues qui battaient la semelle sur le sol gelé et portaient de longues gaules sur l'épaule. En revanche, elle reconnaissait les voix : le petit rire de Malcolm dans le brouillard, les grommellements de Guy, les claquements de dents de ceux qui soufflaient sur leurs mains gelées et, surtout, les ordres débonnaires de Holden, avant de partir tenter leur chance dans un ruisseau tout proche alimenté par la fonte des neiges.

Elle s'écarta de la fenêtre et resserra la couverture sur elle. D'habitude, elle hésitait à endosser une cotte de mailles glaciale par une matinée pareille. Il faisait encore presque nuit. Mais elle avait des démons à combattre, des monstres qu'elle ne parvenait pas à nommer ; si Holden ne restait pas à ses côtés pour aider à les vaincre avec des mots, elle allait les conjurer de la seule façon qu'elle connaissait, par l'épée.

Si Holden avait fait plus attention à elle, il se serait aperçu qu'elle n'avait jamais abandonné ses entraînements martiaux en dépit de sa grossesse. Il y aurait certainement mis le holà, mais elle se sentait plus vigoureuse que jamais ; elle avait décidé de continuer l'entraînement tant qu'elle rentrerait dans son haubert.

De toute façon, personne ne regrettait son absence. Les domestiques la croyaient au lit ; les écuyers contre lesquels elle se battait avaient fait serment de ne pas la trahir. Elle s'arrêtait vers le milieu de la matinée et, à cette heure-là, le château était en pleine activité. Oui, elle était libre comme l'air. Elle aurait dû être heureuse.

Mais, en bouclant ses chausses sur son ventre arrondi, elle essuya une larme du dos de la main. Il ne fallait pas qu'elle pleure, se dit-elle. Il fallait qu'elle se montre forte. Après tout, elle portait dans son ventre le futur laird de Gavin. Il fallait qu'elle soit forte pour elle-même et pour le bébé qui, un jour, régnerait sur les terres du clan, avec ou sans la bénédiction de son père.

# 18

— Et moi, je te dis que mes yeux ne sont pas émeraude, insistait la lady avec une indignation mal feinte.

Le bel homme à qui elle s'adressait sourit et la souleva dans un frou-frou de jupes fauves.

— Duncan de Ware, gronda-t-elle les yeux brillants, lâche-moi tout de suite !

Duncan, ignorant ses efforts pour se dégager, la dévisagea avec un sourire polisson qui la fit rougir. Qu'elle est belle, songea-t-il ! Elle avait bel et bien des yeux verts limpides comme des émeraudes, une peau de lait et des joues roses à croquer. Quant à ses cheveux, c'était ce qu'elle avait de mieux ! Dorés comme les blés et argentés comme un clair de lune ; comme il le lui avait demandé, elle les portait longs et bouclés. Il adorait leur contact soyeux et y enfouit sa main.

— Te lâcher ? Comme ça, en pleine forêt ? Non, lady. Cela ne sied pas à tes jolis petits pieds.

Linet leva les yeux au ciel pour la centième fois de la journée. Son mari se conduisait parfois en vrai pitre, mais elle ne pouvait se défendre de l'aimer. Il était gai, spirituel et charmant. Quel contraste avec la vie si monotone qu'elle menait chez son père, entre le métier à tisser et les livres de comptes ! Elle ne cessait de s'émerveiller que ce grand chevalier aux yeux bleus, beau comme un dieu et héritier de la lignée de Ware, l'eût épousé elle, simple fille de drapier. Bien sûr, cette époque était révolue : désormais, elle avait du mal à ne pas lui arracher des sourires amoureux chaque fois qu'il la regardait.

— Mes petits pieds jolis ont fait quinze kilomètres, répondit-elle.

À la suggestion de son mari, ils avaient faussé compagnie à leur suite dans la matinée. Ils souhaitaient faire une surprise à son frère et à sa nouvelle épouse écossaise, cette lady hors du commun dont Garth leur avait raconté les exploits ahurissants. Ils avaient décidé de précéder le gros de la troupe à pied et vêtus en croquants. D'après Duncan, il ne restait que quelques kilomètres, mais il avait nettement sous-estimé la distance. Toutefois, elle ne s'était pas ennuyée une seconde. Il l'avait divertie avec des récits épiques, des chansons paillardes et des compliments sans retenue.

Ainsi traversaient-ils la forêt, elle pelotonnée contre sa poitrine et lui ne la quittant pas des yeux, comme un trésor qu'il aurait à peine découvert. Elle se prit à souhaiter qu'ils soient tous les deux seuls au monde.

Soudain, le tintement d'épées s'entrechoquant attira leur attention. D'un coup, Duncan changea de façon. Il la laissa glisser au sol et, passant devant elle, plongea la main sous sa cape et tira son épée.

Ils avancèrent à pas de loup jusqu'à la crête d'une colline couverte de sycomores. Le donjon d'un imposant château de pierre gris-bleu dominait la futaie à trois cents mètres de là. Entre eux et la forteresse il y avait un dense bois d'ormes abritant une vaste clairière circulaire ; un petit groupe de guerriers était en train de s'y battre.

— Blackhaugh ! souffla Duncan avec un geste grandiose comme si le château lui appartenait.

Longeant la lisière du petit bois, ils suivirent sans se faire remarquer les échanges d'une demi-douzaine d'hommes d'armes avec un chevalier seul qui les attaquait comme un furieux. Au bout d'un moment, Duncan remit son épée au fourreau convaincu qu'il s'agissait d'un exercice amical.

Linet les observa. Ce chevalier avait quelque chose de curieux.

— Celui qui est au milieu n'est pas un homme, murmura-t-elle à brûle-pourpoint.

— Ah bon ? demanda Duncan, amusé. C'est un fantôme ?

— Non, expliqua-t-elle, agacée par son manque de sérieux. C'est un vrai chevalier mais... ce n'est pas un homme. C'est une femme.

Il soupira placidement.

— Linet, mon cœur, tu compliques les choses les plus simples. C'est sans doute à cause de la vie terne que tu menais avant de me connaître.

Elle le foudroya du regard.

— Il est totalement exclu, dit-il en croisant les bras, que ce guerrier soit une femme.

— Obtus et têtu ! observa-t-elle affectueusement.

Il sourit comme si elle venait de lui faire un compliment.

— Ce n'est pas une femme, continua-t-il avec patience. Aucune femme n'est capable de combattre ainsi.

Dès qu'il finit sa phrase, Duncan sut qu'il s'était trompé. Une lueur redoutable pétillait dans les yeux de Linet, et il hésitait à se lancer dans une polémique qu'il était certain de perdre.

— Bon, d'accord ! concéda-t-il. Demandons à cette personne quel genre d'être elle est ?

Elle croisa les bras, attendant qu'il s'exécute.

— Fort bien. J'imagine que j'ai à lancer un défi à ce chevalier, suggéra-t-il en feignant d'hésiter alors qu'il en brûlait d'envie. Quand je l'aurai battu, je le forcerai à retirer son casque.

— Non, protesta Linet, pas question de la combattre !

Elle n'osait imaginer ce que son mari pouvait faire subir à une jeune femme sur le champ clos.

— Tu risquerais de la blesser !

— Mais il s'en sort très bien contre six adversaires, expliqua Duncan d'un ton sarcastique. Et je te remercie au passage, chère lady, pour ta sollicitude concernant ma sécurité.

— Ah ça, Duncan de Ware, avertit-elle, je ne vais pas t'offrir des compliments sur un plateau d'argent. Mais tu sais que tu es un des meilleurs bretteurs d'Angleterre, meilleur que ces six chevaliers mis ensemble.

— Oui, concéda-t-il en souriant, mais cela fait plaisir de l'entendre de ta bouche.

L'agacement de Linet s'envolait quand il la regardait de ses yeux de braise. Il ne lui restait qu'à espérer qu'il soit prudent. Il hocha la tête avec indulgence, s'éclaircit la gorge et entra dans la clairière pour attirer l'attention des combattants.

Cambria entendit l'intrus et s'interrompit. Un instant, elle crut que c'était Holden qui revenait de la pêche plus tôt que prévu et cela la mit en émoi.

Puis elle se tourna et vit venir un inconnu. Quand elle le regarda avec plus d'attention par la fente de son bassinet, elle sentit une faiblesse lui venir dans les genoux. Elle reconnaissait la quintaine ; c'était Holden de Ware en plus grand et plus brun, avec des yeux bleus et une tenue de paysan. Ce ne pouvait être que Duncan, le frère de Holden.

Quant à la jeune femme derrière lui, il s'agissait évidemment de sa femme. Elle était habillée en croquante, avec une robe modeste, mais sa peau avait de l'éclat, ses yeux étaient vert émeraude et sa chevelure d'un blond somptueux.

Cambria eut honte de sa tenue débraillée. Heureusement qu'elle n'avait pas ôté son casque ! Cent pensées se bousculèrent dans son esprit, il fallait qu'elle se sorte de cette situation avec le moins d'embarras possible.

— Messire chevalier, commença Duncan du ton le plus officiel, vous vous battez avec bravoure contre beaucoup. Me feriez-vous l'honneur de croiser le fer avec moi ?

Un des écuyers, avec une galanterie très écossaise, intervint en faveur de Cambria.

— Messire, cet assaut serait trop inégal. Vous n'êtes pas armé comme il convient. Peut-être devriez-vous plutôt...

— Ça ne fait rien, insista Duncan. Votre chevalier est mieux armé mais je reconnais avoir l'avantage de la taille...

— Non, bon sire, insista l'écuyer. Choisissez l'un de nous. Celui-ci est épuisé.

Cambria était loin d'être fatiguée et le défi l'excitait. Pourtant, une petite voix intérieure lui conseillait d'esquiver cet affrontement car les écuyers avec lesquels elle s'entraînait ne lui portaient que des coups timides et la ménageaient. Ce serait pourtant un régal d'avoir un véritable adversaire. Holden n'avait aucune raison de l'apprendre. Elle faisait confiance aux écuyers pour se taire. Après le duel, elle quitterait la clairière sans ôter son casque, ni vu ni connu !

Avant que le bon sens ne lui ait fait changer d'avis, elle secoua les épaules pour bien les détendre et, prenant position en face du frère de Holden, se mit en garde.

À peine l'écuyer s'était-il écarté d'un bond que Duncan dégainait vivement et balançait son arme avec impatience. Comme à son habitude, Duncan laissait à son adversaire l'initiative de l'attaque. Plusieurs fois, la lame de Cambria lança un éclair et vint tinter violemment contre la sienne. Le chevalier inconnu que Duncan avait défié ne portait pas de bottes particulièrement violentes ni précises, il n'avait donc pas de mal à les parer ; mais cela n'altérait pas son plaisir. Il préférait l'élégance du style à la force. Jamais il ne s'était mesuré à un duelliste au style si impeccable, doté à la fois d'une telle fougue, de tant d'agilité et d'une pugnacité pareille face à un adversaire supérieur. Il se dit que ce jeune homme, une fois adulte et ayant acquis la discipline et l'humilité qu'il convient, ferait un extraordinaire combattant.

Vivement intéressé, il se défendait avec ardeur contre la grêle d'attaques. Mais du coin de l'œil, il vit un écuyer s'esquiver et s'éloigner au galop à travers champs.

Arrivé sur la crête, Holden s'arrêta net. Son cœur se serra douloureusement à la vue de la pente qui descendait vers Blackhaugh : une inquiétude le saisit. Comme l'écuyer lui avait à l'instant signalé, Cambria en grande armure se battait de toutes ses forces pour un combat mortel et le géant qui se mesurait à elle n'était autre que Duncan, le frère invincible de Holden. L'épée au poing, il se rua vers les adversaires.

— Bas les armes ! tonna-t-il.

Cambria s'arrêta net.

Duncan jugea que l'arrivée de Holden ne pouvait mieux tomber. Profitant de la distraction de son adversaire, il fit un léger mouvement du poignet et envoya l'épée de Cambria à l'autre bout de la clairière.

— Enfin, je vaincs ! triompha-t-il. Qu'est-ce qui t'a retardé tout ce temps, mon frère ?

À sa grande surprise, Holden ne sourit pas. C'est tout juste s'il semblait remarquer la présence de son aîné. Plus surprenant encore, la fureur de Holden semblait viser non son frère mais son adversaire. Il semblait prêt à exécuter sur place le jeune chevalier.

— Est-ce ainsi que l'on accueille mon frère ? cria Holden, la voix tremblante de peur. À la pointe de l'épée ?

Les écuyers baissaient la tête, tout déconfits.

— À dire vrai, reconnut Duncan, c'est moi qui ai lancé le défi.

Holden foudroyait Cambria du regard.

— Et tu ne t'es même pas fait connaître, n'est-ce pas ?

Holden comprit au silence de sa femme qu'il avait vu juste. Elle n'avait dit à Duncan ni qui elle était ni dans quel état elle se trouvait. Il aurait voulu assommer son frère d'un coup à la tête, car enfin, comment ne pas voir que Cambria était une femme ?

Restée à l'écart, Linet jaugeait du regard son fameux beau-frère. Tout de suite, les traits communs aux de Ware lui sautèrent aux yeux : même silhouette, même visage. Mais là s'arrêtaient les ressemblances. Duncan était aussi ouvert qu'Holden était bourru. Tout de suite, elle le détesta. Sans l'amour pour son mari, elle lui aurait dit son fait sur-le-champ : sont-ce des façons que de crier de la sorte sur une femme ?

Duncan ficha son épée en terre et posa le poing sur sa hanche. Il avait l'habitude d'être ignoré, notamment par son frère. Mais Holden avait-il la main lourde avec ses vassaux ! Toutefois, Duncan eut le bon sens de ne pas se mêler à l'altercation. Holden était fieffé à présent ; il avait son titre et des terres propres. Linet, en revanche, ne semblait pas étouffée par les mêmes scrupules. Elle semblait prête à entrer en lice.

*

Holden n'arrivait pas à reprendre son souffle. Il tremblait ; il tendit le bras et empoigna Cambria par le devant de son habit, davantage pour s'assurer qu'elle était en un seul morceau que pour l'intimider.

— Sont-ce là des manières ? fulmina-t-il pour cacher sa peur.

Il tordit le poing qui tenait toujours le vêtement de sa femme, et jura. Il avait eu peur pour sa vie. Depuis l'enfance, il joutait contre son frère et personne n'arrivait à la cheville de ce formidable guerrier. En un clin d'œil, Duncan aurait pu décapiter Cambria. Holden frémit à cette perspective.

— C'est de l'inconscience ! hurla-t-il d'un ton enroué en désignant Duncan de la pointe de son épée. Tu as devant toi la plus fine lame d'Angleterre ! Il s'est battu à quatre contre un, il a vaincu des hommes mesurant le double de sa taille ! Il a gagné ses éperons alors qu'il était encore imberbe.

Duncan grattait l'herbe du bout du pied, gêné par ces éloges.

Linet entendait tout ça avec un étonnement croissant. Son esprit analysa vite la situation et elle commençait à comprendre qui était le jeune duelliste et pourquoi Holden se mettait dans un état pareil. Elle se dit que peut-être le frère de Duncan n'était pas un ogre.

Pendant ce temps, Holden continuait ses imprécations.

— J'ai vu de mes propres yeux Duncan faucher une rangée entière de chevaliers dans un combat au corps à corps à lui seul !

— Là, mon frère, il me faut rétablir la vérité, intervint Duncan.

Il avait beaucoup de mal à entendre la liste de ses hauts faits. Il craignait que les écuyers écossais, bouche bée, ne se mettent à lui baiser l'ourlet de son vêtement.

— Les trois quarts de ces reîtres étaient fin soûls, ils tenaient tout juste en selle.

Holden ne fut pas apaisé par ce témoignage de modestie.

— Ah toi ! je t'en prie ! Est-ce que tu n'as pas assez d'adversaires à ta taille auxquels te mesurer ?

Duncan ne fit pas cas de l'agressivité de son cadet.

— Holden, calme-toi. C'était un duel amical. Ne pourrais-tu réprimander ton vassal une autre fois ? Tu ne nous as toujours pas salués, ma femme et moi-même. Elle va te prendre pour un rustre sans éducation.

Voilà qui calma Holden. Il remarqua soudain la dame blonde derrière Duncan. Elle le regardait avec une expression curieusement tendre qu'il ne s'expliquait pas.

Après un silence prolongé, Duncan reprit la parole.

— Bon. Lady Linet, je te présente mon jeune et mal élevé frère cadet, lord Holden de Ware.

Linet s'avança à côté de Duncan et se fendit d'un sourire éblouissant. Mais Holden ne répondit rien, confus et incapable de surmonter sa colère encore récente.

— Eh bien, Holden, insista Duncan, où est passée ta femme écossaise que l'on dit si remuante ? Est-elle laide au point que tu la caches ?

Linet le fit taire d'un coup de coude.

— Grand benêt ! lui souffla-t-elle, indignée.

Holden fit une moue écœurée et rengaina son épée. Puis il prit le casque de Cambria dans le creux de son bras et le lui retira. Sa longue chevelure auburn tomba sur ses épaules et ses yeux lançaient des éclairs.

Duncan faillit tomber à la renverse. Linet avait raison : ce chevalier était une femme. Les mots lui manquèrent.

— Eh bien, gronda Holden, voici ma femme !

## 19

Le sourire triomphant de Linet devint amer quand elle vit l'expression de Cambria. La pauvre petite était mortifiée et rouge de honte. Elle n'osait croiser le regard de personne, fixant le sol en silence. Linet ressentit une vague de compassion. Elle aima tout de suite sa belle-sœur. Cambria n'avait en rien l'air d'une châtelaine ; elle avait les cheveux trempés de sueur et son visage était d'une propreté douteuse. Mais elle avait du tempérament. C'était l'incarnation de l'esprit rebelle de toute l'Écosse.

Hélas, Linet ignorait combien son regard attentif gênait Cambria.

Jamais elle n'avait vu de créature aussi fragile et éthérée que Linet. C'était un ange blanc, aux traits délicats et à la chevelure d'un blond éblouissant, comme les chantent les troubadours. Elle était parfaite à tous égards : dans son maintien, son physique et son attitude. Cambria prit conscience de la sueur qui lui coulait sur la tempe, de la poussière qu'elle avait dans le cou, de la lourde cotte de mailles qui lui aplatissait la poitrine et son ventre encombrant. Ah ! Que n'était-elle restée couchée ce matin ! Elle avait honte d'autant que sa belle-sœur avait des mains d'une finesse irréprochable et n'avait sans doute jamais touché une arme, à plus forte raison dans le cadre d'un duel. Quant à Duncan, il dévisageait toujours Cambria, bouche bée.

Pourquoi Holden l'avait-il démasquée ? Elle aurait pu quitter la clairière sans se faire connaître. Il aurait ainsi épargné leur honneur. Maudit mari ! Il aurait pu lui présenter plus tard son frère et sa belle-sœur. Maintenant, comment allait-elle rattraper cette présentation humiliante ? Tout de même, elle ne devait pas se laisser aller : Blackhaugh était à elle et, quelque hostile que soit le ton de Holden, elle tenait à souhaiter courtoisement la bienvenue à ses hôtes conformément à l'usage séculaire de l'Écosse.

Rassemblant ses forces et la fierté de générations de Gavin, elle prit son ton le plus officiel.

— Je suis Cambria Gavin, laird de Blackhaugh, et je vous souhaite la bienv...

— Tu t'appelles lady Cambria de Ware, grinça Holden.

Il était déçu et furieux.

Cambria s'empourpra. Les mots se bloquaient dans sa gorge. Bien sûr qu'elle était lady Cambria de Ware. Mais l'habitude, la nervosité avaient troublé sa mémoire. Holden pensait qu'elle l'avait fait exprès et elle n'avait aucun moyen de sortir la tête haute de cette situation bien gênante. Elle constata qu'un nœud douloureux lui serrait la gorge. Avec toute la dignité dont elle était capable, elle adressa un signe de tête à l'ange gracile semblant près de défaillir d'un instant à l'autre et, s'étant détournée, rentra à Blackhaugh.

Les larmes aux yeux, elle remonta la colline d'un pas raide et les poings serrés ; autant ne pas entendre ce que lady Linet chuchotait derrière elle. Elle sentit sur elle le regard de Holden jusqu'à ce qu'elle franchisse les portes du château. Il la maudissait intérieurement, la condamnait et, pire, il avait honte d'elle. Tant pis, se disait-elle, après tout, ce n'est qu'un Anglais. Ce qu'il pensait d'elle ne changeait pas ce qu'elle était au fond. Au diable sa réprobation : elle était une Gavin ! Le mariage ne changeait rien à cela.

Quant au fait d'avoir accueilli son beau-frère l'épée à la main, Duncan lui-même avait expliqué que c'est lui qui avait lancé le défi. Pourquoi donc Holden avait tant tenu à l'humilier ? Peut-être se figurait-il qu'elle-même l'avait humilié...

Elle repensa à l'ange blond au bras de Duncan. Peut-être Linet était-elle au fond le type de femme qu'Holden convoitait. Une petite chose fragile, calme et docile : son contraire en somme. Peut-être Holden avait-il honte d'elle. Ce qui expliquerait qu'il se soit montré si distant ces derniers temps.

Elle écrasa une larme. Si elle n'avait ni les traits délicats, ni le maintien distingué, ni le beau langage de Linet, c'est qu'on ne l'avait jamais préparée à se marier. Holden aurait dû le savoir, songea-t-elle en reniflant. Ou ne pas l'épouser.

Elle parvint difficilement au gazon entourant la forteresse et franchit la barbacane la tête haute. Elle ne trébucha qu'une fois en chemin, et avait presque atteint le château.

Mais Holden l'avait suivie, et avant qu'elle ne pénètre entre les murs, il l'attrapa par l'épaule et la tourna vers lui. Un moment, elle crut lire dans les yeux de son mari une sollicitude inquiète, mais sa bienveillance ne dura pas.

— Je t'interdis de mettre ton bébé en danger de la sorte. Je te défends de continuer l'entraînement.

Les larmes montèrent aux yeux de Cambria mais elle fit un effort pour les refouler.

— Et que t'importe ce bébé ? sanglota-t-elle. Cela fait des semaines que tu ne m'en parles pas. C'est comme s'il n'existait pas.

Holden blêmit.

— C'est cela que tu penses ?

— Et que devrais-je penser ? répondit-elle, gênée par tous les domestiques qui circulaient dans la cour.

Les reproches qu'elle gardait depuis si longtemps vinrent d'un coup.

— Tu ne parles pas de lui. Tu ne poses jamais de questions. Tu ne me touches plus, tu ne me prends plus dans tes bras, tu ne m'embrasses plus. Nous faisons même chambre à part.

Il resta sans voix. Cambria n'arrivait pas à déchiffrer ses pensées. Elle avait le cœur brisé et lui n'avait pas un mot pour la consoler. Avec un sanglot, elle le maudit.

— Heureusement pour ta mère que tu l'as tuée : elle ne voit pas quel monstre tu es devenu !

Le regard de Holden se figea. Il lâcha l'épaule de sa femme comme s'il tenait un serpent venimeux. Un tic de colère crispait sa mâchoire, il ouvrait et fermait convulsivement les poings. Un moment, elle se demanda s'il allait la frapper. Mais elle vit un autre sentiment sous sa colère maîtrisée : de la souffrance, beaucoup de souffrance.

Il se ressaisit si vite qu'elle se demanda si ce sentiment fugitif était le fruit de son imagination. Alors, sans un regard ni un mot, il se détourna en faisant tourner sa cape et s'en fut.

Holden se cacha presque tout l'après-midi dans un escalier, prostré contre les pierres froides du mur. Il avait l'impression qu'un poids énorme pesait sur lui. Cette femme à laquelle il avait voué sa foi, pour laquelle il avait risqué sa vie, quitté les lieux de son enfance pour une contrée inconnue, cette femme l'avait terrassé d'un coup fatal. Elle l'avait blessé au vif.

Mais lui ne pouvait rester caché pour le reste de ses jours. Il n'était pas question de rester là jusqu'à ce qu'elle mette le bébé au monde. Duncan allait se demander où il était passé et les Écossais fouineurs n'allaient pas tarder à le trouver.

Le cœur en miettes, il descendit l'escalier à pas lourds sous les regards étonnés des convives du dîner. Duncan et Linet siégeaient à la table d'honneur, mais il ne leur accorda pas un mot. Cambria brillait par son absence. Il rafla sur une table deux dames-jeannes en cuir pleines de bière et sortit par les doubles portes de la grande salle.

L'air frais était vivifiant. Il but une longue lampée de bière blonde, cherchant à se réchauffer le cœur. Il erra sans but, maudissant la pleine lune, donnant des coups de pied par terre et ne s'arrêta que devant les écuries. Il entra par la porte cochère et passa devant les chevaux, buvant à longs traits. Les odeurs chaudes et familières de l'écurie le réconfortaient. Serrant contre lui ses outres, il s'assit par terre dans un coin, au clair de lune.

En voyant Holden traverser la grande salle, Duncan avait lu dans son cœur à livre ouvert. Il avait l'expression d'un homme blessé, les traits du visage hantés par son passé.

Une fois les tables débarrassées et les hôtes logés pour la nuit, Duncan souhaita bonne nuit à Linet et partit à sa recherche.

Il ne mit pas longtemps à le trouver. Holden déblatérait à haute voix, adressant des propos incohérents aux chevaux impassibles. Quand la silhouette de Duncan s'encadra à la porte, à la lumière de la lune, Holden était toujours dans son coin sombre ; il leva vers lui des yeux las et lui fit signe d'approcher. Duncan, pris de pitié, vint s'accroupir à côté de lui.

Holden était ivre. Duncan ne l'avait vu se mettre dans un état pareil que quand quelqu'un parlait de la mort de leur mère à sa naissance.

Duncan soupira et prit le bras de Holden. Ils avaient évoqué ce sujet des centaines de fois, mais cela ne leur était pas arrivé depuis longtemps. Duncan ne demandait pas mieux que d'en parler encore. Il jurerait à Holden qu'il n'était pour rien dans la mort de leur mère, qu'elle avait achevé sa grossesse épuisée et qu'elle avait perdu tant de sang que nul n'était parvenu à la sauver.

— Ne tombe jamais amoureux, Duncan ! bredouilla Holden.

Duncan plissa le front. Amoureux ? Qu'est-ce qu'il racontait ? Il ne s'agissait pas de la mort en couches de leur mère ? Peut-être simples propos d'ivrogne. Il secoua Holden par le bras.

— Holden, reviens à l'intérieur. Il se fait tard.

— Oui, convint Holden, bien trop tard. Ce qui est fait est fait ; je l'ai conduite à la mort.

Duncan passa la main sur son visage.

— Qui ça ? demanda-t-il en présumant de la réponse.

— L'Écossaise, marmonna Holden. Je l'ai détruite.

— Et comment donc ?

Holden donna du poing contre le mur de l'écurie. Duncan fit la grimace. Son frère allait avoir des ecchymoses sur les phalanges le lendemain.

— J'ai couché avec elle, pardi ! J'ai couché avec ma femme.

Duncan ne comprenait pas. À en juger au désespoir qu'il lisait sur le visage de son frère, il aurait pu lui avouer qu'il avait rossé sa femme. Il lui passa fraternellement le bras autour des épaules.

— Holden, c'est normal. Vois-tu, c'est la beauté du mariage. Un beau jour, c'est comme ça que tu deviens...

— Mais à présent, elle est... commença Holden en se débarrassant de l'étreinte de Duncan. Elle est enceinte !

— Enceinte ?

Duncan changea de visage en se rappelant les coups terribles qu'il avait portés à sa belle-sœur. Non seulement il s'était battu contre une femme, mais contre une femme enceinte ! Il en avait froid dans le dos.

Mais il s'agissait pour le moment de Holden, en pleine souffrance.

— L'enfant est de moi, Duncan.

— Mais c'est magnifique ! s'exclama l'aîné en lui tendant la main. Viens, allons prévenir Linet. Elle sera ravie d'apprendre que...

— Non ! rétorqua Holden en écartant le bras de Duncan avec une taloche d'ivrogne. Tu ne te rends pas compte !

Désespéré, il s'agrippa des deux poings au surcot de Duncan.

— Je l'ai assassinée. J'ai assassiné ma propre femme.

— Mais Holden…

— Laisse-moi tranquille, cria Holden en le lâchant.

Et il s'effondra sur le fourrage.

Duncan ne savait à quel saint se vouer. Holden n'avait jamais tenu l'alcool. Contre quoi pestait-il à présent ? Assassiné sa femme ? Comment diable pouvait-il s'être mis cela dans la tête…

La révélation le frappa d'un coup. Leur propre mère était morte en lui donnant le jour. Holden avait peur de faire la même chose à Cambria. Il se souciait peu d'avoir déjà engendré une demi-douzaine d'enfants illégitimes à tant de soubrettes, qui toutes se portaient à merveille. Cette fois-ci, il s'agissait de sa femme. De la femme qu'il aimait.

Duncan avait pitié de ce grand chevalier endurci, à présent avachi sur les dalles de son écurie. Voilà ce qu'était devenu cet homme qui s'était consacré à l'art de la guerre, à ce petit garçon qui jadis mettait le pouvoir des armes au-dessus de tout. Duncan sourit. Jusqu'où peut tomber un puissant guerrier ! Et le vainqueur de Holden, il n'en connaissait que trop bien le nom, car il l'avait affronté lui-même. C'était cette femme.

Il se pencha en soupirant pour ramasser Holden. À force d'entêtement, il réussit à le mettre sur son épaule pour le porter. Il choisit ensuite un lieu de repos à l'écart de la femme qui lui causait tant de tourments et le déposa dans un débarras vide au-dessus de l'armurerie.

Il n'y avait pas de remède au mal de Holden. Jusqu'au jour où Cambria accoucherait et survivrait, il ne connaîtrait pas de repos. Duncan ne pouvait que le distraire. Et, songea-t-il en se frottant les mains, la meilleure façon de le distraire était l'escrime.

Holden s'éveilla en sursaut dans le noir, au son d'un raclement aigu qui lui était familier. Un juron lui échappa, qu'il regretta tout de suite. Il posa les paumes sur ses tempes qui palpitaient. Quelle migraine ! Il sentait son esprit aussi empâté que sa langue. Mais, quel imbécile affûtait son épée au milieu de la nuit dans sa propre chambre ? Non, rectifia-t-il, au milieu de cette chambre. Où était-il ? Il se rappela être descendu aux écuries. Mais pas être remonté ici.

Lentement, il se redressa sur les genoux. Sa tête tournait et il la prit entre ses mains. D'après le bruit, il devait être au-dessus de l'armurerie. Chaque mouvement lui faisait mal mais il fallait bien qu'il descende pour savoir ce qui se passait. Le raclement strident résonnait dans sa tête.

Il se mit debout en gémissant et gagna la porte en se traînant. Il jura à chaque pas, mais finit par atteindre la porte de l'armurerie. Le grincement strident s'arrêta puis reprit ; il frémit de dégoût, car le son déchirant lui coupait la moelle épinière.

Il ouvrit brusquement la porte.

— Au nom du ciel… tenta-t-il de crier.

Il n'émit hélas qu'un piètre piaillement.

C'était son frère Duncan, penché sur la meule circulaire, avec un large sourire.

— C'est si urgent ? bougonna Holden d'un ton glacial en désignant du menton la meule à aiguiser.

— Ah, Holden ! lança Duncan tout jovial en laissant la roue s'arrêter seule. Alors, tu es en train de payer tes deux dames-jeannes de bière d'hier soir ?

Holden bougonna quelque chose.

— Eh bien, mon frère, je t'avertis. Tu vas le payer plus cher encore au prochain tournoi si tu persistes à fréquenter ces compagnes envahissantes.

Il remit son épée au fourreau et resta debout les poings sur les hanches, observant Holden.

— De toute façon, tu ne risques pas de leur faire peur, remarqua-t-il avec humour, si tu t'es entraîné avec cette absurde quintaine que tu as fait installer. Supposons que je touche cet épouvantail à l'œil, j'ai le temps d'honorer ma femme avant qu'il ne pivote pour me frapper par-derrière.

Ce bon mot arracha un sourire à Holden.

— Peut-être que cela en dit davantage sur la précocité de tes émois que sur le montage de ma quintaine.

La réplique était cinglante, Duncan se fâcha.

— Sir, mon honneur ne saurait laisser passer cela !

Holden hocha la tête. Il n'avait aucune envie de se lancer dans un duel, moulu comme il était.

— Alors, on se dérobe ? lança Duncan en fichant la pointe de son épée dans le sol. On fait le fainéant une fois fieffé, de Ware ? Ce sont les Écossais qui se battent à ta place à présent ?

Holden fit la grimace. Il ne pouvait résister longtemps à un défi de son frère, Duncan le savait.

— Fort bien, convint-il. Je vais chercher mon écuyer et je te rejoins dans les lices d'ici une heure. Peut-être, précisa-t-il avec ironie, que le soleil se sera levé entretemps, ce serait quand même mieux qu'on puisse se voir…

*

Leur assaut dura la moitié de la matinée, mais aucun des deux ne l'avait emporté de façon décisive quand un messager du roi se présenta à Blackhaugh. Les deux frères convinrent d'une trêve et quittèrent le champ clos pour aller prendre une boisson dans la grande salle, et savoir ce qu'Edward leur envoyait.

Cambria descendit à contrecœur rejoindre les hommes. Elle aurait préféré dormir tout l'hiver plutôt qu'affronter l'indifférence de Holden. Mais, en tant que laird de Blackhaugh, le message du roi la concernait. Son mari réfléchit un long moment après lecture du parchemin qui portait le sceau du roi. Elle devinait ce dont il s'agissait. Edward avait besoin de faire reprendre les armes aux de Ware.

Cela aurait dû laisser Cambria indifférente, puisque Holden, même à Blackhaugh, ne s'occupait pas d'elle. Néanmoins, la perspective de ne pas revoir son mari pendant des semaines, voire des mois, et de mettre l'enfant au monde sans lui…

— On parle de la France, milord, expliquait le messager. Il peut y trouver asile. Quant à la déclaration, le roi est convaincu que les Écossais l'approuveront volontiers.

— Dans ce cas, Edward ne connaît pas les Écossais, murmura Holden.

La curiosité de Cambria la fit sortir de son silence.

— Approuver quoi ?

— Edward a déclaré, lui révéla Duncan, que la plus grande partie du sud de l'Écosse est désormais sous l'autorité du trône.

Cambria, oubliant son abattement, se planta les poings sur les hanches avec indignation.

— C'est grotesque ! Va-t-il ainsi dévorer l'Écosse morceau par morceau ? Les partisans de Robert Bruce n'ont pas oublié. Aujourd'hui même son fils David…

— Est en fuite, interrompit Holden. Il est en France.

En fuite, David ? Le fils de Robert Bruce aurait pris la poudre d'escampette ? Comment oser abandonner son propre pays ? Son père ne l'avait jamais fait, même au prix de sa vie.

Holden lisait dans les pensées de sa femme.

— Ce garçon est probablement parti chercher appui en France pour soutenir ses revendications au trône.

Peut-être, se dit-elle. Peut-être est-ce la raison. Mais tout de même, elle n'approuvait pas le départ de David.

— Dans ce cas, qu'est-ce qui va empêcher les Français d'annexer l'Écosse à leur tour ? bougonna-t-elle, dégoûtée.

Holden soupira, sachant combien sa remarque était fondée.

— Vous partez en campagne ? demanda Cambria d'une voix brisée.

— Non, lui garantit Holden.

Mais son ton était triste. Il se parlait comme à lui-même.

— Non, nous n'aurons pas à nous servir de nos épées. Mais c'est un médiocre diplomate. Il a dû charger le messager de ne citer que le moindre mal. Nous sommes chargés de convaincre les Écossais qu'ils seront mieux traités en dépendant directement d'Edward, sans Balliol.

Sur ce point, elle était d'accord. Mais elle doutait que les Écossais loyalistes se soumettent au sceptre anglais aussi volontiers qu'Holden voulait bien le croire. Il faudrait se battre et la vie de Holden serait en danger.

— Où allez-vous ? Quand partez-vous ? demanda-t-elle en tâchant de garder une voix ferme.

— À Édimbourg, lui révéla Holden.

— Le roi nous demande toutes affaires cessantes, précisa Duncan.

Holden croisa le regard de Cambria et elle entrevit une nuance de regret.

— Il nous faut partir dès demain matin.

Elle n'entendit pas le reste de son discours : le nombre de charrettes, les quantités de provisions, les détails de l'itinéraire. Cette situation était trop injuste. Elle était sur le point de mettre son bébé au monde, et de nouveau la politique les arrachait l'un à l'autre.

Arielle piaffait, creusant des tourbillons dans le brouillard. Comme son maître, la jument avait hâte de partir.

Holden était sûr qu'en son absence, le château serait bien gardé. Malcolm était digne d'une confiance totale, le cellier de Blackhaugh était plein à craquer et le château était imprenable. Il n'y avait donc aucun souci à se faire, sauf... Aussi impatient que sa monture, il se secoua. Plus tôt il serait parti, mieux cela vaudrait.

Il n'était pas las de son nouveau rôle de châtelain. Certes, le titre de lord s'accompagnait de lourdes responsabilités, mais c'était le genre de défi qu'il ne demandait qu'à relever. Blackhaugh était superbe. Le paysage des campagnes environnantes était d'une beauté à couper le souffle et la population était une grande famille. Pour rien au monde, il ne serait reparti pour l'Angleterre.

Il n'avait d'ailleurs aucune envie de guerroyer. Il en avait assez de verser le sang. Étant jeune, il s'était battu contre tout ce qui portait des chausses. Mais à présent, avec un domaine, une femme…

Ah, Cambria ! Tout était sa faute. Il ferma les yeux et donna du poing sur le plateau d'une voiture transportant armes et vivres. S'il ne prenait pas garde, des images horribles allaient lui venir à l'esprit, faisant de lui un spectre, hanté par la peur. Mais l'heure n'était pas aux états d'âme. Il partait à la guerre ; il avait besoin de nerfs d'acier pour veiller à sa vie et à celle de ses hommes. Le charroi était prêt, toutes les provisions étaient empaquetées. Ses chevaliers et ceux de son frère étaient en selle. Les chevaux renâclaient et s'ébrouaient. Quant aux épouses et concubines, certaines envoyaient des œillades ou des baisers ; d'autres sanglotaient. Leurs voix étouffées se mêlaient aux grincements des harnais. Holden sentait derrière lui la présence de Cambria qui ne le quittait pas des yeux ; en silence, elle le suppliait de se retourner. Il proféra un juron étouffé. S'il se tournait, il était perdu. Mais dans le cas contraire…

Lentement, il pivota. C'était la plus belle créature de la terre. Sa douce tunique grise semblait faire partie de la brume. Sa chevelure dénouée tombait sur ses épaules. Ses yeux, illuminés par le bleu de son surcot sans manches, brillaient de sagesse et de fierté, et d'étonnement, tandis qu'il la fixait sans bouger.

Comment vivre sans elle ? se demanda-il avec une tristesse profonde. Qu'avait-il donc fait ? Cambria était ce qu'il avait de plus précieux, et il l'avait mise en danger. Il lui avait rempli le ventre avec un bébé, qui la tuerait peut-être comme sa mère. Sa gorge se serra tandis qu'il détaillait les subtiles modifications de la silhouette de sa femme ; ses seins plus épanouis, ses hanches un rien plus larges et la douce rondeur de son ventre.

Ses pieds se mirent en route instinctivement, et leur mouvement s'accéléra jusqu'à le faire courir vers elle. Elle l'accueillit les bras ouverts, avec un cri de soulagement, de peur et de désespoir ; ils s'étreignirent.

Holden se sentait tellement bien dans les bras de sa femme. Sa chaleur féminine ignorant le brouillard, la cotte de mailles et l'armure qui lui blindaient le cœur. Le corps de Cambria se moulait à la perfection sur le sien, bien que grossi de leur enfant, comme s'il était précisément fait pour cela. Une mèche de ses beaux cheveux vint frôler la joue de Holden, une mèche parfumée qui sentait la bruyère, la mousse, le feu de bois et la fraîcheur. Ciel, s'il lui arrivait quelque chose... Il prit sa tête dans ses mains calleuses et, des deux pouces, essuya les larmes qui ruisselaient sur les joues de la jeune laird. Il chercha son regard, pour y trouver du chagrin.

Sans se soucier de la foule, il se pencha vers elle et l'embrassa à pleine bouche. Les lèvres de Cambria étaient aussi douces que leur amour, aussi soyeuses que le ciel. Lui-même mettait dans ce baiser toute son âme. Il renouvelait tous ses serments, et lui promettait même ce qui n'était pas en son pouvoir, la vie. Puis il s'arracha à elle.

S'il hésitait un instant de plus, il savait qu'il ne partirait se battre pour personne. Et s'il restait, il ne tarderait pas à devenir fou d'inquiétude. C'était mieux ainsi, en traversant à grands pas la cour sans un regard en arrière. Les adieux furent brefs et brutaux. Comme le coup de grâce que l'on assène à un chevalier mortellement touché. Pourquoi dans ce cas, se demanda-t-il, son cœur allait-il souffrir des semaines ?

# 20

Les feuilles d'automne tombaient à terre et jonchaient le sol. Chaque matin, une gelée blanche recouvrait le paysage. Les brouillards matinaux se prolongeaient avec la saison et la nuit étendait sa froidure après de courtes journées à la grisaille monotone. Les branches décharnées des arbres se dressaient au-dessus des bancs de brume. Le froissement des feuilles mortes était étouffé par la caresse humide de l'hiver.

Vinrent la Toussaint, puis Noël. Cambria s'arrondissait de plus en plus. Elle se dandinait lourdement d'une pièce à l'autre, un moment pelotonnée au coin du feu, toute frissonnante, le moment d'après suppliant Katie d'ouvrir grands les volets. Bientôt, comme si la nature jouait un tour aux de Ware, Linet s'aperçut qu'elle aussi était enceinte. Et chaque matin, avec la régularité des cloches sonnant la messe, la pauvre jeune femme, pâle et frémissante, rendait ce qu'elle avait mangé la veille au soir.

Enfermées derrière les remparts de Blackhaugh, les châtelaines de Ware trouvaient le temps long.

Une bûche crépita dans le feu et s'effondra dans une petite gerbe d'étincelles. Cambria déplia un parchemin sur la table. En l'examinant, elle passa la main sur son ventre imposant et remit en place le pied minuscule qui s'était coincé entre ses côtes. Installée près de la cheminée à son ouvrage, elle leva un instant les yeux et rit en entendant Robbie conseiller de renforcer les quartiers de la selle, Malcolm préférer limiter le poids.

Le bébé était sans doute d'accord. Il décocha un coup de pied particulièrement bien placé dans les côtes de Cambria, qui fit la grimace.

— Mais on dit que les nouvelles bouches italiennes...

— Cambria ! s'esclaffa Linet. Ton bébé ne partira pas en guerre avant l'âge, disons, de six ans ! Tu as tout le temps de t'inquiéter des armes à feu des Piémontais.

Cambria fut piquée.

— Peut-être les petits Anglais se font-ils dorloter jusqu'à l'adolescence, rétorqua-t-elle, mais en Écosse, si ma mémoire est bonne, on tient l'épée dès que l'on sait marcher.

— Bon, bon ! intervint Katie en entrant dans le salon. Tu ne vas pas te battre maintenant, milady. Surtout contre ta pauvre belle-sœur... Ne t'en fais pas, petite : tu dois approcher du terme. Ta mère était pareille, faite de piquants et de pointes.

Cambria allait protester mais, baissant les yeux sur le parchemin, elle constata qu'elle l'avait serré dans son poing. Katie avait raison, depuis quelque temps, elle était bien nerveuse. Jusque-là, elle avait fait les plans d'une demi-douzaine de quartiers de selle, plusieurs gantelets à protection rembourrée pour les poignets et deux écus pour ce petit chevalier qui n'avait pas encore vu le jour. Peut-être était-ce bel et bien ridicule. Elle reprit sur la table un morceau de charbon de bois et apporta quelques modifications à son dessin puis écarta le parchemin.

— Je te prie de m'excuser, murmura-t-elle.

Linet lui sourit gentiment, sans rancune.

— J'en ai parlé à l'armurier ce matin. Il a déjà marqué toutes les pièces d'armure d'un poinçon aux armes de la maison de Ware. Il n'a plus besoin que d'une couturière pour le gambison. Si nous pouvons nous mettre d'accord pour les retouches sans tarder, l'ensemble sera prêt pour la naissance du bébé.

Cambria acquiesça mais elle savait que son sourire de convenance ne trompait pas. Elle se sentait lasse.

Lasse d'être séquestrée, de ce poids dans son ventre et lasse de s'inquiéter pour son mari. Les dernières nouvelles de Holden remontaient à plusieurs semaines. Il s'agissait d'une brève missive rédigée en termes choisis. De fait, un rapport manquant d'enthousiasme risquait d'être assimilé à un acte de trahison. Mais Cambria sentait bien qu'Holden était démoralisé. Sa mission de courte durée se prolongeait en absence de plusieurs mois.

Elle avait parfois l'impression qu'Holden faisait partie d'un rêve; son regard irrésistible, ses baisers brûlants, la présence solide et rassurante de ses bras autour d'elle n'étaient peut-être que le fruit de son imagination. Pourtant, elle avait la preuve de leur intimité. C'était un petit être bien réel, vivant: il bougeait. Pour la centième fois, elle se passa la paume sur le ventre.

Katie lui tapota la main.

— Pourquoi ne pas aller faire une petite sieste dans ta chambre, milady? Tu dois être éreintée, tu as travaillé sur ces plans toute la matinée. Je viendrai te réveiller avec un grog chaud au lait.

Elle avait en effet mal dormi la nuit précédente. L'enfant n'avait cessé de donner des coups de pied, se débattant sans cesse. Si elle dormait, peut-être trouverait-elle quelque paix et sa mélancolie se dissiperait-elle.

Elle salua Linet et se laissa conduire à sa chambre par Katie. La servante la borda confortablement dans son petit lit douillet, ranima le feu et lui donna un baiser maternel sur le front. Katie à peine ressortie, Cambria glissait déjà dans le sommeil, incapable de trouver l'énergie de dire au revoir.

Quelques heures plus tard, le sommeil de Cambria fut interrompu par une servante faisant irruption dans sa chambre.

— Milady! hurla la femme hors d'haleine.

Désorientée et encore endormie, Cambria s'assit brusquement, les couvertures en désordre. Cette femme lui rappelait vaguement quelqu'un, mais Cambria ne parvint pas à mettre un nom sur ses yeux noisette et ses lèvres fines.

— Qu'y a-t-il ?

La domestique referma nerveusement la porte derrière elle.

— Je suis venue directement vous voir, souffla-t-elle.

Cambria se frottait les yeux.

— C'est à propos de votre mari.

Cambria devint livide.

— Il est blessé, milady, grièvement. Il vous demande, insista la jeune femme en tortillant ses doigts et il est trop mal pour être transporté.

Cambria était effondrée.

— Je puis vous conduire à lui, proposa la jeune femme.

Elle lançait autour d'elle des regards soupçonneux.

— Si vous croyez que votre nourrice vous laissera partir…

La question ne se posait même pas. Cambria sentait l'impérieux devoir de partir en dépit des risques. Il fallait qu'elle aille au chevet de son mari. Ni Malcolm ni Katie ne seraient d'accord, elle le savait, pas plus que quiconque dans le clan, mais il fallait qu'elle le voie. Elle lui avait déjà sauvé la vie une fois, en le sortant de la fièvre, peut-être pouvait-elle recommencer.

Toute tremblante, elle ramassa des linges pour faire des pansements, ainsi qu'une dague et des herbes médicinales qu'elle conservait sur sa table. Puis elle enfila une tenue de mendiante. Avec un peu de chance, nul ne remarquerait cette grosse paysanne quand elle se dirigerait vers la grande porte en traînant des pieds.

Suivie par la servante, elle parvint à quitter Blackhaugh sans se faire remarquer. Un peu plus loin sur la grand-route, tout absorbée par la gravité de sa mission, elle manqua de vigilance.

L'attaque la prit totalement par surprise. La domestique l'empoigna rudement et la poussa dans un buisson sans lui laisser le temps de résister ou de sortir sa dague. Ramassant un caillou, elle frappa Cambria à la tempe ; au moment où elle perdait connaissance, elle identifia la femme qui l'agressait. C'était la catin d'Owen.

Linet se frottait d'une main le bas du dos, et de l'autre ses yeux bouffis de sommeil. Elle ne s'était jamais sentie si vulnérable et inutile.

Cambria avait disparu et personne n'arrivait à la retrouver. Cela faisait deux jours et deux nuits qu'on la cherchait avec des chiens et des traqueurs. Ils s'étaient risqués dans les camps d'ennemis de toujours pour demander si quelqu'un avait aperçu la laird de Gavin.

Une larme lui échappa. Au diable Cambria et sa témérité ! Si c'était juste une aventure pour tromper son ennui... Mais dès que cette pensée l'effleura, elle sut qu'elle n'était pas fondée. Seule, Cambria n'aurait pas hésité à faire une bêtise de ce genre, mais elle portait un enfant à présent. Jamais elle ne mettrait cette jeune vie en péril. Alors où était-elle ?

Par la fenêtre du salon, Linet leva les yeux sur le firmament limpide ; l'immensité des espaces célestes la fit frissonner. Cambria pouvait être n'importe où dans le vaste monde. Il faudrait un miracle pour la retrouver. Il faudrait l'œil du faucon et l'instinct du...

Un Loup ! Ce n'était pas la première fois qu'elle pensait à Duncan. À plusieurs reprises, elle avait envisagé de lui dépêcher quelqu'un. Lui saurait certainement quoi faire. Il n'était pas difficile à trouver car il devait combattre sur la ligne de front près d'Édimbourg. Mais elle ne pouvait exposer quelqu'un aux risques de la bataille et surtout à la fureur de Holden quand il apprendrait que sa femme avait disparu.

Elle soupira, résignée. Il fallait prévenir Holden même s'il ne pouvait rien faire. Même s'il était trop tard pour sauver Cambria, Holden ne pardonnerait jamais à Linet si elle ne lui donnait pas la chance d'essayer.

Elle irait en personne. Ce ne devait pas être très loin, ni très dangereux. Personne, Écossais ou Anglais, n'oserait s'attaquer à une femme enceinte. Elle trouverait Duncan, et, si Dieu le voulait, Cambria.

— Disparue !

Duncan n'était pas à prendre avec des pincettes. Quel choc de tomber sur sa femme – enceinte de surcroît – dans un camp militaire avec un écuyer gringalet pour toute escorte.

Sous le regard vorace de Holden, Linet eut envie de se cacher dans un trou de souris.

— Qu'est-ce que ça veut dire « disparue » ?

— On ne la trouve nulle part, Holden ! expliqua Linet comme si c'était sa faute.

La fureur de Holden laissa la place à la peur. Il accrochait le regard de Linet.

— Tu ne plaisantes pas.

Linet était tellement décomposée qu'elle n'avait même pas besoin de répondre.

Holden était dépassé. Soudain, il eut du mal à respirer.

— Qu'est-ce que… Comment donc… ?

— Personne n'a rien vu, répondit Linet d'une voix brisée. On a cherché partout. Malcolm est dans tous ses états. Je me suis dit que si je venais…

Holden se sentait au bord de la panique. Il y avait encore de l'espoir. Il y a toujours de l'espoir.

— Tu as mis combien de temps à venir ?

— Deux jours, répondit l'écuyer.

Holden étouffa un juron.

Duncan en lança un, haut et clair.

— Et cela fait combien de temps qu'elle a disparu ? demanda-t-il.

— Cinq jours en tout, avoua-t-elle en s'étouffant.

Holden acquiesça, serrant les dents pour ne pas céder au désespoir, le regard dans le lointain, bien au-delà de Linet qui ne savait où se mettre. Cinq jours. Bon sang, il s'en passe des choses en cinq jours !

Il s'efforça de reprendre ses esprits, expira lentement et se redressa.

— Je pars tout de suite.

— Je t'accompagne, offrit Duncan.

— Et le roi ? demanda Linet qui voyait des soldats partout.

— La maison de Ware a fait plus que sa part dans le service des armes, lui garantit Duncan.

— Cela fait longtemps que mon loyalisme vis-à-vis du roi n'est plus à prouver, renchérit Holden. Cette fois, je vais prouver la même chose à ma femme.

Holden passa au peigne fin les forêts de Gavin. Il était seul, ayant renvoyé ses hommes à Blackhaugh au coucher du soleil. Mais il ne pouvait se résoudre à se reposer, bien que son regard ne perce plus que difficilement l'ombre épaisse de la forêt. Pas un instant, il n'avait douté qu'il retrouverait Cambria. Il ne pouvait se permettre le moindre doute. Il espérait juste la retrouver à temps. Plus d'une heure, il erra dans le sous-bois, piétinant les taillis, à la recherche du moindre signe : un morceau de tissu déchiré, une empreinte de pas, du sang. Il titubait d'épuisement. « Mon Dieu, implora-t-il, faites qu'elle soit saine et sauve. »

Au moment où il formulait cette prière, son attention fut attirée par une branche curieusement cassée devant lui. Il se frotta le front, craignant que la fatigue ne lui joue des tours. À y regarder de plus près, sa première impression fut confirmée : des branchettes de chêne ployées en forme de H. Un espoir bondit dans sa poitrine. Quelqu'un avait laissé une piste pour lui !

Une violente gifle réveilla Cambria en sursaut. Sous le choc, sa tête heurta le plancher.

— Réveille-toi, maraude ! glapit Aggie d'une voix stridente.

En plus, elle ne se lavait pas et Cambria inspira une forte odeur d'aisselle qui l'écœura. Les événements des derniers jours lui revinrent douloureusement à l'esprit. Pour la centième fois, elle déplora d'être aussi entravée dans ses mouvements et désarmée. Elle était couchée sur le côté en chien de fusil, bâillonnée, pieds et poings liés, à la merci de sa geôlière.

Elle avait honte de s'être laissé ainsi posséder. Holden serait déçu par la crédulité, mais elle était prête à subir de lui les pires remontrances pourvu qu'elle le revoie. Aggie avait déjà menacé Cambria de martyriser le bébé, l'héritier de Holden, si elle se rebellait. Elle n'avait eu d'autre choix que de la suivre, comme une brebis docile, dans cette chaumière en ruine. À chaque pas, Cambria avait feint l'épuisement. Elle s'appuyait sur un arbre, elle traînait la jambe et, quand l'attention d'Aggie était ailleurs, elle avait plié des branchettes en forme de H comme sir Stephen lui avait appris pour laisser une trace. À présent, elle avait l'impression que cette piste ne serait jamais découverte.

— Alors, ce morveux, c'est pour aujourd'hui ou pour demain ? grinça Aggie. Ça fait bientôt une semaine. Maintenant, je commence à en avoir assez de ce taudis.

Elle se cura le nez et se pencha pour regarder Cambria de près.

— Ne fais pas ta méchante, je te donne à manger. On ne peut pas laisser l'héritier de Blackhaugh mourir de faim, non ?

Elle gloussa et retira sans ménagement le bâillon qui muselait Cambria.

— De… l'eau, demanda-t-elle.

La laird n'aimait guère implorer, mais elle avait la gorge desséchée.

— Mouais, je vais t'en donner moi, de l'eau ! maugréa Aggie.

Elle prit une outre en peau sur la table en chêne bancale et versa de l'eau dans la bouche de Cambria en éclaboussant partout.

Cambria but goulûment le précieux liquide et mastiqua ensuite comme elle put les morceaux de pain dur qu'Aggie lui mettait dans la bouche et qu'elle peinait à avaler.

— C'est dur, hein, le pain des croquants ? demanda méchamment Aggie. C'est ça que j'ai mangé toute ma vie, les restes !

Elle fit une autre boulette et la poussa entre les dents de Cambria.

— C'est fini, déclara-t-elle les yeux brillants. Maintenant, je vais être une dame. C'est moi qui vais vivre dans ton grand château.

— Blackhaugh ? demanda Cambria la bouche pleine.

— Avec des servantes à moi pour me faire à manger et pour m'habiller...

— Toi ?

— Oui, oui, oui moi ! Dès que tu te décideras à faire ton petit.

Cambria avala le dernier morceau de pain. Elle avait peur de poser la question, mais la curiosité la démangeait.

— Quelles sont tes intentions ?

Aggie suivit d'un doigt distrait le bord de la table.

— Je vais récupérer ton bébé, petite, ne t'en fais pas. Et quand lord Holden verra combien je regrette de ne pas avoir pu sauver la mère...

Elle soupira et fit une moue avec ses lèvres minces.

— Il me donnera la meilleure chambre de Blackhaugh pour avoir sauvé son héritier ; ça ne fait pas de doute, il sera tellement reconnaissant.

Cambria fut atterrée par un projet aussi diabolique. Quel ignoble culot ! Et le pire, c'est qu'elle avait raison. Cela allait marcher. Holden n'aurait aucune raison de ne pas la croire. Seigneur, elle ne pouvait laisser le bébé à cette folle ! C'était impensable. Il fallait qu'elle trouve quelque chose pour convaincre Aggie de changer d'avis.

Faisant appel à toutes ses capacités de comédienne, Cambria réussit à s'arracher un petit rire ironique.

Aggie sortit tout de suite ses griffes.
— Comment oses-tu ? cracha-t-elle. On verra comme tu riras, quand je t'enlèverai ton bébé.
Cambria continuait à ricaner avec l'énergie du désespoir.
— Tu es malade ? s'exclama Aggie en trépignant de rage.
— L'héritier de Holden ! Mais qu'elle est bête !
Aggie était dans tous ses états.
— Des injures maintenant !
— Holden ne te saura aucun gré, pouffa Cambria. Le bébé n'est pas de lui.
— Quoi ! s'étrangla Aggie, interloquée.
— Le bébé n'est pas de lui et il le sait, expliqua Cambria avec une mélancolie qui n'était qu'à demi feinte. Pourquoi crois-tu qu'il est parti de si bon cœur à la guerre ?
— Mais alors il est de qui ce gosse ?
Cambria prit une profonde inspiration. Là, tout pouvait arriver.
— Tu connais la réponse aussi bien que moi.
Aggie changea de visage. Elle hésitait entre la confusion et la fureur.
— Owen !
Cambria retenait son souffle à présent. Peut-être qu'Aggie allait la libérer. Pourquoi la retenir otage en vain ? Owen était mort, Holden ne comptait plus. Bref, pour Aggie, Cambria perdait toute valeur. La catin faisait grise mine. L'orage éclata dans son regard.
— Pauvre Owen, il n'a jamais pu s'empêcher de trousser un jupon. Et je parie que tu as tortillé ton popotin du mieux que tu as pu. Sans toi, il n'aurait pas fait de bêtises et il serait toujours vivant. Et moi je serais en train de faire mes bagages pour m'installer à Blackhaugh. Maudite gueuse !
Le regard d'Aggie tomba sur le couteau de Cambria, planté dans la table. Un sourire sournois lui vint aux lèvres.

Cambria se tortillait pour se débarrasser de ses liens.

Aggie prit l'arme par le manche et, à force de la remuer, parvint à l'arracher du plateau de chêne. Elle se mit à la tourner entre ses doigts. Elle vint brandir la lame polie sous le nez de Cambria.

— Tout est ta faute, dénonça Aggie à voix basse en se penchant vers sa prisonnière.

Cambria fit la grimace, une goutte de sueur d'Aggie était tombée sur sa joue. Non, ce n'est pas une façon de mourir : ligotée et impuissante. Et par sa propre lame !

— J'aurais grand plaisir à vous égorger, toi et ton rejeton, grinça Aggie.

Elle leva la dague très haut, en tenant le manche à deux mains.

Cambria manquait de temps, d'appui et d'élan. La lame s'abattit. Elle détourna la tête et roula sur le dos en direction de l'attaque. Ce mouvement surprit Aggie, qui la rata, et la pointe de l'arme ne fit que griffer l'épaule de Cambria. Mais celle-ci avait à présent les bras coincés sous elle, et le ventre complètement découvert.

Avec un regard mauvais, Aggie reprit son équilibre et de nouveau leva la dague. L'acier étincela en fendant l'air. Cette fois, Cambria n'avait pas d'échappatoire. En hurlant, elle durcit les muscles de son ventre et lança ses deux jambes vers le haut comme une catapulte. Elle toucha Aggie à la tête et retomba sur le côté en gémissant. Elle avait l'impression d'avoir le ventre en feu. Mais elle avait gagné quelques précieuses secondes. Tandis qu'Aggie reprenait ses esprits, elle replia assez ses pieds sous elle pour s'agenouiller.

Aggie poussa alors une botte avec une fureur sauvage. Cambria se pencha vers l'avant pour protéger son ventre vulnérable. Le couteau s'enfonça dans son front. Une fois, puis deux, et lui tailla la joue. Aggie, écumant de rage, foudroyait sa prisonnière d'une grêle de coups.

Cambria ne résisterait pas longtemps. Elle avait toujours les mains ligotées dans le dos et elle était sans arme. Elle attendit qu'Aggie lui porte le coup suivant en serrant les dents, puis elle se lança tête la première aussi violemment qu'elle put et frappa Aggie du crâne. Une douleur lui traversa les tempes comme un éclair et gagna le cou. Ses oreilles bourdonnaient, sa vue se brouilla, mais le couteau la frôla en sifflant, sans lui faire de mal.

Quand elle recouvra la vue, Cambria constata qu'Aggie gisait à terre et que la dague reposait entre elles. Elle n'avait pas un instant à perdre. Malgré ses douleurs au ventre, sa blessure à l'épaule et le sang qui coulait de son front, elle s'avança à genoux vers le couteau. Le manche était glissant de sang et de sueur. Cambria, penchée de côté, saisit l'arme du bout des doigts et tenta maladroitement de trancher les cordelettes qui lui liaient les poignets. L'arme glissa et tomba. Jurant à mi-voix, elle la récupéra à tâtons et se piqua le doigt à la pointe. Puis elle l'attrapa de la main gauche. En faisant bien attention, elle tenta de changer de main mais de nouveau l'arme retomba sur le sol. Fébrilement, elle balayait les lattes pleines d'épines du bout des doigts et se piqua sous l'ongle.

Derrière elle, il y eut un faible gémissement. Aggie revenait à elle ; il fallait qu'elle s'empare de cette dague. Un sanglot de panique lui monta à la gorge. Du bout des doigts, elle effleura le métal, le repoussa et parvint à le récupérer. Elle avait l'arme en main.

Aggie se jeta alors sur elle et la poussa brutalement. Elle se cogna à l'angle de la cheminée et bascula sur le sol, son ventre heurtant le plancher violemment. Elle ne pouvait plus bouger et avait le souffle coupé, mais elle avait toujours la dague au poing et s'y agrippait car sa vie ne tenait plus qu'à cela.

Un étrange couinement s'éleva derrière elle. Aggie était étalée sur le dos de Cambria, sa carcasse osseuse toute tremblante. Elle avait les ongles plantés dans ses épaules. Sa voix mourante grinçait au creux de l'oreille de Cambria.

— Non… non !

Cambria tressaillit. Un mince filet de bave rose de sang pendait aux lèvres d'Aggie et coulait par terre. Elle ferma les yeux. Mais il était trop tard, la dague de Cambria avait trouvé matière. Cambria desserra les doigts qui tenaient l'arme.

Aggie roula mollement de côté, la dague plantée dans le sein et une tache rouge vif s'étendait sur le devant de sa robe.

Puis, avec une obstination pathétique, Aggie se mit à ramper comme pour échapper à la mort. Enfin, d'un souffle rauque, elle rendit le dernier soupir. Quand Cambria rassembla enfin son courage pour risquer un coup d'œil, Aggie tomba sur ses pieds.

Soudain, comme si la mort d'Aggie laissait la place sur terre à un nouvel être, Cambria se sentit inondée d'un chaud liquide. Le bébé allait naître.

Holden se frayait un chemin du mieux qu'il pouvait ; il passait des ruisseaux à gué, écartait les branches qui le cinglaient, à l'affût du signe H, et revenait sur ses pas chaque fois qu'il perdait la piste. Finalement, ces repères le conduisirent jusqu'à une masure envahie par les mauvaises herbes, endroit sordide et abandonné.

Il avança avec prudence. Des bruits bizarres sortaient de la chaumière, des sons pathétiques qui défiaient sa bravoure. On aurait dit une femelle en chaleur qui geignait et gémissait. Le cœur battant, il dégaina son épée et s'avança vers la porte ouverte.

L'intérieur était plongé dans la pénombre et il n'y voyait rien. Près de la cheminée de pierre gisait un corps qui bougeait. C'est de là que venaient les bruits. Prudemment, il franchit le seuil. Il entendit haleter.

À un gémissement, il reconnut la voix de Cambria, qui lui perça le cœur ; il lâcha son épée et courut vers elle affolé. Il y avait du sang partout. Les halètements de sa femme lui tordaient le ventre. Mon Dieu, supplia-t-il intérieurement, faites qu'elle n'ait rien, faites qu'elle vive !

— Cambria ! lança-t-il d'une voix rauque en s'agenouillant à côté d'elle.

Le gémissement cessa.

— Cambria ! s'écria-t-il en tendant les mains, redoutant même de la toucher.

Elle tourna vivement la tête, ses yeux écarquillés brillaient dans le noir.

— Holden ? souffla-t-elle faiblement.

Il en eut les larmes aux yeux, il les laissa jaillir.

— Je suis là maintenant. Ça va aller, je te le promets.

De nouveau, elle eut un long gémissement.

Il lui effleura la joue.

— Mon Dieu, Cambria. Qu'est-ce qu'on t'a fait ?

Un son bizarre, comme un gloussement, échappa à Cambria, puis sa bouche se tordit car une nouvelle onde de douleur la submergeait. Quand elle fut de nouveau en mesure de parler, elle demanda rapidement.

— Va chercher un linge propre, Holden. Vite !

Elle est mourante ! Mais il ne se posa pas de question et lui offrit sa cape.

— Maintenant, détache-moi, dit-elle d'une voix haletante avant que la douleur ne lui interdise de nouveau toute parole.

Le chevalier essuya ses yeux aveuglés par les larmes et, avec grand soin, trancha les cordelettes autour des poignets et des chevilles de la jeune femme. Tout était sa faute à lui. Si seulement il était resté avec elle...

Cambria eut une longue expiration et Holden ferma les yeux. Les larmes glissaient entre ses cils et lui laissaient des sillons brûlants sur les joues. De grâce, mon Dieu, priait-il, ne la laissez pas mourir ! Il avait peur de la toucher, peur de découvrir où était la blessure mortelle qui lui faisait souffrir pareille agonie. Désespéré, il regarda à côté de lui et c'est alors qu'il devina qui était le corps par terre. Il faillit tomber à la renverse en reconnaissant le visage blême de la souillon de sir Owen, Agnès.

— Elle est morte, chuchota Cambria.

Puis elle eut un long et atroce gémissement. Ces cris le rendaient fou. Il fallait qu'il fasse quelque chose. Il s'essuya du dos de la main sa bouche tremblante.

— Cambria, il faut rentrer chez nous à Blackhaugh voir un médecin.

— Pas… tout de suite.

— Je vais te porter, insista-t-il en glissant ses bras sous elle.

Mais ses vêtements étaient trempés…

— Cambria, si tu continues à te vider ainsi…

— Mais ce n'est pas… du sang ! s'écria-t-elle avec un petit ricanement.

Ah mon Dieu, songea Holden, elle délire. Il essaya de la soulever.

— Non ! hurla-t-elle. Ça vient ! Ça vient !

Elle serra les poings et souleva sa tête du plancher. Un instant, il crut qu'elle avait vu le spectre de la mort, qu'elle allait rendre son dernier soupir. Son visage était convulsé dans un rictus qui exprimait à la fois la torture et l'extase. Puis les yeux de Holden s'adaptèrent à la pénombre. Il distingua enfin le profil de Cambria. Elle était ronde comme une oie gavée.

— Mais tu n'es pas en train… suffoqua-t-il. Ne me dis pas que tu…

— Il n'y en a… plus pour longtemps ! articula-t-elle hors d'haleine.

La réalité frappa Holden d'un coup. Cambria n'était pas blessée, elle était en plein travail.

N'importe qui eût été soulagé. Holden, au contraire, sentit une vague de terreur le glacer. Son esprit fut envahi des visions cauchemardesques de sa mère, hurlant en le mettant au monde. Cambria s'arc-boutait en levant les épaules dans un immense effort. Holden avait envie de fuir à toutes jambes, mais il était tétanisé par la panique.

— Il faut… m'aider ! hoqueta la jeune femme.

Terrifié, Holden se détourna. C'est à cause de lui qu'elle souffrait, c'est lui qui l'avait rendue enceinte. Son destin était de tuer les femmes qui lui étaient proches.

Ah, Seigneur !

Soudain, Cambria le saisit à pleines mains par son habit et le contraignit à se pencher vers elle.

— Écoute ! grinça-t-elle en colère. Si tu ne m'aides pas... je dirai à ton fils... que son père est un lâche.

Cette menace le remit sur pied plus vivement qu'un soufflet. Ce n'était pas tant ce qu'elle avait dit, mais sa détermination. Elle avait confiance, elle, même si lui désespérait. Ensemble, ils allaient surmonter cela. Sainte Marie Mère de Dieu, avaient-ils été séparés si longtemps qu'il ait oublié l'entêtement de Cambria ? La jeune laird n'avait rien de commun avec la pâle et fragile mère de Holden. C'était une Écossaise et une guerrière. Cambria se battrait jusqu'au bout pour survivre. Elle vivrait, ne serait-ce que pour pouvoir se vanter d'avoir mis au monde son premier-né toute seule dans une humble chaumière. Sous les yeux ahuris de son mari inutile !

Holden respira un bon coup et remonta ses manches. Il murmura une prière et s'installa entre les genoux de Cambria. Après tout, si elle arrivait à se battre, pourquoi pas lui ?

Il croisa le regard douloureux de sa femme et n'y lut ni peur ni hésitation. Quelle femme ! Il fallait qu'il le lui dise.

— Je t'aime ! lança-t-il d'une voix brisée.

En tremblant, il posa les mains sur ses cuisses sanglantes. Il était arrivé à le lui dire.

— Moi aussi je t'aime ! répondit-elle avec un sourire éclatant, entre deux hoquets étouffés.

L'héritier de la maison de Ware, prochain laird de Gavin, allait venir au monde. Holden aurait préféré être damné que d'abandonner sa femme sur le champ de bataille et rater cette heure légendaire.

# Épilogue

— Maman !

Les pleurs du neveu de Cambria, âgé de quatre ans, résonnaient dans tout Blackhaugh. La châtelaine, penchée sur un nouveau plan d'armure, se redressa en haussant un sourcil.

Linet écarta les échantillons de laine qu'elle était en train de montrer à Cambria en attendant que son fils vienne pleurnicher dans ses jupes.

— Maman ! geignait-il la main sur l'œil en accourant à toute la vitesse. Skye a recommencé !

Cambria, mi-outrée mi-amusée, se cacha la bouche de la main. Elle était heureuse d'accueillir à Blackhaugh le frère de Holden et sa famille, mais ils n'étaient en Écosse que depuis deux jours et cela faisait déjà trois fois que la fille de Cambria administrait une raclée à son cousin. Elle adressa à sa belle-sœur un regard d'excuse et partit à la recherche de son incorrigible polissonne.

Skye ne lui laissait pas une minute de répit. Elle était aussi insupportable que sa mère au même âge. C'est en tout cas ce dont se plaignait Malcolm. Cambria trouvait souvent le régisseur et sir Guy se chamaillant sur telle ou telle position d'escrime que Skye copiait brillamment.

Holden ne semblait pas s'en soucier. Depuis l'enlèvement de Cambria, il avait reconnu qu'il fallait qu'une femme soit armée. Il était allé jusqu'à apprendre à Cambria les meilleures méthodes pour se défendre.

Il avait également des projets ambitieux pour leur fils Angus, âgé de deux ans. Holden avait déjà commencé l'éducation militaire du petit: il lui avait offert un sabre de bois et le promenait fièrement sur la selle de son destrier.

Ah, voilà la meilleure! songea Cambria avec un sourire en repérant Skye. L'enfant sautait par-dessus un rocher pour fondre arme au poing sur une souche de chêne qui ne lui avait rien fait. La petite combattante servait en tout cas à quelque chose: elle était la première à essayer les armures conçues par Cambria avant que le forgeron n'en construise pour les chevaliers. Aucun guerrier n'aurait mis à pareille épreuve cotte de mailles et armure.

— Maman! s'écria Skye en voyant arriver sa mère. J'ai mis la pâtée à ce vaurien de sir Roland de Ware! J'ai gagné le tournoi!

Cambria se força à avoir l'air sévère.

— Et pourquoi fallait-il que tu la lui mettes, cette pâtée?

— Il a dit, dénonça Skye en faisant la moue, que son papa était meilleur que mon papa. C'est pas vrai, hein?

Cambria se détendit, amusée.

— Eh bien, c'est ce que l'on va voir demain lors de la grande joute, Skye. Ce n'est pas à toi de te battre pour en décider. Tu sais, tous les différends ne se règlent pas au poing ou à l'épée.

Elle s'assit sur le rocher et prit dans ses bras la petite fille.

— Ne t'ai-je jamais conté la façon dont ton père m'a demandé ma main?

Holden changea de bras son fils qui dormait toujours et observa de plus près la missive apportée par le moine.

— Ah, ah! s'exclama son frère Duncan par-dessus son épaule, car lui aussi avait lu le message. Il était grand temps!

Duncan leva les yeux et Holden suivit son regard. Linet montait vers eux, leur fils accroché au ventre déjà bien rond de sa maman.

— Ah Linet, mon amour, tu es là ! s'exclama Duncan en lui tendant la main pour l'aider. J'ai peur, milady, de devoir différer ma victoire sur Holden dans les lices. On a de nouveau besoin de nous en Angleterre.

Linet se caressa rêveusement le ventre et une ombre de tristesse assombrit ses yeux verts. Holden savait qu'elle souhaitait la présence de Cambria pour l'accouchement.

— Nous viendrons nous aussi, lui promit Holden.

— Roland ! s'exclama brusquement Duncan en remarquant l'œil au beurre noir de son fils. Qu'est-ce qui t'est arrivé, mon garçon ?

— C'est Skye ! s'écria le bambin. Skye a dit qu'elle était chevalier et nous nous sommes battus !

Holden ne savait où se cacher. Depuis six mois, les plaintes de ce genre se multipliaient. Plus de la moitié des enfants du château s'étaient plus ou moins fait démolir par Skye. Cela devenait gênant...

Duncan, lui, se contenta de rire et tapota de la main le document.

— En tout cas, on dirait que notre petit frère va savoir lui aussi ce qu'il en coûte d'engendrer !

— Garth ? demanda Linet.

— Il se dispose à prendre femme. Une question d'honneur, d'après lui, expliqua Duncan en souriant et en désignant le message.

— Il va devenir papa sans tarder, renchérit Holden. Pour des raisons pas tout à fait avouables, semble-t-il. Il nous invite avec notre suite au grand complet à son mariage.

— Garth ? répéta Linet. Marié ?

Elle donna au jeune Roland une petite tape sur le derrière et l'enfant se jeta dans les bras de son grand ami, sir Guy, qui arrivait sur le champ clos.

— Mais Garth vivait dans un monastère, rétorqua-t-elle.

Holden et Duncan échangèrent un regard égrillard.

— Que veux-tu ? C'est un de Ware, s'excusa Duncan.

Holden éclata de rire. Son fils sursauta dans son sommeil. Le seigneur de Blackhaugh était ravi que Garth fonde une famille. Rien n'est aussi gratifiant qu'une femme que l'on chérit, rien n'équilibre un homme comme le fait d'être père. Aucune campagne glorieuse, aucune richesse, aucune victoire dans un tournoi ne lui donnerait autant de satisfactions que celles qu'il découvrait dans les joies de la famille.

Un éclair argenté accrocha son œil à l'autre bout du champ. Les deux prunelles de ses yeux, Cambria et Skye, arrivaient en marchant sur l'herbe, étincelantes dans leurs cottes de mailles. Elles étaient ses bien-aimées, toutes les deux belles, ensorceleuses, libres et insouciantes.

Il inspira profondément et s'avança vers elles à grandes enjambées pour leur annoncer la bonne nouvelle.

# Aventures et Passions

Découvrez les prochaines nouveautés
de la collection

# *Aventures et Passions*

Le 4 juillet

***Le pionnier et la citadine*** de Susan Kay Law (n° 6658)

1899. Emily en a assez d'être à la charge de sa sœur : elle quitte le foyer pour voler de ses propres ailes. Direction le Montana, où des terres sont cédées pour une somme minime aux pionniers désireux de s'y installer. Satisfaite, Emily s'est vu attribuer une parcelle comprenant une cabane déjà construite. Mais, peu de temps après son installation, débarque un homme aux manières peu civilisées qui prétend être le propriétaire de cette parcelle. Emily refuse de se retirer aussi facilement. Entre eux, le climat est électrique !

Le 11 juillet

***Les sortilèges de la passion*** de Lisa Cach (n° 6657)

Angleterre, 1737. Orpheline, Valérie est recueillie par sa tante, Theresa, une guérisseuse qui passe presque pour une sorcière. Elle a hérité de ses talents et, au village, on les respecte tout en les craignant. Lorsque le baron Nathaniel Warrington, qui a hérité du manoir de son oncle et qui est contraint à l'exil par sa famille, arrive sur ces terres, il est tout de suite intrigué par cette ravissante jeune femme au sourire étrange et par le « corbeau qui parle » perché sur son épaule...

***Soudain, un inconnu...*** de Lael St. James (n° 6659)

Meg Redcliffe, orpheline recueillie avec sa sœur Elizabeth dans une abbaye, découvre un chevalier blessé devant la grille de la bâtisse, inconscient et amnésique. Grâce aux soins prodigués sans relâche par la jeune femme, l'homme retrouve peu à peu la mémoire : son nom est Gresham Sedgewick. Meg, impressionnée par la mâle prestance de l'inconnu et désireuse de ne pas le laisser partir, lui demande de l'aider à retrouver sa troisième sœur, disparue en Cornouailles...

Ce mois-ci, retrouvez également les titres de la collection

# *Amour et Destin*

Des histoires d'amour riches en émotions déclinées en trois genres :

***Intrigue*** ***Romance d'aujourd'hui*** ***Comédie***

Le 4 juin *Intrigue*

***Au cœur du mensonge*** de Meagan McKinney (n° 6641)

Son doctorat en poche, Stella revient à Shadow Oaks pour sauver la plantation familiale, qui croule sous les dettes depuis la mort de ses parents dans un accident de voiture. Un jour, en se promenant dans les champs de canne à sucre, elle découvre qu'il y a un trafic de drogue sur sa propriété. Outrée, elle va se plaindre au chef de la police, Archer, mais il ne lève pas le petit doigt pour l'aider. Garrett, quant à lui, un policier infiltré pour démanteler le réseau, s'inquiète de voir Stella mêlée à une histoire aussi dangereuse…

Le 13 juin *Romance d'aujourd'hui*

***Les leçons du cœur*** de Susan Elizabeth Phillips (n° 6601)

Le Dr Isabel Favor est l'auteur d'une théorie à succès sur les clés de la confiance en soi. Tout lui réussit, jusqu'au moment où son fiancé la laisse tomber. Son comptable part avec son argent, et son dernier livre est un échec. Pour se ressourcer, elle part en Toscane. Elle y rencontre Ren, un célèbre acteur, qui est à Florence pour la même raison ! Attirés l'un par l'autre, ils passent une nuit ensemble. A priori sans lendemain : Isabel le prend pour un *escort boy* !

Le 27 juin *Comédie*

***Plats du jour et petites douceurs*** de Marcia Evanick (n° 6642)

Gwen Fletcher est en passe de devenir la chef cuisinière la plus célèbre de Misty Harbor, petite ville du Maine. Grâce à elle, la ville, qui était en train de péricliter, bénéficie d'un regain d'intérêt. Il faut bien avouer que le charme de Gwen n'y est pas étranger : tous les hommes célibataires des environs viennent déguster ses plats du jour dans l'espoir de pouvoir la séduire !

6603

Composition Chesteroc International Graphics
Achevé d'imprimer en France (Manchecourt)
par Maury-Eurolivres
le 13 mai 2003.
Dépôt légal mai 2003. ISBN 2-290-32916-9

Éditions J'ai lu
84, rue de Grenelle, 75007 Paris
*Diffusion France et étranger : Flammarion*